Gröls Verlage

„BÜCHER SIND WIE FALLSCHIRME. SIE NÜTZEN UNS NICHTS, WENN WIR SIE NICHT ÖFFNEN."

Gröls Verlag

Redaktionelle Hinweise und Impressum

Das vorliegende Werk wurde zugunsten der Authentizität sehr zurückhaltend bearbeitet. So wurden etwa ursprüngliche Rechtschreibfehler *nicht* systematisch behoben, denn kleine Unvollkommenheiten machen das Buch – wie im Übrigen den Menschen – erst authentisch. Mitunter wurden jedoch zum Beispiel Absätze behutsam neu getrennt, um den Lesefluss zu erleichtern.

Um die Texte zu rekonstruieren, werden antiquarische Bücher von Lesegeräten gescannt und dann durch eine Software lesbar gemacht. Der so entstandene Text wird von Menschen gegengelesen und korrigiert – hierbei treten auch Fehler auf. Wenn Sie ebenfalls antiquarische Texte einreichen möchten, finden Sie weitere Informationen auf www.groels.de

Viel Freude bei der Lektüre wünscht Ihnen das Team des Gröls-Verlags.

Adressen

Verleger: Sophia Gröls, Im Borngrund 26, 61440 Oberursel

Externer Dienstleister für Distribution & Herstellung: BoD, In de Tarpen 42, 22848 Norderstedt

Unsere „Edition | Werke der Weltliteratur“ hat den Anspruch, eine der größten und vollständigsten Sammlungen klassischer Literatur in deutscher Sprache zu sein. Nach und nach versammeln wir hier nicht nur die „üblichen Verdächtigen“ von Goethe bis Schiller, sondern auch Kleinode der vergangenen Jahrhunderte, die – zu Unrecht – drohen, in Vergessenheit zu geraten. Wir kultivieren und kuratieren damit einen der wertvollsten Bereiche der abendländischen Kultur. Kleine Auswahl:

Francis Bacon • Neues Organon • **Balzac** • Glanz und Elend der Kurtisanen • **Joachim H. Campe** • Robinson der Jüngere • **Dante Alighieri** • Die Göttliche Komödie • **Daniel Defoe** • Robinson Crusoe • **Charles Dickens** • Oliver Twist • **Denis Diderot** • Jacques der Fatalist • **Fjodor Dostojewski** • Schuld und Sühne • **Arthur Conan Doyle** • Der Hund von Baskerville • **Marie von Ebner-Eschenbach** • Das Gemeindekind • **Elisabeth von Österreich** • Das Poetische Tagebuch • **Friedrich Engels** • Die Lage der arbeitenden Klasse • **Ludwig Feuerbach** • Das Wesen des Christentums • **Johann G. Fichte** • Reden an die deutsche Nation • **Fitzgerald** • Zärtlich ist die Nacht • **Flaubert** • Madame Bovary • **Gorch Fock** • Seefahrt ist not! • **Theodor Fontane** • Effi Briest • **Robert Musil** • Über die Dummheit • **Edgar Wallace** • Der Frosch mit der Maske • **Jakob Wassermann** • Der Fall Maurizius • **Oscar Wilde** • Das Bildnis des Dorian Grey • **Émile Zola** • Germinal • **Stefan Zweig** • Schachnovelle • **Hugo von Hofmannsthal** • Der Tor und der Tod • **Anton Tschechow** • Ein Heiratsantrag • **Arthur Schnitzler** • Reigen • **Friedrich Schiller** • Kabale und Liebe • **Nicolo Machiavelli** • Der Fürst • **Gotthold E. Lessing** • Nathan der Weise • **Augustinus** • Die Bekenntnisse des heiligen Augustinus • **Marcus Aurelius** • Selbstbetrachtungen • **Charles Baudelaire** • Die Blumen des Bösen • **Harriett Stowe** • Onkel Toms Hütte • **Walter Benjamin** • Deutsche Menschen • **Hugo Bettauer** • Die Stadt ohne Juden • **Lewis Caroll** • *und viele mehr….*

Arthur Schnitzler

Therese

Inhalt

1

Zu der Zeit, da der Oberstleutnant Hubert Fabiani nach erfolgter Pensionierung aus seinem letzten Standort Wien – nicht wie die meisten seiner Berufs- und Schicksalsgenossen nach Graz, sondern – nach Salzburg übersiedelte, war Therese eben sechzehn Jahre alt geworden. Es war im Frühling, die Fenster des Hauses, in dem die Familie Wohnung nahm, sahen über die Dächer weg den bayrischen Bergen zu; und Tag für Tag, beim Frühstück schon, pries es der Oberstleutnant vor Frau und Kindern als einen besonderen Glücksfall, daß es ihm in noch rüstigen Jahren, mit kaum sechzig, gegönnt war, erlöst von Dienstespflichten, dem Dunst und der Dumpfheit der Großstadt entronnen, sich nach Herzenslust dem seit Jugendtagen ersehnten Genuß der Natur hingeben zu dürfen. Therese und manchmal auch ihren um drei Jahre älteren Bruder Karl nahm er gern auf kleine Fußwanderungen mit; die Mutter blieb daheim, mehr noch als früher ins Lesen von Romanen verloren, um das Hauswesen wenig bekümmert, was schon in Komorn, Lemberg und Wien Anlaß zu manchem Verdruß gegeben, und hatte bald wieder, man wußte nicht wie, zur Kaffeestunde zwei- oder dreimal die Woche einen Kreis von schwatzenden Weibern um sich versammelt, Frauen oder Witwen von Offizieren und Beamten, die ihr den Klatsch der kleinen Stadt über die Schwelle brachten. Der Oberstleutnant, wenn er zufällig daheim war, zog sich dann stets in sein Zimmer zurück, und beim Abendessen ließ er es an hämischen Bemerkungen über die Gesellschaften seiner Gattin nicht fehlen, die diese mit unklaren Anspielungen auf gewisse gesellige Vergnügungen des Gatten in früherer Zeit zu erwidern pflegte. Oft geschah es dann, daß der Oberstleutnant sich stumm erhob und die Wohnung verließ, um erst in später Nachtstunde mit dumpf über die Treppe hallenden Schritten zurückzukehren. Wenn er gegangen war, pflegte die Mutter zu den Kindern in dunkler Weise von den Enttäuschungen zu reden, die zwar keinem Menschen erspart blieben, insbesondere aber vom Dulderlos der Frauen; erzählte wohl auch, beispielsweise, mancherlei aus den Büchern, die sie eben gelesen; doch all das in so verworrener Art, daß man glauben konnte, sie menge den Inhalt verschiedener Romane durcheinander, – und Therese stand nicht an, eine solche Vermutung gelegentlich scherzhaft auszusprechen. Dann schalt die Mutter sie vorlaut, wandte sich gekränkt dem Sohne zu und streichelte ihm wie zur Belohnung für sein geduldig-gläubiges Zuhören Haar und Wangen, ohne zu bemerken, wie er verschlagen zu der in Ungnade gefallenen Schwester hinüberblinzelte. Therese aber nahm ihre Handarbeit wieder vor oder setzte sich an das immer verstimmte Pianino, um die Studien weiter zu treiben, die sie in Lemberg begonnen und in der Großstadt unter der Leitung einer billigen Klavierlehrerin fortgeführt hatte.

Die Spaziergänge mit dem Vater nahmen noch vor Einbruch des Herbstes ein nicht ganz unerwartetes Ende. Schon geraume Zeit hindurch hatte Therese gemerkt, daß der Vater die Wanderungen eigentlich nur fortsetzte, um sich und seine Sehnsucht nicht Lügen zu strafen. Stumm beinahe, jedenfalls ohne die Ausrufe des Entzückens, in die die Kinder früher hatten einstimmen müssen, wurde der vorgesetzte Weg zurückgelegt, und erst zu Hause, im Angesicht der Gattin, versuchte der Oberstleutnant wie in einem Frage- und Antwortspiel den Kindern die einzelnen Momente des eben erledigten Spaziergangs mit verspäteter Begeisterung zurückzurufen. Aber auch das nahm bald ein Ende; der Touristenanzug, den der Oberstleutnant seit seiner Pensionierung alltäglich getragen, wurde in den Schrank gehängt, und ein dunkler Straßenanzug trat an seine Stelle.

Eines Morgens aber erschien Fabiani zum Frühstück plötzlich wieder in Uniform, mit so strengem und abweisendem Blick, daß sogar die Mutter jede Bemerkung über diese plötzliche Veränderung lieber unterließ. Wenige Tage darauf langte aus Wien eine Büchersendung an die Adresse des Oberstleutnants, eine andere aus Leipzig folgte, ein Salzburger Antiquar sandte gleichfalls ein Paket; und von nun an verbrachte der alte Militär viele Stunden an seinem Schreibtisch, vorerst ohne irgendwen in die Natur seiner Arbeit einzuweihen ; – bis er eines Tages mit geheimnisvoller Miene Therese in sein Zimmer rief und ihr aus einem sorgfältig geschriebenen, geradezu kalligraphierten Manuskript mit eintöniger, heller Kommandostimme eine vergleichende strategische Abhandlung über die bedeutendsten Schlachten der Neuzeit vorzulesen begann. Therese hatte Mühe, dem trockenen und ermüdenden Vortrag mit Aufmerksamkeit oder auch nur mit Verständnis zu folgen; doch da ihr der Vater seit einiger Zeit ein stetig wachsendes Mitleid erregte, versuchte sie, zuhörend, ihren schläfrigen Augen einen Schimmer der Teilnahme zu verleihen, und als der Vater endlich für heute unterbrach, küßte sie ihn wie mit gerührtem Dank auf die Stirn. Noch drei Abende in gleicher Art folgten, ehe der Oberstleutnant mit seiner Vorlesung zu Ende war; dann trug er persönlich das Manuskript auf die Post. Von nun an verbrachte er seine Zeit in verschiedenen Gast- und Kaffeehäusern. Er hatte in der Stadt mancherlei Bekanntschaften angeknüpft, meist mit Männern, die die Arbeit ihres Lebens hinter sich und ihren Beruf aufgegeben hatten: pensionierte Beamte, gewesene Advokaten, auch ein Schauspieler war darunter, der an dem Theater der Stadt alt geworden war und nun Deklamationsunterricht erteilte, wenn es ihm gelang, einen Schüler zu finden. Aus dem früher ziemlich verschlossenen Oberstleutnant Fabiani wurde in diesen Wochen ein gesprächiger, ja lärmender Tischgenosse, der über politische und soziale Zustände in einer Weise herzog, die man bei einem ehemaligen Offizier immerhin sonderbar finden durfte. Aber da er dann wieder einzulenken pflegte, als wäre eigentlich alles nur Spaß gewesen, und sogar ein höherer Polizeibeamter, der zuweilen an der Unterhaltung teilnahm, vergnügt mitlachte, ließ man ihn gewähren.

2

Am Weihnachtsabend, wie zum Angebinde, lag für den Oberstleutnant unter den andern, übrigens recht bescheidenen Gaben, mit denen die Familienmitglieder sich gegenseitig beschenkten, ein wohlverschnürtes Postpaket unter dem Baum. Es enthielt das Manuskript mit einem ablehnenden Schreiben der militärischen Zeitschrift, an die der Verfasser es einige Wochen vorher abgesandt hatte. Fabiani, zorngerötet bis an die Haarwurzeln, beschuldigte seine Gattin, daß sie eine offenbar schon vor einigen Tagen eingelangte Sendung gerade heute ihm wie zum Hohn unter den Baum gelegt, warf ihr die von ihr gespendete Zigarrentasche vor die Füße, schlug die Türe hinter sich zu und verbrachte die Nacht, wie man später erfuhr, in einem der verfallenen Häuser nahe dem Petersfriedhof bei einer der Frauenspersonen, die dort Knaben und Greisen ihren welken Leib feilboten. Nachdem er sich dann für Tage in sein Kabinett verschlossen, ohne an irgend jemanden das Wort zu richten, trat er eines Nachmittags ganz unerwartet in Paradeuniform in das Zimmer seiner zuerst erschrockenen Frau, bei der eben ihre Kaffeegesellschaft versammelt war. Doch er überraschte die anwesenden Damen durch die Liebenswürdigkeit und den Humor seiner Unterhaltung und hätte als vollendeter Weltmann wie in seiner besten Zeit erscheinen können, wenn er sich nicht beim Abschied, im halbdunklen Vorzimmer, gegen einige der Damen unbegreifliche Zudringlichkeiten herausgenommen hätte.

Er verbrachte von nun an noch mehr Zeit außer Hause, zeigte sich aber daheim umgänglich und harmlos; und man war daran, sich in sein so erfreulich aufgeheitertes Wesen aufatmend zu finden, als er eines Abends die Seinen mit der Frage überraschte, was sie wohl dazu meinen würden, wenn man die langweilige Kleinstadt wieder mit Wien vertauschte, worauf er weitere Andeutungen von einer bald zu erwartenden großartigen Umgestaltung ihrer Lebensverhältnisse vernehmen ließ. Theresen klopfte das Herz so heftig, daß sie jetzt erst erkannte, wie sehr sie sich nach der Stadt zurücksehnte, in der sie die letzten drei Jahre verlebt hatte; obzwar ihr von den Annehmlichkeiten, die das Dasein in einer Großstadt Begüterten bietet, nur wenig vergönnt gewesen war. Und sie wünschte sich nichts Besseres, als wieder einmal wie damals planlos in den Straßen umherzuspazieren und sich womöglich zu verirren, was ihr zwei- oder dreimal begegnet war und sie jedesmal mit einem bebenden, aber köstlichen Schauer erfüllt hatte. Noch leuchteten ihre Augen in der Erinnerung, da sah sie plötzlich ihres Bruders Blick mißbilligend von der Seite auf sich gerichtet; – ganz mit dem gleichen Ausdruck wie vor wenigen Tagen, da sie zu ihm ins Zimmer getreten war, als er eben mit seinem Schulkollegen Alfred Nüllheim die mathematischen Aufgaben durchnahm. Und nun erst ward es ihr bewußt, daß er immer so mißbilligend dreinblickte, wenn sie selbst heiter schaute und in ihre Augen jenes freudige Leuchten kam, wie es jetzt eben wieder geschehen war. Ihr Herz zog sich zusammen. Früher einmal, als Kinder, ja vor einem Jahre noch, waren sie so vortrefflich zueinander gestanden, hatten zusammen gescherzt und gelacht; – warum war dies anders geworden? Was hatte sich denn ereignet, daß auch die Mutter, der sie freilich niemals besonders nahe gewesen, sich immer verdrossener, feindselig beinahe von ihr abwandte? Unwillkürlich richtete sie nun den Blick auf die Mutter hin, und der böse Ausdruck erschreckte sie, mit dem jene den Gatten anstarrte, der eben mit dröhnender Stimme erklärte, daß die Tage der Genugtuung nicht fern seien und daß ein Triumph ohnegleichen ihm binnen kurzem bevorstünde. Böser noch und haßerfüllter als sonst erschien Theresen heute der Mutter Blick, als hätte sie dem Gatten noch immer nicht verziehen, daß er vor der Zeit pensioniert worden war – als könnte sie es noch immer nicht vergessen, daß sie vor vielen Jahren auf dem elterlichen Gut in Slavonien als kleine Baronesse in einem urwalddichten eigenen Park auf feurigem Pony umhergesprengt war.

Plötzlich sah der Vater auf die Uhr, erhob sich vom Tisch, sprach von einer wichtigen Verabredung und eilte davon.

Er kam nicht wieder heim in dieser Nacht. Aus dem Wirtshaus, wo er teils unverständliche, teils unflätige Reden gegen das Kriegsministerium und das

Kaiserhaus geführt hatte, wurde er auf die Wachstube und am Morgen, nach ärztlicher Untersuchung, in die Irrenanstalt gebracht. Später wurde bekannt, daß er kürzlich an das Ministerium ein Gesuch um Wiedereinstellung in den Dienst mit gleichzeitiger Ernennung zum General gerichtet hatte. Daraufhin war von Wien aus der Auftrag ergangen, ihn unauffällig beobachten zu lassen, und es hätte kaum mehr des peinlichen Auftrittes im Wirtshaus bedurft, um seine Einlieferung in eine Anstalt zu rechtfertigen.

3

Seine Gattin besuchte ihn dort vorerst alle acht Tage. Therese erhielt erst nach einigen Wochen die Erlaubnis, ihn zu sehen. In einem weitläufigen, von einer hohen Mauer umgebenen Garten, durch eine von hohen Kastanien beschattete Allee, in einem verwitterten Offiziersmantel, eine Militärmütze auf dem Kopf, kam ihr ein alter Mann entgegen mit fast weißem, kurzem Vollbart, am Arm eines käsebleichen, in einen schmutziggelben Leinenanzug gekleideten Wärters. „Vater“, rief sie tief bewegt und doch beglückt, ihn endlich wiederzusehen. Er ging an ihr vorbei, anscheinend ohne sie zu kennen, und murmelte unverständliche Worte vor sich hin. Therese blieb fassungslos stehen, dann merkte sie, daß der Wärter ihrem Vater irgend etwas klarzumachen versuchte, worauf dieser zuerst den Kopf schüttelte, dann aber sich umwandte, den Arm des Wärters losließ und auf seine Tochter zueilte. Er nahm sie in die Arme, hob sie vom Boden auf, als wäre sie noch ein kleines Kind, starrte sie an, begann bitterlich zu weinen, ließ sie wieder los; endlich, wie in brennender Scham, verbarg er das Gesicht in den Händen und eilte davon, dem düster-grauen Gebäude zu, das durch die Bäume herschimmerte. Der Wärter folgte ihm langsam. Die Mutter hatte dem ganzen Vorgang von einer Bank aus teilnahmslos zugesehen. Als Therese wieder auf sie zukam, erhob sie sich gelangweilt, wie wenn sie hier eben nur auf die Tochter gewartet hätte, und verließ mit ihr den Park.

Sie standen auf der breiten, weißen Landstraße im grellen Sonnenschein. Vor ihnen, an den Felsen mit der Feste Hohensalzburg gelehnt, in einer Viertelstunde zu erreichen und doch unendlich weit, lag die Stadt. Die Berge ragten in den Mittagsdunst, ein Leiterwagen mit schlafendem Kutscher knarrte vorbei, aus einem Bauernhof jenseits der Felder sandte ein Hund sein Gebell in die stumme Welt. Therese wimmerte: „Mein Vater.“ Die Mutter sah sie böse an.

„Was willst du? Er selbst ist schuld daran." Und schweigend gingen sie die besonnte Straße weiter, der Stadt entgegen.

Bei Tisch bemerkte Karl: „Alfred Nüllheim sagt, daß solche Krankheiten viele Jahre dauern können. Acht, zehn, zwölf." Therese riß entsetzt die Augen auf, Karl verzog die Lippen und sah von ihr fort an die Wand.

4

Seit dem Herbst besuchte Therese die vorletzte Lyzealklasse. Sie faßte rasch auf, Fleiß und Aufmerksamkeit ließen zu wünschen übrig. Die Oberlehrerin brachte ihr ein gewisses Mißtrauen entgegen; obwohl sie in der Religionslehre nicht schlechter beschlagen war als ihre Mitschülerinnen und alle religiösen Übungen in Kirche und Schule nach Vorschrift mitmachte, stand sie im Verdacht, der wahren Frömmigkeit zu ermangeln. Und als sie eines Abends in Gesellschaft des jungen Nüllheim, dem sie zufällig begegnet war, von der Lehrerin gesehen wurde, benützte diese die Gelegenheit zu boshaften Anspielungen auf gewisse großstädtische Angewohnheiten und Sitten, die sich nun auch in der Provinz einzubürgern schienen, wobei sie einen nicht mißzuverstehenden Blick auf Therese warf. Therese empfand dies um so ungerechter, als man von viel schlimmeren Dingen, die mancher Schulkameradin nachgesagt wurden, keinerlei Aufhebens machte.

Der junge Nüllheim kam indes öfter in das Haus Fabiani, als es für das gemeinsame Studium mit Karl notwendig gewesen wäre, ja, ein oder das andere Mal auch, wenn Karl nicht daheim war. Dann saß er bei Theresen im Zimmer und bewunderte ihre geschickten Hände, die farbige Blumen auf einen graulila Kanevas stickten, oder hörte ihr zu, wenn sie auf dem verstimmten Pianino schlecht und recht ein Chopinsches Nocturno spielte. Einmal fragte er sie, ob sie immer noch, wie sie gelegentlich geäußert, Lehrerin zu werden beabsichtige. Sie wußte nicht recht darauf zu antworten. Eines nur war gewiß, daß sie hier in diesen Räumen, in dieser Stadt keineswegs mehr lange wohnen würde; sobald als möglich wollte, vielmehr mußte sie einen Beruf ergreifen; lieber anderswo als hier. Die häuslichen Umstände begannen sich zusehends zu verschlechtern, das konnte auch für Alfred kein Geheimnis sein; doch nach wie vor – davon sprach sie nicht – empfing die Mutter ihre Freundinnen oder die sie so nannte, ein oder das andere Mal fanden sich auch Herren ein, und zuweilen dehnten sich die

Gesellschaften bis in den späten Abend aus. Therese kümmerte sich wohl wenig darum; doch entfremdete sie sich ihrer Mutter immer mehr. Der Bruder aber zog sich sowohl von ihr als auch von der Mutter völlig zurück; bei den Mahlzeiten wurden nur die unumgänglichsten Worte gewechselt, und manchmal war es Theresen, als würde sie, gerade sie, ohne daß sie sich einer Schuld bewußt gewesen wäre, in unfaßbarer Weise für den Niedergang des Hauses verantwortlich gemacht.

5

Der nächste Besuch in der Anstalt, vor dem Therese sich beinahe gefürchtet hatte, ließ sich anfangs tröstlich, ja beruhigend für sie an. Der Vater plauderte mit ihr wie in früheren Zeiten, harmlos, beinahe heiter, führte sie in den weitläufigen Alleen des Anstaltsparkes hin und her wie einen willkommenen Gast; und erst beim Abschied machte er alle Hoffnungen Theresens wieder zunichte durch die Äußerung, daß er sie bei ihrem nächsten Besuch voraussichtlich schon in Generalsuniform werde empfangen dürfen.

Als sie tags darauf Alfred Nüllheim von ihrem Besuch in der Anstalt berichtete, erbot er sich, sie bei nächster Gelegenheit zu dem Kranken zu begleiten. Er beabsichtigte, was Theresen bekannt war, Medizin zu studieren und sich zum Nervenarzt und Psychiater auszubilden. So trafen sie einander ein paar Tage später, wie zu einem geheimen Stelldichein, außerhalb der Stadt und nahmen gemeinsam den Weg nach der Anstalt, wo der Oberstleutnant Alfred wie einen erwünschten, ja erwarteten Besuch begrüßte. Er erzählte heute von den Garnisonsorten seiner Jugendzeit, auch von dem kroatischen Gut, wo er seine Frau kennengelernt hatte, von dieser selbst aber in einer Art, als wenn sie längst nicht mehr am Leben wäre; und daß er einen Sohn hatte, schien ihm überhaupt völlig entfallen zu sein. Alfred wurde auch dem ordinierenden Arzte vorgestellt, der ihn sehr liebenswürdig, fast wie einen jungen Kollegen behandelte. Es berührte Therese sonderbar, fast schmerzlich, daß Alfred auf dem Heimweg von dem erledigten Besuch ohne jede Traurigkeit, eher in angenehm erregter Weise, wie von einem merkwürdigen, für ihn gewissermaßen bedeutungsvollen Erlebnis sprach und die Tränen nicht merkte, die ihr über die Wangen rannen.

6

In diesen Tagen fiel es Theresen auf, daß ihre Mitschülerinnen ihr gegenüber ein verändertes Benehmen zur Schau trugen. Man zischelte, man brach plötzlich ein Gespräch ab, wenn sie in die Nähe kam, und die Lehrerin richtete überhaupt kein Wort und keine Frage mehr an sie. Auf dem Nachhausewege von der Schule schloß sich keines der Mädchen ihr an, und in den Augen von Klara Traunfurt, der einzigen, der sie ein wenig nähergekommen war, glaubte sie etwas wie Mitleid schimmern zu sehen. Durch sie erfuhr Therese auch endlich von dem Gerücht, daß die Abendgesellschaften bei der Mutter in der letzten Zeit nicht mehr ganz harmloser Natur wären, ja, es wurde sogar behauptet, daß Frau Fabiani neulich zur Polizei vorgeladen und dort verwarnt worden sei, und nun fiel es Theresen auch auf, daß in der Tat seit zwei oder drei Wochen jene Abendgesellschaften zu Hause ein Ende genommen hatten.

Als sie heute nach Klaras Aufschlüssen mit Mutter und Bruder beim Essen saß, merkte sie, daß Karl sich kein einziges Mal mit einer Frage oder Antwort an die Mutter wandte; und nun ward ihr auch bewußt, daß es schon mindestens eine Woche her nicht anders war. Sie atmete erlöst auf, als Karl sich erhob und gleich darauf die Mutter sich in ihr Zimmer zurückzog, doch als sie nun plötzlich allein an dem noch nicht abgedeckten Tische saß, auf den durchs offene Fenster die Frühlingssonne fiel, saß sie eine Weile erstarrt wie in einem bösen Traum.

In derselben Nacht noch geschah es ihr, daß sie durch ein Geräusch im Vorzimmer plötzlich erwachte. Sie hörte, wie die Türe vorsichtig geöffnet und wieder verschlossen wurde; und nachher leise Schritte auf der Treppe. Sie erhob sich aus dem Bett, ging zum Fenster und sah hinab. Nach wenigen Minuten wurde das Haustor geöffnet, sie sah ein Paar heraustreten, einen Herrn in Uniform mit aufgestelltem Kragen und eine verhüllte Frauengestalt, die beide rasch um die Ecke verschwanden. Therese nahm sich vor, von ihrer Mutter Aufklärung zu verlangen. Aber als die Gelegenheit dazu erschien, fehlte ihr der Mut. Sie fühlte wieder, wie unzugänglich und fremd ihr die Mutter geworden war; ja, es schien in der letzten Zeit, als wenn die alternde Frau ihr schrullenhaftes Wesen wie mit Absicht ins Unheimliche steigerte; sie hatte sich einen sonderbar schlürfenden Gang angewöhnt, rumorte sinnlos in der Wohnung umher, murmelte unverständliche Worte und sperrte sich gleich nach dem Essen für Stunden in ihr Zimmer ein, wo sie auf große Bogen Papier mit kratzender Feder zu schreiben anfing. Therese nahm zuerst an, daß ihre Mutter mit dem Entwurf einer auf jene polizeiliche Vorladung bezüglichen Verteidigungs- oder Anklageschrift beschäftigt sei, dann dachte sie, ob die Mutter nicht vielleicht ihre Lebenserinnerungen aufzeichne, von welcher Absicht sie früher manchmal gesprochen hatte; doch bald stellte sich heraus – Frau Fabiani erwähnte es einmal bei Tische wie eine bekannte und eigentlich selbstverständliche Tatsache –, daß sie daran sei, einen Roman zu verfassen. Therese warf unwillkürlich einen verwunderten Blick zu ihrem Bruder hin; der sah an ihr vorbei auf die Sonnenkringel an der Wand.

7

Anfang Juli legten Karl Fabiani und Alfred Nüllheim ihre Maturitätsprüfung ab. Alfred bestand sie als Bester unter seinen Kollegen, Karl mit eben genügendem Erfolge. Tags darauf trat er eine Fußreise an, nachdem er von Mutter und Schwester so kühl und flüchtig Abschied genommen, als wenn er abends wieder zu Hause sein wollte. Alfred, der einem früheren Plan nach ihn auf der Wanderung hätte begleiten sollen, nahm eine leichte Erkrankung seiner Mutter zum Vorwand, um vorläufig in der Stadt zu bleiben. Er kam auch weiterhin fast täglich in das Haus Fabiani, zuerst um Bücher und Hefte abzuholen, ein nächstes Mal, um Erkundigungen über Karl einzuziehen; und es fügte sich, daß sich an diese Nachmittagsbesuche an den schönen Sommerabenden Spaziergänge mit Therese anschlossen, die sich immer länger ausdehnten.

Eines Abends auf einer Bank in den Anlagen des Mönchsbergs sprach er wieder einmal davon, daß er im Herbst die Wiener Universität beziehen werde, um Medizin zu studieren, was Theresen freilich wie das meiste, was er ihr sagte, nicht neu war, und gestand ihr, was sie auch nicht überraschte, daß er nur deshalb auf eine Ferialreise verzichtet habe, um diese paar letzten Monate in ihrer Nähe zu verbringen. Sie blieb ungerührt, ja wurde eher ärgerlich, denn ihr war nicht anders, als ob dieser junge Mensch, dieser Knabe in all seiner Bescheidenheit ihr eine Art von Schuldschein vorzuweisen sich unterfing, den einzulösen sie wenig Lust verspürte.

Zwei Offiziere gingen vorbei, der eine war Theresen vom Sehen längst bekannt, wie die meisten Herren von den hier garnisonierenden Regimentern; die Erscheinung des andern aber war ihr neu; es war ein glattrasierter, dunkelhaariger, schlanker Mensch, der, was ihr besonders auffiel, die Kappe in der Hand hielt.

Seine Augen streiften Therese ganz flüchtig, aber als Nüllheim und der andere Offizier einander grüßten, grüßte auch er, und zwar, da er barhaupt war, nur durch ein lebhaftes Neigen seines Kopfes, und richtete einen lebhaften, beinahe lachenden Blick auf Therese. Doch er wandte sich nicht nach ihr um, wie sie eigentlich erwartet hätte, und verschwand mit seinem Begleiter bald in einer Biegung der Allee. Die Unterhaltung zwischen Therese und Alfred wollte nicht wieder in Fluß geraten, beide erhoben sich und gingen langsam in der Dämmerung nach abwärts.

8

Karls Heimkehr wurde für Anfang August erwartet; statt seiner aber kam ein Brief, daß er nach Salzburg nicht mehr zurückzukehren gedenke und den ihm monatlich zugesicherten kleinen Betrag von jetzt an nach Wien zu senden bitte, wo es ihm bereits gelungen sei, sich durch ein Zeitungsinserat eine Lektion bei einem Mittelschüler zu verschaffen. Eine beiläufige Frage nach dem Befinden des Vaters und Grüße an Mutter und Schwester beschlossen den Brief, in dem nicht das leiseste Bedauern über eine doch wahrscheinlich endgültige Trennung mitzuzittern schien. Der Mutter machte Inhalt und Ton des Briefs keinen sonderlichen Eindruck; Therese aber, so kühl auch ihre Beziehungen zu dem Bruder sich allmählich gestaltet hatten, kam sich nun zu ihrer eigenen Verwunderung völlig verlassen vor. Sie nahm es Alfred übel, daß er nicht der Mensch war, ihr über dieses Gefühl des Alleinseins wegzuhelfen, und seine Schüchternheit begann ihr etwas lächerlich zu erscheinen. Als er aber einmal auf einem Spaziergang außerhalb der Stadt ihren Arm nahm und ihn leise drückte, machte sie sich mit übertriebener Heftigkeit von ihm los und verhielt sich noch beim Abschiednehmen am Haustor kalt und abweisend gegen ihn.

Eines Tages machte die Mutter ihr den Vorwurf, daß sie sich überhaupt nicht mehr um sie bekümmere und nur mehr für Herrn Alfred Nüllheim Zeit zu haben scheine. In derselben Stunde noch schloß sich Therese ihrer Mutter zu einem Spaziergang durch die Stadt an, bei welcher Gelegenheit sie merken konnte, daß Frau Fabiani von zwei Damen, die früher im Hause verkehrt hatten, nicht gegrüßt wurde. Eine Promenade tags darauf führte sie weiter hinaus bis außerhalb der Stadt; jenseits des Felsentors kam ihnen ein älterer Herr mit grauem Schnurrbart entgegen, der anscheinend an ihnen vorbeigehen wollte; plötzlich aber blieb er stehen und bemerkte in einer etwas affektiert klingenden Sprache: „Frau Oberstleutnant Fabiani, wenn ich nicht irre?“ – Frau Fabiani sprach ihn als Graf an, stellte ihm ihre Tochter vor; er erkundigte sich nach dem Befinden des Herrn Oberstleutnants und erzählte ungefragt von seinen beiden Söhnen, die, nach dem kürzlich erfolgten Tod seiner Frau, in einem französischen Konvikt erzogen wurden. Als er sich verabschiedet hatte, bemerkte Frau Fabiani: „Graf Benkheim, der frühere Bezirkshauptmann. Hast du ihn denn nicht erkannt?“ Therese wandte sich unwillkürlich nach ihm um. Seine Hagerkeit fiel ihr auf, der elegante, etwas zu helle Anzug, den er trug, sowie der jugendlich rasche, absichtlich federnde Schritt, mit dem er sich rascher entfernte, als er herangekommen war.

9

Am Tag nach dieser Begegnung erwartete Therese daheim Alfred Nüllheim, der ihr Bücher bringen und sie zu einem Spaziergang abholen sollte. Es war ihr eigentlich lästig; lieber wäre sie allein spazieren gegangen, trotzdem sie in der letzten Zeit öfters von Herren verfolgt und etliche Male auch schon angesprochen worden war. Wie immer zu dieser Jahreszeit, gab es viele Fremde in der Stadt. Therese hatte seit jeher einen offenen, neugierigen Blick für alles, was nach Vornehmheit und Eleganz aussah; als Zwölfjährige schon in Lemberg hatte sie für einen hübschen jungen Erzherzog geschwärmt, der im Regiment des Vaters als Leutnant diente, und sie bedauerte manchmal, daß Alfred, der doch aus wohlhabendem Hause war, trotz seiner guten Figur und seines feinen Gesichts sich gar nicht nach der Mode, ja geradezu kleinstädtisch zu kleiden pflegte. Die Mutter trat ins Zimmer, äußerte ihre Verwunderung, daß Therese bei dem schönen Wetter noch zu Hause sei, und fing wie beiläufig vom Grafen Benkheim zu sprechen an, den sie heute zufällig wieder getroffen hatte. Er interessiere sich für die kriegswissenschaftliche Bibliothek des Vaters, die er gelegentlich besichtigen wolle, um sie vielleicht käuflich zu erwerben. „Das ist nicht wahr“, sagte Therese, und ohne Gruß verließ sie das Zimmer. Sie nahm Hut und Jacke, lief die Treppe hinab. Im Hausflur begegnete ihr Alfred. „Endlich“, rief sie. Er entschuldigte sich; er war zu Hause aufgehalten worden. Schon dämmerte es. Was ihr denn wäre, fragte Alfred, sie sehe so erregt aus. „Nichts“, erwiderte sie. Übrigens habe sie ihm einen komischen Einfall anzuvertrauen. Wie wär's, wenn sie heute zusammen in einem der großen, schönen Hotelgärten zu Abend essen würden? Er und sie ganz allein unter lauter fremden Leuten? Er errötete. Oh, wie gern, wie gern; aber – leider – gerade heute sei es vollkommen unmöglich. Er habe nämlich kein Geld bei sich; jedenfalls zu wenig für ein gemeinsames Souper in einem der vornehmen Hotels, an die sie denke. Sie lächelte, sie sah ihn an. Er war noch tiefer errötet und rührte sie ein wenig. – „Das nächste Mal", bemerkte er schüchtern. Sie nickte. Dann gingen sie weiter durch die Straßen, bald waren sie außerhalb der Stadt und nahmen ihren Lieblingsweg durch die Felder. Der Abend war schwül, die Stadt wich immer weiter hinter ihnen zurück, Sternenlos hing über ihnen der dämmernde Himmel. Sie wandelten zwischen hochstehenden Ähren; Alfred hielt Theresens Hand gefaßt und fragte nach Karl. Sie zuckte die Achseln. „Er schreibt beinahe nie", erwiderte sie. „Ich habe überhaupt noch nichts von ihm gehört," sagte Alfred, „seit er fort ist." Dann kam er wieder auf seine eigene, bald bevorstehende Abreise zu reden. Therese schwieg und sah an ihm vorbei. Ob sie ihm wenigstens nach Wien schreiben werde?

„Was sollte ich Ihnen schreiben?" erwiderte sie ungeduldig. „Was gibt es von hier zu erzählen? Ein Tag wird sein wie der andere." – „Auch jetzt ist ein Tag wie der andere," erwiderte er, „und man hat sich doch immer was zu erzählen. Aber ich will auch zufrieden sein, wenn Sie mir nur manchmal einen Gruß senden."

Aus dem wogenden Feld waren sie wieder auf die Straße hinausgetreten. Die Pappeln ragten hoch; als dunkle Wand in scharf gezogenen Linien schloß der Nonnberg mit seinen düsteren Festungsmauern das Bild ab. „Sie werden Heimweh haben", sagte Therese plötzlich mild. – „Nur nach dir", antwortete er. Es war das erste Du, das er an sie richtete, und sie war ihm dankbar dafür. „Warum eigentlich bleibst du mit der Mutter in Salzburg? Was hält euch hier?" – „Was zieht uns anderswo hin?" – „Es wäre am Ende auch möglich, deinen Vater in eine andere Anstalt zu überführen – in der Nähe von Wien." – „Nein, nein", entgegnete sie heftig. – „Du hattest ja die Absicht – du sprachst von einem Beruf, einer Stellung –" – „Das geht nicht so rasch. Ich habe noch eine Lyzealklasse vor mir, auch müßte ich wohl eine Lehrerinnenprüfung machen." Sie schüttelte heftig den Kopf, denn es war ihr, als sei sie an den Ort, an die Gegend geheimnisvoll gefesselt. Und ruhiger fügte sie hinzu: „Du bist doch zu Weihnachten jedenfalls wieder hier, schon wegen deiner Familie?" – „Bis dahin ist es lang, Therese." – „Du wirst gar keine Zeit haben, an mich zu denken. Du hast ja zu studieren. Du wirst neue Menschen kennenlernen, auch Frauen, Mädchen." Sie lächelte, sie fühlte keine Eifersucht, sie fühlte nichts.

Plötzlich sagte er: „In weniger als sechs Jahren bin ich Doktor. Willst du so lange auf mich warten?" – Sie sah ihn an. Sie verstand ihn anfangs nicht, dann aber mußte sie wieder lächeln, diesmal gerührt. Um wieviel älter erschien sie sich doch als er. Sie wußte schon in diesem Augenblick, daß sie beide nur Kindereien redeten und daß aus der Sache niemals etwas werden könnte. Aber sie nahm seine Hand und streichelte sie zärtlich. Als sie später vor ihrem Haustor von ihm Abschied nahm, im Dunkel, erwiderte sie lange, leidenschaftlich beinahe, mit geschlossenen Augen seinen Kuß.

10

Abend für Abend wandelten sie nun draußen vor der Stadt auf wenig begangenen Feldwegen und plauderten von einer Zukunft, an die Therese nicht glaubte. Tagsüber daheim stickte sie, bildete sich weiter im Französischen aus, übte Klavier, las in dem und jenem Buch, die meisten Stunden aber verbrachte sie träg, beinahe gedankenlos, und sah zum Fenster hinaus. So sehnsüchtig sie den Abend und Alfreds Erscheinen erwartete: – meist schon nach der ersten Viertelstunde ihres Beisammenseins verspürte sie Regungen der Langeweile. Und als er wieder einmal auf einem Spaziergang von seiner immer näher heranrückenden Abreise sprach, merkte sie mit leisem Schreck, daß sie diesen Tag eher herbeiwünschte. Er fühlte, daß der Gedanke einer baldigen Trennung sie nicht besonders schmerzlich berührte, gab ihr seine Empfindung zu verstehen, sie erwiderte ausweichend, ungeduldig; der erste kleine Streit hob zwischen ihnen an, stumm schritten sie auf dem Heimweg nebeneinander her und schieden ohne Kuß.

In ihrem Zimmer war ihr öd und schwer ums Herz. Sie saß im Dunkel auf ihrem Bett und sah durchs offene Fenster in die schwüle, schwarze Nacht hinaus. Dort drüben, nicht weit, unter dem gleichen Himmel, wußte sie das traurige Gebäude, wo ihr wahnsinniger Vater seinem vielleicht noch fernen Ende entgegensiechte. Im Nebenzimmer, ihr fremder von Tag zu Tag, mit ruheloser Feder, auch einem Wahn anheimgefallen, wachte die Mutter in den grauen Morgen. Keine Freundin suchte Therese auf, auch Klara längst nicht mehr; und Alfred war ihr nichts, weniger als nichts, denn er wußte nichts von ihr. Er war edel, er war rein, und sie spürte dunkel, daß sie es nicht war, nicht einmal sein wollte. Sie verspottete ihn innerlich, daß er sich ihr gegenüber nicht gewandter und verwegener anstellte, und wußte doch, daß sie sich keinen Versuch solcher Art hätte gefallen lassen. Sie dachte anderer junger Leute, die ihr flüchtig oder gar nur vom Sehen bekannt waren, und gestand sich ein, daß ihr mancher von diesen besser gefiel als Alfred, ja, daß sie sich sonderbarerweise manchem sogar vertrauter, näher, verwandter fühlte als ihm; und so ward sie sich bewußt, daß zuweilen ein Blick, rasch auf der Straße gewechselt, zwei Menschen verschiedenen Geschlechts enger aneinander zu knüpfen vermochte als ein stundenlanges, inniges, von Zukunftsgedanken durchwehtes Zusammensein. Mit einem angenehmen Schauer erinnerte sie sich des jungen Offiziers, der an einem Sommerabend in den Anlagen des Mönchsbergs mit einem Kameraden, die Kappe in der Hand, an ihr vorbeigegangen war. Seine Augen waren den ihren begegnet und hatten aufgeglüht, er war weitergegangen und hatte sich nicht einmal nach ihr umgewandt; – und doch war ihr in diesem Augenblick, als wüßte der mehr, viel mehr von ihr, als Alfred wußte, der sich mit ihr verlobt glaubte, sie viele Male geküßt hatte und mit ganzer Seele an ihr hing. Hier war irgend etwas nicht in Ordnung, das fühlte sie. Aber ihre Schuld war es nicht.

11

Am nächsten Morgen kam ein Brief von Alfred. Er habe die Nacht über kein Auge zugetan; sie möge ihm verzeihen, wenn er sie gestern gekränkt, eine Wolke auf ihrer Stirn verdüstere ihm den heitersten Tag. Vier Seiten lang ging es in diesem Tone fort. Sie lächelte, war etwas gerührt, drückte den Brief wie mechanisch an die Lippen, ließ ihn dann halb absichtlich, halb zufällig aus der Hand auf ihr Nähtischchen gleiten. Sie war froh, daß sie nicht verpflichtet war, ihn zu beantworten; – heute abend traf man einander ja ohnehin am gewohnten Orte des Stelldicheins.

Gegen Mittag trat ihre Mutter zu ihr ins Zimmer mit süßlichem Lächeln: der Graf Benkheim sei hier und habe eben die Bibliothek des Vaters zum zweitenmal – von einem ersten Besuch hatte die Mutter nichts erwähnt – eingehender Besichtigung unterzogen. Er sei bereit, sie zu einem sehr anständigen Preis zu erwerben, und habe sich herzlich nach dem Befinden des Vaters, übrigens auch nach Theresen erkundigt. Als Therese mit gepreßten Lippen stumm sitzen blieb und weiterstickte, trat die Mutter näher an sie heran und flüsterte: „Komm – wir sind ihm Dank schuldig, auch du. Es wäre eine Unhöflichkeit. Ich verlange es von dir." Therese erhob sich und trat mit ihrer Mutter ins Nebenzimmer, wo der Graf eben im Begriffe war, einen großen illustrierten Oktavband, der neben anderen auf dem Tische lag, zu durchblättern. Er erhob sich sofort und äußerte seine Freude, Therese wieder einmal guten Tag sagen zu dürfen. Im Laufe einer höflichen und durchaus unverfänglichen Unterhaltung fragte er die Damen, ob sie nicht vielleicht gelegentlich seinen Wagen zu einem Besuch in der Anstalt beim Herrn Oberstleutnant benützen wollten; auch zu einer Spazierfahrt nach Hellbrunn oder wo immer hin stelle er ihn gerne zur Verfügung; doch schweifte er gleich wieder ab, als er in Theresens Mienen Befremden und Widerstand gewahrte, und entfernte sich bald mit der Bemerkung, daß er nach einer kurzen, aber unaufschiebbaren Reise gleich wieder seine Aufwartung machen werde, um die Bibliotheksangelegenheit in Ordnung zu bringen. Zum Abschied küßte er sowohl der Mutter als der Tochter die Hand.

Als sich die Türe hinter ihm geschlossen hatte, war zuerst ein dumpfes Schweigen; Therese schickte sich an, wortlos das Zimmer zu verlassen, da hörte sie die Stimme ihrer Mutter hinter sich: „Du hättest wohl etwas freundlicher sein können." Therese wandte sich von der Türe her um: „Ich war es viel zu sehr", und wollte gehen. Nun begann die Mutter ganz unvermittelt, als hätte sich seit Tagen oder Wochen der Groll in ihr gestaut, mit bösen Worten Therese wegen ihres unmanierlichen, ja frechen Benehmens mit Vorwürfen zu überhäufen. Ob der Graf nicht mindestens ein so feiner Herr sei wie der junge Nüllheim, mit dem das Fräulein Tochter überall in Stadt und Umgebung und zu jeder Tages- und Nachtzeit zu sehen sei? Ob es nicht hundertmal anständiger sei, sich einem soliden, gesetzten, vornehmen Herrn gegenüber mit einiger Zuvorkommenheit zu benehmen, als sich einem Studiosus an den Hals zu werfen, der mit ihr doch nur seinen Spaß treibe? Und immer unzweideutiger, mit schonungslosen Worten, gab sie der Tochter zu verstehen, welches Wandels sie sie schon längst verdächtige, und ohne Scham sprach sie aus, was sie darum um so mehr von ihr zu erwarten und zu fordern sich für berechtigt halte. „Denkst du, es geht so fort? Wir hungern, Therese. Bist du so verliebt, daß du es nicht merkst? Und der Graf würde für dich sorgen, – für uns alle, für den Vater auch. Und niemand müßte es wissen, nicht einmal dein junger Herr Nüllheim." Sie hatte sich näher an die Tochter gedrängt, Therese spürte ihren Atem im Gesicht, machte sich los, eilte zur Türe. Die Mutter rief ihr nach: „Bleibe, das Essen ist fertig." „Ich brauche keines, da wir doch hungern", höhnte Therese und verließ das Haus.

Es war Mittagszeit, die Straßen fast menschenleer. Wohin? fragte sich Therese. Zu Alfred, der im Hause seiner Eltern wohnte? Ach, der war nicht Manns genug, sich ihrer anzunehmen, sie zu beschützen vor Gefahr und Schande. Und die Mutter, die sich einbildete, er sei ihr Geliebter! Es war zum Lachen, wahrhaftig. Wohin also? Hätte sie nur Geld genug gehabt, sie wäre einfach zum Bahnhof gelaufen, davongereist wo immer hin, am liebsten gleich nach Wien. Dort gab es Gelegenheit genug, sich auf anständige Weise durchzubringen, auch wenn man nicht die letzte Lyzealklasse gemacht hat. Die Schwester einer Schulkameradin zum Beispiel war neulich sechzehnjährig als Kinderfräulein bei einem Hof- und Gerichtsadvokaten in Wien in Stellung getreten, und es ging ihr vortrefflich. Man müßte sich die Sache nur angelegen sein lassen. War es denn nicht längst ihr Plan gewesen? Unverzüglich kaufte sie eine Wiener Zeitung, ließ sich auf einer beschatteten Bank des Mirabellgartens nieder und las die kleinen Anzeigen. Sie fand manche Angebote, die für ihre Zwecke in Betracht kamen. Jemand suchte eine Bonne zu einem fünfjährigen Mädchen, ein anderer eine zu zwei Knaben, ein dritter zu einem geistig etwas zurückgebliebenen Mädchen, in dem einen Hause wurde etwas Kenntnis des Französischen, in einem anderen Fertigkeit in Handarbeiten, in einem dritten Anfangsgründe des Klavierspiels gewünscht. Mit all dem konnte sie dienen. Man war nicht verloren, Gott sei Dank, und bei der nächsten Gelegenheit würde sie einfach ihre Sachen packen und davonfahren. Vielleicht ließe es sich sogar so einrichten, daß sie zugleich mit Alfred nach Wien reiste. Sie lächelte vor sich hin. Ihm vorher gar nichts sagen und einfach in den gleichen Zug einsteigen – ins selbe Coupé, wäre das nicht lustig?! Aber da ertappte sie sich auch schon bei dem Gedanken, daß sie eigentlich lieber allein, ja, lieber sogar mit irgendwem andern diese Reise unternehmen würde, mit einem Unbekannten, mit dem eleganten Fremden zum Beispiel – es war wohl ein Italiener oder Franzose – der ihr früher auf der Salzachbrücke so unverschämt ins Gesicht gestarrt hatte. Und, zerstreut weiterblätternd, las sie in der Zeitung von einem Feuerwerk im Prater, von einem Eisenbahnzusammenstoß, von einem Unfall in den Bergen, und plötzlich kam sie auf eine Überschrift, die sie fesselte: Mordversuch am Geliebten. Da war die Geschichte von einer ledigen Mutter erzählt, die den treulosen Geliebten angeschossen und schwer verletzt hatte. Maria Meitner, so hieß das arme Geschöpf. Ja, auch dergleichen konnte einem passieren . . . Nein, ihr nicht. Keiner, die klug war. Man mußte keinen Liebhaber nehmen, man mußte kein Kind haben, man mußte überhaupt nicht leichtsinnig sein und vor allem: man durfte keinem Manne trauen.

12

Langsam ging sie nach Hause, sie war ruhig, und in ihrem Herzen kein Zorn gegen die Mutter mehr. Das karge Mittagessen war warm gehalten worden, die Mutter stellte es ihr wortlos auf den Tisch und langte nach der Zeitung, die Therese auf den Tisch gelegt hatte. Sie suchte nach der Romanfortsetzung und las mit gierigen Augen. Therese nahm nach dem Essen ihre Stickerei zur Hand, setzte sich ans Fenster und dachte an das Fräulein Maria Meitner, das nun im Gefängnis saß. Ob sie wohl Eltern gehabt hatte? Ob sie eine Verstoßene war? Ob sie am Ende auch andere Männer in der Tiefe ihres Herzens lieber gehabt hatte als ihren Geliebten? Und warum hatte sie ein Kind bekommen? Es gab ja so viele Frauen, die ihr Leben genossen und keine Kinder bekamen. Allerlei fiel ihr ein, was sie im Lauf der letzten zwei oder drei Jahre in der Residenz und hier von Schulkolleginnen erfahren hatte. Der Inhalt so manchen unanständigen Gesprächs, wie sie dergleichen Unterhaltungen zu nennen pflegten, wurde in ihr lebendig, und ein plötzlicher Widerwille stieg in ihr auf gegen alles, was mit dergleichen Dingen zusammenhing. Sie erinnerte sich, daß sie schon vor zwei oder drei Jahren, zu einer Zeit also, da sie fast noch ein Kind gewesen, mit zwei Freundinnen zusammen beschlossen hatte, ins Kloster zu gehen, und in diesem Augenblick war ihr, als regte sich in ihr eine ganz ähnliche Sehnsucht wie damals. Nur daß diese Sehnsucht heute etwas anderes und mehr bedeutete: Unruhe, Angst – als gäbe es nirgendwo als hinter Klostermauern Sicherheit vor all den Gefahren, die das Leben in der Welt mit sich brachte.

Doch wie nun die Schwüle allmählich wich und über die Häuserwände bis in den vierten Stock hinauf die Abendschatten zogen, da schwand ihre Angst und ihre Traurigkeit, und sie freute sich dem Zusammensein mit Alfred entgegen wie noch nie.

Sie traf ihn draußen vor der Stadt wie gewöhnlich. Seine Augen glänzten mild, und ein solcher Adel schien von seiner Stirn zu strahlen, daß ihr ganz weh ums Herz wurde. Sie fühlte sich ihm in schmerzlicher Weise überlegen, weil sie um soviel mehr vom Leben wußte oder ahnte als er; und zugleich seiner nicht ganz würdig, weil er aus so viel reineren Lüften kam als sie. In Gestalt und Haltung glich er seinem Vater, dem sie oft genug in den Straßen der kleinen Stadt begegnet war, ohne daß er ihrer geachtet oder auch nur gewußt hätte, wer sie war. Auch Alfreds Mutter, die große blonde Frau, und seine beiden Schwestern kannte sie von Angesicht; die mochten wohl etwas vermuten; denn neulich einmal, bei einer zufälligen Begegnung, hatten sie sich beide zugleich neugierig nach ihr umgewandt. Sie waren zwanzig und neunzehn und würden wohl bald beide heiraten. Die Familie war wohlhabend und hochgeachtet. Ja, die hatten es leicht. Und daß der Dr. Sebastian Nüllheim, Arzt in den besten Familien der Stadt, je ins Narrenhaus kommen könnte, das war ein völlig unfaßbarer Gedanke. – Alfred merkte, daß Therese mit ihren Gedanken wo anders war, er fragte sie, was ihr sei, sie schüttelte nur den Kopf und drückte innig Alfreds Hand. Die Tage waren schon kurz, es begann zu dunkeln. Alfred und Therese saßen auf einer Bank im Grünen; weit dehnte sich die Ebene, die Berge waren fern, ein dumpfes Rauschen klang aus der Stadt herbei, der Pfiff einer Lokomotive hallte lang und leise, jenseits der Wiese, über die Landstraße, rollte ab und zu ein Wagen, Fußgänger schatteten vorüber. Alfred und Therese hielten einander umschlungen, Theresens Herz schwoll vor Zärtlichkeit; und wenn sie später dieser ersten Liebe dachte, war es immer wieder diese Abendstunde, die in ihrem Gedächtnis auf schwebte: sie und er auf einer Bank zwischen Feldern und Wiesen, auf weithingedehnter Ebene, darüber die Nacht, die sich von Berg zu Berg spannte, verklingende Pfiffe aus der Ferne und von einem unsichtbaren Teich her Fröschegequak.

13

Manchmal sprachen sie von der Zukunft. Alfred nannte Therese seine Liebste, seine Braut. Sie müsse auf ihn warten, in sechs Jahren spätestens sei er Doktor, und dann würde sie sein Weib. Und als wäre nun ein geheimnisvoller Schutz um sie, wie ein Heiligenschein um die Stirn – in diesen Tagen bekam sie von der Mutter kein böses Wort zu hören, ja, diese verhielt sich geradezu liebevoll zu ihr.

Eines Morgens trat sie zu Theresen ans Bett mit flimmernden Augen, reichte ihr ein Zeitungsblatt hin; da war auf dem für dergleichen vorbehaltenen Raum der Beginn eines Romans abgedruckt: „Der Fluch des Magnaten, von Julie Fabiani-Halmos“. Und sie setzte sich auf den Bettrand, während Therese für sich zu lesen begann. Die Geschichte fing an wie hundert andere, und jeder Satz erschien Theresen, als hätte sie ihn schon hundertmal gelesen. Als sie fertig war und der Mutter wie in Bewunderung, doch wortlos, zunickte, nahm diese die Zeitung zur Hand und las nun das Ganze laut, wichtig und ergriffen vor. Dann sagte sie: „Drei Monate lang wird der Roman laufen. Die Hälfte habe ich schon bezahlt bekommen – fast so viel wie eine halbjährige Oberstleutnantspension.“

Als Therese am Abend dieses Tages mit Alfred zusammentraf, war er zu ihrer angenehmen Überraschung sorgfältiger, geradezu elegant gekleidet, ja, man hätte ihn für einen der vornehmen Reisenden nehmen können, wie zu dieser Zeit so viele in der Stadt zu sehen waren. Alfred freute sich der Befriedigung, die er in Theresens Augen las, und eröffnete ihr mit scherzhafter Förmlichkeit, daß er sich die Ehre gebe, sie für heute zu einem Abendessen im Hotel Europe einzuladen. Vergnügt nahm sie an, und bald saßen sie beide in dem hell erleuchteten, parkartigen Garten an einem köstlich gedeckten Tisch, für sich allein, unter vielen unbekannten Menschen, wie ein vornehmes Paar auf der Hochzeitsreise. Der Kellner nahm etwas herablassend Alfreds Bestellung entgegen; ein vortreffliches Mahl wurde aufgetragen, und an ihrem Appetit merkte Therese, daß sie sich tatsächlich seit längerer Zeit nicht so eigentlich satt gegessen hatte. Auch der milde, süße Wein schmeckte ausgezeichnet, und während sie anfangs etwas eingeschüchtert sich kaum recht umzusehen gewagt hatte, ließ sie nun die Augen immer lebhafter und unbefangener im Kreise gehen. Von da und dort richteten sich Blicke auf sie, nicht nur von jüngeren und älteren Herren, auch von Damen, Blicke des Wohlgefallens, ja der Bewunderung. Alfred war sehr aufgeräumt, redete allerlei galantes, ziemlich törichtes Zeug, wie es sonst seine Art gar nicht war, und Therese lachte manchmal in einer unnatürlich grellen Weise dazu auf. Als Alfred sie zum dritten- oder viertenmal im Flüsterton fragte – er hatte eben keinen Überfluß an lustigen Einfällen –, wofür man sie beide wohl halten möchte: für ein durchgegangenes Liebespärchen auf der Flucht oder für ein junges Ehepaar aus Frankreich auf der Hochzeitsreise –, gingen einige Offiziere am Tisch vorbei, unter denen Therese sofort jenen schwarzhaarigen mit den gelben Aufschlägen erkannte, dessen sie in den letzten Wochen allzuviel hatte denken müssen. Auch der Offizier erkannte sie gleich; sie wußte es, obwohl er nichts dergleichen tat, sondern wohlanständig seinen Blick wieder abwandte und sich nicht, wie sie erwartet, an einem benachbarten, sondern in Gesellschaft seiner Kameraden an einem ziemlich entfernten Tische niederließ. Mit Alfreds guter Laune war es plötzlich vorbei. Es war ihm nicht entgangen, daß Theresens Augen aufgeleuchtet hatten, und er fühlte mit der eifersüchtigen Ahnung des Liebenden, daß etwas Verhängnisvolles geschehen war. Als er ihr das Glas wieder vollschenkte, drückte sie ihm wie schuldbewußt die Hand, und zugleich ihre Ungeschicklichkeit fühlend, sagte sie plötzlich: „Wollen wir nicht gehen?" „Die Mutter wird unruhig sein", setzte sie hinzu, obzwar sie wußte, daß sie das nicht zu befürchten hatte. „Und was hast denn du zu Hause gesagt, Alfred?" Er errötete. „Du weißt ja," erwiderte er, „meine Familie ist verreist." – „Ach ja", sagte sie. Darum also war er heute so kühn gewesen, sie hätte sich's denken können. Und wie linkisch er sich jetzt erhob, nachdem er die Rechnung beglichen! Und statt daß er ihr den Vortritt ließ, wie es die Sitte erforderte, ging er vor ihr einher, und da merkte sie, daß er eigentlich doch nicht anders aussah als ein Schuljunge im Sonntagsgewand. Sie aber in ihrem einfachen, blauweißen Foulardkleid spazierte zwischen den Tischen dem Ausgang zu, wie eine junge Dame, die gewohnt wäre, jeden Abend unter vornehmen Fremden in einem großen Hotel zu speisen. Ja, ihre Mutter war eben doch eine Baronin, war in einem Schlosse aufgewachsen, hatte ein wildes Pony geritten; und zum erstenmal in ihrem Leben war Therese ein wenig stolz darauf.

Sie gingen schweigend durch die stillen Gassen, Alfred nahm Theresens Arm, drückte ihn an den seinen. „Was würdest du dazu sagen," bemerkte er in einem leichten Ton, der ihm nicht wohl anstand, „wenn man noch in ein Kaffeehaus ginge?" Sie lehnte ab. Es sei schon zu spät. – Ach ja, ein Schulbub! Er hätte nun wohl etwas anderes verlangen dürfen als eine Abschiedsstunde im Kaffeehaus. Warum zum Beispiel rief er nicht dort den Kutscher an, der auf dem Bock schlief, um mit ihr zusammen in die schöne, milde Sommernacht hinauszufahren? Wie hätte sie sich in seinen Arm geschmiegt, wie heiß ihn geküßt, wie lieb hätte sie ihn gehabt. Aber dergleichen kluge Einfälle durfte sie von Alfred nicht erwarten. – Bald standen sie vor Theresens Haustor. Die Straße war völlig dunkel. Alfred zog Therese an sich, heftiger als er es je getan, sie gab ihre Lippen den seinen mit Inbrunst hin, und mit geschlossenen Augen wußte sie, wie edel und rein seine Stirne war. Als sie die Treppen hinaufstieg, war sie voll Sehnsucht und Traurigkeit. Leise sperrte sie die Wohnungstüre auf, damit die Mutter nicht aufwache, dann lag sie noch lange im Bette wach und dachte, daß es heute abend doch nicht das Rechte gewesen war.

14

Am nächsten Tag, während sie mit der Mutter bei Tische saß, brachte man aus der Blumenhandlung wundervolle weiße Rosen in einem schlanken, geschliffenen Kelch. Ihr erster Gedanke war: der Offizier, ihr nächster: Alfred.

Doch auf dem Kärtchen stand zu lesen: „Graf Benkheim bittet das liebe kleine Fräulein Therese die mitfolgenden bescheidenen Blumen freundlichst entgegennehmen zu wollen.“ Die Mutter sah vor sich hin, als ginge sie das Ganze nichts an. Therese stellte das Glas mit den Blumen auf die Kommode, vergaß, sich wieder an den Tisch zu setzen, nahm ein Buch zur Hand und ließ sich in den Schaukelstuhl am Fenster sinken. Die Mutter aß allein weiter, sprach kein Wort und verließ dann mit schlürfendem Schritt das Zimmer.

Am gleichen Abend, auf dem Weg zum Bahnhof, in dessen Nähe Therese für heute eine Zusammenkunft mit Alfred verabredet hatte – sie wählten beinahe täglich einen anderen Punkt –, begegnete Therese dem Offizier. Er grüßte mit vollendeter Höflichkeit, ohne die Tatsache ihrer geheimen Vertrautheit auch nur durch ein Lächeln unzart zu betonen. Sie dankte unwillkürlich, dann aber beschleunigte sie ihre Schritte, so daß sie fast ins Laufen geriet, und war froh, daß Alfred, der sie schon erwartete, ihre Erregung nicht merkte. Er schien verlegen, verstimmt. Sie gingen die staubige, etwas langweilige Straße gegen Maria Plain weiter in einem mühseligen Gespräch, darin des gestrigen Abends mit keinem Worte gedacht wurde, kehrten bald wieder um, da ein Gewitter drohte, und trennten sich früher als sonst.

Die nächsten Abende aber, in all ihrer Traurigkeit, waren schön. Der Abschied war nah. In den ersten Septembertagen sollte Alfred nach Wien fahren, um dort vorerst mit seinem Vater zusammenzutreffen. Therese wurde es schwer ums Herz, wenn Alfred von der bevorstehenden Trennung redete, sie immer wieder beschwor, ihm Treue zu bewahren und der Mutter zu möglichst baldiger Übersiedelung nach Wien dringend zuzureden. Sie hatte ihm erzählt, daß die Mutter vorläufig nichts davon wissen wolle; vielleicht, daß es ihr gelänge, im Laufe des kommenden Winters sie allmählich dazu zu bestimmen. Von all dem war nichts wahr. Vielmehr befestigte sich in Theresen der Vorsatz immer mehr, das Elternhaus allein zu verlassen, ohne daß dabei der Gedanke an Alfred überhaupt eine Rolle spielte.

Es war längst nicht mehr die einzige Unaufrichtigkeit, die sie sich ihm gegenüber vorzuwerfen hatte. Wenige Tage nach jener Begegnung in der Nähe des Bahnhofs hatte sie den jungen Offizier wiedergesehen: er war ihr auf dem Domplatz entgegengetreten, als sie eben die Kirche verließ, die sie manchmal zu dieser Stunde nicht so sehr aus Frömmigkeit als aus einer Sehnsucht nach friedlichem Alleinsein in dem hohen, kühlen Raum zu betreten pflegte. Und er, als wäre es die natürlichste Sache von der Welt, war vor ihr stehengeblieben, hatte sich vorgestellt – sie verstand nur den Vornamen Max – und hatte sie um Entschuldigung gebeten, daß er diese Gelegenheit, auf geraume Zeit hinaus die letzte, zu benützen sich die Freiheit nehme, um Therese endlich persönlich kennenzulernen. Denn nun gehe er mit dem Regiment, dem er seit einem Monat zugeteilt sei, auf Manöver für drei Wochen, – und während dieser drei Wochen, das wünschte er sich so sehr, sollte doch das Fräulein Therese – oh, selbstverständlich kenne er ihren Namen, Fräulein Therese Fabiani sei durchaus keine unbekannte Persönlichkeit in Salzburg, und von der Frau Mama stehe ja jetzt ein Roman im Tageblatt; – nun, er wünsche, daß Fräulein Therese an ihn während seiner Abwesenheit wie an einen guten Bekannten denke, wie an einen Freund, einen stillen, schwärmerischen, geduldig hoffenden Freund. Und dann hatte er ihre Hand genommen und geküßt – und war auch schon verschwunden. Sie hatte sich rings umgesehen, ob irgend jemand von dieser Begegnung etwas bemerkt hätte. Doch der Domplatz lag fast menschenleer im grellen Sonnenschein, nur drüben gingen ein paar Frauen, die ihr natürlich vom Sehen bekannt waren – wen kannte man nicht in der kleinen Stadt –, aber von denen würde Alfred wohl nie erfahren, daß ein Offizier mit ihr gesprochen und ihr die Hand geküßt hatte. Er erfuhr ja überhaupt nichts, er wußte auch nicht, daß der Graf Benkheim ins Haus kam, nichts von den ersten Rosen, die der Graf ihr geschickt, nichts von den andern, die heute morgen gekommen waren, auch nichts von dem veränderten Benehmen der Mutter, die nun immer so freundlich und sanft zu ihr war, als könne sie der weiteren Entwicklung der Dinge mit Beruhigung entgegensehen. Und Therese hatte es auch ruhig geschehen lassen, daß allerlei Neues für sie angeschafft worden war. Nicht eben viel und Kostbares, aber immerhin manches, was sie wohl brauchen konnte: Wäsche, zwei Paar neue Schuhe, ein englischer Stoff für ein Straßenkleid; sie merkte auch, daß das Essen daheim besser geworden war, und konnte sich wohl zusammenreimen, daß all dies nicht von dem Romanhonorar bestritten würde, der nun Tag für Tag in der Zeitung weiterlief. Aber das war auch alles ganz gleichgültig. Es dauerte ja nicht mehr lange. Sie war fest entschlossen, das Haus zu verlassen, und am klügsten, dachte sie, wäre es wohl, über alle Berge zu sein, ehe der Leutnant von den Manövern wieder zurückkehrte. Von all dem, von Tatsachen wie von Erwägungen, wußte Alfred nichts. Er nannte sie weiter Liebste und Braut und redete wie von etwas durchaus Möglichem, ja geradezu Selbstverständlichem, daß er in sechs Jahren als Doktor der gesamten Heilkunde Fräulein Therese Fabiani zum Altar führen werde. Und wenn sie abends, wie es immer wieder geschah, auf jener Bank im Felde seinen Liebesworten lauschte und sie manchmal sogar erwiderte, glaubte sie beinahe selbst alles, was er, und manches von dem, was sie selbst sagte.

15

Eines Morgens – nach einem Abend, der gewesen war wie so viele andere vorher – kam ein Brief von ihm. Nur ein paar Worte. Wenn sie sie läse, so schrieb er, säße er schon im Zug nach Wien; er hätte es nicht übers Herz gebracht, ihr das gestern abend zu sagen, sie möge es verstehen und verzeihen, er liebe sie unsagbar, er wisse es in diesem Moment stärker als je, daß diese Liebe ewig währen würde. – Sie ließ das Blatt sinken, sie weinte nicht, aber sie war sehr unglücklich. Aus. Sie wußte, daß es aus war für immer. Und es war mehr unheimlich als traurig, daß sie das wußte und er nicht. – Die Mutter kam aus der Stadt zurück. Sie war auf dem Markt gewesen, einkaufen. „Weißt du, wer heute früh", fragte sie vergnügt, „mit Koffer und Tasche an mir vorbeigefahren ist zur Bahn? Dein Seladon. Ja, nun ist er fort, hast du nicht gesehen." Es war ihre Art, solche verblaßten, aus der Mode gekommenen Romanphrasen ins Gespräch einzustreuen. Die Aufgeräumtheit der Mutter ließ deutlich erkennen, daß sie nun das schwerste, ja, das einzige Hindernis ihrer Pläne für beseitigt hielt. Therese aber dachte im gleichen Augenblick: Fort, nur fort. Heute noch, gleich, ihm nach. Die paar Gulden für die Reise borg' ich mir aus – Klara hoffentlich . . .

Sie verließ das Haus, bald stand sie unter den Fenstern, hinter denen ihre Freundin wohnte, aber sie konnte sich kein Herz fassen, die Treppen hinaufzugehen. Übrigens waren die Vorhänge heruntergelassen, vielleicht waren Traunfurts aus der Sommerfrische noch nicht zurück. Doch da trat Klara aus dem Haustor, hübsch und adrett gekleidet wie immer, hold und unschuldig anzusehen, begrüßte Therese mit übertriebener Herzlichkeit und war gleich bei den Themen, die sie am meisten liebte. Ohne etwas Bedenkliches oder gar Unanständiges in Worten auszudrücken, spielte unter dem, was sie sagte, eine ununterbrochene Welle zweideutiger Gedanken. Nachdem sie beiläufig bedauert, daß man jetzt so gar nicht mehr zusammenkomme, erwähnte sie gleich die Familie Nüllheim, in einem Ton, der Therese nicht zweifeln ließ, daß die Freundin ihre Beziehungen zu Alfred für anders geartet hielt, als sie in Wirklichkeit waren. Therese, nicht verletzt, sondern nur im Gefühl ihrer Unschuld, klärte Klara auf, worauf diese einfach und fast etwas verächtlich bemerkte: „Wie kann man so dumm sein." Eine bekannte Dame näherte sich, und Klara verabschiedete sich auffallend rasch von Theresen. –

Abends zu der Stunde, in der Therese sonst mit Alfred zusammenzukommen pflegte, versuchte sie ihm zu schreiben. Sie wunderte sich, wie schwer es ihr von der Hand ging, und so ließ sie sich an ein paar flüchtigen Worten genügen: daß sie noch viel unglücklicher sei als er, daß sie keinen anderen Gedanken habe als ihn allein und daß sie hoffe, Gott werde alles zum Guten wenden. –Sie trug den Brief auf die Post, ach, sie wußte, daß es ein dummer und unaufrichtiger Brief war, ging gleich wieder heim, vermochte nichts Rechtes anzufangen, nahm eine Handarbeit vor, versuchte zu lesen, spielte Skalen und Läufe, endlich, unruhig und gelangweilt zugleich, blätterte sie in den Zeitungsnummern, die den Roman ihrer Mutter enthielten. Was war das für eine abgeschmackte Geschichte, und mit welch hochtrabenden Worten war sie erzählt. Es war der Roman einer adeligen Familie. Der Vater war ein harter, strenger, aber doch großherziger Magnat mit dicken Augenbrauen, von denen immer wieder die Rede war, die Mutter sanft, wohltätig und kränklich, der Sohn ein Spieler, Duellant, Verführer, die Tochter engelrein und blond, eine wahre Märchenprinzessin, wie sie auch immer wieder genannt wurde; ein düsteres Familiengeheimnis harrte der Lösung, und irgendwo im Park, ein uralter Diener wußte das, lag von der Türkenzeit her ein Schatz vergraben. Es gab auch manches sinnige Wort über Frömmigkeit und Tugend in dem Werk zu lesen, und kein Mensch hätte der Schreiberin zutrauen können, daß sie es darauf angelegt hatte, ihre Tochter an einen alten Grafen zu verkuppeln.

16

Am nächsten Tag kam wieder ein Brief von Alfred, und so weiter Tag für Tag. Er berichtete, wie der Vater ihn am Bahnhof erwartet, ihm ein Zimmer in der Alservorstadt, in der Nähe der medizinischen Lehranstalten, gemietet habe, mit ihm Museen und Theater besuche; und wie aus des Vaters ganzem Benehmen hervorgehe, daß er etwas zu ahnen scheine. So habe er einmal während des Abendessens im Restaurant davon gesprochen, daß sich junge Leute gern allerlei in den Kopf setzten, was am Ende doch nicht durchzuführen sei, auch er habe in der Jugend dergleichen durchgemacht und natürlich überwunden; was allem vorangehe, das sei eben die Arbeit, der Beruf, der Ernst des Lebens. Therese fand, daß Alfred das nicht so ausführlich hätte berichten müssen. Wollte er etwa schon jetzt die Verantwortung von sich abwälzen? Sie hatte ja nichts von ihm verlangt. Er mochte tun, was er wollte. Es war schwer, ihm etwas Rechtes zu erwidern, wie es überhaupt nicht leicht war, Stoff für die Briefe zu finden, die sie ihm täglich schreiben sollte, da doch hier in der kleinen Stadt, wie sie entschuldigend und etwas übellaunig betonte, alles seinen gewohnten, langweiligen Gang weiterlief. Und was sich wirklich ereignete, das, ja gerade das konnte sie dem Liebsten natürlich nicht erzählen. Nichts von dem letzten Besuch des Grafen Benkheim, bei welchem er sehr unterhaltend und ohne allzu deutliche Anspielung auf seine eigentlichen Zwecke allerlei aus seinem Leben, insbesondere von seinen Reisen im Orient – er war in Persien als junger Mensch Gesandtschaftsattaché gewesen – erzählt hatte. Und für die nächste Zeit hätte er wieder eine Reise vor, eine Art Weltreise sogar. Und dabei hatte er Therese ernst und bedeutungsvoll ins Auge geblickt. Sie hatte dazu keine Miene verzogen. Ja, eine Weltreise, das wäre schon etwas nach ihrem Geschmack gewesen; – aber dann mit einem andern als mit einem alten Grafen. Auch von ihrem Vater hatte er gesprochen, nicht ohne Mitgefühl und mit Respekt, und bemerkt, daß es gewiß gekränkter Ehrgeiz gewesen war, der den verdienten Offizier um den Verstand gebracht habe. Therese, in Beschämung darüber, daß sie schon ganze drei Wochen sich um ihren wahnsinnigen Vater überhaupt nicht gekümmert hatte, war am Tage darauf in die Anstalt geeilt und hatte den Oberstleutnant in völligem geistigen Verfalle wiedergefunden. Doch gab er jetzt viel auf sein Äußeres. Seit seinen gesunden Tagen hatte er sich nicht so sorgfältig und fein getragen. Aber die Tochter erkannte er nicht mehr und sprach zu ihr wie zu einer Fremden.

Von diesem Besuch berichtete sie an Alfred in Ausdrücken innerster Anteilnahme, ja töchterlichen Schmerzes, die, wie sie wohl fühlte, ihren tatsächlichen Empfindungen kaum entsprachen; – so wenig wie die Worte der Zärtlichkeit und Sehnsucht, die sie an den fernen Geliebten richtete. Aber was blieb ihr übrig? Sie konnte ihm unmöglich die Wahrheit schreiben; – nicht daß sie manchmal geradezu vergeblich versuchte, sich seine Züge vorzustellen, daß sie den Ton seiner Stimme zu vergessen begann, daß oft Stunden vergingen, in denen sie seiner gar nicht dachte; – viel öfter aber eines andern, an den sie eigentlich nicht hätte denken sollen und dürfen.

Eines Abends, als sie eben dabei war, ihm auf einen wehmütigen Brief zu antworten, mühselig, geradezu in Verzweiflung, erschien der Graf Benkheim. Er fragte, ob er nicht störe, sie war froh, nicht weiter schreiben zu müssen, und so kam sie ihm freundlicher entgegen, als es sonst ihre Art war. Er schien dies mißzuverstehen, rückte näher an sie heran und sprach zu ihr in einer Weise, die ihr völlig ungewohnt war. Ganz ohne Umschweife, ja, als wenn irgendwelche Gespräche zwischen ihnen stattgefunden hätten, die ihn zu solchem Ton ermutigen durften, begann er: „Also, wie denkt das kleine Fräulein über die Weltreise? Übrigens müßten wir weder nach Indien noch nach Afrika." Er nahm ihre beiden Hände und nannte einen Ort an einem italienischen See, wo er vor Jahren einmal den Herbst verbracht hatte, in einer reizenden kleinen Villa mit einem herrlichen Park. Marmorstufen führten geradenwegs in den See. Bis in den November hinein konnte man baden. In der Villa nebenan, so erzählte er weiter, wohnten drei junge Damen. Die stiegen am hellen Mittag von ihrer Terrasse aus ins Wasser, alle drei, vorher aber ließen sie ihre Mäntel fallen, unter denen sie nichts weiter anhatten. Ja, ganz nackt schwammen sie in den See hinaus. – Er rückte näher an Therese heran und wurde so zudringlich, daß sie, von Angst und Ekel erfaßt, sich ihm zu entwinden suchte. Sie sprang endlich auf, der Tisch mit der Lampe geriet ins Wanken; – die Türe öffnete sich, ein Lichtschein fiel herein, die Mutter stand da, als wäre sie eben nach Hause gekommen, den Hut schief auf der wirren Frisur, in ihrer schwarzen, altmodischen Mantille mit Perlfransen. Sie begrüßte den Grafen, bat ihn, der sich gleichfalls erhoben hatte, doch Platz zu behalten, und ließ den Blick von der Tochter rasch wieder abgleiten, da sie deren Verwirrung so wenig bemerken wollte, als sie von dem polternden Geräusch des Tisches Kenntnis genommen hatte. Ein gleichgültiges Gespräch war rasch in Gang gebracht, und da der Graf irgendeine harmlose Frage an Therese richtete, blieb dieser nichts übrig, als in gleich harmloser Weise zu antworten, was ihr ohne sonderliche Mühe gelang.

Als der Graf sich entfernte, hatte er allen Anlaß, zu glauben, daß ihm verziehen worden war, und konnte nicht ahnen, daß Theresens scheinbare Ruhe nur in dem festen Entschluß die Ursache hatte, ihre Reise- und Fluchtpläne ohne weiteren Verzug ins Werk zu setzen.

In Erwiderung auf Zeitungsannoncen schrieb sie nach Graz, Klagenfurt, Brünn, für alle Fälle auch nach Wien und erbat sich die Antworten postlagernd. Sie erhielt keine, außer von Vermittlungsbureaus in Wien und Graz, die aber vor allem eine Anzahlung verlangten. Schon dachte sie aufs Geratewohl davonzufahren, aber da geschah es ihr, daß sie, anfangs zu ihrer eigenen Verwunderung, sich zu Hause besser zu behagen anfing. Die Mutter verhielt sich freundlich, es fehlte im Haushalt an nichts, und vom Grafen Benkheim war eine

Art von Entschuldigungsschreiben eingelangt, liebenswürdig, nicht ohne Humor, sogar etwas rührend; und bei seinem nächsten Besuch benahm er sich so tadellos, als wenn er in einer anständigen, bürgerlichen Familie, ja, bei seinesgleichen zu Gaste wäre. Immerhin meldete sich Therese noch einige Male auf Anzeigen hin, in denen ein Kindermädchen oder eine Erzieherin gesucht wurde, aber im ganzen betrieb sie die Angelegenheit mit einiger Lässigkeit. Was sie in Wahrheit in Salzburg noch festhielt, – das gestand sie sich nicht ein.

17

An einem Regentag im Abenddämmer stand Therese in der Einfahrt des Postgebäudes und las den eben an sie gelangten Antwortbrief einer Dame aus Wien, als sie jemanden hinter sich sagen hörte: „Guten Abend, mein Fräulein." Sie hatte die Stimme gleich erkannt; ein köstlicher Schauer floß ihr durch den Leib, und ohne das Wort auszusprechen, es nur zu denken, fühlte sie mit ihrem ganzen Wesen: Endlich. Sie wandte sich langsam um, lächelte dem Leutnant entgegen wie einem längst Erwarteten, und es war zu spät, als sie sich besann, daß sie lieber nicht so glückselig hätte lächeln sollen. "Ja, da bin ich", sagte der Leutnant leichthin, ergriff Theresens Hand und küßte sie gleich ein paarmal hintereinander. „Seit einer Stunde bin ich zurück, und das erste menschliche Geschöpf, das mir begegnet, sind Sie, Fräulein Therese. Wenn das nicht ein Wink des Schicksals ist" . . . und er behielt ihre Hand fest in der seinen. – „Also schon aus, die Manöver?" fragte Therese, „das ist aber geschwind gegangen." – „Eine Ewigkeit war ich fort", sagte der Leutnant. „Sollten Sie das gar nicht gemerkt haben?" – „Wahrhaftig, nein, es können doch höchstens acht Tage gewesen sein." – „Einundzwanzig Tage und einundzwanzig Nächte, und in jeder habe ich von Ihnen geträumt. Bei Tag übrigens auch. Soll ich Ihnen erzählen, was?" – „Ich bin nicht neugierig." – „Aber ich bin's im höchsten Grade. Und daher möchte ich für mein Leben gern wissen, was in dem Brieferl da steht, das man sich so geheimnisvoll von der Post abgeholt hat."

Sie hielt den Brief noch in der Hand, nun knitterte sie ihn zusammen, verbarg ihn in der Tasche ihres Regenmantels und blickte dem Leutnant lustig-verschlagen ins Auge. „Aber hier, glaube ich," sagte der Offizier, „ist nicht der rechte Ort, um sich miteinander auszuplaudern. Wollen das gnädige Fräulein nicht einen armen verregneten Leutnant unter Ihre Fittiche nehmen?" Er nahm ihr den Schirm ohne weiteres ab, spannte ihn über sie beide, schob seinen Arm unter den ihren, trat mit ihr ins Freie und ging mit ihr im strömenden Regen weiter und begann zu erzählen. Er sprach von seinen Manövererlebnissen, vom Kampieren im Freien auf dreitausend Meter Höhe, von dem Sturm auf einen Dolomitengipfel, von der Gefangennehmung einer gegnerischen Patrouille – er war selbstverständlich bei der siegreichen Armee gewesen; – und indes gingen sie immer weiter durch die menschenleeren, schwach beleuchteten Straßen, bis sie in einer engen Gasse vor einem alten Hause standen, wo er ihr wieder, als sei daran gar nichts Besonderes, vorschlug, bei ihm, um nicht vor Nässe am Ende krank zu werden, eine Tasse Tee mit recht viel Rum zu trinken. Aber da kam sie zur Besinnung. Wofür er sie denn eigentlich halte? Und ob er vollkommen verrückt sei? Und als er seinen Arm um sie legte, wie wenn er sie mit sich ziehen wollte, blitzte sie ihn an: ob er denn Lust habe, es sich ein für allemal mit ihr zu verscherzen? Da ließ er sie los und versicherte sie, er wisse wohl, ja, er habe es gleich bemerkt, daß sie ein ganz besonderes Geschöpf sei. Und seit er sie gesehen, habe er an kein anderes weibliches Wesen mehr denken, ja, überhaupt kein anderes mehr ansehen können. Und auf die Gefahr hin, sich lächerlich zu machen: er würde von nun an Abend für Abend Punkt sieben Uhr hier vor dem Tore stehen und warten. Warten so lange, bis sie käme. Und wenn er zehn Jahre lang hier jeden Abend stehen müßte. Ja, das schwöre er hoch und heilig bei seiner Offiziersehre. Und wo immer er ihr in der Stadt begegnete, er würde mit einem höflichen Gruß an ihr vorbeigehen, aber keineswegs das Wort an sie richten, es sei denn, sie selbst gäbe ihm durch ein Zeichen die Erlaubnis dazu. Nur hier, am Tor, werde er stehen – sie solle sich für alle Fälle die Hausnummer merken, siebenundsiebzig, – Abend für Abend, Punkt sieben Uhr. Er habe ja nichts anderes zu tun. Seine Kameraden, es waren ja ganz liebe Kerle darunter, aber sie konnten ihm alle gestohlen werden. Eine Freundin habe er nicht, oh, schon lange nicht mehr, setzte er auf Theresens ungläubiges Lächeln hinzu; und wenn sie, – wenn sie nicht um sieben Uhr zur Stelle sein sollte, so würde er eben auf sein Zimmer gehen, dort oben im zweiten Stock, – er wohnte ganz allein bei einer alten Frau, die überdies ganz taub sei, und dort oben, in seinem gemütlichen Zimmer, würde er seinen Tee trinken, ein Butterbrot essen und Zigaretten rauchen – und weiter hoffen – bis zum nächsten Abend. – „Ja, hoffen Sie nur bis zum jüngsten Tag“, rief Therese allzu hell, und da es eben neun Uhr von den Türmen schlug, wandte sie sich und eilte davon, ohne ihm nur die Hand zu reichen.

Am nächsten Abend aber huschte sie am Tor vorüber, genau um sieben; er stand da, im Flur, eine Zigarette rauchend, die Kappe in der Hand, wie an jenem Tag, da sie ihn zum erstenmal gesehen, und die gelben Aufschläge seines Waffenrocks leuchteten so hell, als wären es die schönsten Farben in der ganzen Welt. Und auch seine Augen, sein ganzes Gesicht leuchtete auf. Hatte er ihren Namen geflüstert oder nicht? – sie wußte es kaum. Jedenfalls nickte sie, trat zu ihm ins Tor, und in seinen Arm geschmiegt ging sie die enge, gewundene Steintreppe mit ihm hinauf bis zu einer breiten, dunkelbraunen Holztüre, die nur angelehnt war, hinter ihnen beiden aber, wie durch einen Zauber, geräuschlos sich schloß.

18

Sie hielten ihr Glück geheim. Niemand in der Stadt wußte, daß Therese Abend für Abend über die dämmerige Treppe in die Wohnung des Leutnants schlich, niemand sah sie ein paar Stunden darauf das Haus wieder verlassen; und wer sie etwa gesehen, erkannte die Verschleierte nicht. Auch die Mutter, in ihre Arbeit völlig eingesponnen, merkte nichts oder wollte nichts merken. Frau Fabiani war von einem großen illustrierten Journal in Deutschland aufgefordert worden, einen Roman zu liefern, was sie Theresen mit stolzer Genugtuung mitteilte, und saß nun ganze Tage und halbe Nächte lang unablässig schreibend hinter versperrter Türe. Die Sorge um die bescheidene, jetzt wieder fast ärmliche Wirtschaft blieb Theresen allein überlassen; doch Mutter und Tochter legten zu dieser Zeit auf die Befriedigung äußerlicher Bedürfnisse noch weniger Wert als sonst.

Von Alfred kamen indes Tag für Tag Briefe voll Zärtlichkeit und Leidenschaft, die Therese auch ihrerseits viel zärtlicher und leidenschaftlicher beantwortete, als sie früher überhaupt fähig gewesen wäre. Sie war sich dabei keiner Lüge bewußt, denn sie liebte Alfred um nichts weniger als vorher, ja, manchmal wollte ihr scheinen, mehr als zur Zeit, da er ihr noch nahe gewesen war. Die Worte, die zwischen ihnen brieflich hin und her gingen, hatten mit dem, was Therese zu gleicher Zeit wirklich erlebte, so gar nichts zu tun, daß sie sich sowohl dem einen als dem anderen Liebenden gegenüber von jeder Schuld frei fühlte.

Im übrigen ließ Therese ihre Tage nicht ungenützt verstreichen und bildete sich, ihrer Zukunftspläne keineswegs vergessend, weiter im Französischen, im

Englischen und im Klavierspiel aus. Abends besuchte sie öfters auf Karten, die ihr Max zu schenken pflegte, das Theater, meist in Gesellschaft ihrer Mutter, die sich um die Herkunft der Billetts nicht kümmerte. Max nahm an solchen Abenden gewöhnlich seinen Platz in der ersten Reihe ein, und getreu der getroffenen Abmachung sandte er Theresen, die mit der Mutter weiter rückwärts zu sitzen pflegte, nicht einmal einen Gruß. Nur manchmal lächelte er mit halbgeschlossenen Spitzbubenaugen über sie hin, und sie wußte, daß dieses Lächeln eine Erinnerung an den vorigen oder ein Versprechen für den nächsten Abend zu bedeuten hatte.

Für Therese waren diese Theaterbesuche eine willkommene Zerstreuung, für die Mutter eine Quelle von Anregungen und Erregungen der verschiedensten Art. Es geschah ihr nicht nur, daß sie in den vorgeführten Dramen zufällige Ähnlichkeiten mit eigenen Erlebnissen oder solchen, die sich in ihrer Nähe zugetragen, zu erkennen glaubte; sie entdeckte auch offenbare Anspielungen, die der ihr vollkommen unbekannte oder auch schon verstorbene Autor in sein Werk hatte einfließen lassen oder die vielleicht sogar von der Theaterdirektion mit Rücksicht auf die berühmte Romanschriftstellerin eingefügt worden waren; und sie verfehlte nicht, bei solcher Gelegenheit die neben ihr sitzende Therese durch verständnisheischende Blicke auf solche merkwürdige Zufälle, die es für sie keineswegs waren, aufmerksam zu machen.

Der Graf Benkheim hatte seine Besuche im Hause Fabiani indes vollkommen eingestellt. Es fiel Theresen nicht weiter auf, und sie erinnerte sich seiner erst wieder, als sie ihn eines Abends in der Proszeniumsloge mit einer Dame erblickte, die ihr tags zuvor in einer französischen Posse nicht so sehr durch schauspielerisches Talent als durch die Extravaganz der Toilette aufgefallen war.

19

Eines Abends, kurz nach ihrem Eintritt in Maxens Zimmer, während sie eben Hut und Schleier ablegte, wurde an die Türe geklopft, zu ihrer Verwunderung rief Max ohne weiteres „Herein“, und einer seiner Kameraden, ein langer blonder Mensch, trat ein in Begleitung einer jungen Dame, die Theresen gleich als eine der Darstellerinnen aus einer neulich gesehenen Operette erkannte. „Ah, welche Überraschung!“ rief Max aus, ohne Therese auch nur einen Moment darüber täuschen zu können, daß diese Überraschung zwischen den Kameraden verabredet war. Der Oberleutnant erwies sich als ein liebenswürdiger und höflicher Gesellschafter, und die Schauspielerin, ganz im Gegensatz zu Theresens Erwartung, befliß sich einer besonderen Zurückhaltung und Einsilbigkeit, die zu bewahren man ihr offenbar um Theresens willen besonders eingeschärft hatte. Zu ihrem Begleiter sagte sie „Herr Oberleutnant“ und „Sie“, überdies erwähnte sie, daß ihre ältere Schwester mit einem Advokaten verheiratet sei, und endlich, daß gegen Weihnachten ihre Mutter, die Witwe eines höheren Beamten aus Wien, hieher übersiedeln werde. Man sprach über die letzten Theatervorstellungen, bald darauf, da die künstlerischen Urteile über Stücke und Darsteller rasch erledigt waren, über das Verhältnis des Direktors mit der Sentimentalen und das des Grafen Benkheim mit der Salondame; und man beschloß den Abend im Gasthof bei einer Flasche Wein, wo sich die Unterhaltung in einer etwas lebhaften, aber für Therese nicht sonderlich anregenden Weise fortsetzte. Ein paar Offiziere an anderen Tischen grüßten höflich, ohne von der Gesellschaft weiter Notiz zu nehmen. In früher Stunde, kurz nach zehn Uhr, empfahl sich Therese, bestand darauf, daß Max noch mit den andern bleibe; und in einer ziemlich trüben, leicht beschämten Stimmung begab sie sich nach Hause.

Bei der nächsten Zusammenkunft in Maxens Wohnung ging es erheblich heiterer zu. Der Oberleutnant hatte kalten Aufschnitt und Backwerk mitgebracht, und schon nach der ersten Flasche Wein stellte es sich heraus, was für Therese natürlich keine Überraschung bedeutete, daß der Oberleutnant und die Schauspielerin auf vertrauterem Fuße miteinander standen, als sie das letztemal hatten verraten wollen. Immerhin hielt sie sich noch ein wenig zurück, sprach bald wieder von ihrer Mutter, die zwar zu Weihnachten nicht kommen könne, sie aber am Palmsonntag von hier abholen werde; und später, als die kleine Gesellschaft in einem Kaffeehaus saß und aus einer Ecke der Komiker des Theaters mit kordialem Winken ein „Servus Lintscherl!“ herüberrief, dankte sie kaum und bemerkte nur: „Was der freche Bengel sich einbild't!“

In einer ungestörten Stunde bald darauf bat Therese ihren Max, von diesen Zusammenkünften zu viert doch lieber abzusehen; sie fühle sich wohler mit ihm allein. Er lächelte zwar wie geschmeichelt, aber dann wurde er verdrießlich und schalt sie zuerst gelinde, dann immer heftiger wegen ihres „Hochmuts“ und ihrer „Fadaise“. Sie weinte ein wenig; der Abend wurde trübselig und langweilig; – und als ein paar Tage darauf der Oberleutnant mit seiner Freundin wieder an Maxens Türe klopfte, war Therese im Grunde froh darüber. Nachher im Gasthaus und an den folgenden Abenden schien sie, wenn nicht die lustigste, doch die lebhafteste von allen und war es auch in größerer Gesellschaft, wie sie sich nun immer öfter an ihrem Tische zusammenfand.

20

Der Winter war spät, doch gleich mit heftigen Schneefällen hereingebrochen; die Stadt, die ganze Landschaft hüllte sich in wohltuend mildes Weiß; und als infolge von Verwehungen Verkehrsstörungen auf der Eisenbahnstrecke eintraten, überkam Therese das beruhigende Gefühl eines umfriedeten und gesicherten Daseins, wodurch sie erst inne ward, daß unablässig auf dem Grund ihrer Seele die Angst vor einem plötzlichen Eintreffen Alfreds geschlummert hatte.

Die Schneefälle hörten auf, sonnige Wintertage kamen, und Therese unternahm mit Max an Sonntagen Schlittenpartien ins Gebirgsland, nach Berchtesgaden und zum Königssee; anfangs zu zweit, dann auch in Gesellschaft von anderen Offizieren und deren Freundinnen, die fast alle dem Theater angehörten; und Max ließ es ohne Eifersucht geschehen, wenn in rauchigen Wirtshausstuben bei dampfendem Punsch von den Kameraden auch Theresen gegenüber die Grenzen einer noch erlaubten Galanterie nicht eben streng eingehalten wurden.

Die Nacht vom ersten zum zweiten Weihnachtsfeiertag verbrachte Therese mit Max in einem Gasthof am Königssee. Und als am nächsten Mittag der Schlitten sie vor ihrem Wohnhaus abgesetzt hatte und sie doch in einiger Besorgnis vor dem Unwillen der Mutter die Treppe hinaufgegangen war, überreichte ihr jene wortlos mit vorwurfsvoller Miene einen eingeschriebenen Expreßbrief, der, wie sie strafend bemerkte, schon am Abend vorher eingelangt sei. Therese erkannte Alfreds Schrift. Noch ohne zu öffnen, wußte sie, was der Brief enthielt, und so las sie ihn ohne sonderliche Verwunderung. Er schäme sich in tiefster Seele, schrieb Alfred, jemals seine Gefühle an sie verschwendet zu haben, und wünsche von Herzen, sie möge an der Seite des Herrn Leutnant das Glück finden, das er, Alfred, ihr zu geben leider nicht imstande gewesen sei. Der verhältnismäßig ruhige Ton des Schreibens beschämte Therese zuerst; – doch nach anfänglicher Niedergeschlagenheit atmete sie auf und war froh, sich weiterhin auch nicht den geringsten Zwang mehr auferlegen zu müssen. Sie war nun mit ihrem Liebhaber überall, auch im Theater und auf der Eisbahn, öffentlich zu sehen und ließ sich endlich sogar gefallen, was sie bisher mit Entschiedenheit, ja beinahe gekränkt zurückgewiesen, daß ihr Max kleine Geschenke machte, darunter ein kleines Kettchen mit einem Medaillon, das sie von nun an stets um den Hals tragen mußte, ein halbes Dutzend Taschentücher und ein Paar Hausschuhe, rotledern mit weißem Schwan besetzt, das Zwillingspaar zu einem andern, das die Freundin des Oberleutnants bei Gelegenheit auf der Bühne getragen hatte.

Kurz nach Neujahr war es, daß Therese vor dem Hause des Leutnants Klara begegnete, ihrer alten Freundin, die sich eben auf dem Heimweg von der Eisbahn befand. Sie begrüßten einander, und Klara, als hätte sie nur die Gelegenheit abgewartet, begann Theresen lebhafte Vorwürfe zu machen, nicht etwa wegen ihres Lebenswandels, sondern wegen ihrer Unbedachtsamkeit. "Was hast du davon," sagte sie, „daß man soviel von dir spricht. Schau' mich an. Ich halt' schon beim Vierten, und kein Mensch hat eine Ahnung. Und wenn du's überall herum erzähltest, - kein Mensch möcht's dir glauben." Und lachend versprach sie Theresen, sie in den nächsten Tagen zu besuchen und ausführlicher von ihren Abenteuern zu berichten, wonach sie eine wahre Sehnsucht verspüre. Therese sah der Davoneilenden mit vielfach gemischten Gefühlen nach; von allen das lebhafteste war dies: völlig allein zu sein. Immer kam diese Erkenntnis über sie, wenn irgendwer sich ihr gegenüber besonders aufgeschlossen und vertrauensvoll zu geben vermeint hatte.

Alfreds Brief – so sehr er ein Abschiedsbrief geschienen – blieb nicht der letzte. Ein paar Wochen hatte er geschwiegen, nun aber kamen plötzlich Briefe in einem ganz neuen Ton; mit Vorwürfen, mit Beschimpfungen ; er gebrauchte Worte, von denen Therese nicht geahnt, daß ein Mensch wie Alfred sie jemals zu Papier bringen könnte, und die ihr die Schamröte ins Gesicht trieben. Sie nahm sich vor, die nächsten Briefe ungelesen zu verbrennen, doch wenn ein paar Tage lang keiner kam, geriet sie in eine eigentümliche Unruhe und war erst wieder beruhigt, wenn ein neuer eintraf. Sie selbst erwiderte kein Wort. Nachdem sie ungefähr ein Dutzend solcher Briefe erhalten, setzten sie vollkommen aus. Hingegen stand in einem der sehr seltenen Berichte, die der Bruder nach Hause sandte, von einer Begegnung mit Alfred zu lesen, den er neulich wohlgelaunt, vortrefflich aussehend und sehr elegant gekleidet (was er ausdrücklich erwähnte) in der Stadt getroffen haben wollte. Daraufhin erschienen Theresen jene zornerfüllten Briefe Alfreds als komödiantisch und verlogen, sie steckte eine Anzahl in den Ofen und sah zu, wie sie langsam zu Asche verbrannten.

Klaras Besuch ließ ziemlich lange auf sich warten. Erst an einem späten Februartage, als der Schnee zu schmelzen begann und durch das mittags offenstehende Fenster die ersten Frühlingslüfte in Theresens Zimmer wehten, trat die Freundin bei Theresen ein; – aber statt, wie versprochen, einen Bericht ihrer Abenteuer zu liefern, teilte sie mit, daß sie mit einem Ingenieur verlobt sei, daß ihr Geplapper von neulich nur kindische Großsprecherei gewesen sei, aus Ärger über das zögernde Verhalten des Bräutigams, und daß sie darauf rechne, Therese werde niemals etwas davon verlauten lassen. Dann schwärmte sie von ihrem Verlobten und von dem stillen Glück, das ihr in dem Frieden des kleinen Gebirgsdorfs bevorstehe, wohin er als Leiter eines Eisenbahnbaues berufen sei. Sie blieb kaum eine Viertelstunde, umarmte Therese flüchtig zum Abschied und lud sie nicht zur Hochzeit ein.

21

In diesen trügerischen Vorfrühlingstagen fühlte Therese ohne eigentlichen Schmerz, wie ihre Zärtlichkeit für Max sich allmählich zu verflüchtigen begann, und die Leere, die Aussichtslosigkeit ihres Daseins kamen ihr immer bedrückender zu Bewußtsein. Die Anstalt, in der ihr Vater weilte, hatte sie seit Monaten nicht mehr betreten. Als nicht unwillkommener Vorwand für diese Versäumnis hatte ihr eine Bemerkung des Assistenzarztes anläßlich ihres letzten Besuches gedient: daß nämlich der Vater von ihren Besuchen nicht den geringsten Gewinn hätte, daß sich aber für sie sein Bild immer nur nach der traurigeren Seite hin verändern und eine Erinnerung, die ihr tröstlich und verehrungswürdig sein müßte, ihr als eine quälende und gespenstische durch ihr ganzes ferneres Leben nachgehen würde. Nun aber kam plötzlich ein Brief aus der Anstalt, daß sich der Oberstleutnant, wie es bei dieser Krankheit zuweilen der Fall sei, auffallend besser befinde und den Wunsch ausgesprochen habe, seine Tochter wiederzusehen. Therese aber empfand diese Weisung bedeutungsvoller, als sie gemeint war, so etwa, als könnte ihr aus den Worten, vielleicht schon aus der Stimme des Vaters Trost, Erleuchtung, zum mindesten Beruhigung kommen. Und so wanderte sie an einem trüben, föhnigen Tag auf der Landstraße, über die der geschmolzene Schnee in kleinen schmutzigen

Bächen floß, in schwerer und doch nicht hoffnungsloser Stimmung der Anstalt zu.

Als sie zu ihrem Vater in das zellenartige kleine Zimmer trat, saß er an einem Tisch mit Landkarten und Büchern vor sich, wie Therese ihn so oft zu früherer Zeit gesehen, und er wandte sich zu ihr mit einem Blick, in dem es wie früher von Vernunft, ja von Lebensfreude zu blitzen schien. Aber kaum hatte sein Blick ihre Erscheinung erfaßt, ob er sie nun erkannt hatte oder nicht – dies sollte ihr niemals klar werden –, so verzerrte sich der Ausdruck seines Gesichtes; seine Finger krampften sich zusammen, und plötzlich ergriff er einen der dicken Bände, als wollte er ihn der Tochter an den Kopf schleudern. Der Wärter fiel ihm in die Hände. Im selben Augenblick trat der Arzt ein, und sich durch einen raschen Blick mit Theresen verständigend, sagte er: „Es ist Ihre Tochter, Herr Oberstleutnant. Sie haben gewünscht, sie zu sehen. Nun ist sie da. Sie wollten ihr gewiß etwas sagen. – So beruhigen Sie sich doch“, fügte er hinzu, da es dem Wärter kaum möglich war, des Wütenden Herr zu werden. Nun erhob der Oberstleutnant die rechte, freigewordene Hand, und gebieterisch wies er nach der Türe. Als Therese nicht sofort Miene machte, diesem Wink Folge zu leisten, nahm sein Auge einen so drohenden Ausdruck an, daß der Arzt selbst Therese an den Schultern faßte und rasch aus dem Zimmer zog, dessen Türe der Wärter sofort hinter ihr schloß. „Sonderbar,“ sagte der Arzt auf dem Gang zu Therese, „auch wir Ärzte lassen uns doch immer wieder täuschen. Als ich ihm heute morgen von Ihrem bevorstehenden Besuch Mitteilung machte, schien er höchst erfreut. Man hätte ihm die Landkarten und Bücher nicht geben sollen.“

Beim Tor drückte er Theresen die Hand in einer anderen Weise, als es sonst seine Art zu sein pflegte, und bemerkte: „Vielleicht, Fräulein, versuchen Sie es in den nächsten Tagen doch noch einmal; ich werde – mit ihm reden; und vor allem werde ich dafür sorgen, daß er die gefährlichen Bücher nicht mehr in die Hände bekommt. Diese Lektüre scheint allerlei wieder in ihm aufzuwühlen. Schreiben Sie mir ein Wort, Fräulein, wann Sie kommen wollen; ich werde Sie am Tor erwarten.“ Er sah sie seltsam an, drückte ihre Hand fester, und sie fühlte, daß es nicht gerade ihr Besuch bei dem Vater war, auf den es ihm ankam. Sie nickte ein Ja und wußte, daß sie niemals wiederkommen würde.

Langsam ging sie der Stadt zu. Er weiß alles, dachte sie. Darum hat er mich hinausgejagt. Was soll nun mit mir werden –? Und plötzlich, in ihre Bedrücktheit leuchtend wie ein Blitz, kam ihr der Einfall, daß Max, wenn er seinen Abschied nehme, um in das Fabrikunternehmen seines Oheims einzutreten, wovon er in der letzten Zeit manchmal sprach, sie heiraten könnte, ja, eigentlich müßte. Einer seiner Kameraden hatte erst vor wenigen Wochen den Dienst quittiert, um ein Mädchen von ziemlich zweifelhaftem Ruf zu ehelichen; während Max Therese doch als anständiges Mädchen kennengelernt und, wie nun einmal der Ausdruck lautete, verführt hatte. Zum erstenmal auch stellte sich ihr das, was zwischen ihm und ihr vorgegangen war, im Klange dieses Wortes dar, und sie lehnte sich auf. War sie nicht die Tochter eines hohen Offiziers? und, wenn auch unbemittelt, aus guter Familie? Stammte die Mutter nicht sogar aus einem alten Adelsgeschlecht? Max war es ihr einfach schuldig, sie zu seiner Frau zu machen.

Schon bei ihrem nächsten Zusammentreffen mit Max, ohne eine passende Gelegenheit abzuwarten, wagte sie eine Anspielung; Max verstand zuerst nicht recht oder wollte nicht verstehen, und Therese lächelte und küßte ihm seine üble Laune fort; – beim nächsten Mal wurde sie deutlicher, es kam zu Verstimmung, Zank und Streit; Therese, wenn auch ohne eigentliche Zärtlichkeit für Max, doch immer noch recht verliebt in ihn, gab ihre Versuche so plötzlich auf, als sie sie begonnen, und ließ die Dinge weitergehen, wie sie gehen wollten.

22

Der Frühling nahte, die Theatersaison ging ihrem Ende zu. Es wäre Theresen kaum aufgefallen, daß Max in der letzten Zeit öfters dienstlich verhindert war, sie bei sich zu empfangen, auch nicht, daß er einmal auf ein paar Tage, gleichfalls in einer angeblich dienstlichen Angelegenheit, hatte verreisen müssen –, wenn nicht eines Abends , als am Gasthaustisch der Name einer in der Stadt sehr beliebten Schauspielerin ausgesprochen wurde, ein Kamerad Max zugelächelt und dieser mit einer unwilligen Gebärde das verräterische Lächeln gleichsam abgewehrt hätte. Bei dem nächsten Theaterbesuch konnte es Theresen, die nun einmal mißtrauisch geworden war, nicht entgehen, daß die junge Dame, zum Aktschluß mit den übrigen Darstellern hervorgerufen, ihren Blick auf Max verweilen ließ, der in der ersten Reihe saß, und daß dieser ihr leise zunickte. Therese ließ ihre Mutter unter irgendeinem Vorwand allein nach Hause gehen und paßte den Leutnant ab, der davon sehr unangenehm berührt schien. Ihr Anerbieten, ihn in seine Wohnung zu begleiten, wies er mit der Begründung zurück, daß er mit Kameraden verabredet sei. Er wurde dann plötzlich sehr liebenswürdig, erbot sich seinerseits, Therese bis zu ihrem Haus zu begleiten, nahm ihren Arm, führte sie tatsächlich bis zu ihrem Tor und verwünschte seine Verabredung mit scheinbar so ungeheucheltem Ärger, daß sich Therese für diesmal beruhigen ließ.

Als sie die Türe zu ihrem Zimmer rasch öffnete, sah sie zu ihrem Staunen ihre Mutter, die vor der Kommode kniete und sich an der untersten Lade zu schaffen machte. Nun, da Therese eintrat, schrak die Mutter heftig zusammen und stammelte: „Ich wollte nur nachsehen – deine Sachen in Ordnung bringen; du hast ja nie Zeit.“ – „Mitten in der Nacht meine Sachen in Ordnung bringen – ? was du nicht sagst!“ – „Rege dich nicht auf, Kind, ich hab' es wahrhaftig nicht bös gemeint.“ Und verlegen setzte sie hinzu: „Du kannst ja nachschauen, ob dir was fehlt.“ Sie ging, und Therese kniete sofort vor die geöffnete Lade hin. Nachdem sie Alfreds Briefe zum Teil verbrannt hatte, waren in größeren Abständen noch drei oder vier gekommen, nicht mehr von Beschimpfungen erfüllt, wie die früheren, sondern eher etwas sentimental und düster gehalten, wie wenn sich ein Gewitter allmählich in der Ferne verzöge. Von diesen Briefen fehlten etliche, und auch von den flüchtigen Billetts, die Max manchmal an sie zu schreiben pflegte, waren nicht alle mehr vorhanden. Was wollte die Mutter damit? Hatte sie etwa Erpressungsgedanken? War es einfach Neugier? Oder ein unlauteres Bedürfnis, das alternde Herz an der Vorstellung fremder Liebesabenteuer zu wärmen? Wie immer es sein mochte, Therese wußte, daß sie nicht länger mit ihrer Mutter unter einem Dache wohnen konnte. Sie begriff nicht, warum sie ihren Plan, Max zu einer Heirat zu bestimmen, so rasch aufgegeben, und beschloß, morgen ohne weiteres mit ihrer Forderung vor ihn hinzutreten. Dieser Entschluß, der ja eine Entscheidung und jedenfalls Klarheit herbeiführen mußte, beruhigte sie so sehr, daß sie in einer dumpfen Müdigkeit einschlief und es am nächsten Morgen über sich brachte, die Mutter freundlich und mit Vermeidung jeder Anspielung auf den nächtlichen Zwischenfall zu begrüßen. Da es überdies ein wunderschöner Märztag war, der schon in den Farben des Frühlings spielte, und vielleicht auch darum, weil morgen Palmsonntag war und tags darauf die ganze Theatergesellschaft auseinanderstieben sollte, sah Therese dem für heute abend verabredeten Zusammensein mit Max in einem guten Vorgefühl entgegen.

Als sie in früher Abendstunde sein Zimmer betrat, war Max, wie es zuweilen vorkam, noch nicht daheim. Ein Gedanke, der ihr bisher stets fremd gewesen war, flog ihr, wie in der Erinnerung an etwas gestern Erlebtes, durch den Sinn: einmal einen Blick in den Schrank und in die Laden ihres Geliebten zu tun; und um sich dieser häßlichen Versuchung zu entziehen, nahm sie eines der Bücher zur Hand, die auf dem Tisch lagen. Max pflegte zu lesen, was ihm eben der Zufall ins Haus wehte: Romane, ab und zu ein Theaterstück, das meiste in abgegriffenen Exemplaren, da es schon durch manche Hände gegangen zu sein pflegte, ehe es in die seinen geriet. Therese schlug ein Buch auf, die illustrierte Ausgabe eines Hackländerschen Romans, warf dann einen zerstreuten Blick in ein umfangreicheres, mit Karten versehenes Generalstabswerk, ohne sich um dessen Inhalt zu kümmern, und als sie es unwillkürlich wegschob, merkte sie, daß darunter, wie mit Absicht verborgen, das gedruckte Bühnenmanuskript eines neueren Stückes lag, das sie erst vor wenigen Tagen hier hatte spielen sehen. Sie durchblätterte das Exemplar und merkte, daß immer derselbe weibliche Name, Beate, rot unterstrichen war. Beate –? Hatte so nicht in dem neulich gesehenen Stück der Name einer Person gelautet, die von der Dame gespielt worden war, mit der in Beziehungen zu stehen sie Max schon seit einigen Tagen verdächtigte? Beate – natürlich. Der Zusammenhang war klar. Nach einer solchen Entdeckung hielt sie sich zu weiteren Nachforschungen durchaus berechtigt und nahm diese in plötzlich erwachender Eifersucht so rücksichtslos und erfolgreich vor, daß Max, der, eben eintretend, sie vor seinem offenen Schranke fand, Briefe, Schleier, verdächtige Spitzenwäsche zu ihren Füßen, sich jedes Leugnen füglich ersparen durfte. Er stürzte auf sie los, fiel ihr in den Arm, sie machte sich frei, schrie ihm ins Gesicht: „Schuft!“ und ohne Erwiderung, Entschuldigung, Rechtfertigung abzuwarten, wollte sie das Zimmer verlassen. Er ergriff sie bei den Schultern: „Bist ja ein Kind“, sagte er. Sie sah ihn nur groß an. – „Sie ist ja gar nicht mehr da!“ Und da sie ihn weiter verständnislos anstarrte: „Mein Ehrenwort! Ich hab' sie soeben selber auf die Bahn gebracht.“ Jetzt verstand sie, lachte hart auf und ging. Er eilte ihr nach. Auf der dunklen Treppe ergriff er sie wieder beim Arm. „Willst du mich gefälligst loslassen“, stieß sie mit zusammengepreßten Zähnen hervor. – „Aber fallt mir ja nicht im Schlaf ein“, sagte er. „Du bist ja eine Närrin. Hör' doch zu. Ich kann ja gar nichts dafür. Sie ist mir nachgelaufen. Kannst fragen, wen du willst. Bin ja todfroh, daß sie fort ist. Heut hätte ich dir sowieso die ganze G'schicht erzählt, Ehrenwort.“ Er zog sie heftig an sich. Sie weinte. „Kind“, wiederholte er. Und mit der einen Hand noch immer fest ihr Handgelenk umspannend, streichelte er mit der andern ihre Haare, ihre Wange, ihren Arm. „Übrigens hast du auch deinen Hut oben gelassen“, sagte er. „Also beruhige dich doch endlich. Laß dir wenigstens erklären, dann kannst du ja noch immer machen, was du willst.“

Sie folgte ihm wieder auf sein Zimmer. Er riß sie auf seine Knie nieder und schwor, daß er sie und immer nur sie geliebt habe und „so was“ nie wieder passieren werde. Sie glaubte ihm kein Wort, aber sie blieb. Als sie gegen Morgen nach Hause kam, schloß sie sich in ihr Zimmer ein; müd und angeekelt packte sie ihre Sachen, ließ ein paar kühle Abschiedsworte für ihre Mutter zurück, und mit dem Mittagszug fuhr sie nach Wien. –

23

Die erste Nacht ihres Wiener Aufenthaltes verbrachte Therese in einem unansehnlichen Gasthof nahe dem Bahnhof, und am nächsten Morgen, nach einem vorgesetzten und genau überlegten Programm, machte sie sich vor allem auf den Weg nach der inneren Stadt. Es war ein heller Vorfrühlingstag; schon wurden Veilchen ausgeboten, viele Frauen trugen Frühjahrskleider; Theresen aber war es auch in ihrem einfachen, gutsitzenden Winterkostüm ganz wohl und sicher zumute, und sie war froh, aus Salzburg fort und allein zu sein.

Aus der Zeitung hatte sie sich Adressen aufgeschrieben, wo ein Kinderfräulein oder eine Erzieherin gesucht wurde, und wanderte nun den ganzen Tag, mit einer kurzen Mittagspause in einem wohlfeilen Restaurant, von Haus zu Haus. Öfters wurde sie zu jung befunden, öfters abgewiesen, weil sie noch nicht in der Lage war, Zeugnisse vorzuzeigen; einige Male behagten ihr selbst die Leute nicht, bei denen sie hätte Aufnahme finden können, endlich, in der Müdigkeit des heranbrechenden Abends, entschloß sie sich, in einer Beamtenfamilie mit vier Kindern von drei bis sieben Jahren Stellung zu nehmen.

Im Verhältnis zu dem, was sie hier erfahren sollte, war das Leben daheim auch in der schlimmsten Zeit immer noch geradezu üppig gewesen. Die Kinder, stets hungrig, brachten in die armselige Wohnung nur Lärm, aber keine Fröhlichkeit; die Eltern waren verdrossen und bösartig; Therese, genötigt, mit eigenem Geld ihre Nahrung aufzubessern, war nach wenigen Wochen mit ihrer Barschaft zu Ende, und unfähig, den üblen Ton der Leute weiter zu ertragen, verließ sie das Haus.

In ihrer nächsten Stellung bei einer Witwe mit zwei Kindern behandelte man sie wie einen Dienstboten, in einer dritten war es die unleidliche Unreinlichkeit der Umgebung, in einer vierten die freche Zudringlichkeit des Hausherrn, die Therese bald wieder vertrieb. So wechselte sie ihre Stellung noch einige Male, nicht ohne zu fühlen, daß zuweilen ihre eigene Ungeduld, ein gewisser Hochmut, der wie anfallsweise über sie kam, eine ihr selbst unerwartete Gleichgültigkeit gegenüber den Kindern, die ihrer Obhut anvertraut waren, Mitschuld an ihrer Unfähigkeit trugen, sich unter einem fremden Dache einzuleben. Es war eine so mühe- und sorgenvolle Zeit, daß Therese kaum jemals zu einem richtigen Sichbesinnen gelangte; doch manchmal, wenn sie etwa in einem schmalen Bett an einer kalten Mauer liegend durch das Weinen eines ihrer Pfleglinge mitten in der Nacht geweckt wurde, oder wenn im Morgengrauen Stiegenlärm und Dienstbotengeschwätz sie aus dem Schlafe störten, oder wenn sie in einem traurigen, kleinen Garten vor der Linie mit fremden Rangen, die ihr gleichgültig oder widerwärtig waren, müde auf einer Bank saß, oder wenn sie, gelegentlich allein im Kinderzimmer zurückbleibend, unerwünschte Muße hatte, über ihr Los nachzudenken, da ward ihr dessen ganze Kläglichkeit wie in einer plötzlichen Erleuchtung klar genug.

Die wenigen freien Nachmittage, die ihr vergönnt waren, pflegte sie erschöpft, wie sie war, meist an ihrem Dienstort zu verbringen, insbesondere, nachdem der einmalige Versuch eines gemeinsamen Spazierganges mit einem Kinderfräulein aus der Nachbarschaft in peinlicher Weise mißglückt war. Diese Person, die bisher immer von allerlei Anfechtungen zu erzählen gewußt hatte, denen sie in ihren verschiedenen Stellungen von seiten der Hausväter oder Haussöhne ausgesetzt gewesen und die sie siegreich abgeschlagen; – an diesem Sonntagnachmittag im Prater hatte sie sich auch die frechste Anrede von jungen Leuten jeder Art gefallen lassen und sich am Ende in ihren Antworten so wenig Zwang angetan, daß Therese in einem unbeobachteten Augenblick, von einem plötzlichen Ekel erfaßt, verschwunden und allein nach Hause gegangen war.

24

Die Nachrichten aus Salzburg waren in dieser ganzen Zeit spärlich gewesen; sie selbst hatte bei ihrer fluchtartigen Abreise eine Adresse natürlich nicht angegeben, und die erste Antwort, die sie endlich nach Monaten an ein Stellungsbureau erbeten hatte, fiel so flüchtig aus, wie es ihre eigenen Abschiedsworte gewesen waren. Klang aber anfangs in den Briefen der Mutter noch ein Ton der Verletztheit durch, so hätte man aus den späteren schließen können, daß Therese eigentlich im besten Einvernehmen mit ihr das Haus verlassen hatte. Und waren auch Theresens Briefe bei aller Zurückhaltung so abgefaßt, daß eine mitfühlende Seele immerhin die Jämmerlichkeit und das Elend ihrer Existenz aus ihnen hätte herauslesen können – die Mutter schien dergleichen nicht zu bemerken, und es kam sogar vor, daß sie ihrer Genugtuung über Theresens Wohlbefinden Ausdruck gab. Doch was Hohn hatte scheinen können, war nichts anderes als Zerstreutheit. Oft genug kamen in diesen Briefen völlig gleichgültige, ja Theresen unbekannte Namen vor. Vom Vater hieß es nur, daß sein Zustand „im ganzen unverändert“ sei, und vom Bruder war überhaupt keine Rede, bis plötzlich eine Karte eintraf, die nichts anderes enthielt als den im Ton eines leisen Vorwurfs geäußerten Wunsch, Therese möge sich doch einmal nach Karl umsehen, von dem sie, die Mutter, seit Wochen überhaupt nichts höre und den sie während der Ferien in Salzburg vergeblich erwartet habe.

Die Adresse war angegeben, und so machte sich Therese an einem freien Spätsommernachmittag auf den Weg zu ihm. In einem ärmlichen, doch ordentlich gehaltenen Zimmer saß sie ihm gegenüber, durch dessen Fenster nichts zu sehen war als eine nackte Mauer mit Luken, hinter denen die Treppe eines benachbarten Hauses hinanstieg. Wie Therese aus Karls Fragen entnahm, wähnte er sie erst vor kurzer Zeit hier angekommen, fand es höchst vernünftig, daß sie sich auf eigene Füße gestellt habe, äußerte sich bedauernd zum Siechtum des Vaters, das sich noch über Jahre hinziehen könne, und tat der Mutter überhaupt keine Erwähnung. Er erzählte ferner, daß er die zwei Söhne eines klinischen Professors gegen ein sehr mäßiges Entgelt viermal wöchentlich drei Stunden lang unterrichte, was ihm für später immerhin manchen Vorteil bringen könnte, und sprach mit auffallender Lebhaftigkeit von allerlei Mißständen an der hiesigen Universität, von der Protektionswirtschaft, von der Bevorzugung der Professorensöhne, insbesondere aber von der Verjudung der Hochschule, die einem den Aufenthalt in den Hörsälen und Laboratorien geradezu verleiden könne. Nach einiger Zeit entschuldigte er sich, daß er nun leider fort müsse, da jeden Sonntagabend eine Zusammenkunft gleichgesinnter Kollegen in einem Kaffeehause stattfinde, bei der er als Schriftwart nicht fehlen dürfe. Er begleitete Therese die Treppe hinunter und verabschiedete sich von ihr schon am Haustor mit einem flüchtigen: „Laß bald wieder von dir hören.“ Sie blickte ihm nach, er schien ihr gewachsen, sein Gewand saß ordentlich, aber etwas schlotternd, er trug einen steifen braunen Hut und erschien ihr mit seinem ungewohnt hastigen Gang in seiner ganzen so veränderten Erscheinung wie ein fremder Mensch. Entmutigt und wie neuerdings vereinsamt, denn nun merkte sie erst, daß sie sich von diesem Besuche irgend etwas erwartet hatte, nahm sie wieder den Weg nach Hause.

25

Seit einigen Wochen war sie in Stellung im Hause eines Reisenden, wo sie das einzige fünfjährige Söhnchen zu betreuen hatte. Den Vater hatte sie nur zweimal flüchtig zu sehen bekommen, als einen kleinen, immer eiligen, vergrämten Mann, die Frau verhielt sich mit einer gewissen gleichgültigen Freundlichkeit ihr gegenüber, den Buben, ein hübsches blondes Kind, hatte sie beinahe liebgewonnen, und so hoffte sie, daß ihr in diesem Haus endlich ein längeres Verweilen gegönnt sein würde. Als sie an einem Sonntagabend früher als erwartet heimkam, fand sie das Kind schon zu Bette gebracht, aus dem benachbarten Zimmer hörte sie flüsternde Stimmen; nach einer kurzen Weile trat die Frau heraus in einem flüchtig umgeworfenen Morgenkleide, verlegen und ärgerlich, ersuchte sie, in der Nähe etwas kalten Aufschnitt zu besorgen, und als Therese wieder heimkehrte, fand sie die Frau sorgfältig angekleidet am Bett des Kindes sitzen, mit ihm ein Bilderbuch durchblätternd. Gegenüber Theresen zeigte sie sich heiter und unbefangen, plauderte ungewohnterweise mit ihr über häusliche Angelegenheiten; am nächsten Morgen aber, unter einem nichtigen Vorwand, erteilte sie ihr die Kündigung.

Wieder stand Therese auf der Straße. Zum erstenmal kam ihr der Gedanke, wieder heimzureisen. Aber ihr Geld reichte kaum für das Billett, und so begab sie sich mit ihrem kleinen Handkoffer wieder einmal auf den Weg in das alte Vorstadthaus auf der Wieden mit den vielen Höfen und Stiegen, wo sie bei der Witwe Kausik schon etliche Male in den Pausen zwischen einer Stellung und der andern übernachtet hatte. Sie schlief dort in einem elenden Zimmer zusammen mit der Frau und den Kindern; im ganzen Hause roch es nach Petroleum und schlechtem Fett, auf dem Hof gab es schon um drei Uhr morgens den Lärm von knarrenden Rädern, wiehernden Pferden und rohen Männerstimmen, der sie immer vor der Zeit, auch diesmal wieder, aus dem Schlafe weckte. Die Stunden des ruhigen, allmählichen Erwachens, wie sie ihr noch vor kurzer Zeit in der Heimat vergönnt gewesen waren, kamen ihr in wehmütige Erinnerung, zum erstenmal faßte sie mit Schrecken die Tiefe ihres Abstiegs und die Geschwindigkeit, mit der er sich vollzog. Und mit vollkommen klarer Besinnung erwog sie zum erstenmal die Möglichkeit, von ihrer Jugendfrische, von ihren körperlichen Reizen, wie es so viele andere in ihrer Lage taten, Nutzen zu ziehen und sich einfach zu verkaufen. Jene andere Möglichkeit: geliebt zu werden, wieder einmal glücklich zu sein, hatte sie seit ihrer ersten Enttäuschung nicht mehr in Betracht gezogen, und die täppischen und widerlichen Annäherungsversuche, die sie im Laufe der letzten Monate von Dienstherren, Fleischhauergehilfen, Handlungskommis hatte erdulden müssen, waren nicht angetan gewesen, sie zu Abenteuern zu verlocken. So bot sich ihrer ermüdeten und enttäuschten Seele von allen Formen der Liebe gerade die gewerbsmäßige als die reinlichste und anständigste dar. Sie gab sich noch eine Frist von einer Woche. Fand sich bis dahin keine gute Stellung, dann, so schien es ihr in dieser trüben Morgendämmerstunde, blieb ihr nur mehr die Straße übrig.

26

Die Witwe Kausik, die sich als Bedienerin ihr kärgliches Brot verdiente, übrigens eine gutmütige, wenn auch oft übellaunige Person, pflegte um fünf Uhr früh aufzustehen. Bald darauf erhoben sich auch die Kinder, und die öde Unruhe, die den Tag in der armseligen Stube einleitete, trieb auch Therese aus dem Bett. In einer weißen, an den Rändern gesprungenen, unförmigen Tasse bekam sie ihren Frühstückskaffee, später begleitete sie die Kinder der Frau Kausik, einen Buben und ein Mädchen von neun und acht Jahren, die ihr sehr anhänglich waren, zur Schule, und eine Stunde drauf, nach einem Spaziergang durch den Stadtpark, dessen frühsommerliches Blühen ihre Stimmung ein wenig aufheiterte, sprach sie in einem Stellungsbureau vor, wo sie als eine Person, die es nirgends lange aushielt, ohne Freundlichkeit behandelt wurde. Immerhin gab man ihr wieder einige Adressen an, und nach einigen mißglückten Versuchen stieg sie endlich um die Mittagsstunde mit recht herabgestimmten Hoffnungen die Treppe eines vornehmen Ringstraßenhauses hinan, wo für zwei Mädchen von dreizehn und elf Jahren eine Erzieherin gesucht wurde. Die Frau des Hauses, hübsch und ein wenig geschminkt, schickte sich eben zum Fortgehen an und schien zuerst ungeduldig, als sie sich aufgehalten sah. Doch ließ sie Therese eintreten und verlangte ihre Zeugnisse zu sehen. Einer plötzlichen Eingebung folgend erwiderte Therese, daß sie noch keine vorweisen könne, da sie zum erstenmal eine Stellung anzunehmen gedenke. Zuerst von ablehnender Haltung, schien die Dame im weiteren Verlauf des Gesprächs an Theresen Gefallen zu finden, insbesondere von dem Umstand angenehm berührt zu sein, daß die

Bewerberin aus einer Offiziersfamilie zu stammen erklärte, und beschied sie schließlich für den nächsten Tag für eine Stunde her, zu welcher die beiden Mädchen aus der Schule schon zurück sein würden. Im Hausflur las Therese auf einer schwarzen Tafel unter Glas mit goldenen Buchstaben: Dr. Gustav Eppich, Hof- und Gerichtsadvokat, Verteidiger in Strafsachen.

Am nächsten Tag um ein Uhr trat Therese in den Salon, wo sie die Dame des Hauses in Gesellschaft ihrer Töchter fand, und Therese glaubte an dem freundlichen Benehmen der beiden wohlerzogenen Kinder zu merken, daß sie von der Mutter günstig gestimmt worden waren. Bald darauf trat auch der Herr des Hauses ein; im Ton eines leichten Vorwurfs bemerkte er, daß er die Kanzlei früher verlassen habe als sonst; auch er schien bereits für Therese voreingenommen, insbesondere ihre Abstammung aus einer Offiziersfamilie hatte auch auf ihn ihre Wirkung nicht verfehlt, und als Therese auf eine Frage erwiderte, daß ihr Vater vor ungefähr einem Jahre aus Kränkung über seine vorzeitige Pensionierung gestorben sei, lag es auf den Mienen sämtlicher Familienmitglieder wie persönliches Mitgefühl. Der ihr gebotene Monatsgehalt war zwar geringer, als sie erwartet, trotzdem konnte sie ihre Freude kaum verbergen, als sie mit dem Bedeuten entlassen wurde, am nächsten Tage ihre Stellung im Hause anzutreten.

Bei Frau Kausik fand sie einen Brief der Mutter vor mit der Mitteilung, daß der Vater gestorben sei. Sie hatte einen leisen Schauer, fast ein Schuldgefühl zu überwinden, dann erst kam sie zum Bewußtsein ihres Schmerzes. Ihrer ersten Eingebung folgend nahm sie ihren Weg zum Bruder, der von dem traurigen Ereignis noch nicht in Kenntnis gesetzt war. Er schien nicht sonderlich betroffen, ging schweigend im Zimmer hin und her, endlich blieb er vor Theresen stehen, die sich, da auf den beiden Stühlen Bücher lagen, auf den Bettrand gesetzt hatte, und küßte sie, wie einer Verpflichtung nachkommend, flüchtig auf die Stirn. „Hörst du sonst etwas von Hause?“ fragte er dann. Therese berichtete das Wenige, was sie wußte, unter anderm, daß die Mutter die Wohnung verlassen, die Möbel verkauft und ein möbliertes Zimmer bezogen habe. „Die Möbel verkauft?!“ wiederholte Karl mit einem sauern Lächeln. „Sie hätte uns eigentlich fragen müssen.“ Und auf Theresens verwunderten Blick: „Du und ich, wir sind doch gewissermaßen Mitbesitzer des Mobiliars.“ – „Ja, richtig,“ sagte Therese, „sie schreibt auch etwas davon, daß man uns in der nächsten Zeit einen gewissen Betrag ausbezahlen wird.“ – „Einen gewissen – hm, da wird man sich wohl etwas genauer darum kümmern müssen.“ Er begann wieder auf und ab zu gehen, schüttelte den Kopf, und mit einem raschen Blick auf Therese sagte er vor sich hin: „Ja, nun hat er es überstanden, unser armer Vater." Therese wußte nichts darauf zu sagen, fühlte sich noch unbehaglicher, als sie es sich erklären konnte, und verabschiedete sich von ihrem Bruder, ohne ihm, wie sie es eigentlich gewollt, von ihrer neuen Stellung zu erzählen. Karl hielt sie nicht zurück.

Auf dem Heimweg trat sie in eine Kirche und verweilte dort längere Zeit, ohne zu beten, doch andächtig, ja inbrünstig des Verstorbenen gedenkend, der ihr nun in einer früheren Gestalt vor Augen stand, so, wie sie ihn als Kind gekannt und geliebt hatte. Sie erinnerte sich der fröhlichen, lauten Art, mit der er damals ins Zimmer zu treten, sie vom Boden, wo sie gespielt, emporzuheben, an sich zu drücken und zu herzen gepflegt hatte, und sofort gesellte sich dieser Erscheinung auch die damalige ihrer Mutter bei, hell und jugendlich, ja, so strahlend, wie sie sie in Wirklichkeit eigentlich niemals gesehen. Und wieder kam jener Schauer über sie, den sie heute schon einmal gefühlt hatte, wenn sie daran dachte, in welch kurzer Frist diese beiden Menschen sich so völlig hatten verändern können, daß sie ihr nun beide wie längst Dahingeschiedene, längst Begrabene erschienen, die mit dem eben verstorbenen, wahnsinnigen Oberstleutnant und mit der unordentlichen, boshaften und etwas unheimlichen alternden Romanschreiberin in Salzburg überhaupt nicht das geringste gemein hatten.

27

Am nächsten Tag trat Therese ihre neue Stellung an. Durch besondere Liebenswürdigkeit versuchte man, ihr über die Verlegenheit des ersten Mittagstisches hinwegzuhelfen, an dem sie auch den Sohn des Hauses, George, wie man seinen Namen französisch aussprach, kennenlernte, einen leidlich hübschen Burschen von achtzehn Jahren, der als Student der Rechte an der Universität inskribiert war.

Eine Tageseinteilung für Therese ergab sich von selbst. Beide Mädchen besuchten die Schule, von Theresen wurden sie hinbegleitet und wieder abgeholt, sie war ihnen bei den Aufgaben behilflich, auf Regelmäßigkeit der Spaziergänge wurde von Frau Eppich besonderer Wert gelegt. Das Verhalten beider Eltern blieb weiterhin freundlich, wenn sich auch Therese bald über die vollkommene innere Gleichgültigkeit ihr gegenüber keiner Täuschung hingeben konnte. Man machte es ihr leicht, sich an den Gesprächen während der Mahlzeiten zu beteiligen, zuweilen wurden politische Themen angeschlagen, und mit unverkennbarer Absicht gab bei solcher Gelegenheit Dr. Eppich höchstliberale Ansichten zum besten, gegen die sich niemand wandte als sein eigener Sohn, der dem Vater allzu weitgehenden Idealismus vorwarf, was dieser nicht ungern, fast geschmeichelt zu hören schien. Was Frau Eppich anbelangt, so gab es Tage, an denen sie nicht nur für ihre Töchter, sondern auch für wirtschaftliche Angelegenheiten des Hauses das lebhafteste Interesse zeigte, bald in diesem, bald in jenem Zimmer unerwartet auftauchte und Anordnungen traf; – und andere, an denen sie sich um Haus, Wirtschaft und Kinder nicht im geringsten kümmerte und für Therese außer bei den Mahlzeiten unsichtbar blieb. George machte sich im Zimmer seiner Schwestern öfter zu schaffen, als unumgänglich notwendig war, seine Blicke, bald schüchtern, bald unverschämt, verrieten Theresen bald, daß er in ihrer Nähe Wünsche und vielleicht Hoffnungen hegte, von denen sie aber, vollkommene Zurückhaltung bewahrend, nichts zu merken schien. Das ältere der beiden Mädchen schien manchmal geneigt, sich Theresen mit Herzlichkeit an- und aufzuschließen, hielt sich aber, wenn dies an irgendeinem Tage fast geschehen war, an den darauffolgenden wie mit Absicht nur noch ferner von ihr. Die jüngere war von einer gleichmäßigen, noch durchaus kindlichen Heiterkeit, und beide Töchter hingen an der Mutter mit großer Zärtlichkeit, die, wie Therese manchmal zu merken glaubte, von dieser nicht in gleicher Weise und oft nur zerstreut, ja ungeduldig erwidert wurde.

Für sich selbst hatte Therese wenig Zeit übrig. An jedem zweiten Sonntag hatte sie „Ausgang", wie der Ausdruck lautete, doch wußte sie kaum, was sie mit ihren freien Stunden anfangen sollte, und benutzte sie ohne rechte Lust zu Spaziergängen und, selten, zu einem Theaterbesuch. Über die Behandlung im Hause hatte sie sich auch weiterhin kaum zu beklagen, trotzdem kam allmählich eine gewisse Unruhe, ja beinahe ein Gefühl von Unsicherheit über sie, als dessen Ursache sie die sonderbar wechselnden Stimmungen innerhalb der Familie zu erkennen glaubte, in die sie selbst unwillkürlich einbezogen wurde, ohne recht zu wissen wie. Kein Wesen war da, dem sie sich anvertrauen konnte oder wollte. Nur eine französische Erzieherin, nach Theresens Auffassung kaum mehr ganz jung zu nennen, obwohl sie die Dreißig noch nicht überschritten hatte, war ihr etwas sympathischer, und sie benützte die Gelegenheit, durch Unterhaltungen mit ihr sich in der französischen Konversation zu vervollkommnen. Sylvie war amüsant, vertraute Theresen, wenn auch mit einiger Zurückhaltung, allerlei nicht unbedenkliche Geschichten aus ihrer Vergangenheit an und versuchte auch Therese zu persönlichen Mitteilungen zu ermuntern. Diese, von Natur verschlossen, erzählte nicht viel mehr als sie auch dem fremdesten Wesen hätte sagen dürfen, merkte aber, daß Mademoiselle Sylvie an ihre Unverdorbenheit nicht recht glauben wollte. Therese wunderte sich manchmal selbst, daß sich ihr Herz, ja, daß sich kaum ihre Sinne mehr jener verflossenen Seligkeiten in den Armen des Leutnants zu erinnern vermochten. Die Enttäuschung über seinen Betrug war ja längst verschmerzt, trotzdem war ihr, als könne sie niemals mehr einem Manne Glauben schenken, und manchmal war sie darüber froh. Es schmeichelte ihr auch ein wenig, daß sie sich eines vortrefflichen Rufs erfreute und daß Frau Eppich gegenüber den Bekannten des Hauses Theresens Abstammung aus einer alten österreichischen Offiziersfamilie nicht ungern erwähnte.

28

Der Frühling kam heran, und am zweiten Osterfeiertage, früh am Nachmittag, erwartete Therese auf dem Stefansplatz die Gouvernante eines den Eppichs befreundeten Hauses, eine gutmütige, ziemlich verblühte Person, für die sie vom ersten Augenblick an nicht so sehr Freundschaft als Mitleid empfunden hatte. Das Fräulein ließ auf sich warten, und Therese vergnügte sich indes damit, die Vorübergehenden zu betrachten, die an diesem milden blauen Feiertag, alle wie von Sorgen befreit, irgendeinem heiteren Ziele zuzustreben schienen. An Liebespaaren war kein Mangel; Therese, ohne daß sich gerade Neid in ihr regte, empfand es als etwas lächerlich, daß sie hier nicht einen Liebhaber, sondern eine ältliche Gouvernante erwartete, mit der sie durch keinerlei Gemeinsamkeit als durch die Ähnlichkeit des Berufs verbunden war; und es wurde ihr vor dem bevorstehenden, voraussichtlich langweiligen Nachmittag, den sie mit ihr verbringen sollte, beinahe ängstlich zumut. Da schon eine halbe Stunde über die verabredete Zeit verstrichen war, beschloß sie, sich allein ins Freie zu wagen. Noch einmal aus Gewissenhaftigkeit sah sie sich nach allen Seiten um, ob die andere nicht doch vielleicht von irgendwoher noch käme; dann aber verließ sie eiligst den Platz des Stelldicheins, tauchte im Strome der Spaziergänger unter und freute sich ihres Alleinseins, ihrer Freiheit und auch der Rätselhaftigkeit, von der jede nächste Stunde leuchtet, die keinen vorbestimmten Inhalt birgt. Es fügte sich, daß sie von der Menge geschoben und zugleich geführt den Weg gegen den Prater zu nahm und sich endlich in der Hauptallee fand, deren Bäume alle noch kahl standen, während der Erdboden schon nach Frühling duftete. Die Fahrbahn war von Wagen belebt und wurde belebter von Minute zu Minute, da in Fiakern und Equipagen das Publikum eben von den Rennen in der Freudenau zurückgefahren kam. Gleich vielen anderen stellte sich auch Therese für eine Weile am Wegrand hin; mancher Blick streifte sie, mancher wandte sich nach ihr zurück, unter anderen der eines jungen Offiziers, der, Max ein wenig ähnlich, ihr doch vornehmer, geradezu edler als ihr Verführer auszusehen schien. Übrigens war sie sich längst klar darüber, daß sie sich damals weggeworfen hatte, und sie versprach sich, ein nächstes Mal klüger zu sein.

Sie ging die dicht belebte Allee weiter und war nun im Bereich der Musikkapellen, die in den überfüllten Restaurationsgärten nicht nur für die Gäste an den Tischen spielten. Hunderte, Tausende wandelten vorüber, blieben stehen, drängten sich an die Zäune, und Therese freute sich, wie die Orchester einander ablösten und ineinandergriffen, wie in die sanfte Weise des einen nahen plötzlich von einem entfernteren her ein wüster Trommelschlag oder Tschinellenklang tönte und wie das Traben der Pferde, das Flüstern, Reden, Lachen der Menge, ja, wie die Lokomotivpfiffe vom Eisenbahnviadukt her gleichfalls an dem großen Festkonzert zum Empfange des Frühlings mitwirkten. –

Bisher hatte ihre dunkle, schlichte Kleidung und ihre unbewegte, fast gewohnheitsmäßig strenge Miene jede Zudringlichkeit von ihr ferngehalten. Nur als sie früher für eine kurze Weile an der Umzäunung eines Gasthausgartens stehengeblieben war, hatte ein junger Mensch sich allzu nah an sie herangedrängt, war aber auf eine heftig abwehrende Armbewegung von ihr wieder verschwunden, ohne daß sie nur seine Züge deutlich wahrgenommen hätte. Als sie nun unter den noch laublosen Bäumen, vom Lärm und von der Musik sich entfernend, weiterging, merkte sie, daß sie sich jener absichtlichen Berührung nicht gerade mit Widerwillen erinnerte. Rasch, beinahe fliehenden Schrittes eilte sie weiter. Der Menschenstrom versickerte allmählich; auf einer Bank, der ersten, die unbesetzt war, dachte Therese für eine Weile auszuruhen. Ein junger Mensch kam an ihr vorüber, der ihr schon von weitem durch seine Erscheinung aufgefallen war: ein frisch gebügelter, doch schlecht sitzender, lächerlich heller Anzug schlotterte um seine hagere, schlanke Gestalt, er tänzelte mehr als er ging, beide Hände in den Hosentaschen; in der rechten, lose zwischen zwei Fingern, hielt er überdies seinen weichen braunen Hut. Er streifte Therese mit einem kindlichen und doch etwas tückischen Blick, nickte ihr zu, freundlich, herzlich beinahe, keineswegs frech, so daß sie den Gruß fast erwidert hätte und unwillkürlich lächelte. Nach ein paar Schritten machte er plötzlich kehrt, schritt rasch auf sie zu und nahm ohne weiteres neben ihr Platz. Sie wollte aufstehen, da hatte er auch schon zu reden angefangen, als hätte er ihre Bewegung nicht bemerkt, sprach von dem schönen Frühlingswetter, dem Pferderennen, dem er beigewohnt, dem Sturz eines Jockeis bei der Steeplechase, scherzte über ein auffallend gekleidetes Paar, das eben vorbeiging, fragte endlich Therese, ob sie den Wagen der Erzherzogin Josefa und den Viererzug des Barons Springer vorbeifahren gesehen habe und ob es nicht hübsch sei, die Musik von ganz ferne herklingen zu hören wie aus einer anderen Welt. Therese, von dem Schwall seiner Worte ein wenig benommen, erwiderte kurz, nicht eben unfreundlich; plötzlich aber erhob sie sich, grüßte flüchtig, – da stand auch er ohne weiteres auf, ging neben ihr einher und plauderte weiter. Er begann zu raten, wer sie eigentlich sein könnte; eine Wienerin keineswegs. O nein. Und als sie lächelte –: vielleicht eine Reichsdeutsche? sie spräche so gebildet. Ah, eine gebürtige Italienerin sei sie! Ja, gewiß. Die dunklen Haare, der glühende, verheißungsvolle Blick; eine Italienerin, gewiß! – Fast erschrocken sah sie zu ihm auf. Er lachte. Nun jedenfalls stamme sie aus dem Süden, ihre Eltern, ihre Ahnen jedenfalls, daß sie selbst eine Wienerin sei, das höre man ja ganz genau, trotzdem sie so wenig rede – und eigentlich hochdeutsch. War sie etwa eine Schauspielerin? eine Sängerin? eine Primadonna? oder etwa eine Hofdame? Jawohl, eine Hofdame, die es lockte, sich einmal das Treiben des Volkes in der Nähe zu besehen, – wenn nicht gar eine Prinzessin oder eine Erzherzogin? Natürlich, eine Erzherzogin!

Davon war er nicht mehr abzubringen, und er tat sogar, als wenn es ihm ganz ernst damit wäre. Alles stimme dafür: die unauffällige, aber, wie er sich ausdrückte, hochdistinguierte Kleidung, die Haltung, der Gang, der Blick, – und er blieb hinter ihr stehen, ließ sie ein paar Schritte vorausgehen, um Haltung und Gang von rückwärts zu bewundern. „Hoheit," sagte er plötzlich, als sie wieder in den Bereich der Musikkapellen gelangt waren, „es wäre mir eine besondere Ehre, Hoheit zu einem Souper einzuladen, aber die Wahrheit zu sagen – Armut ist keine Schande und Reichtum kein Unglück –, mein Vermögen beläuft sich leider nur auf einen Gulden netto. Das würde kein sehr fürstliches Mahl werden. Also müßten sich Hoheit Ihr Nachtmahl selber zahlen."

Sie fragte ihn lachend, ob er verrückt sei. „Nichtsdestoweniger", erwiderte er ernsthaft.

Sie beschleunigte ihre Schritte. Es sei spät, sie müsse nach Hause. Nun, so würde sie ihm doch wenigstens gestatten, daß er sie bis zur Hofequipage begleite, die sicher irgendwo auf sie warte. Beim Schweizerhaus –? beim Preuscherschen Museum? Oder beim Viadukt? Sie waren indes auf einen Seitenweg gelangt; in einem einfacheren Wirtsgarten hinter einem grünen Staketzaun bei Bier, Salami und Käse ließ ein geringeres Publikum sich's behaglich sein und an der Musik genügen, die in abgerissenen Klängen aus benachbarten und ferneren Gärten herübertönte. Und bald, zu ihrem eigenen Staunen, saß Therese mit ihrem Begleiter an einem ziemlich wackeligen Tisch mit rotgeblümter Decke, und beide verzehrten mit Appetit, was ihnen der schwitzende, in einen fettglänzenden Frack gekleidete Kellner vorsetzte. – „Oh, Herr Swoboda", sprach ihn Theresens Begleiter an, als kennte er ihn längst, und stellte allerlei spaßhafte Fragen an ihn. "Was macht der Herr Großpapa? Noch immer Wahrsager? Und das Fräulein Tochter? Immer noch Dame ohne Unterleib?" Dann überbot er sich in komischen Entschuldigungen, daß er es gewagt, die Prinzessin in ein so unmögliches Lokal zu bringen. Aber hier sei auch weniger Gefahr, daß ihr Inkognito gelüftet werde. Dann lenkte er ihre Aufmerksamkeit auf einzelne Figuren; auf den Herrn im dunklen Überzieher und dem in die Stirn gedrückten steifen Hut – sicher ein Defraudant auf der Flucht –, auf die zwei Soldaten mit ihren Liebsten, die, jedes Paar gemeinsam, aus je einem Krügel ihr Bier tranken, auf den glotzäugigen Familienvater mit der dicken Frau und den vier Kindern, auf den uralten, glattrasierten Herrn, der unter der Laterne saß und vor sich hin brummte, und endlich entdeckte er mit gutgespieltem Schreck in einem Winkel des Gartens einen Herrn in Schwarz, mit Zylinder sonderbarerweise, der natürlich nur ein Geheimpolizist sein konnte. Offenbar zur Bewachung der Prinzessin hier anwesend. –

Alles, was er so zum besten gab, war nicht im geringsten witzig und im Ausdruck ziemlich trivial; und Therese fühlte das wohl. Aber nach den langen Monaten, in deren Verlauf niemand ein harmlos-lustiges Wort zu ihr gesprochen, in dieser stets drückenden Atmosphäre von Unfreiheit und Anstand, hatte sich in Theresen unbewußt eine solche Sehnsucht nach Fröhlichkeit aufgespart, daß sie jetzt, an der Seite eines Menschen, den sie vor einer Stunde noch nicht gekannt, unbeobachtet, frei, überdies von zwei rasch genossenen Gläsern Wein leicht benommen, begierig die erste armselige Gelegenheit ergriff, selbst ein wenig fröhlich zu sein und zu lachen. Flüchtig überlegte sie, was ihr Begleiter eigentlich sein mochte. Maler vielleicht? oder Schauspieler? Nun, was immer – jedenfalls war er jung und unbekümmert, und ganz bestimmt war es lustiger heute, als es damals in Salzburg in dem vornehmen Hotelgarten mit Alfred gewesen war. Und sie fragte ihren Begleiter, ob er Salzburg kenne. Salzburg? aber natürlich war er dort gewesen. Auch in Tirol, auch in Italien, auch in Spanien –; bis Malta sei er gekommen. Ob sie denn noch nicht erraten habe, daß er ein Handwerksbursche sei, ein patentierter Handwerksbursche, der mit dem Ranzel durch die Welt wandere? Gestern erst sei er wieder hier angelangt, eigentlich mit der Absicht, morgen wieder sein Bündel zu schnüren. Aber wenn er die Hoffnung hegen dürfe, ihre Hoheit wiederzusehen, so sei er bereit, ein paar Tage zuzugeben, und Nächte, setzte er beiläufig hinzu.

Der Zahlkellner stand da, sie beglichen, jeder für sich, ihre Zeche, dann verließen sie den Garten; der Unbekannte nahm Theresens Arm und ließ ihn nicht los. Zwischen Buden, Schießstätten, Wirtshäusern, Ringelspielen, während überall der Feiertagslärm allmählich zu verklingen begann, schritten sie dem Ausgang zu. Mit einem Ausrufer, der in böhmischem Dialekt zum Besuche eines magischen Kabinetts mit pikanten Überraschungen einlud, ließ sich Theresens Begleiter, den Dialekt nachahmend, zur Erheiterung der Umstehenden in eine Unterhaltung ein. Das behagte Theresen wenig, sie löste ihren Arm aus dem seinen, wollte gehen, doch er war gleich wieder bei ihr. Bei einem Wagenstand stellte er sich an, als wenn er nach einer Hofequipage suchte und untröstlich sei, sie nicht zu finden. "Nun ist der Spaß zu Ende," sagte sie, „und ich glaube, es ist das Beste, wir sagen uns Adieu."

„Nun, wenn der Spaß zu Ende ist," sagte er mit einem unerwarteten Ernst, „so schickt es sich wohl, daß ich mich in aller Form vorstelle: Kasimir Tobisch. Früher einmal", setzte er mit Selbstironie hinzu, „von Tobisch, aber", so erklärte er gleich, es habe wenig Sinn, den Adel zu führen, wenn man ein armer Schlucker sei. Und nun sollte die Gnädigste einmal raten, was er außerdem noch sei. – „Maler", sagte sie, ohne sich lange zu bedenken. – Er nickte rasch. Es stimmte. Er wäre Maler und Musiker, je nachdem. Ob die Gnädigste nicht einmal sein Atelier besichtigen wolle? Als sie darauf nicht einmal antwortete, begann er wieder von seinen Reisen zu reden. Oh, nicht nur in Italien sei er gewesen, auch in Paris, auch in Madrid und in England, als Maler und Musiker. Orchestermusiker, er spiele so ziemlich alle Instrumente, von der Flöte bis zur großen Trommel. Ach, was war Madrid für eine Stadt, geheimnisvoll und romantisch. Aber Rom, das ging doch über alles. Die Katakomben zum Beispiel: eine Million Skelette und Totenköpfe tief unter der Erde, – es war nicht gemütlich, dort unten herumzuspazieren. Wenn man sich verirrte, war man verloren. Einem seiner Freunde war es passiert, aber er wurde noch gerettet. – Und das Colosseum – ein Riesenzirkus, hunderttausend Menschen hatten Platz darin. Jetzt war es verfallen, und der Mond stand darüber. Natürlich nur bei Nacht. Haha!

Sie näherten sich dem Hause, in dem Therese wohnte, sie ersuchte ihn zurückzubleiben, auf seine Bitte gab sie ihm Namen und Adresse; – und überdies ein Stelldichein für heute in zwei Wochen. Sie merkte, daß er ihr in einiger Entfernung folgte und an der Ecke stehenblieb, bis sie im Tor verschwunden war.

29

Innerhalb dieser vierzehn Tage kamen drei Briefe von ihm. Der erste war höflich und galant, der zweite in lustigerem Ton gehalten, er nannte Therese „Prinzessin“ und „Eure Hoheit“ und unterschrieb sich Kasimir, großer Trommler, Flötist und patentierter Handwerksbursche. Der dritte Brief aber hatte schon einen Hauch von Zärtlichkeit, und unterschrieben war er, wie in Zerstreutheit, mit den Initialen C. v. T.

Sie trafen einander, wie bestimmt war, am Praterstern. Es regnete in Strömen. Kasimir erschien ohne Schirm, im romantischen Faltenwurf eines Radmantels. Er hatte Billetts für die Nachmittagsvorstellung des Karltheaters in der Tasche. Oh, sie kosteten nichts, er war gut bekannt mit dem Direktor, auch mit einigen Mitgliedern. Man traf zuweilen in Restaurants, auf Atelierfesten zusammen. Nun, Fest, das mußte man nicht so wörtlich nehmen. Aber die Wahrheit zu sagen, es ging manchmal recht fidel dabei zu, wenn auch lange nicht so fidel wie zum Beispiel in Paris bei ähnlichen Gelegenheiten, zum mindesten nicht so ungeniert. Dort gab es einen Künstlerball, bei dem die Modelle völlig unbekleidet tanzten, manche, was vielleicht noch schlimmer war, nur in durchsichtige, rote, blaue, grüne Schleier gehüllt. – So unterhielt er sie auf dem kurzen Weg zum Theater. Dann saßen sie dritte Galerie, zweite Reihe; man gab eine Operette, wie Therese solche auch in Salzburg nicht viel besser oder schlechter aufgeführt gesehen hatte. Auf der Bühne geriet manches ganz lustig, aber was ihr Kasimir dazwischen ins Ohr flüsterte, machte sie bald lachen, bald erröten, und als er in dem verdunkelten Zuschauerraum allzu zärtlich wurde, mußte sie sich's endlich verbitten. Nun war er wie ausgewechselt und hielt sich anständig und still auf seinem Sitze bis zum Schluß, antwortete nicht einmal auf ihre Fragen, was freilich wieder nur eine Art von Spaß war.

Als sie am Schluß der Vorstellung auf die Straße traten, war es noch hell, und der Regen dauerte fort. Sie begaben sich in ein naheliegendes Kaffeehaus, saßen in einer Fensternische; Therese blätterte in illustrierten Zeitungen, Kasimir sah interessiert einer Billardpartie zu, gab den Spielern Ratschläge und versuchte selber einen Stoß, der mißglückte, woran er dem schlechten Queue Schuld gab. Therese fand es sonderbar, daß er sich so wenig um sie kümmerte, und als er sich doch wieder einmal ihr zuwandte, bemerkte sie, daß man nun eigentlich gehen könnte. Er half ihr in die Jacke, schlug seinen Radmantel verwegen um die Schultern, auf der Straße spannte er den Schirm über sie, aber nahm nicht ihren Arm. Er war zurückhaltend, fast melancholisch, und sie hatte ein wenig Mitleid mit ihm. Als sie vor einem hell erleuchteten Restaurant vorbeikamen, warf er einen so hungrigen Blick durch die hohen Spiegelscheiben, daß Therese beinahe Lust bekam, ihn zu einem Souper an einem der lockenden, weiß gedeckten Tische einzuladen, doch sie fürchtete, daß sie ihn damit verletzen, und vielleicht noch mehr, daß er ihre Einladung annehmen könnte. Schweigend gingen sie nebeneinander her, doch beim Abschied, an einer Straßenecke, erklärte er mit plötzlicher Lebhaftigkeit, daß er bis zum nächsten Wiedersehen unmöglich ganze vierzehn Tage warten könne. Sie zuckte die Achseln. Es ginge nun einmal nicht anders. Er gab nicht nach. Sie sei doch keine Sklavin. Warum sollte man einander nicht an irgendeinem der nächsten Abende auf ein Stündchen sehen dürfen? – Sklavin sei sie freilich nicht, erwiderte sie, aber sie sei in Stellung, habe Pflichten. – Pflichten? Gegen wen? Gegen fremde Leute, die sie ausnützten! Es sei doch um nichts besser als Sklaverei. Nein, er wollte unter keiner Bedingung vierzehn Tage warten. Einen freien Abend, ausnahmsweise, auch in der Woche, den dürfe man ihr doch nicht verweigern! Sie blieb äußerlich fest, aber innerlich gab sie ihm recht.

Am nächsten Abend schon schickte er ihr ein Zettelchen hinauf, daß er an der Straßenecke warte, er müsse sie dringend sprechen. Die Frau des Hauses war zugegen und sah Therese rot werden. Es sei keine Antwort nötig, bedeutete

Therese dem Boten. Nun ließ Kasimir bis zum Tage des schon verabredeten Stelldicheins nichts von sich hören.

30

Therese wartete am Eingang des Stadtparks. Gegenüber, vor einem Ringstraßen-Café, saßen die Gäste im Freien und sonnten sich. Ein blasses Kind bot Theresen Veilchen zum Kauf an. Sie nahm einen kleinen Strauß. Ein Vorübergehender flüsterte ihr etwas ins Ohr, eine völlig unverblümte Aufforderung in so unverschämten Worten, daß sie nicht einmal wagte, sich umzuwenden. Sie wurde blutrot, aber nicht aus Zorn allein. War sie nicht verrückt, daß sie wie ein Sklavin – wie eine Nonne lebte? Wie alle sie nur ansahen! Mancher wandte sich nach ihr um, einer, ein hübscher, eleganter Mensch, ging ein paarmal an ihr vorüber, wartete offenbar ab, wie lange sie noch allein bleiben würde. Es war vielleicht ganz gut, daß Kasimir nicht kam. Ein armer Teufel und ein Narr dazu – und gerade der? – warum denn? Sie hatte ja die Wahl.

Doch da kam er heran in einem ganz lichten Sommeranzug, nicht eben vom besten Schneider, wie man wohl bemerken konnte, aber er saß ihm ganz gut; den weichen Hut in der Hand, wie gewöhnlich, die andere Hand in der Hosentasche, ging er frei und leicht. Sie lächelte und war froh. Er küßte ihr die Hand, sie wandelten im Stadtpark hin und her, Arm in Arm, standen am Teich, sahen den Kindern zu, die die Schwäne fütterten, Kasimir erzählte von einem Pariser Park und von einem Teich, darin er eines Abends herumgerudert war und im Kahn, im Schatten eines künstlichen Felsens, übernachtet hatte. „Wohl nicht allein?“ meinte sie. Er legte die Hand beteuernd auf sein Herz. „Ich weiß nicht mehr. Vergangene Dinge.“ – Therese wollte von Paris und Rom und all den fernen Städten nichts mehr hören. Wenn er sich dahin sehne, so solle er doch lieber gleich wieder davonreisen. Er drückte ihren Arm fest an den seinen und lud sie ein, auf der Terrasse des Kursalons mit ihm eine Jause zu nehmen. An einem kleinen Tischchen ließen sie sich nieder, und Therese bekam plötzlich eine lächerliche Angst, daß man sie hier mit Kasimir sehen und darüber „ihrer Herrschaft“ berichten könnte. Unter diesem Wort, das ihr durch den Sinn fuhr, beugte sie unwillkürlich den Kopf, und Kasimir, der sehr vornehm dasaß, mit überschlagenen Beinen, eine Zigarette rauchend, sagte ihr geradezu ins Gesicht, was in ihr vorginge. Sie schüttelte leise den Kopf, aber die Tränen waren ihr nahe. „Armes Kind“, sagte Kasimir, und mit Entschiedenheit fügte er hinzu: „Das soll anders werden.“ Er rief nach dem Kellner, zahlte, die Geldstücke klapperten großartig und etwas lächerlich auf der Marmorplatte, dann stieg er mit Therese die breiten Stufen in den Park hinab. Er erzählte ihr, wie sehr er sich nach ihr gesehnt habe. Nur in der Arbeit habe er einige Ruhe gefunden. Er sprach von einem Bild, das er eben male, einer phantastischen Landschaft, „tropisch-utopisch“, und von anderen, die er fast fertig im Kopfe trage, „Heimatsbilder“. – „Heimatsbilder?“ – Ja, denn sonderbarerweise habe er auch so etwas wie eine Heimat. Und er sprach von dem kleinen deutsch-böhmischen Städtchen, in dem er geboren war, von seiner Mutter, die heute noch als Witwe nach einem Notar dort wohne, von den bunten Blumenbeeten in dem kleinen Vorgarten, darin er als Kind gespielt hatte. Nun erzählte auch Therese von ihrer Familie, von dem Vater, der sich als General aus gekränktem Ehrgeiz erschossen, von der Mutter, die unter einem fremden Namen für große Zeitungen Romane schreibe, von ihrem Bruder, dem Couleurstudenten. Und sie selbst, ja, warum solle sie es nicht gestehen, sei einmal verlobt gewesen mit einem Offizier, dessen Eltern die Heirat mit einem armen Mädchen nicht zugeben wollten, – aber davon wolle sie lieber nicht reden, das sei eine zu traurige Erinnerung. Kasimir drang nicht in sie.

Sie spazierten durch Vorstadtstraßen, die Therese nicht kannte. Sie dachte ihres Kindertraums: sich auf fremden Wegen verlieren, von irgendwo wieder zurückkehren, wo einen niemand vermutet hatte. „Hier wären wir“, sagte Kasimir einfach. Sie blickte auf. Sie standen vor einem Zinshaus, das aussah wie hundert andere, er hielt ihren Arm fest, trat mit ihr ins Tor, sie gingen die Treppe hinauf, vorbei an Türen mit angenagelten Visitenkarten oder Messingschildern, an Gangfenstern, hinter denen gleichgültige Schatten huschten, und endlich ganz oben unter dem Dach öffnete Kasimir mit knarrendem Schlüssel eine Tür. In dem ziemlich geräumigen Vorzimmer stand nichts als eine Wäscherolle, die Wände waren fast kahl, an einer hing ein Abreißkalender. Durch die nächste Tür traten sie ins Atelier. Das riesige Fenster war fast zu zwei Drittel durch einen dunkelgrünen Vorhang verhängt, so daß es auf der einen Seite beinahe Tag, auf der anderen beinahe Nacht war. Im Dunkel stand eine große Staffelei mit einem durch ein schmutziges Tuch verhängten Bild. Auf einer alten Kommode lagen Bücher, auf einer länglichen Kiste eine Palette mit verschmierten Farben, daneben ein bläulicher Samtmantel. Auf dem Fußboden, halb gefüllt, standen kleinere und größere trübe Fläschchen und Flaschen. Es roch nach Terpentin, getranten Stiefeln und einem süßlichen Parfüm. Aus einem Winkel heraus leuchtete die Lehne eines roten Fauteuils. Kasimir warf seinen Hut kühn in eine Ecke, trat auf Therese zu, nahm ihren Kopf in beide Hände, guckte ihr vergnügt und etwas schielend in die Augen, umfaßte sie, zog sie zu dem Fauteuil hin und auf seinen Schoß nieder. Da der eine Fuß des Fauteuils nachzugeben schien, schrie sie leicht auf. Er beruhigte sie, dann begann er sie zu küssen, langsam, wie mit Bedacht. Sein Schnurrbart roch nach einer Resedapomade, eigentlich nach einem Friseurladen, aus dem sie als Kind ihren Vater einmal abgeholt hatte. Seine Lippen waren feucht und kühl. –

31

Um Kasimir öfters als alle vierzehn Tage nur einmal zu sehen, mußte Therese zu allerlei Ausreden ihre Zuflucht nehmen; – bald schützte sie einen Theaterbesuch mit einer Freundin, bald eine unerläßliche Zusammenkunft mit ihrem Bruder vor, um gelegentlich auch abends das Haus verlassen zu können. Da sie im übrigen ihre Pflichten als Erzieherin gewissenhaft erfüllte, schien man ihr diese kleinen Unregelmäßigkeiten nicht weiter übelzunehmen.

Der Freund Kasimirs, mit dem er seiner Angabe nach das Atelier gemeinsam bewohnte, war unerwartet, so erzählte Kasimir, von einer Reise zurückgekehrt und die Alleinbenützung des Raumes für ihn fraglich und unsicher geworden. So war das Liebespaar, wenn es ungestört sein wollte, darauf angewiesen, in übeln Gasthofzimmern flüchtig einzukehren, deren Miete, wenn Kasimir nicht eben bei Kasse war, von Therese bezahlt werden mußte. Sie tat es nicht ungern, ja, es bereitete ihr eine gewisse Genugtuung. Freilich hatten seine ständigen Geldverlegenheiten zur Folge, daß er häufig recht mißgestimmt war; und einmal geschah es, daß er Therese ohne jeden ersichtlichen Grund in der heftigsten Weise anfuhr. Aber als sie, dieses Tones ungewohnt, wortlos von seiner Seite aufstand, sich rasch ankleidete und Miene machte, sich zu entfernen, warf er sich vor ihr auf die Kniee und erflehte ihre Verzeihung, die sie ihm, allzu rasch, wie sie fühlte, zu gewähren bereit war.

In den ersten Julitagen sollte die Familie des Advokaten nach Ischl aufs Land ziehen. Therese dachte daran, ihre Stellung zu wechseln, nur um Kasimir nahebleiben zu können. Er selbst aber riet ihr ab und versprach ihr, sie im

Sommer zu besuchen, sich vielleicht nah von ihr, in einem Bauernhaus, einzumieten oder, wenn's nicht anders ging, irgend etwas Abenteuerliches zu unternehmen, nur um bald wieder mit ihr beisammen zu sein.

Am letzten Sonntag, vor der Übersiedlung nach Ischl, machten sie einen Ausflug in den Wiener Wald. Am späten Nachmittag saßen sie in einem Wirtsgarten auf einem Wiesenhang, ringsum stand wehender Wald. An den Tischen tranken, sangen, lachten die Leute, Kinder liefen und stürzten auf und ab, drin in der Wirtsstube beim offenen Fenster saß ein dicker Mensch in Hemdärmeln und spielte auf einer Harmonika. Kasimir hatte heute Geld, er ließ es sich und Theresen an nichts fehlen. In ihrer Nähe saß ein Ehepaar mit zwei Kindern, Kasimir begann ein Gespräch mit den Eltern, in dem er die herrliche Aussicht zur Donauebene pries, trank ihnen zu, fand das „Weinderl" nicht übel, berichtete von köstlichen ausländischen Sorten, die er auf seinen Reisen getrunken, vom Veltliner, vom Santa Maura, vom Lacrimae Christi und vom Xeres de la Frontera. Dann erzählte er Geschichten von Räuschen, die er mit angesehen, zur Belustigung der Gesellschaft äffte er das Torkeln und Lallen eines Betrunkenen nach, und endlich begann er zu den Klängen der Harmonika eine komisch-trübselige Melodie zu singen. Man klatschte ringsum in die Hände, und Kasimir dankte mit scherzhaften Verbeugungen. – Therese fühlte sich immer trauriger werden. Wenn sie nun unversehens aufstände und verschwände, – würde er's nur merken? Und wenn sie plötzlich ganz aus seinem Leben fort wäre, würde er sie vermissen und sich darüber Gedanken machen? Und selbst erschreckt von dieser plötzlichen Erleuchtung, fragte sie sich, ob sie nicht gut daran getan hätte, ihm eine gewisse Besorgnis, zu der sie Ursache zu haben glaubte und die auch ihm eine bedeuten müßte, schon auf dem Herwege mitzuteilen. Nun würde sie es gewiß nicht mehr über sich bringen. Wozu auch? Und morgen schon konnte sich ihre Sorge als überflüssig erweisen.

Die Sonne war lange fort, der Wald stand schwarz und still. Aus der Ebene stieg sanft der Abend. Quer über den Hang, am Wirtshaus vorbei, marschierten Studenten mit roten Kappen. Unwillkürlich sah Therese hin, ob ihr Bruder nicht unter ihnen wäre. Aber der trug ja keine Kappe. Daß er bei einer Couleur war, das hatte sie ja auch nur gelogen, wie so vieles andere. Was Karl wohl dazu sagen würde, wenn ihre Angst sich als begründet erwiese? Ach, was ginge es ihn an! Ihn so wenig wie andere. Wem war sie Rechenschaft schuldig? Niemandem, nur sich selbst.

Es war beinahe dunkel, als sie sich mit Kasimir auf den Rückweg machte. Er schlang den Arm um sie, sie gingen den Wiesenhang abwärts, den Wald entlang. An einer abschüssigeren Stelle gerieten sie ins Laufen, fast fiel sie hin, sie lachten wie Kinder. Er umschlang sie fester, sie fühlte sich wieder wohl. Allzu rasch waren sie in der Ebene; und durch die belebten Straßen, zwischen Gärten und Villen in lustigem Marschschritt wanderten sie weiter. In einem überfüllten Straßenbahnwagen fuhren sie der Stadt zu. Therese wurde es plötzlich wieder unbehaglich zumute, Kasimir aber, im Gedränge zwischen müden Weibern, lachenden Kindern, angeheiterten Männern, fühlte sich sichtlich so wohl, als wäre dies sein eigentliches Element. Sofort beteiligte er sich an dem albernen Geschwätz, das zwischen den Fahrgästen hin und her ging, spielte den Galanten, bedeutete einem dicken Herrn, er müsse sofort aufstehen, um einem hübschen, jungen Mädel seinen Sitzplatz einzuräumen, und bot ringsum von den Zigaretten an, die er oben im Wirtshaus erstanden hatte. Therese war froh, als die Fahrt zu Ende war. Bis zu ihrem Wohnhaus war es nah, vor dem Tor wurde noch rasch ein Rendezvous für das Ende der Woche verabredet, und Kasimir schien es plötzlich mit dem Abschied eilig zu haben. Sie sah ihm nach, bis das Tor sich hinter ihr schloß. Er hatte sich nicht einmal mehr nach ihr umgewandt.

32

Sie konnte das nächste Wiedersehen kaum erwarten. Zweimal schrieb sie ihm in dieser Zeit, kurze, zärtliche Briefe, und erhielt keine Antwort. Eine unbestimmte Angst durchbebte sie, die aber geradezu in Seligkeit dahinschmolz, als er ihr am Samstagabend am gewöhnlichen Treffort an der Stadtparkecke heiter, strahlend und jung entgegenkam. Warum er ihr nicht geantwortet habe. – Geantwortet? Wieso? Er hatte keinen Brief bekommen. Wohin hatte sie ihm denn geschrieben? Ins Atelier? Aber hatte sie denn vergessen, daß er übersiedelt war? – Übersiedelt –? – Aber ganz bestimmt hatte er ihr's neulich gesagt. Der Freund war abgereist, nach München, man mußte das Atelier aufgeben; und so hatte er vorläufig ein kleines Zimmer bezogen, als Übergang gewissermaßen und dafür jedenfalls gut genug.

Sie hatten nicht weit zu gehen; bis zu einem sehr alten Haus in einer engen, schwach beleuchteten Gasse der inneren Stadt. Eine schmale Treppe hinauf stiegen sie in das vierte Stockwerk, Kasimir öffnete die Wohnungstür, das Vorzimmer war dunkel, aus der Küche, durchs Schlüsselloch, schimmerte ein

Licht, und es roch nach Petroleum. Sie traten ins Zimmer. In der Fensteröffnung stand finster der Rauchfang des gegenüberliegenden Hauses. Das Dach war so nahe, daß man es fast mit Händen greifen konnte. Aber wenn Therese ihren Blick seitlich sandte, erblickte sie über Dächer und Rauchfänge hinweg einen weiten Ausschnitt der abendlichen Stadt. Kasimir erklärte Theresen die Vorzüge seiner neuen Wohnung – Ausblick, Ungestörtheit, Wohlfeilheit. Vielleicht würde er sich entschließen, sie auf ein Jahr zu mieten. „Kann man denn hier malen?“ fragte Therese. – „Kleinere Bilder schon“, bemerkte er beiläufig. Kasimir hatte die Kerze noch nicht angezündet, und in dem matten Nachtschein, der von dem klaren, blauen Himmel in den engen Raum fiel, sah der hohe, alte Schrank, das schmale Bett, dessen Kopfende in die Fensterecke gerückt war, und insbesondere der große Kachelofen anheimelnd genug aus. Kasimir betonte, daß sie sich in einem der ältesten Häuser von Wien befänden, in einem einstigen kleinen Palais; – und ein Teil der Möbel sei alter gräflicher Besitz. Therese wollte einen Blick in den Schrank tun. Kasimir ließ es nicht zu; er habe noch nicht Ordnung gemacht. Er sei doch erst heute früh hier eingezogen. Wie – heute erst –? und hatte ihre Briefe ins Atelier nicht bekommen!? Sonderbar, dachte sie, aber sie sprach es nicht aus. – Übrigens habe er ihr ein Geständnis zu machen. Nämlich, er war genötigt gewesen, seinem Freund, demselben, mit dem er bisher das Atelier bewohnt hatte, aus einer Verlegenheit zu helfen, und hatte nicht einmal genug zurückbehalten, um für ein Abendessen zu sorgen. Sie reichte ihm ihre Geldbörse, er eilte davon. Sie blieb allein in dem dunklen Zimmer zurück und seufzte. Ach Gott, warum log er nur so viel, als wär's eine Schande, ein armer Teufel zu sein, und war doch manchmal wieder geradezu stolz darauf! Und alle seine Lügen hingen doch nur mit seiner Armut zusammen. Sie wollte ihn bitten, daß er ihr von nun an alles rückhaltlos anvertraue, was ihn bedrücke. Es stand ja nun so, daß sie wahrhaftig kein Geheimnis voreinander haben durften. Auch sie nicht vor ihm. Noch heute sollte er wissen, daß sie ein Kind erwarte.

Kasimir blieb lange aus. Der Gedanke durchfuhr sie, daß er vielleicht gar nicht zurückkommen würde. Wieder kam ihr der Einfall, den Schrank zu öffnen, aber er hatte, ohne daß sie es gemerkt, den Schlüssel abgezogen. Ein kleiner Koffer stand unter der Bettstelle. Sie zog ihn hervor, er war unversperrt, ein paar armselige geflickte Wäschestücke lagen darin und eine ausgefranste Krawatte. Sie schloß wieder zu und schob den Koffer an seinen Platz zurück. Sie war erschüttert. Kasimirs Armut schnitt ihr ins Herz, tiefer, als eigenes Elend es je getan. Sie fühlte eine Zusammengehörigkeit mit ihm wie nie zuvor; nicht anders, als wenn sie beide vom Schicksal füreinander bestimmt wären. Wie vieles könnte man einander tragen helfen!

Als er nun eintrat, ein kleines Päckchen und eine Flasche Wein in der Hand, fiel sie ihm stürmisch um den Hals, und er ließ ihre Zärtlichkeiten mit Herablassung über sich ergehen. Ob es nur der Wein war, der ihr die Seele leicht machte und die Zunge löste, oder dieses Einandernahesein, wie sie es noch niemals empfunden, – plötzlich, sie wußte nicht wie, in seine Arme geschmiegt, gestand sie ihm, was sie nun seit Tagen schon in der Brust verschlossen trug. Er wollte es nicht recht ernst nehmen. Er war überzeugt, daß sie sich irrte. Man müßte doch noch einige Zeit abwarten, dann würde man ja weiter sehen. Und er sagte mancherlei Dinge, die sie geschmerzt hätten, wenn sie sie völlig hätte verstehen, ja, nur recht hätte anhören wollen.

Als sie miteinander die Treppe hinuntergingen, war zwischen ihnen alles so, als wenn sie ihm überhaupt nichts gesagt hätte. Mitternacht war lange vorbei, als sie vor Theresens Haustor Abschied nahmen. Er hatte es heute wieder besonders eilig; es war ja auch alles verabredet, seine Adresse kannte sie, er die ihre, und vielleicht in wenigen Wochen schon würde man wieder beisammen sein – im Grünen unter dem Sternenhimmel.

33

Die Ischler Villa lag vornehm in einem großen Garten. Vom Balkon aus sah man das Kur- und Badepublikum auf der Esplanade hin und her wandeln. Die Stimmung im Hause Eppich, dessen männliche Mitglieder noch in der Stadt verblieben waren, schien wie befreit, die beiden Mädchen fröhlich, wie Therese sie noch niemals gesehen, und die Mutter freundlicher, liebenswürdiger zu ihr, als sie es in der Stadt zu sein pflegte. An Besuchen fehlte es nicht. Ein eleganter junger Mann mit einer kleinen Glatze, der in der Stadt manchmal, auch mit anderen Gästen, bei Eppichs zu Mittag gespeist hatte, erschien beinahe täglich, und in der Dämmerung saß er mit der Frau des Hauses rückwärts im Garten. Therese unternahm mit den beiden Mädchen längere Spaziergänge, jüngere und ältere Freundinnen mit ihren Erzieherinnen, ziemlich erwachsene Knaben, auch junge Herren schlossen sich an, zuweilen fuhr man an einen nahen See zu kleinen Ruderpartien, und daheim gab es harmlose Gesellschaftsspiele, an denen auch Therese sich beteiligte; das ältere Mädchen, Bertha, schloß sich Theresen mit einer unerwarteten Innigkeit an, machte sie zur Vertrauten unschuldiger Herzensgeheimnisse, zuweilen gingen sie, abgesondert von den andern, Arm in Arm. Die Anmut der Landschaft, die sommerliche Luft, der Aufenthalt im Freien, die Abwechslung, all das tat Therese sehr wohl; und da jeden zweiten Tag kurze Briefchen von Kasimir eintrafen, so war ihr Gemüt von Unruhe ziemlich frei. Plötzlich aber blieben seine Briefe aus. Therese geriet in heftige Erregung, ihr Zustand, an dessen Tatsächlichkeit sie immer wieder zu zweifeln begonnen und den sie manchmal wieder fast als beglückend empfunden hatte, kam ihr in seinem ganzen ungeheueren Ernst zu Bewußtsein. Sie sandte einen Expreßbrief an Kasimir, in dem sie sich rückhaltlos über ihre Besorgnisse aussprach. Keine Antwort von ihm; dagegen ein Brief ihrer Mutter, ob Therese, die ja jetzt nur wenige Stunden von ihr entfernt sei, sie nicht gelegentlich besuchen wollte. Therese erwähnte Frau Eppich gegenüber fast absichtslos dieser Einladung, und als hätte man eine Anregung solcher Art nur erwartet, wurde ein Ausflug nach Salzburg in größerer Gesellschaft beschlossen.

Schon tags darauf reiste Therese in Begleitung der Damen Eppich, einer befreundeten Dame mit Sohn und Tochter und des eleganten jungen Mannes mit der kleinen Glatze nach Salzburg. Gleich am Bahnhof trennte sich Therese von den übrigen und eilte zu ihrer Mutter, die in ein geräumiges, lichtes Erkerzimmer in einem neuen Haus übersiedelt war. Frau Fabiani empfing ihre Tochter mit ruhiger Herzlichkeit; jenes fahrig-unheimliche Wesen der letzten Jahre war beinahe verschwunden, doch schien sie plötzlich eine ganz alte Frau geworden. Sie freute sich, zu hören, daß es ihrer Tochter gut ginge; auch sie habe sich glücklicherweise nicht zu beklagen. Sie verdiene, was sie brauche, und etwas darüber; und das Alleinsein, sie gestand es gerne, kam ihrer Arbeit in jeder Hinsicht zustatten. Sie ließ sich von Theresen über ihre jetzige Stellung und über ihre früheren allerlei berichten, und Therese war beinahe gerührt über das Interesse, das ihr die Mutter entgegenbrachte. Doch während des Mittagmahls, das aus einem benachbarten Gasthof besorgt und an dem kleinen Tischchen im Erker aufgetragen wurde, fing die Unterhaltung zu stocken an, und Therese empfand mit Unbehagen, daß sie bei einer zerstreuten, alten, fremden Frau zu Gaste war.

Während die Mutter auf dem Diwan ihre Nachmittagsruhe hielt, blickte Therese durch das Erkerfenster auf die Straße hinab, die sie weit verfolgen konnte, bis zur Brücke über den Fluß, dessen Rauschen herdrang. Sie dachte an die Leute, mit denen sie hiehergefahren war und die nun im Hotel bei der

Mittagstafel sitzen mochten, sie dachte an Max, an Alfred und endlich an den Fremdesten unter all diesen Fremden, an Kasimir, von dem sie ein Kind unter dem Herzen trug und der ihre letzten Briefe nicht beantwortet hatte. Aber wenn er ihr auch weniger fremd gewesen wäre, was konnte er ihr helfen? Mit seiner Liebe und ohne seine Liebe – sie war in gleicher Weise allein.

Sie entfernte sich leise, ohne die Mutter aufzuwecken, und wandelte eine Weile in den Straßen der Stadt umher, die zu dieser heißen Sommernachmittagsstunde still und verlassen waren. Zuerst war sie versucht gewesen, allerlei Stellen aufzusuchen, die mit Erinnerungen für sie verknüpft waren; aber diese Erinnerungen schienen ihr nun ohne Glanz. Und sie selbst fühlte sich so müde, so ausgelöscht, als wenn das Leben für sie zu Ende wäre. So begab sie sich bald, ohne inneren Anlaß, fast mechanisch, in das Hotel, wo ihre Reisegesellschaft abgestiegen war; diese aber hatte einen Ausflug unternommen, und Therese in der kühlen Halle durchblätterte illustrierte Zeitungen; und als ihr Blick durch die Glastüre zufällig in das Schreibzimmer fiel, kam ihr der Gedanke, nochmals einen Brief an Kasimir zu richten. Sie schrieb in Worten einer heißen Zärtlichkeit, die gemeinsame Stunden der Lust in seinem Gedächtnis neu erwecken sollten, schilderte ihm verlockend die Möglichkeiten eines Zusammenseins nachts im Garten der Villa oder im Wald und erwähnte mit Absicht nichts von dem, was sie eigentlich bewegte.

Als sie den Brief geendet, verließ sie etwas erleichtert das Hotel, und es blieb ihr nichts anderes übrig, als sich wieder in die Wohnung ihrer Mutter zu begeben. Diese saß schon bei ihrer Arbeit, Therese nahm von der Bücherstellage einen Band, der ihr eben in die Hand geriet; es war zufällig ein Kriminalroman, von dem sie bis in die Dämmerung hinein vollkommen gefangen blieb. Nun legte auch die Mutter ihre Arbeit beiseite und lud Therese zu einem kleinen Spaziergang ein; schweigsam gingen die beiden Frauen in der kühlen Abendluft den Fluß entlang und saßen endlich in einem bescheidenen, von Reisenden kaum je besuchten Wirtsgarten, wo Frau Fabiani vom Wirt als Stammgast begrüßt wurde und zu Theresens Verwunderung drei Krügel Bier trank. Zur Nacht mußte sich Therese, so gut es ging, auf dem Diwan behelfen. Sie wachte auf wie zerschlagen; obwohl sie erst mittags mit den andern an der Bahn zusammentreffen sollte, verabschiedete sie sich bald von ihrer Mutter, die in einem durch Vorhänge abgeschlossenen Alkoven zu Bette lag, und war froh, als sie die Treppe wieder unten war.

Der Morgen war hold und hell, Therese saß im Mirabellgarten im Farbenglanz und Duft von tausend Blumen. Zwei junge Mädchen, Schulkolleginnen von einst, kamen vorüber, von denen sie nicht gleich erkannt wurde, aber bald wandten sie sich wieder nach ihr um, kamen auf sie zu, und ein Grüßen und Fragen ging hin und her. Therese erzählte, sie sei Gesellschafterin in einem vornehmen Wiener Hause und habe hier ihre Mutter besucht, dann erkundigte sie sich, was es in der kleinen Stadt Neues gäbe. Aber da sie sich weder nach Max, noch nach Alfred zu fragen getraute, hörte sie nur lauter Klatsch, der sie nicht im geringsten anging. Es war ihr, als sei sie den beiden Schulkameradinnen, die im gleichen Alter mit ihr waren, um Jahre voraus; sie hatte mit ihnen, mit dieser Stadt nichts mehr zu schaffen und war froh, als sie eine Stunde später auf dem Bahnhof mit ihrer Ischler Gesellschaft zusammentraf, um abzureisen.

34

Die nächsten Tage in der Ischler Villa erwartete sie fieberig eine Nachricht von Kasimir. Vergebens. Ihr erregtes Wesen begann aufzufallen, es wurde ihr klar, daß sie irgend etwas unternehmen, daß sie zum mindesten mit irgend jemandem sprechen mußte. Wem aber sollte sie sich anvertrauen? Am nächsten fühlte sie sich der fünfzehnjährigen Bertha, die jeden Tag in einen andern verliebt war und sich vor dem Schlafengehen an Theresens Herz auszuweinen pflegte. Gerade dieses Kind, so schien es ihr, hätte sie am besten verstehen und trösten können. Aber bald sah sie die Unsinnigkeit ihres Einfalls ein, und sie schwieg. Unter den Erzieherinnen und Gesellschafterinnen, denen das sommerliche Beisammensein sie näher gebracht hatte, war keine, zu der sie sich hingezogen fühlte. Manche von ihnen mochte wohl ihre persönlichen Erfahrungen haben, doch Therese fürchtete Spott, Indiskretion, Verrat. Sie wußte natürlich, daß es Mittel und Wege gäbe, ihr zu helfen, doch es war ihr auch nicht unbekannt, daß dergleichen mit Gefahr verbunden war, daß man krank werden, sterben oder auch in den Kerker kommen konnte. Und irgendeine halb vergessene Geschichte, die sich vor zwei oder drei Jahren in Salzburg ereignet und ein tragisches Ende genommen hatte, wachte dumpf in ihrem Gedächtnis auf.

Sie gab sich eine letzte Frist von acht Tagen, um eine Nachricht von Kasimir zu erwarten. Während dieser Zeit fand sie in den Zerstreuungen des Landaufenthalts immerhin einige trügerische Ablenkung und Beruhigung. Als die acht Tage verstrichen waren, erbat sie sich drei Tage Urlaub. Sie hätte wegen der Verlassenschaft von ihrem Vater her mit ihrem Bruder dringend persönlich zu sprechen. Der Urlaub wurde ohne weiteres gewährt.

35

Sie kam in Wien zur Mittagsstunde an und fuhr geradeswegs nach dem Wohnhause Kasimirs. Sie eilte die Treppen hinauf. Eine alte Frau öffnete. Hier wohnte kein Herr Kasimir Tobisch, hier hatte nie ein Herr dieses Namens gewohnt. Vor einigen Wochen allerdings hatte ein junger Mann dieses Zimmer bezogen, eine kleine Angabe geleistet, doch schon am nächsten Tag war er wieder verschwunden, ohne sich polizeilich gemeldet zu haben. Therese ging betroffen und beschämt. Beim Hausbesorger erfuhr sie, daß einige Briefe an einen Herrn Kasimir Tobisch im Hause eingelaufen seien; der erste sei auch abgeholt worden, die andern waren unbehoben. Therese sah sie vor sich, erkannte ihre eigene Schrift. Sie bat, daß man sie ihr ausfolge. Der Hausbesorger weigerte sich. Sie entfernte sich glührot im Gesicht und fuhr nach dem Hause, wo Kasimir das Atelier bewohnt hatte. Hier war der Name Tobisch dem Hausbesorger völlig unbekannt. Vielleicht, daß die zwei Maler etwas wüßten, die jetzt im Atelier oben wohnten? Therese eilte hinauf. Ein älterer Mensch in einem weißen, farbenbeschmutzten Kittel öffnete ihr. Er wußte nichts von einem Herrn namens Kasimir Tobisch; vor ihm selbst hätte ein Ausländer hier gewohnt, ein Rumäne, der abgereist sei, ohne den Rest der Miete zu bezahlen. Therese stammelte einen Dank für die Auskunft, in den Augen des Malers schimmerte es wie Mitleid. Als sie die Treppe hinunterging, fühlte sie seinen Blick im Nacken.

Nun stand sie auf der Straße. Trotz allem glaubte sie nicht, daß Kasimir Wien verlassen habe. Sie mußte ja nicht gleich zurück, sie konnte auch ein paar Tage lang in den Straßen herumwandern, so lange, bis er ihr endlich in die Arme laufen mußte. Und wenn sie auch im Innern die Lächerlichkeit ihres Beginnens spürte, sie begann tatsächlich in der Stadt hin und her zu irren, die Kreuz und die Quer, stundenlang, bis endlich Müdigkeit und Hunger sie in ein Gasthaus trieben. Es war eine ungewohnte Speisestunde; so saß sie allein in dem geräumigen, anmutlosen Lokal, und wie im Fieber zählte sie, während sie auf das Essen wartete, unablässig die weißgedeckten Tische, von denen an, die in der Helligkeit der Fensternischen standen, bis zu den letzten, die im Dämmer des unbeleuchteten Hintergrundes verschwanden. Ihr Blick fiel auf ihre Handtasche, die sie beim Eintritt auf einen Stuhl gelegt hatte, und jetzt erst besann sie sich, daß sie die ganze Zeit über mit diesem Gepäckstück in den Straßen umhergeirrt und daß sie noch obdachlos war. Das Restaurant, in dem sie saß, gehörte zu einem Vorstadtgasthof minderen Rangs, sie beschloß, hier Quartier zu nehmen.

Als sie sich in ihrem Zimmer vom Staub der Reise und des Umherlaufens gereinigt, war noch lange der Abend nicht da. Von ihrem Fenster im vierten Stock blickte sie in den Dunst der Straße, aus der das Rauschen und Rattern eintönig und feindselig zu ihr heraufdrang. Wenn hier unten Kasimir vorüberginge, fragte sie sich, und sie geschwind die Treppe hinabliefe – könnte sie ihn noch erreichen? – Ja, würde sie ihn überhaupt erkennen von hier oben aus? Die Gesichter da unten verschwammen ihr alle. Vielleicht ging er wirklich eben vorüber, und sie wußte es nicht. Sie beugte sich hinab, es wurde ihr schwindlig; sie trat vom Fenster zurück und setzte sich an den Tisch. Der Straßenlärm dämpfte sich ab, ihre Einsamkeit, ihre Losgelöstheit, das Bewußtsein, daß in diesem Augenblick niemand ahnte, wo sie sich befinde, gab ihr für kurze Zeit eine merkwürdige Ruhe, fast ein Wohlgefühl. Warum war ihr denn nur in den letzten Tagen und Wochen so schlimm zumute gewesen, als wenn irgendeine wirkliche Gefahr sie bedrohte? Was hatte sie denn zu fürchten im Grunde? Wem war sie Rechenschaft schuldig? Ihrer Mutter? Ihrem Bruder vielleicht? Die sich doch beide nicht um sie kümmerten? Den Leuten, bei denen sie in Stellung war, von denen sie bezahlt wurde und von denen sie in jedem Fall, ob nach Jahren oder nach Monaten, wenn es ihnen gerade paßte, wie irgendeine Fremde an die Luft gesetzt werden würde? Was gingen sie alle diese Leute an? Überdies besaß sie, wie sie neulich in Salzburg von der Mutter erfahren, aus der Erbschaft eine etwas größere Summe, als sie bisher gedacht, mit der man ein paar Monate wohl sein Auslangen finden konnte; sie hing also von niemandem ab. Und so traf es sich vielleicht ganz gut, daß sie Kasimir nicht begegnet war, daß sie mit ihm überhaupt nichts mehr zu schaffen hatte. Der wäre am Ende auch imstande gewesen, sie um die paar Gulden zu bringen, die ihr über die schwere Zeit hinweghelfen konnten und sollten. Warum war sie denn nur nach Wien gefahren? Was wollte sie von ihm? Ach, wozu die Frage! Sie wußte es ja. Ihn wollte sie, ihn selbst, seine Küsse und seine Umarmungen. Und nun mit einemmal nach einer kurzen, trügerischen Beruhigung kam es wieder wie Verzweiflung über sie. Seinetwegen war sie nach Wien gefahren, hoffnungsvoll, sehnsüchtig und doch schon in Angst, daß sie ihn nicht finden würde; und nun wußte sie, über allem Zweifel, daß er fort war, daß er sich davongemacht hatte, einfach davon, um sich jeder Verantwortung, ja, jeder Unannehmlichkeit zu entziehen. Wie töricht von ihm! Sie hätte ja keine Forderungen an ihn gestellt. Hatte er das nicht gewußt? Warum hatte sie es ihm nicht von allem Anfang an gesagt? Er hatte ja keinerlei Verpflichtungen gegen sie. Sie war kein unerfahrenes, unschuldiges Mädchen gewesen, als sie die Seine wurde. Und sie hatte ja immer gewußt, daß er ein armer Teufel war. Nie hätte sie von ihm etwas gefordert. Und das Kind? Das war ihre Angelegenheit, ihre ganz allein.

Es war im Zimmer ganz dunkel geworden. Vor dem offenen Fenster lag der trübe Lichtschein der abendlichen Stadt. Was nun? Hinunter auf die Straße? Ziellos hin und her? Und dann die Nacht? Und morgen? Sie würde ihm ja doch nicht begegnen, auch wenn er da war. Was hatte sie hier noch zu tun? Und erlösend kam ihr der Entschluß, in dieser Stunde noch, mit dem Nachtzug, nach Ischl zurückzufahren. Sie klingelte, beglich ihre Rechnung, lief die Treppen hinab, fuhr mit ihrer Handtasche zur Bahn und verfiel in ihrer Coupéecke in einen so tiefen Schlaf, daß sie erst eine Viertelstunde vor dem Ziele aufwachte.

36

Therese wurde im Hause Eppich mit viel Rücksicht behandelt, auch die Gäste kamen ihr mit Höflichkeit entgegen, wie einem zwar mit Glücksgütern weniger gesegneten, aber sonst gleichberechtigten Mitglied der Familie. Ein junger Rechtsanwalt, unansehnlich, kurzsichtig, mit feinen, etwas leidenden Zügen, bemühte sich um sie, sprach von seiner trüben Jugend, seinen Studien, seinen Erfahrungen als Lehrer und Hofmeister, und sie fühlte, daß er sie ein wenig überschätzte, ja, sie wohl für eine andere Art von Wesen hielt, als sie war. Auch sie erzählte ihm mancherlei: von den Eltern, dem Bruder, von Alfred, ihrer „Jugendliebe" – in der etwas beiläufigen und öfters unwahren, dem augenblicklichen Zuhörer etwas angepaßten Art, die sie sich angewöhnt hatte; über Max schwieg sie völlig; von ihrem Abenteuer mit Kasimir berichtete sie wohl, aber so, als wenn es ein ganz harmloses gewesen und als wenn sie nach jenem ersten Praterabend nur ein paarmal freundschaftlich mit ihm spazierengegangen wäre. Am letzten Tage seines Urlaubs, im Wald, da sie beide hinter der übrigen Gesellschaft ein Wenig zurückgeblieben waren, versuchte der junge Anwalt in etwas ungeschickter Weise sie zu umarmen. Sie stieß ihn zuerst heftig zurück, dann verzieh sie ihm und erlaubte ihm, ihr zu schreiben. Sie hörte niemals wieder von ihm.

Ende August kam der junge Herr Eppich an. Seine Schwestern, die sich in der Stadt nicht sonderlich mit ihm vertrugen, waren glückselig über sein Kommen, ihre Freundinnen waren alle in ihn verliebt. Er hatte sich, wie es jetzt Mode war, sein kleines Schnurrbärtchen abrasieren lassen, und man fand, daß er einem sehr bekannten Schauspieler und Frauenliebling ähnlich sehe. Gegenüber Theresen benahm er sich anfangs zurückhaltend; doch eines Nachmittags, auf der Stiege bei einer zufälligen Begegnung, ließ er sie wie zum Scherz nicht vorbei, und sie setzte seinen Zudringlichkeiten nicht so viel Widerstand entgegen, als sie sich vorgenommen hatte. Sie versperrte die Türe hinter sich und sah bald von ihrem Fenster aus, wie der junge Herr unten aus dem Gartentor schritt, eine Zigarette zwischen den Lippen, ohne sich auch nur umzuwenden.

Indes war Dr. Eppich zwei Tage lang hier gewesen; zwischen ihm und seiner Gattin schien etwas Ärgerliches vorgefallen zu sein, wie alle merkten; und er war ohne Abschied wieder abgereist. Die jüngere Tochter ging am nächsten Tag verweint herum, und Therese merkte bald, daß diese Zwölfjährige von den Dingen, die sich rings um sie abspielten, mehr wußte und daß sie sie schmerzlicher fühlte als die andern.

In einer Nacht schreckte Therese plötzlich auf, es war ihr, als hätte sie ein Geräusch an der Tür gehört. Der Gedanke kam ihr, daß vielleicht George sich bei ihr Einlaß verschaffen wollte. Aber statt Angst empfand sie vielmehr eine angenehme Erregung, und als es dann weiterhin stille blieb, eine unzweifelhafte Enttäuschung. Was ihr seit jener Begegnung auf der Stiege schon einige Male flüchtig durch den Sinn gegangen war, wurde ihr in dieser schlaflosen Nacht zu einer Art von Plan: sie wollte es darauf anlegen, sich in George eines Vaters für ihr Kind zu versichern. Freilich war es die höchste Zeit. Aber als hätte der junge Mann ihre Absichten erraten – er hielt sich von nun an völlig fern von ihr, und Therese, zuerst verwundert, hatte bald entdeckt, daß sich im Laufe der letzten Tage zwischen ihm und einer jungen Frau, die im Hause verkehrte, ein Liebesverhältnis angeknüpft hatte. Eifersucht verspürte sie in keiner Weise. Ihr Zorn über sich selbst wandte sich bald in Scham, sie erschien sich wie eine Verworfene, und immer tiefer empfand sie die Peinlichkeit ihres Zustands und die Gefahr ihrer Lage. Insbesondere der Gedanke, ihrem Bruder zu begegnen, erfüllte sie neuerdings mit einer fast lächerlichen Angst. Zugleich aber war sie von der Überzeugung durchdrungen, daß die meisten weiblichen Personen, die sie kannte, besonders aber manche ihrer Berufsgenossinnen, schon Ähnliches durchgemacht wie sie und zur rechten Zeit Abhilfe zu schaffen gewußt hatten. Man konnte freilich nicht geradezu fragen, aber es mußte doch möglich sein, das Gespräch so zu wenden, daß man etwas Zweckdienliches erfahren konnte. Unter den Bonnen und Erzieherinnen ihrer Bekanntschaft gab es zwei, mit denen sie zuweilen in eine leichtere und freiere Unterhaltung geraten war, ohne daß jemals ein wirklich delikates Thema berührt worden wäre. Die eine war ein hageres, blasses, verblühtes und sanft scheinendes Wesen, das sich nicht nur über die Familie, wo sie in Stellung war, sondern auch über alle dort verkehrenden Personen in der boshaftesten Weise zu äußern pflegte. Man wußte, daß sie Witwe oder geschieden war, doch wurde sie immer als Fräulein angesprochen. Die andere war eine Brünette, noch nicht dreißig, von fröhlichem Temperament, der man eine ganze Menge Liebschaften zumutete, ohne ihr auch nur eine einzige nachweisen zu können. Dies war das Geschöpf, bei dem Therese glaubte sich am ehesten Rat holen zu dürfen. Und so begann sie an einem regnerischen Nachmittag Mitte September auf einem Spaziergang, während die Zöglinge vorausgingen, nach einem zurechtgemachten Plan und in etwas ungeschickter Weise von dem Kinderreichtum im Hause des Bankdirektors zu sprechen, wo Fräulein Rosa in Stellung war. Aber da sie sich scheute, eine direkte Frage an sie zu richten, erfuhr sie nichts, als was sie ohnehin schon wußte: daß es gefällige Frauen gab, auch Ärzte, die für dergleichen zu haben seien, und daß die Gefahren im allgemeinen nicht allzu groß waren. Dieses oberflächliche Gespräch beruhigte Therese sonderbarerweise, da ihr durch die heitere, fast spaßhafte Art, in der die andere das Thema behandelte, allerlei, das ihr vorher gefahrvoll und grauenhaft erschienen war, nicht so schwer, ja gewissermaßen selbstverständlich vorkam. Das Ganze war ein Zwischenfall, wie er sich im Leben mancher Frau ereignete, ohne weitere Spuren zu hinterlassen; für sie sollte es auch nichts anderes bedeutet haben.

37

Das Herbstwetter brach an, man übersiedelte in die Stadt, und Therese studierte in den Zeitungen, wie früher die Stellenangebote, andere, die ihr augenblicklich von Nutzen sein konnten. Eines Nachmittags stieg sie in einem alten Haus der inneren Stadt eine winkelige Treppe hinauf und saß wenige Minuten später einer freundlichen Dame von mittleren Jahren gegenüber, die von der Farbe der Fenstervorhänge in blaßrötliches Licht gebadet war. Der behagliche, in der Art eines bürgerlichen Salons ausgestattete Raum ließ den Beruf der Mieterin in keiner Weise ahnen, und Therese brachte ohne Scheu, wenn auch mit einiger Vorsicht, ihr Anliegen vor. Die freundliche Dame erwähnte, daß vor kaum einer halben Stunde eine junge Baronesse in gleicher Angelegenheit bei ihr vorgesprochen habe, und zwar schon zum zweitenmal in diesem Jahr. Sie erzählte Weiteres von ihrem vornehmen Kundenkreis, der sich bis in die allernächste Nähe des Hofes zu erstrecken schien, scherzte mild über den Leichtsinn der jungen Mädchen, kam dann ziemlich unvermittelt auf einen steinreichen Fabrikanten zu sprechen, der neulich mit einer Schauspielerin hier gewesen sei, und trug Theresen an, zwischen ihr und dem Fabrikanten, der seiner Geliebten schon müde sei, eine Bekanntschaft zu vermitteln. Therese empfahl sich mit dem Bemerken, daß sie sich die Sache überlegen und morgen wiederkommen wolle. Als sie aus dem Tor trat, stand ein Herr da in dunklem Überzieher mit schwarzem, abgeschabtem Samtkragen und einer Aktentasche und musterte Therese von oben bis unten. Das Herz klopfte ihr bis in den Hals hinauf, schon sah sie sich verhaftet, angeklagt, verurteilt, im Gefängnis – und erst als sie wieder in der Menge untergetaucht war, beruhigte sie sich allmählich.

Diese erste Erfahrung entmutigte sie übrigens nicht, und schon am Abend darauf begab sie sich zu einer Frau, die gleichfalls in der Zeitung Damen Rat und Hilfe angeboten, doch ihre Adresse erst auf briefliche Anfrage angegeben hatte. In einer vorstädtischen Hauptstraße, im dritten Stockwerk eines neugebauten Hauses, stand auf einer Tafel in goldenen Lettern der Name Gottfried Ruhsam zu lesen. Das nett gekleidete Stubenmädchen führte Therese in einen kleinen, beinahe eleganten Salon, wo sie eine Weile wartete und in einem Photographiealbum mit allerlei Familienporträts und Bildern bekannter Bühnenkünstler blätterte. Endlich trat ein Herr ein, der flüchtig grüßte und durch eine andere Tür wieder verschwand. Nach wenigen Sekunden schon kam er in Begleitung einer schlanken, nicht mehr ganz jungen Dame in bequemem, aber gut fallendem Hauskleid zurück, murmelte ein leises Pardon und verschwand wieder. Therese sah noch, wie Frau Ruhsam einen zärtlichen Blick der Türe zusandte, die er hinter sich geschlossen hatte. „Mein Mann", sagte sie, und wie entschuldigend setzte sie hinzu: „Er ist meistens auf Reisen. Also, womit kann ich dienen, mein liebes Kind?" Therese drückte sich noch vorsichtiger aus, als sie es gestern getan; doch die Frau verstand sie ohne weiteres und fragte sie einfach, wann sie die Wohnung bei ihr zu beziehen gedächte. Als sie aus

Theresens Erwiderung entnahm, daß diese keineswegs plante, hier ihre Entbindung abzuwarten, wurde sie etwas steif und erklärte, daß sie sich zu dem, was Therese offenbar wünschte, nur in den seltensten Fällen zu entschließen pflege, und nannte dann sofort einen Betrag, für den sie ausnahmsweise das Risiko auf sich zu nehmen bereit sei. Er war unerschwinglich für Therese. Daraufhin riet ihr Frau Ruhsam, doch lieber keine Dummheiten zu machen, erzählte ihr von einem Herrn, der ein junges Mädchen erst geheiratet hatte, nachdem er erfahren, daß es von einem andern Mann ein Kind gehabt hatte, warnte Therese vor den annoncierenden Damen und erwähnte zwei, die erst in den letzten Tagen verhaftet worden seien.

Therese ging, hochrot und verwirrt. Wie traumbefangen wandelte sie unter einem lauen Herbstregen durch die Straßen der Stadt. Zufällig kam sie an dem Hause vorüber, in dem sie zuletzt mit Kasimir zusammengewesen war. Einem plötzlichen Einfall nachgebend, fragte sie beim Hausbesorger nach, ob Herr Tobisch vielleicht indes Briefe hier abgeholt habe, und erfuhr zu ihrem Erstaunen, daß es tatsächlich, und zwar erst gestern, der Fall gewesen war. Eine neue Hoffnung durchzuckte sie. Im nächstgelegenen Kaffeehaus schrieb sie an Kasimir einen Brief, der keinerlei Vorwürfe enthielt, nur leidenschaftliche Versicherungen ihrer unwandelbaren Liebe. Sie wolle nicht fragen, sie wisse ja, daß es im Leben eines Künstlers immer geheimnisvolle Dinge gäbe, ihr selbst gehe es vorzüglich, und sie sehne sich unendlich, ihn wiederzusehen, wo immer es sei, wäre es auch nur für eine Viertelstunde. Sie hinterlegte den Brief bei dem Hausbesorger, schlief in dieser Nacht ruhig und erwachte mit einem unklar-wohligen Gefühl, als wenn ihr gestern etwas Angenehmes begegnet sei.

38

Die nächste Zeit verstrich, ohne daß Therese irgend etwas unternommen hätte. Kam nach peinlichst erfüllter Tagespflicht die abendliche Ruhe des Alleinseins über sie, so geschah es manchmal, daß ihr, während sie schlaflos im Bette lag, nicht nur ihr gegenwärtiger Zustand – daß ihr ganzes Leben, die Vergangenheit bis zum heutigen Tage, ihr so fern und fremd erschien, als wenn es gar nicht die ihre wäre. Ihr Vater, ihre Mutter, Alfred, Max, Kasimir schwebten wie unwirklich durch ihre Erinnerung, und wie das Unwirklichste, ja, wie das Unmöglichste von allem empfand sie es, daß in ihrem Schoße sich etwas Neues, etwas Lebendiges, etwas Wirkliches bilden sollte, ohne daß sie selbst auch nur das geringste davon spürte; daß in ihrem stummen, fühllosen Schoße ihr Kind heranwuchs, ihrer Eltern Enkelkind, ein Geschöpf, das zu Schicksalen bestimmt war, zu Jugend und Alter, zu Glück und Unglück, zu Liebe, Krankheit, Tod, wie andere Menschen, wie sie selbst. Und da sie es durchaus nicht zu verstehen vermochte, war es ihr immer wieder, als wenn es überhaupt niemals sein könnte, – als wenn sie sich – trotz allem – täuschen müßte.

Eine flüchtige, gutgemeinte, aber nicht mißzuverstehende Bemerkung des Dienstmädchens brachte ihr zu Bewußtsein, daß man ringsum zu vermuten begann, wie es mit ihr stünde. In einem plötzlichen herzlähmenden Schrecken empfand sie wieder einmal den Ernst ihrer Lage, und noch am gleichen Tag machte sie sich auf einen Weg, den sie schon zweimal vergeblich gegangen war. Diesmal hatte sie es mit einer Frau zu tun, die ihr sofort Vertrauen einflößte. Sie sprach sachlich und beinahe gütig zu ihr, betonte, daß sie sich über das Ungesetzliche ihrer Tätigkeit keiner Täuschung hingebe, daß die grausamen Gesetze aber auf die sozialen Verhältnisse keine Rücksicht nähmen, und schloß mit dem philosophischen Satz, daß es für die meisten Menschen überhaupt am besten sei, nicht geboren zu werden. Der Betrag, den sie forderte, war nicht übermäßig hoch, und es wurde bestimmt, daß Therese sich am übernächsten Tage zu gleicher Stunde hier einfinden sollte.

Therese war wie erlöst. Die ruhige Stimmung, in der sie die ihr gesetzte Frist verbrachte, ließ ihr wieder zu Bewußtsein kommen, wie angstvoll und bedrückt bei eingebildeter Ruhe sie die letzten Wochen verlebt hatte. Ihr Zustand erschien ihr vollkommen natürlich und beinahe unbedenklich. Die Unannehmlichkeiten oder gar die Gefahren, die sie gefürchtet, hörten auf zu bestehen, alles war ohne Grauen.

Doch als sie zur bestimmten Stunde die Treppe hinaufschritt, war es mit ihrer Ruhe plötzlich wieder vorbei. Sie klingelte rasch, um nicht versucht zu sein, die Treppe hinunterzueilen und die Flucht zu ergreifen. Das Dienstmädchen teilte ihr mit, daß ihre Herrin zu einer Kundschaft aufs Land gefahren sei und erst in einigen Tagen wiederkommen werde, Therese atmete befreit auf, so, als wäre nun eine peinliche Angelegenheit nicht etwa aufgeschoben, sondern ein für allemal erledigt. Im ersten Stockwerk, an einer halb offenen Gangtür, standen zwei Frauen im Gespräch, brachen es plötzlich ab und betrachteten Therese mit einem sonderbaren, hinterhältigen Lächeln. Unten vor dem Tor stand ein Fiaker. Der ihr unbekannte Kutscher grüßte so devot, als wollte er sie zum besten halten. Auf dem Heimweg hatte sie ein Gefühl, als ob man sie verfolgte; sie erkannte freilich bald, daß das nur eine Täuschung gewesen war, fand es nun auch nicht mehr auffallend, daß jener Kutscher sie höflich gegrüßt, und nicht bedrohlich, daß zwei Weiber im Stiegenhaus mit hinterhältigem Blick sie gemessen hatten; trotzdem war sie sich klar darüber, daß sie diesen Weg unmöglich noch einmal gehen oder auch bei einer anderen gefälligen Dame ihr Glück versuchen könne. Es kam ihr der Einfall, nach Salzburg zu ihrer Mutter zu fahren und ihr alles zu gestehen. Die mußte doch begreifen, mußte irgendeine Hilfe für die Tochter wissen. In ihren Romanen kamen doch viel schlimmere Dinge vor, und am Schlusse ging alles gut aus. Und in dem Salzburger Haus, was waren da für verdächtige Geschichten passiert! Waren nicht nachts Offiziere und verschleierte Damen aus dem Tor auf die Straße geschlichen? Und hatte die Mutter nicht sie selbst an einen alten Grafen verkuppeln wollen? Aber bei all dem – wie sollte die Mutter ihr helfen? Sie verwarf den Plan wieder. Dann dachte sie aufs Geratewohl irgendwohin zu reisen, wo man sie nicht kannte, in der Fremde das Kind auf die Welt zu bringen, es einem kinderlosen Ehepaar zur Pflege zu überlassen oder zu schenken oder einfach nachts vor eine Türe zu legen und zu fliehen. Endlich fiel ihr ein, ob sie nicht Alfred aufsuchen, sich ihm anvertrauen, seinen Rat erbitten könnte. Solche Einfälle und noch andere mehr, die sie gleich wieder verwarf, gingen ihr durch den Kopf, nicht nur nachts oder wenn sie sonst allein mit sich war; auch während sie mit der Familie Eppich bei Tische saß, mit den Mädchen spazieren ging, ja, sogar während sie ihnen bei den Aufgaben half. Und sie war schon so gewohnt, ihre Berufspflichten mechanisch und seelenlos zu erfüllen, daß wirklich niemand zu merken schien, was mit ihr und in ihr vor sich ging.

Indes mußte die Frau, bei der sie zuletzt Rat und Hilfe gesucht hatte, längst vom Lande zurückgekehrt sein, und an irgendeinem Morgen sagte sich Therese, daß sie nichts Vernünftigeres tun konnte, als doch noch einmal den Weg zu ihr zu gehen. Schriftlich, ohne ihren Namen zu nennen, aber mit deutlicher Bezugnahme auf die neulich stattgehabte Unterredung, kündigte sie sich für den nächsten Tag an.

39

Wenige Stunden vor dem beabsichtigten Besuch kam ein Brief von Kasimir. Er war daheim gewesen, so schrieb er ihr, daheim bei seiner Mutter, wundere sich, daß er aus Ischl nichts von Therese gehört habe, heute erst, soeben, hatte er ihren Brief bei dem Portier des Hauses vorgefunden, – „wo wir einst so selig gewesen sind“. Ja, so stand wörtlich zu lesen, und es schwindelte Theresen. Er müsse sie wiedersehen, so endete sein Schreiben, und wenn sein Leben auf dem Spiel stünde.

Sie wußte, daß er log. Er war sicher gar nie fort gewesen, er hatte auch gewiß alle ihre Briefe erhalten, nicht diesen letzten nur; aber auch seine Lügen gehörten zu ihm, ja gerade die waren es, die ihn so liebenswert und verführerisch machten. Und sie fühlte ihre eigene Liebe zu ihm so stark, daß sie sich vermessen wollte, ihn von nun an halten, ihn für alle Ewigkeit an sich fesseln zu können. Und vorerst, solange es eben noch möglich war – oh, es war noch lange möglich – noch viele Wochen lang, sollte er von ihrem Zustand nichts erfahren. Was sie ihm früher davon erzählt, das hatte er gewiß längst vergessen. Oder, wenn er sich erinnerte und sie nichts davon sprach, so würde er eben gerne annehmen, daß sie sich geirrt hatte. Nur wieder zu ihm, endlich wieder in seinen geliebten Armen ruhen.

Sie trafen einander beim Stadtpark, wie in jenen fernen schönen Zeiten. Es war ein kalter unfreundlicher Herbstabend, und Kasimir wartete schon, als sie kam. Er schien ihr noch schlanker, hagerer geworden; trug keinen Havelock, sondern einen ziemlich kurzen, allzu leichten, hellen Überzieher mit aufgestelltem Kragen. Er begrüßte sie, als hätten sie einander tags zuvor zum letztenmal gesehen. Ja, wie kam es nur, fragte er, daß sie ihm gar nicht geschrieben hatte? Aber sie habe es doch getan, versicherte sie schüchtern, und die Briefe seien auch abgeholt worden. Wie? Abgeholt? Offenbar von einem Unberufenen! Ungeheuerlich! Er würde dem Portier schon einen Tanz machen. Sie fragte ihn, warum er ihr denn nicht einfach nach Ischl geschrieben, daß er zu seiner Mutter gefahren sei? – Ja, damit habe sie freilich nicht unrecht. Aber wenn sie eine Ahnung hätte von den Zuständen daheim. Ein Bruder seiner Mutter habe Selbstmord verübt, und er wies leicht auf den schwarzen Flor, den er um seinen grauen weichen Hut trug. Aber er wollte heute lieber nichts von den Dingen erzählen, die er daheim erfahren hatte. „Davon, Geliebte, ein andermal.“ So drückte er sich aus. Jetzt sei ja alles wieder gut. Er habe sogar Aussicht auf eine fixe Anstellung bei einer illustrierten Zeitung, außerdem habe ein Kunsthändler einige seiner Bilder zum Verkauf übernommen.

Im Gasthofzimmer – ach, sie kannte es von früher her – und es war seither nicht freundlicher geworden – war er zärtlich wie noch nie und lustig, wie in jenen allerersten Tagen. Er fragte nach ihren Sommererlebnissen und erkundigte sich scherzhaft, ob sie ihm denn auch treu geblieben sei. Sie starrte ihn nur an und begriff seine Frage wirklich so wenig, als hätten gewisse verworfene Pläne bei ihr niemals bestanden. Sie erzählte von ihren Spaziergängen, ihren Ausflügen, ihrer Reise nach Salzburg, den Anforderungen ihres Berufs, die sie ein wenig übertrieb. Kasimir schüttelte unzufrieden den Kopf. Unwürdig sei es, er blieb dabei, in solcher Sklaverei zu leben. Aber das sollte nicht lange mehr dauern. Jedenfalls müsse sie das Haus der Familie Eppich verlassen und sich lieber durch Lektionen fortzubringen suchen. Da habe sie doch mehr Freiheit. Er würde ja auch bald sein fixes Einkommen haben, sie könnten eine gemeinsame Wohnung beziehen, und warum – alles wohl erwogen – sollte man eigentlich nicht heiraten? Wäre es nicht das Vernünftigste, sogar praktisch in gewissem Sinn? Es half nichts, sie fühlte sich bereit, ihm zu glauben. Leichte Zweifel wollten zwar in ihr aufsteigen, aber sie duldete nicht, daß sie Macht über sie gewannen. Trotzdem aber hütete sie sich, Kasimir etwas von ihrem Zustand zu verraten. Der rechte Augenblick dazu war noch nicht gekommen. Wer weiß, wie bald ihm das Geständnis nur reine Freude bereiten würde!

Schon drei Tage darauf, an einem Sonntagnachmittag, waren sie wieder beisammen. Er hatte ihr, das erstemal seit ihrer Bekanntschaft, ein paar Blumen gebracht, und was sie am meisten ergriff, er bot ihr einen ganz kleinen Betrag als Rückzahlung eines Teils seiner Schuld an. Sie lehnte ab; er drang in sie, und sie erklärte sich endlich bereit, das Geld von seinem ersten fixen Monatsgehalt anzunehmen, aber früher in keinem Fall. Damit gab er sich zufrieden und steckte das Geld wieder ein. Und nun hatte er sie noch um Entschuldigung zu bitten wegen einer Sache, von der er ihr noch nichts verraten und die er ihr nun nicht länger verhehlen wollte. Die Einleitung machte sie ängstlich; aber wie bat sie ihm ab, als er ihr nichts anderes zu gestehen hatte –, als daß er diesmal mit seiner Mutter von ihr gesprochen. Warum auch nicht? Wie bald sollten sich die beiden Frauen von Angesicht zu Angesicht kennen- und lieben lernen. Theresen standen die Tränen im Auge. Und nun wollte auch sie kein Geheimnis mehr vor ihm haben. Er hörte sie ruhig, ernst, ja mit offenbarer Rührung an. Er hatte es ja geahnt; und im Grunde war es ein Zeichen, daß sie füreinander bestimmt seien, daß sie ewig zusammenbleiben sollten; ein wahres Schicksalszeichen. Aber er hielt es für seine Pflicht, sie vor Übereilung zu warnen. Sie solle vorläufig ihre Stelle im Hause Eppich doch lieber nicht aufgeben; man sehe ihr ja nicht das geringste an, vor Neujahr müsse sie das Haus keineswegs verlassen, bis dahin seien es noch zwei Monate, was könnte indessen alles geschehen, insbesondere, da seine, Kasimirs, Angelegenheiten sich sichtlich zum Besseren wendeten. Sie schied beruhigt, beinahe glücklich aus seinen Armen, in zwei bis drei Tagen spätestens wollte er wieder von sich hören lassen.

Doch sie mußte auf die versprochene Nachricht eine Woche lang warten; und als sie kam, war es eine bittere Enttäuschung, denn Kasimir hatte in der leidigen Erbschaftsangelegenheit unvermutet nach Hause reisen müssen. Sie schrieb ihm sofort an die Adresse, die er ihr angegeben; schrieb ein zweites, ein drittes Mal; es kam keine Antwort. Endlich entschloß sie sich auf das Kuvert, was sie bisher nicht getan, ihren Namen und ihre Adresse zu setzen; – drei Tage darauf nahm sie persönlich von dem Postboten den Brief wieder in Empfang mit dem Vermerk: Adressat hierorts unbekannt. Ihre Erschütterung war nicht so tief, als sie erwartet hätte; sie war ja im Innersten auf dergleichen vorbereitet gewesen. Aber sie wußte nun auch, daß es keinen Ausweg mehr für sie gab als den einen längst beschlossenen, wie immer die Sache enden sollte. Dennoch verschob sie die Ausführung des Entschlusses von Tag zu Tag; ihre angstvolle Unruhe wuchs. In der Nacht quälten sie böse Träume. Der Zufall wollte überdies, daß eben wieder in der Zeitung von einem Prozeß gegen einen Arzt wegen Verbrechens gegen das keimende Leben zu lesen war, und plötzlich war Therese völlig überzeugt davon, daß es ihr sicherer Tod wäre, wenn sie den gefürchteten Eingriff an sich vornehmen ließe. Und als sie sich entschieden hatte, nichts zu unternehmen und den Dingen ihren Lauf zu lassen, kam eine seltsame, ihr zugleich unheimliche und sie doch beglückende Ruhe über sie.

40

Als sie einmal mit ihren Zöglingen durch die innere Stadt ging, trat sie mit ihnen halb zufällig, halb absichtlich in die Stefanskirche. Seit jenem Sommertag, an dem ihr die Kunde vom Tod ihres Vaters geworden war, hatte sie kein Gotteshaus betreten. Sie standen vor einem Seitenaltar fast im Dunkel. Das jüngere Mädchen, das zu Frömmigkeit neigte, ließ sich auf die Knie nieder und schien zu beten. Das ältere ließ ihre Blicke gleichgültig und etwas gelangweilt umherschweifen. Therese fühlte ihr Herz in wachsendem Vertrauen der eigenen Zukunft entgegenschwellen. Sie war niemals im eigentlichen Sinne gläubig gewesen. Als Kind und junges Mädchen hatte sie an allen vorgeschriebenen Religionsübungen mit Beflissenheit, aber ohne tieferes Ergriffensein teilgenommen. Heute zum erstenmal beugte sie aus einem inneren Drang das

Haupt, faltete die Hände in wortlosem Gebet und verließ die Kirche mit dem Vorsatz, bald und oft wiederzukehren. Und wirklich ergriff sie von nun an jede Gelegenheit, entweder allein oder mit den beiden Mädchen, wenn auch nur auf Minuten, in irgendeine Kirche zu treten, die eben auf dem Wege lag, um eine kurze Andacht zu verrichten. Bald genügte ihr das nicht mehr, und am ersten Dezembersonntag erbat sie sich von Frau Eppich, die nicht verwundert schien, Urlaub zur Frühmesse. Dort, ob es nun morgendliche Ermüdung war oder Mangel an wahrer Frömmigkeit, wie sie sich selbst vorwarf – unter den vielen Menschen, trotz Orgelklang und weihevoller Zeremonie, blieb sie unberührt, und als sie in den kalten Wintermorgen hinaustrat, war ihr öder ums Herz als sonst. Mit um so tieferer Inbrunst betete sie nun jeden Abend daheim, wie sie es in verflossenen Kinderzeiten getan. Und so, wie sie damals mit selbstgefundenen Worten für sich, die Eltern, die Lehrerinnen, die Freundinnen, ja sogar für ihre Puppen die Gnade des Himmels erfleht hatte, so erflehte sie jetzt göttliche Nachsicht und Verzeihung nicht nur für sich, sondern auch für ihre Mutter, die sie als eine verirrte und verwirrte Seele erkannte, für das Kind, dessen erste Lebensregungen sie nun in ihrem Schoße zu fühlen begann, ja sogar für Kasimir, der, was er nun immer sonst sein mochte, dieses Kind gezeugt hatte und vielleicht doch später einmal zu ihm und auch zu ihr zurückfinden würde. Und einmal geschah es ihr, daß sie auch für ihres Vaters ewige Seligkeit ein Gebet emporschickte und nachher inbrünstige befreiende Tränen in ihre Kissen weinte.

Wenige Tage vor Weihnachten bat Frau Eppich Therese zu sich ins Zimmer und eröffnete ihr, daß man sie nun leider nicht länger im Hause behalten könne. Eigentlich habe sie erwartet, daß Therese selbst rechtzeitig ihren Abschied nehmen werde; da diese sich aber offenbar einer in solchen Fällen nicht seltenen Täuschung hingebe, müsse sie schon mit Rücksicht auf die beiden Mädchen darauf bestehen, daß Therese heute, spätestens morgen das Haus verlasse. „Morgen", wiederholte Therese tonlos. Frau Eppich nickte kurz. „Man ist im Hause schon vorbereitet. Ich habe erzählt, daß Ihre Mutter in Salzburg erkrankt sei." – Leise und wie mechanisch erwiderte Therese: „Jedenfalls danke ich Ihnen für Ihre Güte, gnädige Frau", begab sich in ihr Zimmer und packte ihre Sachen.

Der Abschied ging rasch und ohne besondere Rührung vonstatten. Doktor Eppich äußerte die Hoffnung, daß ihre Mutter sich bald wieder erholen werde, die Mädchen glaubten oder taten so, als glaubten sie an eine baldige Rückkehr

Theresens; in dem spöttischen Blick des jungen Herrn George aber las sie deutlich: Oh, wie bin ich klug gewesen!

41

Sie übernachtete wieder einmal bei Frau Kausik. Doch schon am nächsten Morgen sah sie ein, daß in diesen trübselig-dürftigen Verhältnissen ihres Bleibens nicht mehr sein konnte. Sie machte einen Überschlag. Da der Rest des kleinen väterlichen Erbteils an sie ausbezahlt worden war, hoffte sie bei einiger Sparsamkeit wohl ein Jahr lang auszulangen. Vor allem galt es, eine Zuflucht für die nächste schwere Zeit zu finden; aber was dann, fragte sie sich, wenn es sich nicht mehr um sie allein handeln würde? Gedanke und Atem stockten ihr, als wäre ihr nun erst, was ihr bevorstand, mit völliger Klarheit zu Bewußtsein gekommen. Und plötzlich, als wäre dies das einzige Wesen, bei dem sie Verständnis nicht nur für ihre äußere Lage, sondern auch für ihren Seelenzustand finden könnte, fiel ihr Frau Ruhsam ein, deren freundliche Erscheinung in ihrer Erinnerung wie eine neue Hoffnung auftauchte, und sie machte sich auf den Weg zu ihr, ohne sich einzugestehen, daß auch noch eine andere Hoffnung sie dorthin zog als die, für die Dauer der schwersten Zeit ein Heim bei ihr zu finden.

Frau Ruhsam schien gar nicht erstaunt, Therese wiederzusehen. Als diese zögernd und ungeschickt mit ihren Fragen hervorrückte, ließ Frau Ruhsam einige Ungeduld merken, nahm offenbar an, daß ihr zu der eigentlich beabsichtigten Frage nur der Mut fehle, kam ihr zu Hilfe und erklärte sich bereit, ihr einen Arzt zu empfehlen, der die kleine Operation hier im Hause vornehmen könne. Die Kosten freilich – Therese unterbrach sie. Nicht darum war sie gekommen, an dergleichen denke sie nicht mehr. „Also, wegen der Wohnung", meinte Frau Ruhsam. „Das wäre dann – sie maß Therese mit prüfenden Blicken – für Mitte oder Ende März." Allerdings hätte sie einige Vormerkungen gerade für diese Zeit, aber sie wolle sehen, was sich machen ließe. Therese hatte zwar auch daran nicht gedacht, aber das Anerbieten lockte sie. Hier gab es Ruhe, Freundlichkeit, vielleicht sogar Güte; – alles, wonach es ihr so sehr verlangte. Sie erkundigte sich nach den Bedingungen; – ein Aufenthalt von drei Wochen hätte Theresens ganzes Vermögen aufgezehrt. „Es ist wirklich nicht übertrieben", meinte Frau Ruhsam. „Vielleicht kommt die Dame einmal mit dem Herrn Gemahl herauf, und der Herr Gemahl schaut sich selber alles an!" Die

Herrschaften würden gewiß nichts Besseres finden und überdies die absoluteste Diskretion. Sogar was die polizeiliche Meldung anbelange – auch in dieser Hinsicht habe man seine Verbindungen. Therese erwiderte, daß sie die Sache „mit ihrem Gemahl" besprechen werde, und ging.

So entschloß sie sich denn, vorläufig weiter bei Frau Kausik zu wohnen, und schickte sich bald wieder in die kleinen Verhältnisse, die sie dort vorfand. Frau Kausik war den ganzen Tag außer Haus; um so mehr war Therese mit den Kindern zusammen, und es war ihr lieb, indem sie ihnen bei den Aufgaben half und mit ihnen spielte, ihre eigenen erzieherischen Talente anfangs in einer gewissen Übung zu erhalten. Überdies empfand sie sich hier außerhalb jeder Entdeckungsmöglichkeit, wie in einer fremden Stadt, wie in einem anderen Land beinahe. Und allmählich, nicht nur in ihrer äußeren Existenz, auch in ihrer Redeweise, ja fast im Dialekt, paßte sie sich dem Ton der Leute an, unter denen sie jetzt lebte. Auf ihre Kleidung verwandte sie von Tag zu Tag weniger Sorgfalt, und die rasch fortschreitende Veränderung ihrer Gestalt förderte sie in einer Nachlässigkeit, die gleichfalls angetan war, sie von ihrer früheren Welt, von ihrem früheren Dasein gleichsam abzuschließen.

Um sich die Langeweile zu vertreiben, die sie oftmals überkam, nahm sie in einer vorstädtischen Leihbibliothek ein Abonnement, und wahllos, aber immer gespannt und oft ganz versunken in eine phantastisch-triviale Welt, durchflog sie ganze Bände während der zahlreichen Stunden, die sie allein in ihrer trübseligen Kammer verbrachte. Gelegentliche Unterhaltungen gab es nur, meist im Stiegenhaus, mit den kleinbürgerlichen Nachbarsfamilien, und wenn von irgendeiner Seite eine Bemerkung über Theresens Zustand fiel, so geschah das beiläufig, gutmütig, scherzhaft, ohne daß irgendwer in diesen Kreisen an Theresens Schwangerschaft etwas Besonderes gefunden oder gar daran Anstoß genommen hätte.

Doch gab es Augenblicke, besonders am frühen Morgen, wenn sie noch zu Bette lag, in denen sie, aus ihrer Dumpfheit erwachend, ihr ganzes Dasein als unbegreiflich und beinahe als unwürdig empfand. Aber kaum war sie wieder, meist schon nach der ersten unwillkürlichen Bewegung, zum Bewußtsein ihrer Körperlichkeit gelangt, da war ihr, als flute von dem neuen Leben, das sich in ihr entwickelte, durch alle ihre Glieder wie aus einem verborgenen Quell ein Strom süßen Erschlaffens, in dem ihr ganzes Wesen, einem naturhaften Geschick angstlos und demütig hingegeben, sich wundersam löste. Von all den Beschwerden, die die Schwangerschaft so vielen Frauen zu bringen pflegt, blieb sie vollkommen frei, ja eher befand sie sich in einem Zustand erhöhten Wohlseins. Nur eine gewisse körperliche Trägheit steigerte sich von Tag zu Tag, und es begegnete ihr, daß sie des Morgens, während sie auf dem Bett sitzend sich kämmte, minutenlang wie erstarrt blieb, den Kamm in den Haaren, und das fremde Gesicht anblickte, das ihr aus dem holzgerahmten Spiegel an der im übrigen kahlen Wand entgegensah –, ein bleiches, feistes, beinahe gedunsenes Gesicht mit halb offenen, etwas bläulichen Lippen und großen, staunenden, leeren Augen. Dann, aus ihrer Erstarrung zu sich kommend, schüttelte sie wohl den Kopf, kämmte sich weiter, sang leise vor sich hin, erhob sich schwer und trat näher zum Spiegel hin, so daß ihr Bild für eine kurze Weile im Hauch ihres Atems verschwand. Wenn es dann wieder erschien, lag eine seltsame Traurigkeit darin, von der Therese früher nichts geahnt hatte.

An einem klaren Febertag hatte die Lektüre eines Romankapitels, darin großstädtisches Treiben in abendlich erleuchteten Straßen verlockend geschildert war, die Sehnsucht in ihr wachgerufen, selbst wieder einmal etwas so Fröhliches und Leuchtendes zu schauen; und es fiel ihr ein, daß nichts leichter war, als diese Sehnsucht zu befriedigen. Es genügte, das Gesicht hinter einem Schleier zu verbergen; an ihrer Gestalt, dessen konnte sie sicher sein, würde sie niemand erkennen. Am späten Nachmittag verließ sie das Haus, verspürte anfangs eine beträchtliche Schwere in den Beinen, die aber wie durch einen Zauber verschwand, als Therese auf eine Hauptstraße geraten war, deren lange wohlbeleuchtete Zeile ihr schon einen Gruß aus noch helleren und prächtigeren Regionen zuzuwinken schien. Sie fuhr mit der Trambahn bis zur Oper, ließ sich von der Menge weitertreiben, blieb da und dort vor Auslagen stehen und war von Licht, Lärm und Gedränge beunruhigt und beglückt zugleich. Sie besorgte einige kleine, längst notwendig gewordene Einkäufe, und es berührte sie merkwürdig, daß man sie zum erstenmal in ihrem Leben als „gnädige Frau" ansprach. Als sie das Geschäft verließ, überfiel sie eine große Müdigkeit, sie eilte heimzukommen und legte sich sofort zu Bett. Frau Kausik stellte beiläufig die Frage an sie, was sie denn eigentlich für die nächste Zeit für Absichten habe. Hier könne sie ja doch nicht bleiben, und es wäre hohe Zeit für sie, sich um ein geeignetes Quartier umzusehen. Frau Kausik ließ das Wort Findelhaus fallen. Therese erschrak, davon wollte sie nichts wissen, und am nächsten Morgen machte sie sich auf, ein Zimmer zu suchen.

42

Das Unternehmen war schwieriger, als sie gedacht hatte. Jedes Quartier hatte seine Unzukömmlichkeiten, die sich nicht immer im ersten Augenblick erkennen ließen, und so war Therese innerhalb von wenigen Wochen dreimal genötigt zu übersiedeln, bis sie endlich bei einer ältlichen Frau in einem vierten Stockwerk ein Zimmer fand, das reinlich und nett gehalten war – und in dessen Nachbarschaft nicht ein halbes Dutzend Kinder schrien und lärmten oder ein betrunkener Mann seine Frau prügelte. Die Vermieterin, Frau Nebling, schien nach Aussehen und Redeweise besseren Kreisen anzugehören. Sie trug zu Hause ein abgetragenes, aber gutgeschnittenes Morgenkleid aus rosa Samt, und beim Aufräumen, das sie selbst besorgte, hatte sie lange, freilich vielfach gestopfte Handschuhe über die Finger gezogen. In den ersten Tagen sprach sie nur wenig mit Theresen und besorgte ihr das bescheidene Mittagessen, ja nahm auch zuweilen daran teil, ohne sich mit ihr in längere Unterhaltungen einzulassen. Nachmittags entfernte sie sich und kam erst am späten Abend oder nachts wieder nach Hause.

So war Therese viel allein und machte gern von dem ihr eingeräumten Recht Gebrauch, sich im sogenannten Salon aufzuhalten, der mit seinen hellen Vorhängen und den Ölbildern an den Wänden freundlicher erschien als das schmucklose Kabinett, in dem Therese wohnte. Nach den vielen Umzügen der letzten Wochen fühlte sie sich so müde, so schwer, daß sie sich kaum entschließen konnte, das Haus zu verlassen. Sie las keine Bücher mehr, immer nur die Zeitung, diese aber vom ersten bis zum letzten Wort, ganz mechanisch, ohne am Ende eigentlich zu wissen, was darin stand. Dann versuchte sie sich wohl die verschiedenen Menschen in ihre Erinnerung zurückzurufen, die bisher in ihrem Leben bedeutungsvoll gewesen waren. Aber es gelang ihr selten, die Gedanken auch nur für kurze Zeit fest an eine bestimmte Gestalt zu heften; jede entschwebte ihr gleich wieder, und so geisterten sie alle durcheinander traumhaft, fremd und fern. Mit sich selbst erging es ihr kaum anders. Wieder einmal kam sie sich gleichsam abhanden, sie faßte ihr Schicksal, sie faßte ihr Wesen nicht mehr; – daß der unförmliche Leib, an dem sie herunterblickte, daß die Hände, die verschlungen auf ihren Knien lagen, ihr zugehörten, – daß ihr Vater im Irrenhaus gestorben war, daß sie die Geliebte eines Leutnants gewesen, daß irgendwo in einem mährischen oder böhmischen Nest oder weiß Gott wo in der Welt ein Mensch lebte, von dem sie ein Kind bekommen sollte . . . all das war ebenso unwirklich für sie, als es dieses Kind selbst war, das sich doch seit vielen Wochen schon mit unerbittlichen Zeichen seines Daseins in ihr regte und dessen Herz sie gleichsam in ihrem eigenen klopfen fühlte. Es war ihr, als hätte sie dieses noch ungeborene Kind früher einmal geliebt; sie wußte nicht recht wann, und ob stunden- oder tagelang; aber jetzt spürte sie von dieser Liebe nichts in sich und weder Staunen noch Reue darüber, daß es sich so verhielt. *Mutter* . . . Sie wußte, daß sie es werden sollte, daß sie es war, aber es ging sie eigentlich nichts an. Sie fragte sich wohl, ob es anders wäre, wenn sie ihr Frauenlos in einer anderen, in einer schöneren Weise hätte erleben dürfen, als ihr nun einmal beschieden war, wenn sie, wie andere Mütter, in einer wenigstens äußerlich gefestigten Beziehung zu dem Vater des Kindes, oder wenn sie gar als Ehefrau innerhalb eines geordneten Hausstandes die Stunde der Geburt hätte erwarten dürfen. Aber all das war ihr so unvorstellbar, daß sie es sich auch nicht als ein Glück vorstellen konnte.

Und ein oder das andere Mal kam ihr wieder der Einfall – da sie jetzt so gar keine Regung von Mütterlichkeit in sich verspürte, keine Sehnsucht nach, kaum ein Wissen von dem Kinde –, ob nicht doch alles nur ein Schein, nur ein Irrtum sein könnte? Sie hatte einmal gehört oder gelesen, daß es gewisse Zustände gebe, die eine Schwangerschaft nur vortäuschten. War es nicht denkbar, da ihre Seele so gar nichts von diesem Kinde wußte und wissen wollte, daß das, was sie in diesen letzten Monaten körperlich erlebte, nichts anderes war als Reue, schlechtes Gewissen, Angst – die sie vor sich selbst ableugnen wollte – und die von ihrem Vorhandensein auf diese Weise Kunde gaben? Das seltsamste aber war, daß sie sich nach dem Ende dieser Zeit gar nicht sehnte, ja, eher empfand sie eine gewisse Scheu davor, wieder in die Welt zurück zu müssen, die sie verlassen. Würde sie sich jemals wieder in den geordneten Gang des Lebens zu finden verstehen, jemals wieder mit gebildeten Menschen reden, sich einer regelmäßigen Tätigkeit widmen, eine Frau unter anderen Frauen sein können? Sie war jetzt außerhalb alles Seins und alles Tuns gestellt; und es bestand eigentlich keine Beziehung für sie als die zu dem unendlich fernen bläulichen Stück Himmel, in das ihr Blick versank, wenn sie in der Ecke des Diwans lehnte. So verschwebte, so irrte, so träumte Theresens Sinn sich ins Leere und verlor sich gerne darin, als wenn ihr ahnte, daß, sobald sie sich in die Wirklichkeit zurückfand, doch nur Sorge und Kummer zum Empfang bereitstehen würden.

Was Therese zuweilen sonderbar berührte, das war, daß Frau Nebling von ihrem Zustand überhaupt nichts zu bemerken schien, jedenfalls in keiner Weise die geringste Notiz davon nahm. Mittags aßen die beiden Frauen gemeinsam, nachmittags verließ Frau Nebling das Haus und kam nach wie vor erst in später Stunde wieder. Zuweilen überfiel Therese das Gefühl ihrer Einsamkeit drohend, wie ein plötzlicher Schreck. Da kam ihr einmal der Einfall, Sylvie mittelst eines kurzen Billetts zu sich zu bitten. Doch als diese tatsächlich am darauffolgenden Sonntag nach ihr fragte, ließ Therese ihr durch Frau Nebling bestellen, daß sie schon wieder, unbekannt wohin, übersiedelt sei.

Eines Tages, als sie zum Fenster hinausblickte, sah sie ihren Bruder um die Ecke biegen, hatte eben noch Zeit, rasch ins Zimmer zurückzutreten, und ängstigte sich ein paar Minuten lang, daß er sie gesehen haben, ins Haus treten und nach ihr fragen könnte. Dann wieder schämte sie sich dieser lächerlichen Angst in der Erwägung, daß sie doch keinem Menschen auf der Welt weniger Rechenschaft schuldig sei als gerade ihm. Im übrigen befand sie sich wohl und sicher; Frau Nebling hatte mit keinem Worte darauf angespielt, daß ihr ein weiterer Aufenthalt Theresens unbequem oder gar peinlich sein könne, an Geldmitteln mangelte es ihr vorläufig nicht –, wenn es not tat, konnte sie auch einen Arzt holen lassen, der in jedem Fall zur Diskretion verpflichtet war; daß Frau Nebling sie etwa mit dem Kind von heute auf morgen aus dem Hause jagen würde, hielt sie für undenkbar, und in jedem Fall würde sich von hier aus alles weitere ohne Übereilung in Ordnung bringen lassen.

In diesen Tagen spielte sie auch manchmal mit dem Gedanken, an Alfred zu schreiben. Sie wußte zwar, daß sie es doch nicht tun würde; aber sie spann den Gedanken gerne fort, stellte sich vor, daß er zu ihr hereinträte, von ihrem Schicksal ergriffen, ja erschüttert wäre; – und sie träumte weiter: er liebte sie noch immer, ganz gewiß, auch ihr Kind würde er lieben; er nahm sie zur Frau; er war Arzt auf dem Lande, sie lebten zusammen in einer schönen Gegend, sie bekam zwei Kinder von ihm, drei; – und war er denn nicht eigentlich auch der Vater dieses ersten, das sie erwartete? Jener Kasimir Tobisch, existierte denn der wirklich? Hatte er nicht immer etwas Gespenstisches an sich gehabt? Ja, war er nicht vielleicht der Satan selber gewesen? Alfred war ihr Freund, ihr einziger Freund, ja ihr Geliebter, auch wenn er nichts davon wußte. Und seine Erscheinung veränderte sich wundersam in der Erinnerung ihres Herzens. Sein sanftes, allzu sanftes Antlitz veredelte sich, so daß es beinahe dem eines Heiligen glich; seine Stimme klang ihr dunkel und süß durch Zeitenfernen, und wenn sie sich in rückgewandten Gedanken mit ihm auf jener weiten abendlichen Ebene zärtlich umschlungen sah, so war es ihr zugleich, als schwebte sie mit ihm vom Erdboden langsam empor dem Himmel zu.

43

In einer Aprilnacht, wohl zehn Tage früher, als sie erwartet, wurde sie von den Wehen überrascht. Sie sprang aus dem Bett, klopfte an die Türe der Frau Nebling, die aber noch nicht zu Hause war, dachte daran, die Stiegen hinunterzueilen oder wenigstens im Treppenhaus nach der Hausbesorgerin zu rufen; aber an der Wohnungstüre hielt sie inne; die Schmerzen hatten nachgelassen; sie begab sich in ihr Zimmer zurück und legte sich zu Bett. Doch nach wenigen Minuten schon setzten die Schmerzen wieder ein. Ob nicht noch Zeit wäre, ins Krankenhaus zu fahren – ob sie nicht vom Fenster aus nach einem Wagen rufen sollte? Konnte sie nicht auch zu Fuß hingehen? Es war ja nicht gar weit. Wieder erhob sie sich, öffnete den Schrank, begann Kleidungsstücke und Wäsche herauszunehmen, dann, ermüdet, ließ sie die Hände sinken und setzte sich wieder hin. Nach kurzer Zeit, in neuen, immer furchtbareren Schmerzen, lief sie im Zimmer hin und her, dann in den Vorraum, ins Zimmer zurück, legte sich hin, stöhnte, schrie; sie ließ es darauf ankommen, daß man sie hörte. Warum sollte man sie nicht hören? War es denn eine Schande, was ihr geschah? Niemand im Hause wußte, wer sie war. Der Name selbst bedeutete ja nicht viel. Warum aber hatte sie den richtigen angegeben? Warum war sie überhaupt in Wien geblieben? Hätte sie sich nicht irgendwo auf dem Land verbergen können? War es denn möglich!? Sie bekam ein Kind? Sie, Therese Fabiani, die Tochter eines Oberstleutnants und einer Adeligen, bekam ein Kind? Nun sollte es wirklich wahr werden, daß sie ein uneheliches Kind bekam?

Frau Nebling stand plötzlich in der offenen Tür mit erschrockenen Augen. Nun ja, bis ins Stiegenhaus hatte sie Therese schreien gehört. Wie, sie hatte geschrien? Oh, es war nichts. Es konnte ja auch noch nichts sein. Frühestens in zehn Tagen. Sie war nur aus einem bösen Traum aufgefahren. Frau Nebling entfernte sich wieder. Therese hörte das Möbelrücken, das Huschen im Nebenzimmer, wie sie es allnächtlich gewohnt war; ein Fenster wurde aufgemacht und wieder geschlossen. Sie begann einzuschlafen. Plötzlich weckte der Schmerz sie von neuem auf. Sie verbiß ihn in ungeheuerer Überwindung, preßte ihr Taschentuch zwischen die Zähne, krampfte die Hände in die Bettkissen. Bin ich verrückt? fragte sie sich. Was tu' ich denn, was will ich denn? Ach, könnte ich sterben. Vielleicht sterbe ich, dann wäre alles gut. – Was soll ich mit einem Kinde anfangen? Was würde mein Bruder dazu sagen? Alle Scham ihrer Mädchenjahre war in ihr erwacht. Es kam ihr unfaßbar vor, wie ein böser Traum, daß es dahin mit ihr gelangt war, daß so schreckliche Dinge, wie sie doch sonst nur andern passierten, wie man sie manchmal in der Zeitung oder in Romanen las –, daß sich die an ihr, an Therese Fabiani erfüllen sollten. War es nicht jetzt noch Zeit, allem ein Ende zu machen? „Hilfe! Hilfe!" schrie sie plötzlich auf. Wieder sprang sie aus dem Bett, schleppte sich durch das Nebenzimmer vor die Türe der Frau Nebling, horchte, klopfte, alles blieb still. Sie erholte sich wieder. Was wollte sie denn von Frau Nebling? Sie brauchte sie nicht. Niemanden brauchte sie. Allein wollte sie sein, auch weiterhin, wie sie es die ganze Zeit über gewesen war. Es war besser so. Dann, auf ihrem Bett, lag sie wieder still, bis die Schmerzen plötzlich mit einer so ungeheueren Macht über sie kamen, daß sie nicht einmal mehr zu schreien vermochte. Nun war es wohl auch zu spät, irgendeine Hilfe zu holen. Nein, keine Hilfe, nein. Sie wollte ja zugrunde gehen. Es war das beste, wenn sie zugrunde ginge, – sie und das Kind und mit ihr die ganze Welt.

44

Die Erlösung war da. In todestiefer und doch beglückender Ermattung lag Therese. Eine Kerze auf dem Tisch brannte durch die Nacht. Wann nur hatte sie jene angezündet? Sie wußte es nicht mehr. Und da war das Kind. Mit halboffenen, blinzelnden Augen, mit einem verrunzelten, häßlichen Greisengesicht lag es da und rührte sich nicht. Es war wohl tot. Gewiß war es tot. Und wenn es nicht tot war, – in der nächsten Sekunde würde es sterben. Und das war gut. Denn auch sie, die Mutter, die es geboren, mußte sterben. Sie hatte nicht die Kraft, den Kopf zu wenden, die Lider fielen ihr immer wieder zu, und sie atmete flach und rasch.

Mit einem Male war ihr, als regte sich etwas in den Zügen des Kindes; auch die Ärmchen und Beinchen bewegten sich, der Mund aber verzog sich wie zum Weinen, und ein leises klägliches Wimmern klang an ihr Ohr. Therese erschauerte. Nun, da das Kind Zeichen seines Lebens gab, wurde ihr sein Dasein unheimlich, ja bedrohlich. Mein Kind, dachte sie. Und dieses Kind war ein selbständiges, ganz für sich allein bestehendes Wesen, hatte Atem, Blick und ein Stimmchen, ein ganz kleines, wimmerndes Stimmchen, das aber doch aus einer neuen lebendigen Seele kam. Und es war ihr Kind. Aber sie liebte es nicht. Warum liebte sie es nicht, da es doch ihr Kind war? Ach, das kam wohl daher, daß sie müde war, viel zu müde, um irgend etwas auf der Welt lieben zu können. Und es war ihr, als wenn sie aus dieser Müdigkeit ohnegleichen nie wieder völlig erwachen könnte. „Was willst du in der Welt?“ sprach sie in der Tiefe ihres Herzens zu dem leise wimmernden, verrunzelten Geschöpf, während sie zugleich den rechten Arm darnach ausstreckte und es an sich zu ziehen versuchte. Was sollst du ohne Vater und Mutter auf der Welt, und was soll ich mit dir? Es ist gut, daß du gleich sterben wirst. Ich werde allen sagen, daß du überhaupt nie gelebt hast. Wer wird sich darum kümmern? Warst du denn nicht schon tot? War ich denn nicht bei drei Frauen oder vieren, nur damit du nie auf die Welt kämest? Was soll ich denn jetzt mit dir? Soll ich mit dir in der Welt herumziehen? Ich habe mich ja nur um andere Kinder zu sorgen; – ich müßte dich ja doch weggeben; ich hätte dich ja gar nicht. Und ich habe dich ja schon drei- oder viermal umgebracht, bevor du da warst. Was soll ich denn mit einem toten Kind ein ganzes Leben lang? Tote Kinder gehören ins Grab. Ich will's ja nicht zum Fenster hinauswerfen oder ins Wasser oder in den Kanal . . . Gott behüte. Ich will dich nur fest anschauen, damit du weißt, daß du tot bist. Wenn du weißt, daß du tot bist, dann wirst du gleich einschlafen und eingehen ins ewige Leben. Es dauert ja nicht lang, so komm' ich nach. Oh, das viele, viele Blut!! Frau Nebling, Frau Nebling!!! Ach, warum ruf ich sie denn? Sie werden mich schon finden. Komm, Kinderl, komm, kleiner Kasimir . . . Nicht wahr, du willst kein so böser Mensch werden wie dein Vater. Komm, da liegst du gut. Ich deck' dich gut zu, daß dir nichts weh tun wird. Da unter dem Kissen schläft sich's gut, stirbt sich's gut. Noch ein Kissen, daß dir wärmer wird . . . Adieu, mein Kind. Eins von uns zweien wacht nimmer auf – oder wir beide nimmermehr. Ich mein's dir ja gut, mein süßes Kinderl. Ich bin nicht die rechte Mutter für dich. Ich verdien' dich ja gar nicht. Du darfst nicht leben. Ich bin ja für andere Kinder da. Ich hab' keine Zeit für dich. Gute Nacht, gute Nacht . . .

Sie wachte auf wie aus einem furchtbaren Traum. Sie wollte schreien, aber sie vermochte es nicht. Was war denn nur geschehen? Wo war das Kind? Hatte man es ihr weggenommen? War es tot? War es begraben? Was hatte sie denn mit dem Kind getan? Da sah sie die Kissen hoch aufgeschichtet neben sich. Sie schleuderte sie fort. Und da lag das Kind. Mit weit offenen Augen lag es da, verzog die Lippen, die Nasenflügel, bewegte die Finger und nieste. Therese atmete tief, fühlte sich lächeln und hatte Tränen im Aug'. Sie zog den Knaben nah an sich heran, nahm ihn in die Arme, preßte ihn an ihre Brust. Er drängte sich an sie und trank. Therese seufzte tief auf, sie schaute um sich, es war ein Erwachen wie nie zuvor. Morgenschein schwebte durch den Raum, Geräusche des Tages drangen herauf, die Welt war wach. Mein Kind, fühlte Therese, mein

Kind! Es lebt, lebt, lebt! Aber wer wird es an die Brust nehmen, wenn ich tot bin? Denn sie selbst wollte ja, mußte ja sterben. Doch in ihrer Todessehnsucht war eine Wonne ohnegleichen. Das Kind trank ihr das Leben aus der Seele fort, es schlürfte ihr Leben in sich ein, Zug für Zug, und ihre eigenen Lippen wurden dürr und trocken. Sie streckte den Arm nach der Teetasse aus, die noch von gestern abend her auf dem Nachtkästchen stand, aber sie fürchtete, das Kind zu stören, und so zögerte sie eine Weile. Das Kind aber, als könnte es verstehen, ließ von ihrer Brust ab, so vermochte Therese die Teeschale zu ergreifen, hatte sogar die Kraft, sich ein wenig aufzurichten und die Tasse an die Lippen zu führen. Mit dem andern Arm aber hielt sie das Kind, hielt es fest; und eine ferne Stunde stieg gespenstisch in ihrer Erinnerung auf, eine Stunde in einem kleinen trübseligen Gasthofzimmer, darin sie eines fremden Manns Geliebte gewesen war und dieses Kind empfangen hatte. Jene Stunde – und diese; – jene Nacht – und dieser Morgen; – jener Rausch – und diese Klarheit ohnegleichen . . . standen die wirklich in irgendeinem Zusammenhang? Fester drückte sie den Knaben an sich und wußte, daß er ihr allein gehörte.

45

Als Frau Nebling eintrat, zeigte sie sich über das Vorgefallene nicht im geringsten erstaunt. Sofort, ohne sich mit Bemerkungen oder Fragen aufzuhalten, mit der Geschicklichkeit einer gelernten Hebamme, sorgte sie für alles, was der Augenblick erforderte, und es erwies sich nun, daß sie in jeder Hinsicht auch trefflich vorgesorgt hatte. Ein Arzt erschien, ein freundlicher älterer Herr, auch etwas altmodisch gekleidet, setzte sich an Theresens Bett, nahm, soweit es nötig, seine Untersuchungen vor, gab Verordnungen und Ratschläge und tätschelte beim Abschied Theresens Wangen väterlich und zerstreut.

An diesem ersten Tage und an den nächstfolgenden befand sich Therese in so guter Hut und Pflege, daß es auch einer glücklichen jungen Ehefrau im Wochenbett eines wohlgeordneten Heims nicht besser hätte ergehen können. Frau Nebling selbst aber schien seit der Geburt des Kindes geradezu eine andere geworden. Die früher so schweigsam gewesen, plauderte mit Therese wie eine alte Freundin, und ohne auch nur fragen zu müssen, erfuhr Therese allerlei aus ihrem Leben, unter anderm, daß sie an einer Operettenbühne für ältere Rollen engagiert sei, wo sie zufällig gerade in diesen Wochen unbeschäftigt sei, daß sie dreimal Mutter gewesen war und alle ihre Kinder sich am Leben, jedoch in der Fremde befanden. Ob sie jemals verheiratet gewesen, ob die Kinder alle von demselben Vater stammten, davon sprach sie nichts, so wenig es Theresen einfiel, von dem Vater ihres eigenen Kindes und den Begleitumständen ihres traurigen Abenteuers zu erzählen; und soviel auch von *Mutter*schaft und *Mutter*glück die Rede war, von Liebesglück und -leid hatten die beiden Frauen einander so wenig mitzuteilen, als hätten diese Dinge mit Mutterleid und Mutterglück überhaupt nicht das geringste zu tun. Der Arzt erschien noch etliche Male zu eher freundschaftlichen Besuchen; es stellte sich heraus, daß er Theaterarzt war und mit Frau Nebling auf gutem Fuße stand; gelegentlich erzählte er mit einem gewissen trockenen Humor spaßhafte Geschichten aus seiner Welt, Anekdoten, auch Zweideutigkeiten, die ihm Therese nicht übel nahm. Ein anderer Besuch stellte sich gleichfalls öfters ein: der einer jungen Frau, die im gleichen Hause wohnte; die kinderlose Gattin eines kleinen Angestellten, der den ganzen Tag auswärts im Amte war. Sie saß am Bette Theresens und starrte mit feuchten Augen auf den Buben, den die Wöchnerin an der Brust liegen hatte.

Nach einer Woche besann sich Therese, daß es nun wohl an der Zeit sei, sich um die Zukunft zu kümmern, und es zeigte sich, daß Frau Nebling auch in dieser Hinsicht nicht untätig gewesen war. Eines Tages meldete sich eine wohlgenährte ländlich gekleidete Frau, die sich bereit erklärte, das Kind gegen einen verhältnismäßig geringen Monatsbetrag in Pflege zu nehmen. Ihr eigenes Kind, ein achtjähriges Mädchen, Agnes, hatte sie mitgebracht, das vertrauenerweckend rotbäckig aussah und unmerklich schielte. Sie hatte schon öfters Kinder in Pflege gehabt, erzählte sie. Das letzte sei erst kürzlich aus ihrem Hause geschieden, da die Eltern geheiratet und das Kleine zu sich genommen hätten. Dies erwähnte sie freundlich lächelnd, als müßte es auch für Therese als gute Vorbedeutung gelten. Und ein paar Tage darauf saß Therese, ihren Kleinen im Arm, mit Frau Nebling in einem Einspänner, der sie zum Bahnhof führte. Bald, nachdem sie das Haus verlassen, an einer Straßenecke, überquerte ein Fußgänger die Fahrbahn und warf einen zufälligen Blick in den Wagen. Therese hatte sich schon früher vorsichtshalber unter das aufgespannte Dach gelehnt, doch ein Aufleuchten in dem Blick des Fußgängers verriet ihr, daß er sie gesehen und erkannt hatte, gerade so wie sie ihn. Es war Alfred, dem nach so langer Zeit zum erstenmal und unter solchen Umständen zu begegnen, Therese im tiefsten berührte. Ein Zufall, der ihr nicht unangenehm war, hatte es gefügt, daß in der

Sekunde vorher Frau Nebling das Kind für eine Weile aus Theresens Armen in die ihren genommen hatte. „Das war er", sagte Therese, wie vor sich hin, mit einem glücklichen Lächeln. Frau Nebling beugte sich aus dem Wagen, sah nach rückwärts, wandte sich zurück zu Therese: „Der junge Mensch mit dem grauen Hut?" Therese nickte. „Er steht noch immer da", sagte Frau Nebling bedeutungsvoll. Und jetzt erst war es Theresen klar, daß nach ihrem Ausruf Frau Nebling den jungen Menschen mit dem grauen Hut wohl für den Vater des Kindes halten mußte. Therese klärte sie nicht auf. Es war ihr eigentlich ganz recht so, und in lächelndem Schweigen verharrte sie bis zum Bahnhof.

46

Nach einer Fahrt von kaum zwei Stunden im Bummelzug waren sie an ihrem Bestimmungsort angelangt. Die Bäuerin, Frau Leutner, erwartete sie an der Station, und zwischen freundlichen, meist noch unbewohnten kleinen Villen wanderten sie langsam durch den Ort, bis ein schmalerer Seitenweg gelinde aufwärts zu einem von blühenden Obstbäumen umstandenen, nicht unansehnlichen Gehöft führte, von dem aus, trotz der geringen Höhe, sich eine ausgebreitete Rundsicht bot. Das Dorf, zugleich eine bescheidene Sommerfrische, lag ihnen zu Füßen, das Bahngeleise lief ins Weite; die Landstraße verlor sich zwischen Hügeln in den Wald. Hinter dem Gehöft zog sich die Wiese bis an einen nahen Steinbruch, dessen oberer Rand von Sträuchern überwachsen war. In einem reinlich gehaltenen, etwas muffig riechenden niederen Raum setzte die Bäuerin ihren Besuchern Milch, Brot und Butter vor, fing gleich an, sich mit Theresens Kind zu beschäftigen, erklärte weitläufig, wie sie es mit der Ernährung und Pflege halten wolle; dann, während Frau Nebling bei dem Kleinen blieb, wies sie Theresen das Haus in allen seinen Räumen, den Garten, den Hühnerhof, die Scheune. Der Bauer, hochaufgeschossen, gebeugten Ganges, mit hängendem Schnurrbart, kam vom Felde heim, machte nicht viel Worte, betrachtete das Kind mit glasigen Augen, nickte ein paarmal, schüttelte Theresen die Hand und ging wieder. – Agnes, die Achtjährige, kam aus der Schule, schien erfreut, daß wieder ein Kleines im Hause war, nahm es in die Arme, und ihr ganzes Verhalten zeigte, daß auch sie es schon vortrefflich verstand, mit kleinen Kindern umzugehen. Frau Nebling lag indessen auf ihrem Regenmantel unter einem Ahornbaum, der vereinzelt etwas abseits vom Hause stand und an dessen Stamm unter Glas und Rahmen, von einem welken Kranz umgeben, ein Marienbild befestigt war.

Die Stunden flogen dahin; erst als der Augenblick des Scheidens nahte, kam es Theresen zu Bewußtsein, daß sie nun von ihrem Kind fort sollte, fort mußte und daß ein merkwürdiger und bei allen Sorgen schöner Abschnitt ihres Lebens ein für allemal abgeschlossen war. Auf der Heimfahrt sprach sie kein Wort mit Frau Nebling, und als sie ihr Zimmer wieder betrat, in dem sie noch alles an den Buben erinnerte, war ihr kaum anders zumute, als käme sie von einem Begräbnis nach Hause.

Das Erwachen am nächsten Morgen war so traurig, daß sie am liebsten gleich wieder nach Enzbach hinausgefahren wäre. Ein plötzlich einbrechender Regenguß hinderte sie daran; auch am nächsten Tage regnete und stürmte es, und am übernächsten erst konnte sie wieder bei ihrem Kinde sein. Es war mildes Frühlingswetter, man saß im Freien unter einem stillen blaßblauen Himmel, der sich in den Augen des Kindes widerspiegelte. Frau Leutner sprach viel mit Therese, über allerlei häusliche und ländliche Angelegenheiten und allerlei Erfahrungen, die sie im Laufe der Jahre mit ihren Pflegekindern gemacht hatte; der Bauer gesellte sich diesmal für etwas länger zu ihnen, im übrigen verhielt er sich so schweigsam wie das erstemal. Agnes ließ sich nur beim Mittagessen sehen, kümmerte sich heute wenig um das Kind und tollte gleich wieder davon. Therese nahm beruhigter und minder traurig Abschied als das vorige Mal.

47

Am Abend dieses Tages bemerkte sie zu Frau Nebling, daß es nun hohe Zeit wäre, sich nach einer neuen Stellung umzusehen. Auch darum hatte sich Frau Nebling in ihrer umsichtigen Weise schon gekümmert und hielt eine ganze Anzahl von geeigneten Adressen bereit. Schon am Tage darauf sprach Therese in einigen Häusern vor, hatte am Abend die Wahl zwischen dreien und entschied sich für eines, wo sie nur ein siebenjähriges Mädchen zu betreuen hatte. Der Vater war ein wohlhabender Kaufmann, die Mutter eine gutmütige, etwas phlegmatische Frau, das Kind lenksam und hübsch, und Therese fühlte sich sofort in ihrer neuen Umgebung ausnehmend wohl. Für jeden zweiten Sonntag und für einen Nachmittag in jeder zweiten Woche hatte sie sich Ausgang bedungen, bis tief in den Sommer hinein bereitete man ihr keinerlei

Schwierigkeiten, bis am Morgen eines schönen Julisonntags die Mutter aus irgendeinem Grunde Therese ersuchte, für diesmal auf den Urlaub zu verzichten und sich dafür einen beliebigen Tag der kommenden Woche zu wählen. Therese aber hatte sich so unbändig auf das Wiedersehen mit ihrem Kind gefreut, daß sie ganz gegen ihre sonstige Art, unwirsch beinahe, auf ihrem Recht bestand, das ihr schließlich auch zugebilligt wurde; doch blieb ihr nichts übrig, als nach der üblichen Kündigungsfrist das Haus zu verlassen.

Rasch fand sie eine neue Stellung als Erzieherin im Haus eines Arztes zu zwei Mädchen und einem Knaben. Die beiden Mädchen, zehn und acht Jahre alt, besuchten die Schule, eine Französin und ein Klavierlehrer erteilten häuslichen Unterricht; der sechsjährige Knabe war völlig Theresens Obhut anvertraut. Es war ein musterhafter Haushalt: Wohlhabenheit ohne Überfluß, das beste Verhältnis zwischen den Ehegatten, die Kinder alle gutartig, wohlerzogen; und trotz der angestrengten Tätigkeit, aus der der Arzt immer heimkam, gab es niemals ein Wort der Ungeduld oder gar der Ungüte, nie Übellaune oder gar Zank, wie sie das von so manchen andern Familien her kannte.

Gegen Mitte August durfte sie drei volle Tage bei ihrem Kind verbringen. Unglücklicherweise waren zwei Regentage darunter, und es gab ein paar Stunden, in denen sich, während sie mit den Bauersleuten in der muffigen Stube saß, ein Gefühl der Langeweile und Ödigkeit ihrer zu bemächtigen anfing. Als ihr das deutlicher bewußt wurde, eilte sie, wie von einem inneren Vorwurf getrieben, zu ihrem Kinde hin, das ruhig schlafend in der Wiege lag. In der trüben Beleuchtung dieses Regentages erschien ihr das kleine rundliche Antlitz seltsam blaß, schmal und fremd. Erschrocken beinahe hauchte sie auf die Lider des Kindes, das nun den Mund verzog wie zum Weinen und dann, da es das bekannte Gesicht der Mutter über sich gebeugt sah, zu lächeln anfing. Therese, neu beseligt, nahm das Kind in die Arme, herzte und liebkoste es und weinte vor Glück. Die Bäuerin, anscheinend gerührt, prophezeite ihr allerlei Gutes und ganz besonders einen braven Vater für das Kind. Aber Therese schüttelte den Kopf. Sie habe nicht die geringste Lust, erklärte sie, ihr geliebtes Kleines mit irgend jemandem zu teilen. Es gehörte ihr – und sollte weiter ihr ganz allein gehören.

Nach diesen drei Tagen war die Trennung dreifach schwer. Und als Therese auf dem Semmering ankam, wo Frau Regan mit den Kindern Sommeraufenthalt genommen hatte, konnte der bekümmerte Ausdruck ihrer Mienen der Mutter ihrer Zöglinge nicht verborgen bleiben. In ihrer milden freundlichen Art, ohne irgendeine Frage zu stellen, sprach Frau Regan die Hoffnung aus, daß Therese in der frischen Bergluft sich bald wieder wohl fühlen würde. Unwillkürlich küßte ihr Therese wie gerührt die Hand, nahm sich aber gleich vor, nichts von ihrem Geheimnis zu verraten. In der Tat erholte sie sich rascher, als sie gedacht, gewann Farbe und Laune wieder, Spaziergänge, auch größere Ausflüge wurden unternommen, und der sommerlich leichte Verkehrston brachte es mit sich, daß Therese gelegentlich jüngere und ältere Herren kennenlernte, die ihr Wohlgefallen und ihre Wünsche zu verbergen sich keine Mühe nahmen. Doch Therese blieb jedem Annäherungsversuch gegenüber gleichgültig, und als man schon in den ersten Septembertagen wieder in die Stadt zog, bedauerte sie das nicht im mindesten und war nur froh, daß sie nun wieder ihrem Kind näher sein durfte.

Die wenigen Stunden, die sie alle acht bis vierzehn Tage draußen in Enzbach verbrachte, bedeuteten ihr immer von neuem das reinste Glück. Und jenes Gefühl der Ödigkeit und Leere, das einmal an einem sommerlichen Regentage sie draußen überkommen hatte, stellte sich auch in den trübsten Herbststunden nicht wieder ein. Vor den winterlichen Fahrten hatte sie sich ein wenig gefürchtet, doch in dieser Hinsicht erfuhr sie die angenehmste Enttäuschung. Nichts Köstlicheres als wenn das Gehöft rings im Schnee lag und sie aus dem wohlgeheizten Zimmer, ihr Kind im Arm, durch die angelaufenen Fensterscheiben auf die weißverdämmernde Landschaft mit ihren schlafenden Landhäusern und auf den kleinen Bahnhof hinuntersah, von dem aus die dunklen Linien der Geleise in die durchfrostete Ferne hinausliefen. Später kamen wundervolle Sonnentage, an denen sie, den Nebeln der Stadt entflohen, draußen nicht nur Helligkeit und Weite, sondern auch frühlingshafte Wärme fand und sich auf der Bank vor dem Hause mit ihrem Buben in Sonnenglanz baden konnte.

Als das Frühjahr wiederkam, glaubte sie einen tiefen Zusammenhang zwischen der Entwicklung ihres Kindes und dem Erblühen der Natur zu verspüren. Für sie war der Tag der ersten Kirschblüten zugleich derjenige, an dem ihr der Bub von der Haustüre aus ein paar Schritte ohne alle Hilfe entgegenlief; der Tag, an dem im Garten der weißen Villa „Gute Rast“ in der Bahnhofstraße die Rosenstöcke von der Strohumhüllung befreit wurden, der gleiche, an dem Franz den zweiten Schneidezahn bekam; und als an einem der letzten Apriltage – denn es war diesmal ein langer Winter gewesen – die Landschaft mit ihren Gärten, Wäldern, Hügeln sie in sprossendem Grün empfing, war es derselbe Tag, an dem ihr Bub am offenen Fenster, von der Bäuerin festgehalten, in die Händchen klatschte, da er die Mutter, mit kleinen Päckchen in der Hand – denn immer hatte sie etwas mitzubringen – über die Wiese herankommen sah. Und an dem Junitag, da sie draußen die ersten Kirschen pflückte, hatte der Bub zum erstenmal ein paar zusammenhängende Worte gesprochen.

48

Drei Jahre folgten, so gleichmäßig in ihrem Verlauf, daß sie später in Theresens Erinnerung immer ein Frühjahr ins andere, Sommer in Sommer, Herbst in Herbst, Winter in Winter gleichsam zusammenflossen; – trotzdem sie oder weil sie eine Art von Doppelleben führte: das eine als Erzieherin in der Familie Regan, das andere als die Mutter eines kleinen Jungen, der draußen auf dem Lande bei Bauersleuten in Pflege war.

Wenn sie in Enzbach den Tag verbrachte, ja schon auf der Fahrt hinaus, versank alles, was sie in der Stadt zurückließ, das Ehepaar Regan und die Kinder, versank für sie das Haus, das Zimmer, das sie bewohnte, die ganze Stadt in einen grauen Dunst von Unvorstellbarkeit, aus dem alles, wenn sie aus dem Zuge stieg, und oft erst, wenn sie die Wohnung betrat, wieder zur Wirklichkeit emportauchte.

Wenn sie aber mit der Familie Regan bei Tische saß, mit den Kindern lernte oder spazieren ging oder abends nach erfüllter Berufspflicht ermüdet sich ins Bett strecken durfte, dann erschien ihr wieder die Enzbacher Landschaft, in Sommerglanz oder in Winterstarre – das Gehöft auf dem Hügel in Grün oder in Weiß gebettet – der Ahornbaum mit dem umkränzten Marienbild – das Bauernpaar auf der Bank vor dem Haus oder in dem niederen Wohnraum am Ofen –, wie eine unwahrscheinliche, gleichsam märchenhafte Welt; und immer war es ein Wunder, wenn sie den mählich ansteigenden Weg zum Leutnerhof emporschritt und alles da war, wie sie es vor Tagen oder Wochen verlassen, und sie ihren Buben, immer denselben und doch von einemmal zum andern ein neues Geschöpf, in ihren Armen, auf ihrem Schoße halten durfte; und manchmal geschah es, wenn sie für eine Weile die Augen geschlossen hatte und sie dann wieder auftat, daß ein anderes Kind in ihren Armen lag, als sie es sich mit geschlossenen Augen vorgestellt hatte.

Nicht immer war ihr draußen so wohl, als ihre Sehnsucht es ihr vorgespiegelt hatte. Herr Leutner hatte zuweilen seine bösen Tage, auch die Bäuerin, meist wohlgelaunt und allzu schwatzhaft, war manchmal wie ausgewechselt, unfreundlich, feindselig geradezu, und wenn Therese sich nur im geringsten unzufrieden zeigte, widersprach sie heftig, schalt über die Plage, die sie mit dem Buben habe und die man ihr nicht genügend danke und lohne. Auch nach wiederholter Erhöhung des Kostgeldes gab es Mißstimmungen aller Art. Einmal hatte man verabsäumt, Therese von einer allerdings leichten Erkrankung des Kindes zu verständigen, dann wieder wurden Ausgaben für Arzneimittel angerechnet, die offenbar nicht ganz stimmen konnten, und immer wieder glaubte Therese an dem oder jenem Anzeichen zu merken, daß Frau Leutner sich keineswegs so sehr um den Buben kümmerte, wie es ihre Pflicht war. Andere Male wieder gab es Eifersüchteleien nicht nur zwischen Therese und der Bäuerin, sondern auch zwischen Therese und der kleinen Agnes; und dann beklagte sich Therese geradezu, daß Frau Leutner und ihre Tochter das Kind so verzärtelten, als wenn sie es ihr abspenstig machen wollten. Auch gelegentliches schlechtes Wetter war nicht angetan, die Laune und das Einvernehmen zu fördern. Es war zu ärgerlich, wenn man mit nassen Füßen in dem kalten oder überheizten Raume sitzen mußte und es nach schlechtem Tabak roch, der in die Augen biß und gewiß auch dem Kind schadete. – Nicht ganz selten ertappte sich Therese auf dem Wunsch, nicht nach Enzbach hinausfahren zu müssen, und sie ließ einen und den andern freien Sonntag hingehen, ohne ihr Kind zu sehen. Andere Male wieder glaubte sie es vor Sehnsucht gar nicht aushalten zu können, und in ihrer Sehnsucht war so viel Angst, daß sie die Nächte in bösen Träumen hinbrachte.

Im ganzen aber war es doch eine schöne Zeit. Und oftmals dachte Therese, daß sie eigentlich besser dran sei als manche Mutter, die ihr Kind immer bei sich haben durfte und dieses Glück nicht zu würdigen verstand, während für sie, Therese, ein solches Zusammensein, wenigstens in der Vorfreude, stets einen Festtag zu bedeuten hatte.

Im Hause Regan fühlte sie sich auch weiterhin recht zufrieden. Der Doktor, in seiner Tüchtigkeit von Selbstgefälligkeit nicht ganz frei, blieb immer liebenswürdig, trotz angestrengtester Berufstätigkeit, Frau Regan erwies sich auch weiterhin zwar als sehr genaue, aber doch nie launenhafte und stets gerechte Hausfrau, die Mädchen waren lebhaft, doch fleißig und gehorsam und ihrer Erzieherin sehr zugetan, der Knabe war von stillerer Art, sehr musikalisch, so daß er schon in seinem achten Jahr an musikalischen Familienabenden den Klavierpart in Haydn- und Mozartschen Quartetten durchzuführen imstande war; Therese spielte öfters vierhändig mit ihm und heimste an solchen Abenden ihren bescheidenen Anteil am Beifall für sich ein. In der Atmosphäre von Tätigkeit, Ordnung und Beständigkeit, die sie hier umgab, war sie selbst mehr als zuvor auf ihre eigene Fortbildung bedacht und fand Zeit, ihre Klavier- und Sprachstudien in beschränktem Maße weiter zu betreiben.

In diesem wohlgeordneten Dasein gab es kleine Ereignisse, die den gewohnten Lauf der Tage unterbrachen. Etliche Male geschah es, daß Frau Fabiani nach Wien kam, um persönlich mit Redakteuren und Verlegern zu verhandeln, und die Familie Regan bestand liebenswürdigerweise darauf, die Mutter des Fräuleins zu Tische einzuladen, bei welchen Gelegenheiten Frau Fabiani ein tadelloses, geradezu vornehmes Benehmen zur Schau trug und auch ihres Sohnes Erwähnung tat, des Medicinae-Studiosus, der trotz seiner Jugend an der Universität bereits eine politische Rolle zu spielen beginne und neulich anläßlich eines Kommersabends eine aufsehenerregende Rede gehalten habe.

Nach einem dieser mütterlichen Besuche traf Therese den Bruder, den sie wieder einige Monate lang nicht gesehen hatte, in der Stadt, und sie redeten von der Mutter, über deren letzten, in einer Wiener Zeitung laufenden Roman Karl sich in spöttisch-abschätziger Weise äußerte. Therese fühlte sich sonderbarerweise verletzt; die Geschwister nahmen kühlen Abschied; an der nächsten Ecke wandte Therese sich nach dem Bruder um, und es fiel ihr auf, wie sehr er sich im Laufe weniger Jahre nicht eben zu seinem Vorteil verändert hatte. Er trug sich wohl sorgfältiger als früher, doch die leicht gesenkte Haltung des Kopfes, die etwas zu langen, schlecht geschnittenen, den Kragen streifenden Haare, der rasche, fast hüpfende Gang verliehen seinem ganzen Wesen für Therese etwas Unvornehmes, Unsicheres, Subalternes, wovon sie sich abgestoßen fühlte.

Anfangs hatte sie auch einige Male die Verpflichtung verspürt, Frau Nebling aufzusuchen, und eines Abends wohnte sie einer Operettenvorstellung bei, zu der ihr die Schauspielerin ein Billett geschenkt hatte. Mit schriller, fremder Stimme sang und spielte sie ein ältliches, männersüchtiges, aufgeputztes Weib und betrug sich in einer Weise, daß Therese sich für sie beinahe schämte und bei dem Gedanken schauerte, einer der Söhne könne aus der Fremde zurückkehren und die eigene Mutter in so unanständigem Aufzug, scharlachrot geschminkt, mit lüsternen Gebärden und Blicken, zum Gespötte selbst der Mitspielenden, wie Therese deutlich merkte, auf der Bühne umherspringen sehen.

Einmal auf der Straße war ihr, als käme ihr Kasimir Tobisch entgegen. Doch sie hatte sich getäuscht, eine Ähnlichkeit zwischen dem Vater ihres Kindes und dem an ihr vorbeistreifenden Herrn war kaum vorhanden, und als ihr in kurzen Zwischenräumen solche Irrtümer noch zwei- oder dreimal begegneten und sie immer die gleiche peinliche Erregung verspürte, erkannte sie, daß sie im Grunde Angst hatte, Kasimir Tobisch wiederzusehen; ungefähr so, als wenn er, gerade er, von ihrer weiteren Existenz, insbesondere aber von dem Dasein des Kindes, seines Kindes, nie und nimmer etwas erfahren dürfe. Das Bild eines andern aber, den sie gerne wiedergesehen hätte, Alfred, täuschte ihr auch kein zufällig Begegnender vor. Ihn, von dem sie bestimmt wußte, daß er in derselben Stadt lebte wie sie, führte nie ein freundlicher Zufall ihr entgegen.

Auch die Sommerwochen mit der Familie Regan, obwohl sie jedesmal an einem anderen Gebirgsort verbracht wurden, flossen später für Therese in sonderbarer Weise wie in einen Sommeraufenthalt zusammen, und die jüngeren und älteren Herren, die sich ihr auf dem Lande zu nähern versuchten, unterschieden sich später in der Erinnerung wenig voneinander. Daß ihr von all diesen keiner wirklich nähertrat, lag vielleicht nicht so sehr an ihrem eigenen Widerstand, an ihrer Vorsicht, an ihrer Kühle – denn im Gegensatz zu manchen früheren und manchen späteren Epochen ihres Lebens schienen in jenen Jahren ihre Sinne fast in Schlummer zu liegen – als vielmehr an der in ihrer Stellung begründeten Unfreiheit, durch die immer wieder die entschiedene Fortführung einer im Entstehen begriffenen, der Abschluß einer etwas weiter gediehenen Beziehung vereitelt wurde. Und so geschah es zuweilen, daß sich in ihr der Neid auf andere regte, die es glücklicher getroffen als sie – auf manche der Damen, die an lauen Sommerabenden, wenn das Fräulein sich mit den Kindern schon auf ihre Zimmer zurückgezogen, auf dem großen erleuchteten Platz vor dem Hotel umherspazieren konnten, solange und mit wem es ihnen beliebte, oder auch im Dunkel verschwanden. Sie sah und hörte, was ihr freilich nichts Neues mehr war, wie Frauen, Mütter, junge Mädchen mit Herren vieldeutige Blicke wechselten, verfängliche Reden führten, und wußte, wie sich solche Anfänge weiter zu entwickeln pflegten. Frau Regan selbst, obzwar immer noch eine hübsche, ja begehrenswerte Frau, war eine von den wenigen, die von der Atmosphäre ringsum so gut wie gar nicht berührt schien, wodurch Therese ihrerseits sich auch beruhigt, behütet, ja vielleicht bewahrt fühlte. –

Nichts deutete auf eine kommende Veränderung hin; Doktor Regan und seine Frau kamen ihr nach wie vor mit Freundlichkeit, ja mit Herzlichkeit entgegen, zwischen ihr und den Mädchen, besonders dem älteren, hatte sich fast eine Art von Freundschaft herausgebildet, und das Vierhändigspiel mit dem begabten Knaben war ihr eine liebe Gewohnheit geworden, – als eines Morgens im Juni, kurz bevor man aufs Land ziehen sollte, Frau Regan sie zu sich ins Zimmer rief und ihr, gewiß in einiger Verlegenheit, aber doch recht gefaßt und kühl, ankündigte, daß man sich entschlossen habe, eine Französin ins Haus zu nehmen, und man sich daher – freilich mit dem größten Bedauern – genötigt sehe, sie, Therese, ziehen zu lassen. Natürlich eile das nicht im geringsten, man gab ihr Wochen, Monate lang Frist, bis sie eine geeignete Stellung gefunden, und was die nächste Zeit anbelange, so stehe es ganz in Theresens Belieben, ob sie die Familie Regan in die Dolomiten begleiten oder, was ihr unter diesen Umständen vielleicht lieber sein würde, die ganzen Ferien ungestört zu ihrer Verfügung haben wolle.

Therese stand blaß, ins Herz getroffen, erklärte aber sofort – ohne von ihrer Bewegung etwas zu verraten –, von dem Entgegenkommen der Frau Regan keinerlei Gebrauch zu machen und womöglich noch vor Ablauf der üblichen vierzehn Tage das Haus verlassen zu wollen. Seltsam erschien es ihr selbst, daß ihre Erschütterung nicht andauerte, ja, daß sie noch in der gleichen Stunde eine gewisse Befriedigung, wenn nicht gar Freude über die bevorstehende Veränderung in sich aufsteigen fühlte. Sie gestand sich bald, daß sie in diesem Hause keineswegs so glücklich gewesen war, als sie sich manchmal hatte einbilden wollen, und in einem zufällig in diesen Tagen stattfindenden Gespräch mit Fräulein Steinbauer, der Erzieherin in einem mit dem Reganschen befreundeten Hause, einem ältlichen, verbitterten Geschöpf, ließ sie sich unschwer überzeugen, daß sie im Hause Regan einfach ausgenützt und dann auf die Straße gesetzt worden sei, wie es eben ihrer aller sich immer wiederholendes Schicksal sei. Die gleichmäßige Liebenswürdigkeit der Frau Regan erschien ihr nun als ein Gemisch von Temperamentlosigkeit und Falschheit, das selbstzufriedene und von sich eingenommene Wesen des beliebten Arztes war ihr, wie sie nun wußte, immer in der Seele zuwider gewesen, der Knabe, wenn auch ein großes musikalisches Talent, war geistig zurückgeblieben, die beiden Mädchen, wenn man ihnen auch Fleiß nicht absprechen konnte, waren doch nur recht mäßig begabt, das jüngere schon ein wenig verdorben, das ältere nicht ohne Tücke; und daß Frau Regan die beiden Mädchen längst in die geplante Veränderung eingeweiht hatte, darüber konnte ein Zweifel kaum bestehen. Falschheit und Hinterlist überall.

Sie verließ das Haus mit Bitterkeit im Herzen und schwor sich zu, es niemals wieder zu betreten.

49

Die nächsten Wochen verbrachte sie in Enzbach bei ihrem Kind. Die ländliche Atmosphäre beruhigte, ja beglückte sie anfangs so sehr, daß ihr der Gedanke kam, sich vorläufig um Lektionen bei den Sommerparteien zu bemühen und sich später vielleicht in dem Orte ansässig zu machen. Es war ihr diesmal, als müßte sie sich innerhalb der einfachen und ihr gegenüber meist freundlichen Menschen immer viel wohler fühlen können als in der Stadt unter den Leuten, deren Kinder sie aufziehen mußte und die sie dann vor die Türe setzten.

Es gab unter den Einheimischen gar manche, mit denen sie zuweilen zu reden pflegte und die ihr wie auch ihrem Buben eine gewisse Sympathie entgegenbrachten. Schon vor längerer Zeit hatte sie einen Vetter der Frau Leutner kennengelernt, Sebastian Stoitzner, einen noch ziemlich jungen Menschen, der vor kurzem Witwer geworden war. Er sah nicht übel aus, war wohl gewachsen, befand sich in auskömmlichen Verhältnissen und suchte nach einer zweiten Gattin, die seinem Hof und seinem Hauswesen vorstehen könnte. Es fügte sich, nicht eben zufällig, daß er öfters bei den Leutners vorsprach und auf Therese durch seine ungezwungene, manchmal humorvolle Art erfrischend wirkte und sich auch mit dem Buben in einer ungeschickten und dabei rührenden Weise beschäftigte. Seine wachsende Neigung zu Therese war unverkennbar; Frau Leutner ließ es an überdeutlichen Anspielungen nicht fehlen, und es gab Stunden, in denen Therese ernstlich eine Verbindung mit ihm in Erwägung zog. Aber je öfter er sich sehen ließ und je unverhohlener er seine Gefühle zum Ausdruck brachte, insbesondere, als er sie einmal auf einem Spaziergang mit unerwartet brutaler Leidenschaft an sich riß, fühlte sie, daß es hier eine dauernde Gemeinschaft niemals geben könne, und sie ließ es ihn so deutlich merken, daß er seine Bemühungen ein für allemal einstellte. Als nun nach seinem Verzicht wieder die Langeweile über sie kam, machte sie sich anfangs Vorwürfe darüber, daß das Beisammensein mit ihrem Kind nicht vermochte, ihr Dasein völlig auszufüllen. Aber bald sagte sie sich, daß sie bei aller Liebe zu dem Buben einfach nicht fähig war, die Untätigkeit länger zu ertragen, daß sie überdies gar nicht das Recht hatte, ein müßiges Leben auf dem

Lande zu führen, ohne an ihren Beruf und vor allem ohne ans Geldverdienen zu denken.

50

Und so war der Sommer noch lange nicht zu Ende, als sie neuerlich eine Stellung annahm, und zwar in einem, dem ersten Anschein nach, ziemlich vornehmen Haus als Erzieherin oder Gesellschafterin bei der vierzehnjährigen Tochter. Schon wenige Tage nach ihrem Eintritt reiste sie mit Mutter und Kind in einen kleinen steiermärkischen Kurort, wo man in einem schlecht geführten, nicht einmal ganz reinlichen Gasthof Wohnung nahm, während der Gatte, ein höherer Staatsbeamter, in Wien zurückgeblieben war. Die Baronin war höflich gegenüber Theresen, ohne je ein überflüssiges Wort an sie zu richten. Es gab in dem Ort fast nur alte, meist gichtkranke Leute; ein hagerer, schlecht angezogener sechzigjähriger Herr, der zu Theresens Verwunderung den Namen eines großen, alten ungarischen Adelsgeschlechtes trug, mit einem Krückstock, ließ sich manchmal nach dem Mittagessen an dem Tisch der Damen nieder, unterhielt sich mit ihnen in seiner Muttersprache, sonst verkehrte man mit niemandem. Im übrigen sparte man bei den Mahlzeiten so sehr, daß sich Therese an die traurigsten Tage ihrer Jugend erinnert fühlte. Zuweilen, wenn sie mit der jungen Baronesse allein war, versuchte sie mit ihr irgendeine Art von Gespräch einzuleiten, indem sie an Begegnungen auf der Promenade und im Kurpark, an eine oder die andere lächerliche Erscheinung mit einem heiteren Wort anknüpfte. Das Mädchen aber war offenbar unfähig, irgendeinen harmlosen Scherz auch nur zu verstehen, und eine belanglose, wenn nicht alberne Antwort war alles, was Therese zu erreichen imstande war.

In der schlimmsten Sommerhitze zog man nach Wien zurück, und die Mahlzeiten gestalteten sich keineswegs unterhaltender dadurch, daß der Hausherr daran teilnahm, der an Therese überhaupt niemals das Wort richtete. Als Therese zum erstenmal wieder Gelegenheit hatte, nach Enzbach zu fahren, atmete sie auf, wie wenn sie einem Gefängnis entronnen wäre. In der Entfernung erschien ihr das Haus der Baronin, in dem sie nun zu leben verdammt war, noch unleidlicher als sonst, ja geradezu unheimlich, und sie verstand kaum, daß sie es so lange dort ausgehalten hatte. Aus einer gewissen Trägheit, vielleicht auch ein wenig bestochen durch den Klang des adeligen Namens, schob sie ihren Abschied immer wieder hinaus, bis endlich, als man sie zu Weihnachten mit einem beschämend niedrigen Geldgeschenk abfand, ihre Geduld zu Ende war und sie kündigte.

51

Doch nun kam eine schlimme Zeit für sie. Es war, als hätte es das Schicksal darauf angelegt, sie alle Widerwärtigkeiten und Häßlichkeiten bürgerlicher Familienverhältnisse in der Nähe sehen zu lassen. Oder war es nur, daß allmählich ihre Augen sich weiter aufgetan hatten als bisher? Dreimal hintereinander sah sie in verwüstete Ehen. Zuerst waren es zwei noch junge Eheleute, die, ohne Rücksicht auf ihre zwei Kinder von sechs und acht Jahren und ohne die geringste Rücksicht auf Therese, einander während der Mahlzeiten so furchtbare Dinge ins Gesicht sagten, daß sie glaubte vor Scham vergehen zu müssen. Bei dem ersten Streit, den sie miterleben mußte, stand sie einfach von Tische auf. Als sie das ein paar Tage darauf wieder versuchte, rief der Gatte sie zurück, verlangte, daß sie bliebe, er müsse unbedingt einen Zeugen für die Beschimpfungen haben, denen er von seiner Frau ausgesetzt sei. Das nächste Mal war es wieder die Frau, die das gleiche von Theresen forderte. Die beiden sahen oft Gesellschaft bei sich, bei welcher Gelegenheit sie vor den Eingeladenen sich als glückliches Paar gebärdeten. Zuweilen aber, und das war für Therese das Unbegreiflichste, schienen sich die beiden Gatten auch wirklich aufs beste zu verstehen, und wie sonst von gegenseitigen Beschimpfungen, so war Therese manchmal auch Zeugin von Zärtlichkeiten, die sie fast noch peinlicher und widerwärtiger berührten als die üblichen Zänkereien.

Die nächste Stellung in einem wohlgehaltenen und wohlhabenden Hause, wo ihr der Beruf des Mannes, der auch abends nur selten daheim war, ein Geheimnis blieb, behagte ihr anfangs nicht übel. Das siebenjährige Mädchen, das ihrer Obhut anvertraut war, war hübsch, zutraulich und klug, die Mutter, die an manchen Tagen ihr Zimmer kaum verließ, an anderen von früh bis abends außer Hause blieb und sich um ihr Kind in einer für Therese völlig unfaßbaren Weise überhaupt nicht zu kümmern schien, kam ihr besonders freundlich entgegen; diese Freundlichkeit nahm immer zu, und allmählich nahm sie eine Form an, die Therese anfangs mit Befremden, bald mit Abscheu und endlich mit Angst erfüllte. Fluchtartig verließ sie eines Morgens, nach einer Nacht, in der sie ihr Zimmer hatte versperrt halten müssen, das Haus und schrieb am Bahnhof, von dem aus sie für ein paar Tage zu ihrem Buben nach Enzbach fuhr, an den Herrn des Hauses, daß sie plötzlich zu ihrer erkrankten Mutter habe reisen müssen.

In der nächsten Stellung als der Erzieherin zweier aufgeweckter Knaben von sieben und acht Jahren war es das Verhalten ihres Dienstherrn, das ihr ein Verbleiben unmöglich machte. Zuerst glaubte sie gewisse Blicke und scheinbar zufällige Berührungen nur mißzuverstehen, um so mehr, als das Verhältnis zwischen dem Mann und der jungen, noch hübschen Frau ein völlig ungetrübtes zu sein schien. Bald aber konnte sich Therese über die Absichten des Gatten, der ihr im übrigen gar nicht übel gefiel, keiner Täuschung mehr hingeben, sie mußte sich gestehen, daß sie ihm auf die Dauer nicht hätte Widerstand leisten können oder gar wollen, bis ein ganz brutaler Annäherungsversuch, den er eines Abends wagte, während Frau und Kinder im Nebenzimmer weilten, sie mehr mit Schrecken als mit Widerwillen erfüllte und sie wieder zu überstürztem Abschied nötigte.

52

Nun trat sie in ein sogenanntes großes Haus ein, was die Stellenvermittlerin als einen besonderen und gewissermaßen unverdienten Glücksfall angesehen wissen und wofür sie auch mit einem besonderen Honorar bedacht werden wollte. Der Bankdirektor Emil Greitler war ein Mann von über fünfzig, von höflich-liebenswürdigem, fast diplomatisch reserviertem Benehmen; seine Gattin, unscheinbar und verblüht, hing an ihm mit unerwiderter Liebe und schaute mit Bewunderung zu ihm auf. Es waren vier Kinder da; mit den beiden älteren, einem Studenten der Rechte und einem, der sich dem Bankfach widmete, hatte Therese nichts zu tun, das dreizehnjährige Mädchen und der jüngste, neunjährige Sohn besuchten öffentliche Lehranstalten und hatten überdies so viele Privatlehrer, daß Theresens Wirksamkeit sich so ziemlich darauf beschränkte, die beiden Kinder zur Schule, von dort nach Hause und auf Spaziergängen zu begleiten. Gern hätte sie sich dem jungen Mädchen herzlicher angeschlossen, doch dieses, auch in den Gesichtszügen dem Vater ähnlich, in all ihrer Kindlichkeit unnahbar wie er, blieb ihrem gleichsam mütterlichen Werben gegenüber kühl. Therese kränkte sich anfangs, wurde dann selbst herber, ja strenger zu dem Kinde, als sie gewollt, bis sich endlich eine gleichgültige Beziehung entwickelte, in der nur zuweilen eine lächerliche Gereiztheit von Theresens, eine hochmütige Verschlossenheit von Margaretens Seite an den vergeblichen, halb unbewußt geführten Kampf von früher erinnerte. Der neunjährige Siegfried war ein fröhliches, für sein Alter merkwürdig witziges Kind, dem Therese öfters sein vorlautes Wesen verweisen, über dessen spaßhafte Einfälle und Redewendungen sie aber doch, wie die anderen Leute, manchmal lachen mußte. Sie hatte viel freie Zeit für sich, doch sah man es nicht gerne, wenn sie auf allzu lange das Haus verließ, und obwohl man ihrer wenig bedurfte, mußte sie doch immer zur Verfügung stehen. Oft gab es kleinere und größere Gesellschaften, denen sie kaum jemals beigezogen wurde. Gegen Schluß des Karnevals aber fand ein Ball statt, zu dessen Vorbereitungen Frau Greitler, die etwas leidend war, Theresens Hilfe vielfach in Anspruch genommen hatte, und so konnte sie nicht umhin, das Fräulein an der Festlichkeit teilnehmen zu lassen. Erst nach der Pause wurde sie von einem hübschen jungen Menschen mit kleinem blonden Schnurrbart zum Tanzen aufgefordert, auch die beiden jungen Herren des Hauses, der Jurist und der Bankbeamte, sowie andere Gäste tanzten mit ihr, der junge Blonde kam immer wieder und unterhielt sie in einer lustigen, etwas frechen Art, ein Dragonerleutnant reichte ihr beim Büfett ein Glas Champagner und stieß mit ihr an, ein schwarzer Krauskopf mit einem zarten und wohlgefälligen Schmiß auf der Stirn, der sie beim Tanzen ganz unverschämt an sich gedrückt, aber kaum ein Wort gesprochen hatte, wagte um drei Uhr morgens so verwegene Anspielungen, daß sie tief errötete und nichts zu erwidern vermochte. Und endlich wurde sie von dem Blonden ganz einfach um ein Rendezvous gebeten. Sie wies ihn ab, aber an den Tagen, die dem Ball folgten, bei jedem Gang auf die Straße hegte sie immer wieder die Hoffnung, ihm zu begegnen, und als er eine Woche später einen Besuch im Hause abstattete, dessen bei Tische wie anderer auch Erwähnung getan wurde, empfand sie eine Art von Enttäuschung, die sich aber nicht so sehr auf dieses versäumte Wiedersehen bezog, sondern auf manche andern unwillkürlichen und unverschuldeten Versäumnisse der letzten Jahre, die ihr nun mit einem Male bewußt wurden.

Da die Gehaltsauszahlung im Hause Greitler sich meistens um einige Tage verzögerte, war es ihr nicht aufgefallen, als einmal der ganze Monat verstrichen war, ohne daß sie ihre Entlohnung erhalten hätte. Doch als auch am nächsten Fälligkeitstag die Bezahlung ausblieb, sah sich Therese, die das Geld brauchte, genötigt, Frau Greitler zu mahnen. Sie wurde gebeten, sich nur noch ein paar Tage zu gedulden, und erhielt tatsächlich bald darauf den größeren Teil ihres Gehaltes ausbezahlt. Sie wäre nun einigermaßen beruhigt gewesen, wenn nicht am gleichen Tag das Dienstmädchen die Frage an sie gerichtet hätte, wieviel man ihr schuldig sei. Es war bisher ihr Grundsatz gewesen, sich niemals mit dem Personal eines Hauses, in dem sie selbst in Stellung war, in Unterhaltungen über die „Herrschaft" einzulassen, – diesmal konnte sie der Versuchung nicht widerstehen, und so erfuhr sie bald, daß das Haus Greitler nach allen Seiten hin verschuldet, daß zum Beispiel nicht einmal die Rechnung des Zuckerbäckers vom letzten Ball her beglichen sei. Therese konnte und wollte das einfach nicht glauben. Denn im Hause ging alles den alten Gang. Es wurde vornehm serviert, vortrefflich gegessen, man empfing Gäste, der Wagen stand vor dem Haus, die Sommertoiletten für die gnädige Frau waren bei einem ersten Schneider bestellt wie gewöhnlich; auch in der Laune des Herrn Greitler zeigte sich keine Änderung; er war von derselben etwas kühlen und unbeteiligten Freundlichkeit gegenüber Frau und Kindern wie bisher, verriet keine Spur von Hast oder Ungeduld, bei Tische wurde die Frage des Landaufenthalts erwogen, und kein Anzeichen ließ vermuten, daß irgendeine bedeutsame Veränderung bevorstünde. Eines Tages aber im Mai verreiste Herr Greitler, wie es häufig geschah, nahm heiteren Abschied wie gewöhnlich, in zehn Tagen sollte er wiederkommen; auch während seiner Abwesenheit veränderte sich anfangs nicht das geringste im Hause, bis eines Morgens in sehr früher Stunde eine merkwürdige Unruhe im Vorzimmer Therese erwachen und aufhorchen ließ. Zwei Stunden später meldete das Dienstmädchen, daß auch Frau Greitler plötzlich abgereist sei. Am Mittagstisch erzählte der älteste Sohn von der plötzlichen Erkrankung eines entfernten Verwandten. Doch vor Abend schon erschien Frau Greitler wieder, – totenblaß und verweint. Es ließ sich nicht länger verheimlichen, was sich ereignet hatte. Schon die Abendblätter brachten die Nachricht. Der Zusammenbruch war erfolgt; Herr Greitler war am Morgen im Eisenbahnzug, zwei Stunden weit von Wien, verhaftet worden. Frau Greitler stellte Therese frei, das Haus sofort zu verlassen, diese aber erbot sich, so lange zu bleiben, bis sie eine neue Stellung gefunden hätte. Sonderbar erschien es ihr, wie rasch sich alle Familienmitglieder in den Wechsel der Verhältnisse hineinzufinden wußten, von dem äußerlich kaum etwas zu merken war. Man speiste geradeso gut wie vorher, die Kinder gingen weiter in die Schule, Margarete blieb hochmütig, wie sie gewesen, Siegfried machte weiter seine Späße, die Lehrer erschienen zu den gewohnten Stunden, auch an Besuchern fehlte es nicht; – manche waren allerdings darunter, die man früher nicht im Hause gesehen hatte, und andere blieben aus. Als Therese schied, gab ihr Frau Greitler, die gerade in diesen schweren Tagen eine ihr sonst nicht eigene Ruhe und Tatkraft gezeigt hatte, die herzlichsten Wünsche auf den Weg, der noch fällige Gehalt wurde ihr freilich nicht ausbezahlt.

53

Sie hatte die erste beste Stellung annehmen müssen, die sich ihr geboten: als „Fräulein“ bei drei völlig unerzogenen Kindern zwischen sechs und zehn Jahren, mit denen sie in jeder Hinsicht ihre Plage hatte; der Vater war ein Versicherungsagent, nur abends daheim und stets von übler Laune, die Mutter eine dicke, törichte, anscheinend phlegmatische Person, die aber zwei- bis dreimal im Tage, wie anfallsweise, mit den Kindern herumzuschreien, mit jedem, der ihr in die Nähe kam, zu zanken, Therese wie einen Dienstboten abzukanzeln begann, um dann wieder in eine Art von Lethargie zu versinken, aus der weder wirtschaftliche Verpflichtungen noch das Toben der Kinder sie zu erwecken imstande waren, so daß Theresen die ganze Verantwortung aufgelastet blieb. Zwei Monate hielt sie diese Existenz aus, dann kündigte sie und fuhr nach Enzbach.

Es war nicht allein der Widerwille, die Ermüdung nach den Aufregungen der letzten Monate; es war auch eine plötzliche, von Gewissensregungen nicht ganz freie Sehnsucht nach Franz, die sie diesmal so mächtig dorthinzog. In den letzten drei Jahren hatte sie sich allzu wenig um ihn gekümmert, an seinem Wachsen und Werden kaum mehr inneren Anteil genommen. So sehr sie sich damit zu beruhigen suchte und wohl auch durfte, daß es ihr an Zeit gemangelt, daß auch an Urlaubstagen ihr körperlicher und seelischer Zustand sie selbst die kleine Reise nach Enzbach schon als Mühe empfinden ließ, so war sie sich doch klar darüber, daß allzu oft der Wunsch, ihren Buben wieder zu sehen, sich nicht eben sehr dringend gemeldet hatte; ja, daß er in den Wochen der Trennung ihr immer ferner und fremder wurde und daß sie manchmal die verhältnismäßig geringe materielle Verpflichtung gegenüber der Frau Leutner als eine Last empfand. Dies entschuldigte sie bei sich wieder damit, daß ihr Franzens Anhänglichkeit an seine Pflegemutter manchmal stärker schien als an sie selbst, daß er allmählich ein rechtes Bauernkind zu werden anfing und daß er trotzdem in gewissen Augenblicken in einer fast unheimlichen Weise dem kläglichen Menschen ähnlich sah, der sein Vater war. In der letzten Zeit nun gesellte sich diesen Regungen, wie es immer wieder geschah, ein gewisses Schuldgefühl bei, es war ihr, als hätte sie an ihrem Buben etwas gutzumachen, als müßte die Schwäche und Unsicherheit ihres mütterlichen Gefühls sich sowohl an ihr wie an ihm einmal rächen, und so kam es, daß sie die Anhöhe zu dem Leutnerschen Gehöft mit einer Bangigkeit hinaufstieg, wie es schon lange nicht der Fall gewesen. Sie verspürte eine plötzliche Angst, ihren Buben krank zu finden. Tatsächlich hatte sie schon beinahe drei Wochen keinerlei Nachricht von ihm erhalten. Oder er wollte vielleicht nichts mehr von ihr wissen; er würde ihr sagen: Was kommst du denn immer wieder? Ich brauch' dich nicht mehr.

Und sie brach in Tränen aus, als er ihr freudig entgegenlief, wie kaum je zuvor, und sie drückte ihn ans Herz, als hätte sie sich ihn für immer wiedergewonnen. Auch die Frau Leutner erschien ihr herzlicher denn je, sie schien ganz erschrocken über Theresens schlechtes Aussehen und riet ihr dringend, doch bis zum Herbst auf dem Lande zu bleiben. Therese fühlte sich körperlich und seelisch so ermüdet, daß sie sich sofort einverstanden glaubte, und in den ersten Tagen schon erholte sie sich sichtlich. Sie hatte mehr Freude an ihrem Buben als seit langer Zeit, das Fremde seines Wesens schien diesmal geschwunden; er schloß sich ihr, was er früher nie getan, freiwillig auf kleinen Spaziergängen an, sein Blick erschien ihr, zum ersten Male eigentlich, ganz offen und frei. Seit ein paar Monaten besuchte er die Schule, und der Lehrer, mit dem sie einmal sprach, nannte ihn ein kluges und aufgewecktes Kind. Frau Leutner hatte allerlei Unerläßliches für ihn angeschafft; da Therese auch mit dem Kostgeld in Rückstand war, konnte sie die Bezahlung nicht lange aufschieben, und zum erstenmal sah sie sich genötigt, ihre Mutter um Hilfe anzugehen. Das Geld blieb einige Zeit hindurch aus, worauf sich die Haltung und die Laune der Frau und besonders des Herrn Leutner Theresen gegenüber in unerfreulicher Weise zu ändern anfing. Der Betrag, den ihr die Mutter endlich auf eine neue Mahnung sandte, war so geringfügig, daß er nicht ausreichte. Therese beglich einen Teil ihrer Schuld. Die Stimmung wurde übler von Tag zu Tag, Therese erkannte, daß ihres Bleibens in Enzbach nicht länger sein konnte, und an einem glühend heißen Augusttag, kaum zehn Tage nach ihrer Ankunft, reiste sie wieder nach Wien zurück, um eine neue Stellung anzutreten, die erste beste, die sich auf ihre schriftlichen Bemühungen hin ihr geboten.

54

Die zwei Mädchen von vier und sechs Jahren, die ihrer Obhut anvertraut waren, machten ihr um so mehr zu schaffen, als die Mutter, den ganzen Tag in einem Bureau tätig, am späten Abend erst nach Hause kam. Der Vater befand sich angeblich auf einer Geschäftsreise, es kamen niemals Briefe von ihm, und Therese war sich bald klar darüber, daß er seiner Frau, einem reizlosen und mürrischen Geschöpf, auf Nimmerwiedersehen durchgegangen war. Das jüngere Mädchen war kränklich, in der Nacht meist unruhig, was die im Nebenzimmer schlafende Mutter kaum zu stören schien. Als Therese einmal davon sprach, daß es doch vielleicht gut wäre, einen Arzt zu Rate zu ziehen, herrschte die Mutter Therese an, erklärte ihr, daß sie selber wisse, was sie zu tun habe, ein Wort gab das andere, und Therese kündigte ihre Stellung. Sie hatte vorher nicht gewußt, daß ihr der Abschied von dem kleinen kränklichen Mädchen so nahe gehen würde, als es nun der Fall war; und noch lange mußte sie an das blasse, rührende Antlitz des Kindes denken und an sein Lächeln, wenn es nachts wimmernd die Ärmchen um ihren Hals gelegt hatte.

Sie wollte nicht früher wieder nach Enzbach fahren, als sie ihre kleine Schuld an Frau Leutner abtragen konnte, und da sich nicht sofort eine neue Stellung fand, zog sie es vor, in einem kleinen Gasthof abzusteigen. Niemals hatte sie in einem kläglicheren und verwahrlosteren Quartier gewohnt. Sie schlief, ohne sich auszukleiden. Unglücklicherweise regnete es während dieser Tage, an denen sie in hundert Straßen treppauf treppab nach einer neuen Stellung lief, beinahe ununterbrochen. Sie wollte diesmal nicht voreilig sein und sich lieber einige Zeit behelfen, wie es eben ging, als wieder in ein Haus eintreten, wo ihres Bleibens nicht sein könnte. Es begegnete ihr, daß man in Häusern, wo sie selbst offenbar sympathisch wirkte und wo sie auch gern geblieben wäre, wegen ihrer fast dürftigen Kleidung – wie sie an den Blicken der Leute wohl merkte – nicht aufgenommen wurde. Was sollte sie tun? Sich noch einmal an die Mutter wenden und mit einer Art Almosen abgefunden werden? Den Bruder aufsuchen, mit dem sie nun fast jahrelang in keinerlei Verbindung mehr stand? Irgendeine der Damen anbetteln, bei denen sie früher in Stellung gewesen war? Vor all dem scheute sie zurück. Auch wußte sie nicht, wo sie eine ausgiebige Hilfe hätte erwarten dürfen. Wieder einmal, in einer endlosen Nacht, da sie angekleidet auf dem miserabeln Bett lag, das nun ihr Lager bedeutete, kam ihr, wie schon vor Jahren in einer ähnlichen Lebenslage, der Gedanke, sich zu verkaufen. Sie dachte daran wie an etwas Gleichgültiges, nur schwer Durchführbares. War sie denn noch eine Frau? Fühlte sie auch nur die geringste Sehnsucht darnach, in den Armen eines Mannes zu liegen? Das erbärmliche Dasein, das sie führte, als ein Geschöpf, das nie sich selber gehörte, das keine Heimat hatte, das eine Mutter war und, statt das eigene Kind, die Kinder fremder Leute behüten und aufziehen mußte, das heute nicht wußte, wo es morgen sein Haupt hinlegen sollte, das an einem Tag zwischen den Erlebnissen, Geschäften und Geheimnissen fremder Leute als eine Zufallsvertraute oder als eine absichtlich Eingeweihte umherging, um am nächsten als eine gleichgültige Fremde auf die Straße gesetzt zu werden, – was hatte solch ein Geschöpf für Anrecht auf ein Menschen-, auf ein Frauenglück? Sie war allein und zum Alleinsein bestimmt. Gab es denn noch irgendein Wesen, an dem sie hing? Ihr Kind? Ihr Mutterherz war abgenützt, wie ihre ganze Seele, wie ihr Leib und wie alles, was sie am Leibe trug. Auch mit ihrer Schönheit – ach, sie war ja niemals wirklich schön gewesen –, mit ihrer Anmut, mit ihrer Jugend war es vorbei. Sie fühlte, wie ihre Lippen zu einem müden Lächeln sich verzogen. Siebenundzwanzig Jahre war sie alt. War das nicht doch zu früh, um alle Hoffnung aufzugeben? Jener Ball im Hause Greitler fiel ihr ein, der noch gar nicht so weit zurücklag und auf dem sie so viele Eroberungen gemacht hatte.

In der Stille und Dunkelheit des Gemachs, während an das Fenster unablässig die Regentropfen schlugen, unter ihrem abgetragenen Mantel, innerhalb der ärmlichen Hüllen und Kleidungsstücke wurde sie sich plötzlich wieder ihres Leibes, ihrer Haut, ihrer pulsenden Adern so schwellend heiß bewußt, wie es ihr kaum je in einem lauen Bade oder in jenen, freilich längst vergessenen Umarmungen geliebter Männer begegnet war.

Des Morgens erwachte sie wie aus einem wollüstigen Traum, dessen sie sich in den Einzelheiten nicht zu erinnern vermochte. In dieser Stimmung mit neuerwachtem Mut wagte sie den Gang zu einer ihr von besseren Zeiten her bekannten Schneiderin. Man kam ihr mit der größten Freundlichkeit entgegen; zur Entschuldigung ihres etwas defekten Aussehens erzählte sie eine Geschichte von einem verlorengegangenen Koffer, auf ihre Bitte verfertigte man ihr innerhalb vierundzwanzig Stunden ein einfaches, gutsitzendes Kostüm, ohne auf sofortiger Bezahlung zu bestehen, und so trat sie ihre Wanderung – ach, wie oft, wie zum Überdruß oft, hatte sie es schon getan – mit erhöhter Zuversicht wieder an.

Sie fand eine ihr zusagende Stellung im Hause einer Professorswitwe, wo sie die Erziehung zweier stiller blonder Mädchen von zehn und zwölf Jahren zu leiten hatte, die ihrer Kränklichkeit wegen in diesem Jahre eine öffentliche Schule nicht besuchten. Die gute Behandlung, die Therese in diesem Hause zuteil wurde, der angenehme Verkehrston, die Bescheidenheit und Folgsamkeit der jungen Mädchen, die Freundlichkeit der Mutter, deren Wesen noch von der Trauer um den erst kürzlich verstorbenen Gatten umschattet schien, wirkte anfangs wohltuend auf sie ein. Auch der Unterricht bereitete ihr um so mehr Vergnügen, als er ausschließlich in ihre Hand gelegt war; sie begann wieder, wie sie es bei Eppichs getan, sich für die Lektionen vorzubereiten, frischte dabei ihre Kenntnisse in manchen Gegenständen auf und fand in sich manches Interesse wieder, das sie schon erloschen geglaubt hatte. Über Weihnachten erteilte man ihr gerne Urlaub, sie fuhr nach Enzbach, hatte diesmal besonders viel Freude an ihrem Buben –, und was sie trotzdem schon am frühen Nachmittag des zweiten Feiertags in die Stadt hineintrieb, hätte sie selbst nicht zu sagen gewußt. Als sie am Abend mit der Witwe und den zwei Mädchen bei dem kärglichen Nachtmahl saß, schweigsam wie gewöhnlich, während von den andern in melancholischen Andeutungen des verstorbenen Familienoberhauptes gedacht wurde, überfiel sie plötzlich eine so quälende Langeweile, daß sie einen dumpfen Groll gegen diese Menschen zu empfinden begann, in deren trübselige Stimmung sie als ganz Unbeteiligte hineingezogen wurde. Sie hatte es freilich oft genug erfahren, daß auf ihre eigene seelische Verfassung niemals die geringste Rücksicht genommen wurde, daß man sich vor ihr in Freude und in Schmerz mit gleicher Lässigkeit gehen ließ; aber noch nie war ihr dies mit einem solchen Gefühl innerer Auflehnung bewußt geworden als gerade hier, wo sie sich eigentlich über nichts zu beklagen hatte, ja, wo man ihr offenbar wohl wollte. Dazu kam noch, daß man auf ihr Nachhausekommen zum Abendessen heute nicht gerechnet hatte und sie daher noch hungriger von Tische aufstand als sonst. Sie faßte in dieser Nacht schon den Entschluß, das Haus baldmöglichst zu verlassen; doch es dauerte noch bis zum Frühjahr, ehe Therese ihren Entschluß zur Ausführung bringen konnte.

55

Nach einem beinahe schmerzlichen Abschied, bei dem sie sich vielleicht zum ersten Male gegenüber den Menschen, deren Haus sie verließ, im Unrecht fühlte, trat sie ihren neuen Posten bei einer wohlhabenden Kaufmannsfamilie, einem Hutmacher in der inneren Stadt, als Erzieherin des einzigen, recht verzogenen und besonders schönen siebenjährigen Buben an. Was Theresen am meisten auffiel, war die ununterbrochen gute Laune, die in diesem Hause herrschte. Zu Tische war beinahe immer irgendwer zu Gaste – ein Onkel, eine Kusine, ein

Geschäftsfreund, ein verwandtes Ehepaar aus der Provinz –, es wurde vorzüglich gegessen und getrunken, man erzählte Anekdoten, Tratsch aus der Nähe und aus der Ferne, lachte viel und war sichtlich erfreut, ja irgendwie geschmeichelt, wenn Therese mitlachte. Man behandelte sie wie eine gute alte Bekannte, fragte sie nach ihrem Elternhaus, nach ihren Jugenderlebnissen; es war das erstemal, daß sie wieder von ihrem Vater, dem verstorbenen hohen Offizier, von ihrer Mutter, der beliebten Romanschriftstellerin, von Salzburg, von allerlei Menschen, die sie im Laufe der Zeit kennengelernt, reden durfte, ohne vordringlich zu erscheinen. So konnte sie sich leicht behaglich fühlen. Der Bub aber, soviel er ihr auch durch sein verwöhntes, anspruchsvolles Wesen zu schaffen machte, entzückte sie geradezu. Sie entdeckte bald, daß seine Eltern ihn wohl zu verwöhnen, aber doch eigentlich nicht ganz zu würdigen verstanden. Sie fand, daß er nicht nur klug, weit über seine Jahre, sondern von einer ganz eigenen, fast überirdischen Schönheit war, die sie übrigens an das Kostümbild irgendeines Prinzen erinnerte, sie wußte nicht an welches, das sie einmal in einer Galerie gesehen. Und bald erkannte sie, daß sie dieses Kind geradesosehr, ja, noch mehr liebte als ihr eigenes. Als es eines Abends an hohem Fieber erkrankte, war sie es, die angstverzehrt drei Nächte lang an seinem Bette wachte, während die Mutter, in diesen Tagen selbst etwas leidend, sich nur Bericht über den Zustand des Kindes erstatten ließ, das übrigens am dritten Tag schon vollkommen hergestellt war. Bald nachher wurden allerlei Sommerpläne gemacht; man zog die Umgebung von Salzburg in Betracht, und auch Theresens Rat war willkommen.

Da geschah es an einem heitern Sonntagmorgen, daß die Frau des Hauses sie zu sich ins Zimmer bat und ihr freundlich wie immer mitteilte, daß in wenigen Tagen die frühere Erzieherin zurückerwartet würde, die nur zum Besuch von Verwandten einen halbjährigen Urlaub in England verbracht hatte. Therese glaubte zuerst nicht recht zu verstehen. Als sie nicht länger daran zweifeln konnte, daß sie fort sollte, brach sie in Tränen aus. Die Frau tröstete sie, redete ihr zu und lachte sie endlich in ihrer gutmütigen und gedankenlosen Art wegen dieser „Raunzerei" ein wenig aus. Weder sie noch ihr Gatte schienen im geringsten die Empfindung zu haben, daß man Theresen ein Unrecht oder gar einen Schmerz antäte. Der Ton ihr gegenüber im Hause nach der Kündigung änderte sich so wenig, daß Therese immer wieder zu glauben versucht war, sie werde doch weiter hier bleiben dürfen. Ja, man besprach auch nach wie vor mit ihr verschiedene Einzelheiten des bevorstehenden Urlaubs, und der Bub redete von Ausflügen, Kahnfahrten, Bergpartien, die er mit ihr unternehmen wollte. Immer wieder hatte sie während der Mahlzeiten mit Tränen zu kämpfen. Es gab eine Nacht, da sie halb im Traum allerlei romanhafte Pläne erwog: Entführung des Knaben, einen Anschlag gegen die aus England zurückkehrende Erzieherin; – auch noch dunklere Vorsätze, die sich gegen das Kind und gegen sie selbst richteten, gingen ihr durch den Sinn. Am Morgen waren sie natürlich alle in nichts zerflossen.

Endlich war der Tag des Abschieds da. Es war Sorge dafür getragen, daß der Kleine sich auf Besuch bei den Großeltern befand; man gab Theresen eine billige Bonbonniere und die besten Wünsche mit auf den Weg, ohne auch nur mit einem Worte anzudeuten, daß man sie gelegentlich wiederzusehen wünsche. Als sie die Treppe hinunterschritt, starr und tränenlos, wußte sie, daß sie dieses Haus nie wieder betreten würde. Es war nicht das erstemal, daß sie sich dergleichen vorgenommen; aber auch dort, wo ein solcher Vorsatz nicht in ihr aufgetaucht war, wo sie in Frieden, ja sozusagen in Freundschaft geschieden war, auch dorthin hatte sie beinahe niemals wieder den Fuß gesetzt. Wann hätte sie auch Zeit dazu gefunden?

Sie fuhr nach Enzbach mit der Hoffnung, sich in der freien Natur zu erholen, mit der Sehnsucht, sich unter den Menschen draußen wohl zu fühlen, mit dem gleichsam verzweifelten Wunsch, ihr Kind mehr, besser zu lieben, als sie es bisher getan. Nichts von all dem glückte ihr, alles schien vielmehr aussichtsloser als je. Niemals noch war sie in einer so völlig fremden Welt gewesen. Es war ihr, als käme man ihr übelgesinnt, geradezu feindselig entgegen, und so sehr sie sich Mühe gab, es gelang ihr kaum, mütterliche Zärtlichkeit für ihr Kind zu fühlen.

Am schlimmsten wurde es, als Agnes, die indes in Wien Kindermädchen gewesen war, für ein paar Tage nach Enzbach kam. Die Zärtlichkeit der Sechzehnjährigen für den Buben war Theresen in der Seele zuwider, sie ertrug es nicht, das junge Mädchen dem Kind gegenüber sich gleichsam mütterlicher gebärden zu sehen, als sie selbst es vermochte. Manchmal wieder schien ihr das Verhalten von Agnes keineswegs von mütterlichen Gefühlen bestimmt; es hatte vielmehr den Anschein, als habe Agnes es nur darauf angelegt, Therese zu ärgern, zu verletzen, eifersüchtig zu machen. Als ihr das Therese auf den Kopf zusagte, erwiderte sie höhnisch und frech. Frau Leutner schlug sich auf die Seite ihrer Tochter; es kam zu einem Zank, in dem auch Therese alle Haltung verlor; empört über die andern, unzufrieden mit sich selbst, erkannte sie, daß alles nur schlimmer werden konnte, wenn sie noch länger blieb, und es geschah zum erstenmal, daß sie Enzbach ohne eigentlichen Abschied – fluchtartig verließ.

56

Über die neue Stellung, die sie an einem heißen Augusttag antrat, war sie von ihrem Bureau, wie sich bald zeigte, ziemlich falsch unterrichtet worden. Sie kam keineswegs in eine elegante Villa zu einem gutsituierten Fabrikanten, wie man ihr vorgespiegelt, es war vielmehr ein höchst vernachlässigtes, freilich als Landhaus gebautes weitläufiges Gebäude, in dem vier Familien zum Sommeraufenthalt wohnten, die sich nebst ihren Kindern in stetem Hader miteinander befanden, so daß man sich sogar im Garten um die Plätze, die Bänke, die Tische zu zanken pflegte und es immer wieder gegenseitige Beschwerden auszutragen gab. Die schlechtest erzogenen Kinder von allen waren die drei – im Bureau hatte man ihr nur von zweien gesagt –, die Theresens Obhut anvertraut waren, drei Buben zwischen neun und zwölf Jahren. Die Mutter war eine noch leidlich junge, zu früh fett gewordene, schon am frühen Morgen geschminkte Person, die zu Hause und im Garten in Hauskleidern von fragwürdiger Reinlichkeit umherzugehen, sich aber für die Promenade um so großartiger und auffallender herzurichten pflegte. Sie selbst, wie auch die Kinder, sprachen einen häßlichen jüdischen Jargon, gegen den, wie gegen die Juden überhaupt, Therese seit jeher eine gewisse Abneigung verspürte, obzwar sie sich in manchen jüdischen Häusern keineswegs übler als in andern befunden hatte. Daß auch die Eppichs, wenn auch getauft, einer Rasse angehörten, der gegenüber sie von einem Vorurteil nun einmal nicht ganz frei war, hatte sie erst kurz vor ihrem Austritt mit einiger Verwunderung erfahren. Der Vater ihrer neuen Zöglinge, ein kleiner bedrückter Mensch mit melancholischen Hundeaugen, kam meistens nur an Feiertagen, gegen Mittag, aufs Land hinaus, bei welcher Gelegenheit es beinahe immer Auftritte zwischen ihm und seiner Gattin gab. Nachmittags verschwand er eiligst und begab sich, wie Therese aus hämischen Bemerkungen seiner Frau entnahm, ins Kaffeehaus, wo er bis zum späten Abend Karten spielte und sein Geld, ja nach den Behauptungen der Gattin, allmählich die ganze Mitgift verlor. Therese begriff nicht recht, warum die Frau sich immer darüber beklagte, daß er sie vernachlässige, da sie selbst keineswegs für ihn Zeit hatte. Nachmittags lag sie stundenlang auf dem Diwan, dann kleidete sie sich für die Promenade an und kam meist später zurück, als man sie erwartet hatte. Theresen gegenüber war sie bald freundlich, geradezu um ihre Gunst beflissen, bald heftig und ungeduldig und in jeder Beziehung von einer Ungeniertheit, die Therese oft peinlich berührte. Unter anderen Pflichten hatte der Gatte auch die, seiner Frau Bücher aus der Leihbibliothek mitzubringen, die aber meist ungelesen auf den Gartenbänken oder auf den Zimmermöbeln herumlagen. Es war Theresens Absicht, gleich nach der Rückkehr aus der Sommerfrische das Haus zu verlassen. So kümmerte sie sich um die drei Judenbengels, wie sie sie bei sich zu nennen pflegte, nicht mehr als unumgänglich notwendig war, überließ sie ihren Spielen, ihren Ungezogenheiten; und da sie mit ihrer Zeit nichts Rechtes anzufangen wußte, nahm sie manchmal mechanisch einen Leihbibliotheksband zur Hand, las da und dort ein Kapitel, ohne innerlich recht dabei zu sein. Da fiel ihr einmal ein Buch ihrer Mutter in die Hände. Sie griff kaum mit größerem Interesse darnach als nach irgendeinem der andern, da ihr, was sie bisher von den Leistungen der Schriftstellerin Fabiani kennengelernt, nicht nur langweilig, sondern überdies lächerlich erschienen war. Sie las nachmittags im Garten zu einer verhältnismäßig ruhigen Stunde in einer Ferienstille, die nur durch das Klavierspiel irgendeiner Hausbewohnerin gestört war, las ohne Anteilnahme eine Geschichte, die sie glaubte schon hundertmal gelesen zu haben, bis sie einmal an eine Stelle geriet, von der sie sich bewegt fühlte, ohne recht zu wissen warum. Es war der Brief eines betrogenen und verzweifelten Liebhabers, der so unvermutet mit einem ergreifenden Ton von Wahrheit an Theresens Seele rührte. Ein paar Seiten darauf folgte ein zweiter, ein dritter Brief ähnlicher Art; und nun erkannte Therese, daß die Briefe, die sie hier gedruckt las, keine anderen waren, als die Alfred ihr vor vielen Jahren geschrieben und die die Mutter ihr damals aus der Lade gestohlen hatte. Sie waren wohl etwas verändert, wie es der Inhalt des Romanes verlangte, gewisse Sätze aber waren deutlich erhalten. Zuerst fühlte Therese nur die leise Wehmut, die sie immer überkam, wenn sie auf irgendeine Weise an Alfred erinnert wurde. Dann aber erfaßte sie eine heftige Erbitterung gegen ihre Mutter, doch hielt sie nicht lange an, – ja sie mußte bald lachen, und noch am selben Abend schrieb sie ihrer Mutter halb im Scherze, wie geschmeichelt sie sich fühle, an den Werken der berühmten Schriftstellerin, was sie bisher nicht geahnt, in bescheidener Weise mitarbeiten zu dürfen.

Wenige Tage später langte eine sehr sachlich und doch zugleich herzlich gehaltene Anfrage der Mutter ein, auf welches Honorar Therese für ihre Mitarbeiterschaft Anspruch erhebe, und schon zwei Tage darauf, unerbeten, traf zwar nicht eine Geldsumme, aber einige Wäschestücke und eine weiße Batistbluse ein, die Therese zwar anfangs zurückschicken wollte, aber dann doch lieber behielt, da sie ihr sehr gelegen kamen.

Wenige Tage, ehe man aus der Sommerfrische nach Wien übersiedeln sollte, erhielt Therese einen Brief, in dem sie um ein Rendezvous ersucht wurde. Mit vollem, ihr bis dahin unbekanntem Namen unterschrieben war ein Offizier, der kein anderer sein konnte als ein gewisser, sehr hagerer Oberleutnant mit schwarzem Schnurrbart, dem sie oft im Kurpark flüchtig zu begegnen und der sie mit besonders frechen Blicken zu mustern pflegte. In unverblümten Worten, die sie anfangs empörten, dann aber tief erregend in ihr nachwirkten, gestand ihr der Offizier seine Liebe, seine Leidenschaft, sein Verlangen. Nachdem sie den ganzen Tag über inneren Widerstand geleistet, fand sie sich in später Abendstunde, sobald sie die Kinder zu Bette gebracht hatte, im Kurpark ein, der Oberleutnant, der sie erwartet, trat auf sie zu, ergriff ihre Hand in wilder, fast gewalttätiger Weise; in einer dunklen Allee gingen sie eine Weile auf und ab; bald, fast ohne zu wissen, wie ihr geschah, erwiderte sie seine gierigen Küsse. Er wollte sie in noch dunklere, abgelegene Partien des Parkes locken, da riß sie sich von ihm los und ging nach Hause. Jetzt erst kam ihr zu Bewußtsein, daß sie mit dem Oberleutnant während dieses leidenschaftlichen Zusammenseins kaum zehn Worte gewechselt hatte, und sie schämte sich sehr. Morgen wollte er sie wieder erwarten, und sie nahm sich fest vor, nicht an den Ort des Stelldicheins zu kommen. Sie hatte eine schlaflose Nacht, in der ihre Sehnsucht nach ihm zu fast körperlichem Schmerze anwuchs. Mittags bekam sie einen Brief von unbekannter Hand. Er enthielt von einer „wohlmeinenden Freundin", die ihren Namen allerdings verschwieg, den guten Rat, sich die Leute doch besser anzusehen, mit denen sie sich nachts im Kurpark herumtreibe. Jemand, der es leider wisse, mache sie darauf aufmerksam, daß der Offizier sich in diesem Kurort zur Behandlung einer gewissen, ansteckenden Krankheit aufhalte und noch lange nicht geheilt sei. Hoffentlich treffe diese Warnung noch rechtzeitig ein. Therese erschrak tödlich. Sie rührte sich vom Hause nicht fort; dunkel war ihr bewußt, daß am Ende auch schon die Küsse des gestrigen Abends verhängnisvolle Folgen haben konnten. Aber sie hoffte zugleich, daß Gott sie nicht so hart strafen würde, wenn sie nur die Kraft hätte, den gefährlichen

Menschen nicht wiederzusehen. Es gelang ihr tatsächlich, sich die nächsten Tage zu Hause zu halten; eine heftige Auseinandersetzung mit der Mutter ihrer Zöglinge ermöglichte es ihr, ihre Stellung vor Ablauf der Kündigungsfrist zu verlassen; auf dem Weg zum Bahnhof erblickte sie den Oberleutnant von ferne, und es glückte ihr, zu entkommen, ohne daß er sie bemerkt hätte.

57

In dem Hause eines Großindustriellen, wo sie ihre nächste Stellung antrat, sollte sie, wie sich bald herausstellte, nicht so sehr als Erzieherin denn vielmehr als Pflegerin bei einem rettungslos dahinsiechenden, fast gelähmten neunjährigen Mädchen Dienste leisten. In einem ihr selbst kaum begreiflichen qualvollen Mitleid mit dem armen Kind, das sich nicht nur seiner Leiden, sondern auch des nahen Todes bewußt schien, und auch im Mitgefühl für die unglücklichen Eltern, die schon Jahre hindurch diesen Leiden hilflos zusehen mußten, glaubte sich Therese anfangs bereit, das Opfer zu bringen, das man von ihr verlangte. Aber schon nach wenigen Wochen sah sie ein, daß weder ihre körperlichen noch ihre seelischen Kräfte dem gewachsen waren, was man von ihr verlangte, und nahm ihren Abschied.

Von einem freundlichen Briefe ihrer Mutter bestimmt, fuhr sie für einige Tage nach Salzburg, wo sie mit Herzlichkeit empfangen wurde. Die Stellung der Frau Fabiani in der kleinen Stadt schien sich im Laufe der letzten Jahre auf das vorteilhafteste verändert zu haben. Damen der Gesellschaft besuchten ihr Haus, und Therese lernte unter anderem die Frau eines erst kürzlich hieher versetzten Majors und die Gattin eines Redakteurs kennen, die der Schriftstellerin Julia Fabiani alle nur denkbare Achtung erwiesen. Therese fühlte sich in dem Hause der Mutter wohler und doch zugleich fremder als früher – etwa so, als wenn sie nicht bei ihrer Mutter, sondern bei einer älteren Dame zu Besuch wäre, mit der sie auf Reisen vertrautere Bekanntschaft geschlossen. Als Therese gesprächsweise von allerlei Menschen erzählte, denen sie während der letzten Jahre begegnet, hörte die Mutter mit wachsendem Interesse zu, scheute sich nicht, Notizen zu machen, ja manche von Theresens Berichten wörtlich aufzuzeichnen, und erklärte ihrer Tochter endlich, daß sie darauf bestehe, ihr für solche „Berichte aus dem Leben“, die sie von ihr regelmäßig zu erhalten hoffe, ein angemessenes Honorar zu bezahlen. Auch in Salzburg hatte sich indes allerlei zugetragen: so war der Graf Benkheim, der sich um Therese bemüht, dann jene Schauspielerin, die ihm nahe gestanden, geheiratet hatte, kürzlich gestorben und hatte seiner Witwe ein bedeutendes Vermögen hinterlassen. Auch von dem Bruder wurde gesprochen, der in der Wiener Studentenschaft als Vizepräsident eines deutsch-nationalen Vereins eine immer größere Rolle spiele und nun öfters nach Salzburg komme, wo er in politisch interessierten Kreisen zu verkehren pflegte. Daß er sich um seine Schwester nicht im allerentferntesten, aber auch um die Mutter nur wenig kümmerte, schien ihm diese, die nun auf ihn stolz zu werden begann, nicht weiter übelzunehmen.

58

Als Therese in den letzten Oktobertagen wieder nach Wien reiste, fühlte sie sich zwar körperlich erholt, doch innerlich verarmt. Sie war im besten Einvernehmen von ihrer Mutter geschieden und wußte tiefer als je, daß sie keine hatte. Die besten Stunden, deren sie sich aus ihrem dreiwöchigen Aufenthalt in Salzburg erinnerte, waren doch diejenigen gewesen, die sie auf einsamen Spaziergängen und in der Kirche verbracht hatte, wo sie kaum jemals betete und sich doch immer beruhigt und in guter Hut fühlte.

Therese trat nun eine Stellung bei einem Landesgerichtsrat an, der mit Frau und Kindern, zusammen mit einer anderen Partei, von der man nichts sah und hörte, ein kleines Haus in einer Gartenvorstadt bewohnte. Der Landesgerichtsrat war ein schweigsamer, unfroher, aber höflicher Mann, die Mutter beschränkt und gutmütig, die beiden Töchter, zehn und zwölf Jahre alt, nicht sonderlich begabt, aber sehr gutartig und leicht lenkbar. Man lebte sparsam, aber Therese hatte nichts zu entbehren, auch was man ihr an menschlicher Teilnahme entgegenbrachte, war gerade so viel, daß sie sich weder verwöhnt und beschenkt, noch aber zurückgesetzt oder vernachlässigt erscheinen durfte.

In der gleichen Wohnung lebte als Zimmerherr ein junger Bankbeamter, der in keinerlei Verkehr mit der Familie stand. Therese sah ihn nur selten im Vorzimmer, auf der Stiege; bei flüchtigen Begegnungen grüßte man einander, gelegentlich wurden ein paar Worte über das Wetter gewechselt, trotzdem empfand sie es nicht als Überraschung, sondern fast als etwas längst Erwartetes, als er sie einmal spät abends, da sie im Vorzimmer zusammentrafen, heftig in die Arme nahm und küßte. In der Nacht darauf – sie wußte kaum, ob er sie darum gebeten, ob sie es ihm versprochen – war sie bei ihm, und von dieser

Nacht an, manchmal nur auf Viertelstunden – denn sie hatte immer Angst, daß die beiden Mädchen, mit denen gemeinsam sie in einem Zimmer schlief, ihre Entfernung bemerken könnten – war sie allnächtlich bei ihm. Außerhalb dieser Zeit dachte sie seiner kaum, und wenn sie ihm begegnete, kam es ihr kaum zu Bewußtsein, daß er ihr Geliebter war. Trotzdem bereute sie oft genug, daß sie so viele Jahre ihres Lebens, wie sie sich nun sagte, versäumt, daß sie seit Kasimir Tobisch keinen Geliebten gehabt hatte. Als sie anfing zu merken, daß er eine ernstlichere Leidenschaft für sie faßte und Fragen an sie richtete, die Eifersucht auf ihre Vergangenheit verrieten, hielt sie es für angezeigt, mit ihm zu brechen. Sie machte ihn glauben, daß man in der Familie des Landesgerichtsrates Verdacht gefaßt habe, und spiegelte ihm immer wieder von neuem eine zuweilen auch echte Angst vor möglichen Folgen ihres Verhältnisses vor. Endlich machte sie ein rasches Ende, indem sie sich ohne sein Wissen nach einer anderen Stellung umsah und eines Morgens das Haus für immer verließ, ohne ihn verständigt zu haben.

59

In der nächsten Stellung bei dem Inhaber eines kleinen Wechslergeschäftes der inneren Stadt fügte es sich, daß sie sehr viel freie Zeit übrig hatte. Ja, die Mutter des siebenjährigen Knaben, der ihr Zögling war, eine in ihrer Ehe sehr unglückliche Frau, schien niemals froher, als wenn sie mit ihrem Einzigen ungestört und allein beisammen sein konnte. So hätte Therese öfter als je Gelegenheit gehabt, nicht nur für Stunden, sondern auch für Tage nach Enzbach zu Franzl zu fahren, doch zog sie es manchmal vor, in den Straßen der Stadt planlos umherzuspazieren, und als erwünschte Ausrede vor sich selber diente ihr der Umstand, daß die Bauersleute draußen, daß insbesondere Agnes in ihrer vorlauten und doch wieder hinterhältigen Art ihr nun völlig unleidlich geworden waren.

So geschah es eines Abends, daß Therese in der Stadt dem hübschen Krauskopf begegnete, den sie auf dem Ball bei Greitlers vor bald zwei Jahren kennengelernt hatte. Er nannte es Schicksalsfügung, daß man einander wieder traf, und mit einer Willensschwäche, die sie sich selbst nicht erklären konnte, war sie schon beim nächsten Zusammensein bereit, ihm alles zu gewähren, was er verlangte. Er war Student der Rechte, lustig und frech; Therese verliebte sich heftig in ihn und opferte ihm öfters die Tage, die eigentlich für ihr Kind bestimmt gewesen wären. Ihm hätte sie gern mehr von sich erzählt, aber er schien darauf keinen Wert zu legen, ja, wenn sie ernsthafter mit ihm zu reden versuchte, langweilte ihn das offensichtlich, und aus Angst, ihn zu verstimmen, gab sie es auf, ihn mit ihren persönlichen Angelegenheiten zu belästigen. Zu Beginn des Sommers kam ein fröhlicher Abschiedsbrief: sie wäre ein famoses Mädel gewesen, und sie möge ihm ein so freundliches Angedenken bewahren wie er ihr. Sie weinte zwei Nächte lang, dann fuhr sie nach Enzbach zu ihrem Kind, das sie ganze vier Wochen nicht gesehen hatte, liebte es mehr als je, tat vor dem Marienbild am Ahornbaum ein Gelübde, Franzl nie wieder zu vernachlässigen, vertrug sich auch mit den alten Leutners aufs beste, da Agnes nicht daheim war, und kehrte am Abend des gleichen Tages ziemlich getröstet nach Wien zurück.

Sie fand nun wieder zu sich selbst zurück. Es war ihr im Grunde nicht anders, als hätte sie einen quälenden Durst gestillt und könnte nun wieder beruhigt ihren Pflichten und ihrem Berufe leben. Doch als sie nun ihren Einfluß auf ihren kleinen Zögling wieder gewinnen wollte, sah sie bald, daß das von der Mutter scheel, ja mit Mißtrauen angesehen wurde. Eines Tages kam es wirklich so weit, daß die Frau, deren Gatte indes Beziehungen zu einem anderen weiblichen Wesen angeknüpft hatte, Theresen vorwarf, diese suche ihr die Liebe ihres Kindes zu entziehen, und als sich diese eifersüchtigen Regungen ins Krankhafte zu steigern begannen, blieb Therese nichts anderes übrig, als ihren Abschied zu nehmen.

60

Sie kam nun in ein ruhiges, behagliches Haus, in dem sie hoffte lange bleiben zu dürfen: zu einem Fabrikanten, der tätig und seiner Tätigkeit froh zu sein schien, einer liebenswürdigen und heiteren Frau und zwei Mädchen, die eben der Kindheit zu entwachsen begannen, klugen, wohlerzogenen, leicht zu behandelnden Geschöpfen, die beide musikalisch besonders begabt waren. Therese war nun gewöhnt, sich rasch in neue Verhältnisse zu finden, und sie verstand es, die Elemente von Fremdheit und Vertrautheit, die beide gewissermaßen das Wesen ihres Berufes ausmachten, gegeneinander auszugleichen und in das richtige Verhältnis zu bringen. Vor allem hütete sie sich, ihr Herz an die jungen Wesen zu hängen, deren Erziehung ihr überantwortet war, blieb aber doch keineswegs gleichgültig; eine Art von kühler Mütterlichkeit, die sie beinahe nach Belieben ein paar Grade höher oder niederer stellen konnte, blieb die Grundstimmung dieser Beziehungen. So war sie innerlich vollkommen frei, wenn sich die Türe des Hauses hinter ihr schloß, und doch wieder daheim, wenn sie zurückkehrte. Ihren Buben besuchte sie regelmäßig, ohne daß in der Trennungszeit besondere Sehnsucht nach ihm sie gequält hätte.

Einmal zu Beginn des Winters, als sie nach Enzbach hinausfuhr, mußte sie wegen Überfüllung des Zuges in einem Coupé erster Klasse Platz nehmen. Ein eleganter, nicht mehr ganz junger Mann, neben ihr der einzige Passagier in diesem Coupé, knüpfte ein Gespräch mit ihr an. Er befand sich auf einer Reise ins Ausland, und nur, weil er zu kurzem Aufenthalt auf einem, von einer kleinen Zwischenstation aus erreichbaren Gut genötigt war, hatte er für den ersten Abschnitt seiner Fahrt diesen Personenzug benützt. Er hatte eine etwas affektierte Art, zu reden und mit dem Zeigefinger der rechten Hand seinen englisch gestutzten Schnurrbart zu streichen. Sie ließ es sich gerne gefallen, daß er sie für eine verheiratete Frau hielt, und er hatte keinen Grund, an ihrer Angabe zu zweifeln, daß sie auf Besuch zu einer Freundin fahre, einer Arztensfrau, Mutter von vier Kindern, die das ganze Jahr auf dem Lande wohne. Als sie in Enzbach ausstieg, hatte der Herr von ihr das Versprechen erlangt, in vierzehn Tagen, nach seiner Rückkehr aus München, sie wiedersehen zu dürfen, und empfahl sich von ihr mit einem Handkuß.

Als sie den verschneiten Weg dem wohlbekannten Ziele zuwanderte, fühlte sie ihren Schritt leichter als sonst und ihr Selbstbewußtsein gehoben. Ihrem Kind gegenüber aber hatte sie diesmal ein merkwürdiges Gefühl von Entfremdung, und in erhöhtem Maße fiel ihr Franzls Sprechweise auf, die, wenn nicht gerade entschiedenen Dialekt, doch immer unverkennbarer den bäuerischen Tonfall merken ließ. Sie erwog, ob es nicht an der Zeit und ob es nicht ihre Pflicht wäre, den Buben von hier weg und in die Stadt zu nehmen. Aber wie ließ sich das ermöglichen? Und während sie in dem niederen, muffelnden Raum bei dem Schein einer Petroleumlampe Kaffee trank, Frau Leutner ihr allerlei vorschwatzte, Agnes in ihrem Sonntagsgewand mit einer Näharbeit am Ofen saß, Franz in einem Bilderbuch leise vor sich hin buchstabierte, sah sie immer den fremden Herrn vor sich, wie er jetzt allein im Coupé in seinem eleganten Reisepelz mit gelben Handschuhen durch den treibenden Schnee in die weite Welt hineinsauste, und erschien sich selbst ein wenig als die verheiratete Frau, die sie ihm vorgespielt hatte. Wenn er ahnte, daß sie keineswegs zu einer Freundin aufs Land gefahren war, sondern zu ihrem Kind, zu einem unehelichen

Kind, das sie von einem Schwindler namens Kasimir Tobisch hatte? Gleich aber durchschauerte es sie; sie rief ihren Buben herbei, herzte und küßte ihn, als hätte sie etwas an ihm gutzumachen.

Die nächsten vierzehn Tage verflossen in einer so quälenden Langsamkeit, als hätte das Wiedersehen mit jenem Fremden das Ziel ihres Lebens zu bedeuten, und je näher es heranrückte, um so mehr fürchtete sie, daß der Fremde die Verabredung nicht einhalten würde. Doch er war da; er hatte sogar schon eine Weile an der Straßenecke gewartet. Sein Anblick enttäuschte sie heute ein wenig. Im Coupé war es ihr nicht aufgefallen, daß er von etwas kleinerer Statur als sie und beinahe kahlköpfig war. Aber seine Art, die Worte zu setzen, und insbesondere der Ton seiner Stimme übte gleich wieder die Wirkung von neulich auf sie aus. Sie habe nicht mehr als eine halbe Stunde Zeit, erklärte sie gleich, sie sei zu einem Tee geladen, wo sie ihren Mann treffen wollte, um mit ihm ins Theater zu gehen. Der fremde Herr war nicht zudringlich; er wollte auch nicht indiskret sein; er gab sich zufrieden und legte Wert darauf, ein Versäumnis von neulich gutmachen zu dürfen, indem er sich vorstellte: „Ministerialrat Dr. Bing. Ich verlange nicht Ihren Namen zu wissen, gnädige Frau", fügte er hinzu. „Sobald Sie überzeugt sind, mir Ihr Vertrauen schenken zu dürfen, werden Sie ihn mir nennen – oder auch nicht. Ganz wie es Ihnen beliebt." Dann erzählte er von seiner Reise. Es war keineswegs eine Vergnügungsreise gewesen, sondern eine Geschäfts-, eine politische Reise gewissermaßen. Immerhin habe er in Berlin einige Male die Oper besucht, was im Grunde auch hier seine einzige Zerstreuung sei. Die gnädige Frau sei wohl auch musikalisch? – Ein wenig, doch habe sie nicht viel Gelegenheit, Opern und Konzerte zu besuchen. – Freilich, meinte der Ministerialrat, Hausfrauenpflichten, Familienpflichten, man könnte sich wohl denken. – Therese schüttelte den Kopf. Sie habe keine Kinder. Eins habe sie gehabt, das sei gestorben. Sie wußte selbst nicht recht, warum sie log, warum sie verleugnete, warum sie sich versündigte. Der Ministerialrat bedauerte, an eine wunde Stelle gerührt zu haben. Sein Zartgefühl tat ihr so wohl, als wenn sie ihm die Wahrheit gesagt hätte. An einer bestimmten Ecke bat sie ihn, sie nun ihren Weg allein gehen zu lassen. Nachdem er sich höflich von ihr empfohlen, tat es ihr leid, denn nun blieb ihr nichts anderes übrig, als einen Abend zu Hause zu verbringen, den sie sich schon frei gemacht hatte und dessen selbstverschuldete Leere sie fast wie eine Pein empfand.

Beim nächsten Zusammentreffen an einem kalten Winterabend lud der Ministerialrat sie in sehr respektvoller Weise ein, bei ihm den Tee zu nehmen.

Sie zierte sich nicht länger als dringend nötig war, und es hätte vielleicht nicht einmal der behaglichen Wohnung, des zartgedämpften Lichtes und des zweck- und geschmackvoll zusammengestellten Mahles bedurft, um das Abenteuer zu dem von ihr vorhergesehenen und gewünschten Abschluß zu führen. Er fragte zwar nichts und schien bereit, ihr alles zu glauben, was sie ihm erzählte; und doch, schon das nächste Mal, um nicht eines Tages als entlarvte Lügnerin dazustehen, hielt sie es für richtig, ihm doch wenigstens einen Teil der Wahrheit zu gestehen. Sie sei zwar verheiratet gewesen, aber nun seit zwei Jahren geschieden. Ihr Mann habe sie nach dem Tode des Kindes verlassen; und da sie von dieser Seite trotz gerichtlichen Anspruches darauf keinerlei Unterstützung genieße, habe sie sich entschlossen, ihren Unterhalt als Erzieherin zu erwerben. Der Ministerialrat küßte ihr die Hand und war noch respektvoller als früher.

Sie trafen einander regelmäßig alle vierzehn Tage. Und Therese freute sich auf die stimmungsvolle Wohnung mit dem zartgedämpften Licht, sogar auf das jedesmal mit besonderem Raffinement zusammengestellte Abendessen, ja einfach auf die Abwechslung, die dieser Tag in ihrem Leben bedeutete, beinahe mehr als auf den Geliebten selbst. Seine Stimme klang noch immer so angenehm verschleiert, seine Redeweise noch immer so entzückend affektiert wie am ersten Tag, aber an den Dingen, die er ihr erzählte, vermochte sie kein besonderes Interesse zu finden. Am liebsten hörte sie ihm noch zu, wenn er von seiner Mutter sprach, die er eine „edle und gütige“ Frau nannte, und von seinen Opernbesuchen, über die er übrigens in Phrasen zu berichten pflegte, die ihr aus Zeitungen wohl bekannt erschienen. Auch von Politik sprach er zuweilen, so sachlich und trocken, als wenn er einen Kollegen aus dem Ministerium vor sich hätte, und tat das manchmal auch in Stunden, die für solche Erörterungen wenig geeignet waren. In seiner diskreten Weise, die von Selbstgefälligkeit nicht ganz frei war, hatte er sich erbötig gemacht, ihre materielle Lage durch einen kleinen monatlichen Zuschuß zu erleichtern, was sie nach anfänglicher Weigerung annahm.

Es war im ganzen eine ruhige, es hätte geradezu eine glückliche Zeit für sie sein können; trotzdem empfand sie das Richtungs-, ja das Sinnlose ihres Lebens noch stärker als sonst. Manchmal drängte es sie, dem Manne, der doch am Ende ihr Geliebter war, ihr Herz auszuschütten. Aber immer wieder hielt sie eine innere Hemmung oder auch, wie ihr manchmal schien, ein Widerstand von seiner Seite zurück; ja, sie merkte deutlich, daß er solche Anzeichen ihres Vertrauens abwehren wollte, um Unbequemlichkeiten oder eine höhere

Verantwortlichkeit zu vermeiden. So blieb sie sich bewußt, daß auch diese Beziehung in absehbarer Zeit enden würde, ebenso, wie sie nicht daran zweifelte, daß sie auch in dem Hause des Fabrikanten, so freundlich sich ihr Verhältnis zu Eltern und Töchtern auch gestaltet, eine dauernde Stellung oder gar ein Heim keineswegs gefunden hatte.

So stand sie immer und überall auf schwankem Grunde, und auch in der Nähe ihres Kindes kam sie kaum je zu einem Gefühl der Sicherheit. Ja, sie konnte sich nicht verhehlen, daß Franz, wie es nun einmal die Umstände mit sich brachten, mit der Frau Leutner und sogar mit der kleinen Agnes, die in ihrer Frühreife schon fast wie ein erwachsenes Mädchen wirkte, vertrauter stand als mit ihr, der eigenen Mutter. Manchmal sehnte sie sich darnach, sich über ihre seelischen Nöte mit irgendeinem Menschen aussprechen zu können, und ein oder das andere Mal war sie nahe daran, einer der Berufs- und Schicksalsgenossinnen, mit der der Zufall sie zusammenführte und die ihr gegenüber ihre kleineren und größeren Geheimnisse preiszugeben pflegten, auch ihr eigenes Herz aufzuschließen. Aber am Ende ließ sie es doch lieber sein; sie begann als verschlossen, ja als hochmütig zu gelten, was Wohlwollende damit zu entschuldigen suchten, daß sie einer verarmten Adelsfamilie entstamme und sich darum besser dünke als andere ihres Standes.

Im Mai, nach Tagen, in denen Sorge und trügerische Beruhigung miteinander gewechselt hatten, konnte sie sich keiner Täuschung mehr darüber hingeben, daß sie wieder in der Hoffnung war. Ihre erste Regung war natürlich, ihren Geliebten davon in Kenntnis zu setzen. Doch als sie es beim nächsten Zusammensein aus einer ihr unbegreiflichen Scheu versäumt hatte, war sie völlig entschlossen, ihn überhaupt nichts wissen zu lassen und ihrem Zustand diesmal auf alle Gefahr hin ein schleuniges Ende zu machen. Lieber den Tod als noch ein Kind. Sie zögerte diesmal nicht lang, und nach wenigen Tagen schon, gegen Zahlung einer nicht übergroßen Summe, die sie ursprünglich für ein neues Kleid bestimmt hatte, war sie rasch und ohne jede böse Folge von ihrer Sorge befreit. In der Familie des Fabrikanten wurde es übel vermerkt, daß sie ein paar Tage das Bett hüten mußte. Man schien Verdacht zu hegen, die Stimmung gegen sie verschlechterte sich, sie empfand die Ungerechtigkeit des Tones, den man gegen sie anschlug, gab sich nicht die Mühe, es zu verbergen, und fühlte, daß ihre Stellung in dem Hause unhaltbar zu werden anfing. Davon, ohne Angabe der Gründe, erzählte sie das nächste Mal ihrem Geliebten, dem Ministerialrat. Seine offenbare Gleichgültigkeit, die er diesmal unter affektierten Phrasen des

Bedauerns zu verbergen sich nur wenig Mühe nahm, erbitterte sie. Alles, was sich an unausgesprochenen Vorwürfen nicht nur gegen ihn, sondern gegen ihr Schicksal im Laufe der letzten Monate in ihr angesammelt hatte, ergoß sich über ihn, und Worte kamen über ihre Lippen, deren sie sich gleich nachher schämen mußte. Doch als er sich sofort wieder als derjenige benahm, der ihr zu verzeihen hatte, brach ihre Empörung von neuem aus: sie schleuderte ihm nun ins Gesicht, daß sie von ihm in der Hoffnung gewesen war und daß sie es ihm nur deshalb verschwiegen hatte, weil er ja doch nichts von ihr wisse und von ihr wissen wolle und sie ihm nicht mehr bedeute als irgendein Frauenzimmer von der Straße. Mit gerührten, aber etwas ungeschickten Worten versuchte er sie zu beruhigen. Sie spürte nur, wie froh er war, daß die Sache für ihn so gut ausgegangen, sagte es ihm ins Gesicht, wollte davon, er hielt sie sanft zurück; er küßte ihre Hände, es kam zu einer Versöhnung, von der sie wußte, daß sie nicht von Dauer sein konnte.

Wenige Tage später nahm die Familie des Fabrikanten Landaufenthalt; man benützte die Gelegenheit, um auf Theresens weitere Dienste zu verzichten. Sie atmete auf. Der schöne Sommertag, an dem sie den nun schon hundertmal gegangenen, langsam ansteigenden Weg von Enzbach nach dem Leutner-Hof hinaufschritt, erschien ihr von vorbedeutungsvoll versöhnender Anmut. Nicht nur ihrem Buben, sondern auch Herrn und Frau Leutner und sogar Agnes, die sie immer weniger leiden mochte, hatte sie kleine Geschenke mitgebracht. In diesem Sommer wollte sie sich ernstlicher mit der Erziehung ihres Buben beschäftigen; doch sie fühlte immer wieder, daß es nicht leicht war, gegenüber den stillen und stetig wirkenden Einflüssen einer so völlig anderen, durchaus ländlichen Umgebung ihr eigenes Wesen und ihren eigenen Willen durchzusetzen. Mit Schreck merkte sie, daß Franz eine Redeweise, ja sogar gewisse Gebärden angenommen hatte, die in einer manchmal fast komischen Weise an die unwirsche Art des Herrn Leutner erinnerten. Therese versuchte vor allem, ihm die schlimmsten bäuerlichen Redewendungen und Gebärden abzugewöhnen und sich über seine Fortschritte in den verschiedenen Lehrgegenständen klar zu werden. Über Lesen, Schreiben und die Anfangsgründe des Rechnens war er natürlich noch nicht hinausgekommen. Er faßte ziemlich leicht auf, doch machte ihm das Lernen kein Vergnügen. Gern hätte sie ihn an ihrer eigenen Naturfreude teilnehmen lassen, lenkte seinen Sinn auf die Anmut von Landschaften, auf den Duft der Wiesen und Wälder, den Flug der Schmetterlinge hin. Aber sie mußte bald erkennen, daß er noch nicht reif oder gar nicht geschaffen war, all das zu empfinden. Freilich war das, was Therese täglich selbst mit neuem Entzücken erfüllte, ihm als Bedingung und Atmosphäre seines Daseins vom ersten Lebenstage so gewohnt, daß es ihm unmöglich besondere Schönheit und Freude bedeuten konnte. Mehr als je fiel es diesmal Theresen auf, wie abgeschieden und abgeschlossen, durchaus auf sich selbst und den nächsten Kreis angewiesen die Familie Leutner und ebenso wie diese auch die anderen Familien in dieser Gegend ihr Dasein hinbrachten. Man sah einander oft genug, traf sich auf dem Feld, im Wirtshaus, beim Kirchgang; ein wirklicher Verkehr von Familie zu Familie oder von Person zu Person bestand eigentlich nirgends. Die Gespräche drehten sich beinahe immer um das gleiche, und oft genug geschah es, daß Therese ein und dieselbe unbedeutende Neuigkeit immer wieder, beinahe mit den gleichen Worten, von verschiedenen Leuten berichten hörte. Sie selbst hatte längst aufgehört, den Enzbachern interessant zu sein. Man wußte, daß sie die Mutter vom Franzl und in Wien in Stellung sei. Sie selbst war freundlich gegen jedermann, ließ sich in Unterhaltungen ein, und erst nachträglich pflegte sie zu merken, daß auch sie die Gewohnheit angenommen hatte, irgendeine vollkommen gleichgültige Geschichte ein dutzendmal und immer mit den gleichen Worten zu erzählen.

Um sich die Langeweile zu vertreiben, die sie in den zwei Monaten ihres Aufenthaltes öfter empfand, als sie sich eingestehen wollte, schrieb sie mehr Briefe als seit langer Zeit. Mit einigen ihrer Berufsgenossinnen stand sie in flüchtiger Korrespondenz, bei manchen ihrer früheren Zöglinge brachte sie sich durch gewohnheitsmäßige Kartengrüße in Erinnerung; am ausführlichsten pflegte sie ihrer Mutter zu schreiben, der sie bis zum heutigen Tage von der Existenz ihres eigenen Kindes noch immer keine Mitteilung gemacht hatte und der wie den meisten anderen Leuten sie weiter vorspiegelte, daß sie sich auf dem Lande bei einer Freundin zur Erholung für ein paar Sommerwochen befinde. Daß ihre Mutter etwas ahnte, wenn nicht gar wußte, davon war sie überzeugt; der einzige Mensch, der ihrem Wunsch nach niemals von der Existenz ihres Kindes etwas erfahren sollte, war ihr Bruder, zu dem sich gerade im letzten Jahr nach einer zufälligen Begegnung auf der Straße eine neue, ziemlich förmliche Beziehung entwickelt hatte, so daß er sie im Hause des Fabrikanten, wo sie zuletzt in Stellung gewesen war, einmal besucht hatte.

An den Ministerialrat hatte Therese im Anfang ihres Enzbacher Aufenthaltes einige Briefe gerichtet. Seine Antworten in ihrer kurzen und formellen Art, zu denen die glühenden Anreden und Unterschriften in einem lächerlichen

Mißverhältnis standen, wirkten auf Therese unleidlich. Einmal schob sie ihre Erwiderung lange hinaus und ließ es darauf ankommen, ob er sich melden würde oder nicht. Sie hörte nichts mehr von ihm und war im Grunde froh darüber.

61

Im September trat sie eine neue Stellung an als eine Art von Gesellschafterin bei einem siebzehnjährigen, blassen, unscheinbaren und etwas einfältigen jungen Mädchen, der einzigen Tochter eines verwitweten und seit vielen Jahren erblindeten, ehemaligen Großkaufmanns, dem überdies zwei erwachsene Söhne, Jurist der eine, der andere Techniker, im Hause lebten. Man wohnte in einer stillen Vorstadtstraße im ersten Stockwerk eines ziemlich alten, etwas düsteren, jedoch wohlgehaltenen Gebäudes, in das manche moderne Neuerungen, wie zum Beispiel elektrische Beleuchtung, noch keinen Eingang gefunden hatten. Der Kaufmann, ein fünfzigjähriger, graubärtiger, noch stattlicher Mann, hatte Therese persönlich aufgenommen mit der Bemerkung, daß ihn ihre Stimme, ihre treue Stimme, wie er sich ausdrückte, angenehm berühre. Da seiner Tochter jede Eignung zur Führung des Haushaltes fehlte, war Therese vorzugsweise die Sorge dafür überlassen, und sie freute sich, auch nach dieser Richtung hin eine ausgesprochene Begabung in sich zu entdecken. Es ging im Hause geselliger und heiterer zu, als Therese erwartet hätte. Die jungen Herren sahen Kollegen bei sich, die Tochter Berta erhielt Besuche von Verwandten und Freundinnen; und dem alternden blinden Mann tat es offenbar wohl, einen jugendlich lebendigen, manchmal sogar ziemlich lauten Kreis um sich zu versammeln und an den Unterhaltungen teilzunehmen. Therese konnte sich hier durchaus als Gleichgestellte, ja bald wie eine Angehörige der Familie fühlen. Eine der Kusinen, ein aufgewecktes, übermütiges Ding, machte Therese zur Vertrauten einer ernsten Leidenschaft, die sie für ihren älteren Vetter, den Juristen, zu hegen behauptete. Theresen aber schien es, als gefiele dem jungen Mädchen der andere Bruder oder auch ein gewisser blonder junger Mensch in Freiwilligenuniform, der öfters ins Haus kam, mindestens ebensogut als der angeblich heißgeliebte Vetter. Sie verspürte eine eifersüchtige Regung, die sie sich um so weniger eingestehen wollte, als sie sich geschworen hatte, sich niemals wieder in aussichtslose Beziehungen einzulassen. Sie war es endlich müde, in der Welt herumgestoßen zu werden; sie sehnte sich nach Ruhe, nach Heimat, nach einer eigenen Häuslichkeit. Warum sollte ihr nicht zufallen, was so manche andere

Frauen in ähnlicher Stellung und mit weniger innerem und äußerem Anrecht ohne besondere Mühe erreicht hatten? Erst neulich hatte eine ihrer Berufsgenossinnen, ein dürftiges, fast verblühtes Wesen, einen wohlsituierten Buchhalter geheiratet; eine andere, noch dazu eine Person von ziemlich schlechtem Ruf, einen wohlhabenden Witwer, in dessen Haus sie Erzieherin gewesen war. Dergleichen sollte ihr nicht glücken? Ihr Bub konnte und durfte kein Hindernis sein. Es war ja am Ende doch gerade so, als wenn sie einmal verheiratet gewesen und nun geschieden oder Witwe geworden wäre. Herr Trübner war zwar nicht mehr jung und überdies des Augenlichtes beraubt, doch er war ein stattlicher, fast schön zu nennender Mann, und es war nicht schwer zu merken, daß ihre Nähe ihm wohl tat. Er ließ sich gerne von ihr vorlesen, meist aus philosophischen Schriften, was ihr zuerst einige Langweile verursachte, bis er ihr, sie durch freundliche Fragen immer wieder unterbrechend, allerlei zu erklären, ja gewissermaßen zusammenhängende Vorträge zu halten begann und so in ihr Verständnis und Interesse für eine ihr im allgemeinen recht fernliegende Gedankenwelt zu erwecken glaubte. Manchmal in zarter Weise, versuchte er, sie über ihre Vergangenheit auszuholen. Sie erzählte ziemlich wahrheitsgetreu von ihrer Kindheit, ihren Eltern, der Salzburger Zeit und von mancherlei Erfahrungen, die sie in ihrem Beruf gesammelt hatte. Über ihre Herzenserlebnisse sprach sie nur in Andeutungen, ließ vermuten, daß sie manches Schwere durchgelitten und daß sie vor Jahren für kurze Zeit einmal „so gut wie verheiratet" gewesen sei. Herr Trübner fragte nicht weiter, aber eines Abends zwischen zwei Absätzen eines philosophischen Buches, erkundigte er sich bei Theresen in mild-ernster Weise, wie es ihrem Kind gehe, klärte die Errötende, als sie mit der Antwort zögerte, dahin auf, er habe es dem Ton ihrer Stimme lange schon angehört, daß sie Mutter sei, und da sie schwieg, behielt er ihre Hand in der seinen, ohne diesmal weiter in sie zu dringen.

Einmal, als sie abends von einer Besorgung nach Hause kam, begegnete sie auf der mattbeleuchteten Treppe dem blonden Freiwilligen. Wie zum Scherze wich er ihr nicht aus, sie lächelte, und in der nächsten Sekunde preßte er sie in einer heftigen Umarmung an sich, um sie erst wieder freizugeben, als man oben die Türe gehen hörte. Sie stürzte hinauf, ohne sich noch einmal nach ihm umzuwenden, und wußte zugleich, daß sie ihm verfallen war. Sie fühlte, daß es sinnlos wäre, einen doch nur scheinbaren Widerstand zu leisten, und ehe sie ihm beim nächsten Zusammentreffen ein geheimes Wiedersehen zugestand, bedang sie sich nur ehrenwörtlich strengste Verschwiegenheit aus. Er ging darauf ein, hielt sein Wort, und es bedeutete für sie einen besonderen Reiz, wenn sie ihrem jungen Freund etwa bei einem Abendessen im Hause Trübner gegenübersaß und er, den Schimmer eben verflossener Liebesstunden noch im Aug', höflich respektvolle Worte an sie richtete. Er benahm sich übrigens zu den anderen jungen Mädchen nicht minder liebenswürdig und galant als zu Theresen, brachte allen Blumen und Bonbons, und wenn man zur Faschingszeit in dem kleinen Kreise Lust zum Tanzen verspürte, war er es, der auf dem Klavier dazu aufspielte.

Wenn aber niemand auch nur das geringste von den Beziehungen zwischen ihm und Theresen zu ahnen schien, der Kaufmann, blind und seherisch zugleich, hatte offenbar etwas gemerkt, und seiner Art nach, in etwas salbungsvoller Weise, warnte er Therese vor den Enttäuschungen und Gefahren, denen junge Geschöpfe in ihrer Lebenslage ganz besonders ausgesetzt seien. Obwohl Therese wohl fühlte, daß hier nicht allein Sorge um ihre Tugend im Spiele war, verfehlten seine Worte nicht ihren Eindruck, und unwillkürlich änderte Therese ihr Verhalten gegenüber Ferdinand. Sie war nicht mehr das heiter-unbedenkliche Geschöpf, das er in den Armen zu halten gewohnt war, ließ Besorgnisse laut werden, mit denen sie die schönen Stunden des Beisammenseins zu stören bisher unterlassen hatte, und nach einem neuerlichen Gespräch mit Herrn Trübner, in dem er wieder in ziemlich allgemein gehaltenen Worten von der Leichtfertigkeit der jungen Leute und von den sittlichen Verpflichtungen alleinstehender weiblicher Wesen geredet hatte, schrieb Therese, fast wie unter einem Bann, an Ferdinand einen Abschiedsbrief. Zwar war sie schon drei Tage später wieder in der alten Weise mit ihm zusammen, aber sie wußten beide, daß es zu Ende gehe.

Einmal im Vorfrühling bei einem Einkaufsgang durch die Stadt begegnete sie Alfred, den sie zum letztenmal vor acht Jahren von dem Wagen aus gesehen hatte, in dem sie mit ihrem neugeborenen Kind und Frau Nebling zur Bahn gefahren war. Er blieb stehen, nicht weniger erfreut als sie selbst; sie gerieten ins Plaudern, und nach wenigen Minuten konnten sie beide nicht glauben, daß sie einander wirklich so viele Jahre lang nicht gesehen und gesprochen hatten. Alfred hatte sich kaum verändert. Auch die leichte Befangenheit seines Wesens war noch da, doch wirkte sie jetzt nicht so sehr als Unbeholfenheit denn als Zurückhaltung. Therese erzählte ihm, was sie ihm eben erzählen wollte, verschwieg manches, wonach zwar nicht seine Lippen, doch seine Augen fragten, und kam sich keineswegs unaufrichtig vor. Daß sie nach dem

Liebeshandel mit Max noch mancherlei erlebt hatte, das konnte er sich wohl denken. Er war ja indessen auch ein Mann geworden. Wieder stieg die seltsame Empfindung in ihr auf, als stände ihr in Alfred der Vater ihres Kindes gegenüber, und brachte auf ihrem Antlitz ein geheimnisvolles Lächeln hervor, das in Alfreds Blick als Frage sich widerspiegelte. Er erzählte von den Seinen: beide Schwestern seien verheiratet, die Mutter etwas leidend, er selbst mache im Laufe dieses Sommers das Doktorat, ein wenig verspätet, – er sei leider nicht so fleißig gewesen wie andere Kollegen, ihr Bruder Karl zum Beispiel, der schon erster Sekundararzt sei und gewiß eine große Karriere vor sich habe; jedenfalls, fügte er hinzu, als Politiker. Ob Therese denn wisse, daß Karl demnächst nicht mehr Fabiani heißen werde, sondern Faber, ein Name, der sich für einen Mann echtdeutscher Gesinnung jedenfalls besser schicke als einer von welschem Klang, der später übrigens leicht gegen ihn ausgenützt werden könnte. Therese sah vor sich hin. „Ich sehe ihn beinahe nie“, meinte sie beiläufig. Dann bat sie Alfred, ihr zu schreiben, sobald er Doktor geworden sei. „Und früher darf's nicht sein?“ fragte Alfred. Sie schaute lächelnd auf, reichte ihm die Hand zum Abschied und lächelte noch den ganzen Weg bis nach Hause.

Herr Trübner ließ sich bald nicht nur philosophische Werke vorlesen; es gab, zu anfangs willkommener Abwechslung, auch leichtere Lektüre, und Therese geriet zuweilen an Stellen, über die sie nur verlegen und stockend hinwegzulesen vermochte. Einmal aber, in einem Kapitel eines übersetzten französischen Memoirenwerkes, hielt sie inne, da sie ihre Stimme nicht nur aus einem gewissen Schamgefühl, sondern auch in plötzlicher Erregung versagen fühlte. Herr Trübner faßte nach ihrer Hand, zog sie an seine Lippen; dann, als Therese zugleich erschreckt und erschüttert es sich gefallen ließ, wurde er verwegener, und Therese, mit halberstickter Stimme, mußte ihn endlich bitten, von ihr abzulassen. Sie blieb noch eine Weile stumm an seiner Seite sitzen, dann, mit einer flüchtigen Entschuldigung, verließ sie das Zimmer. Am nächsten Tag bat er sie in seiner salbungsvollen, sie heute besonders peinlich berührenden Art um Verzeihung. Trotzdem wiederholte er ein paar Tage später seinen Versuch; sie riß sich los, und schon wenige Tage später, unter dem Vorwand, daß sie zu ihrer erkrankten Mutter reisen müsse, verließ sie das Haus.

62

Mit dem vorzüglichen Zeugnis, das sie erhalten, hatte sie Freiheit der Wahl. Sie entschied sich für eine Familie Rottmann, wo ihr die beiden Töchter von dreizehn und zehn Jahren durch ihr offenes und lebhaftes Wesen schon bei der ersten Begegnung sympathisch gewesen waren. Die Mutter, Pianistin und, wie Therese gleich bei der ersten Unterredung erfuhr, häufig auf Konzertreisen, kam ihr mit fast übertriebener Liebenswürdigkeit entgegen, doch ihr unruhigfahriges Wesen behagte Theresen nicht sonderlich. Aus dem Vater, einem ernsten, etwas melancholisch und auffallend jung wirkenden Mann, vermochte sie anfangs nicht klug zu werden. In den ersten Tagen hatte sie den Eindruck, als wenn er ein gern gesehener, mit Zuvorkommenheit behandelter Gast, aber nicht eigentlich der Herr des Hauses wäre. Dies änderte sich mit einem Schlag, als Frau Rottmann sich auf eine Konzertreise begab. Der Ton im Hause wurde freier, ungezwungener, von den beiden Mädchen schien ein Druck genommen, die Melancholie des Vaters verschwand, und die Dienstleute ordneten sich dem neuen Fräulein viel lieber unter, als sie es der Hausfrau gegenüber getan hatten. Von der Abwesenden wurde kaum gesprochen; Briefe von ihr kamen nie, nur flüchtige Kartengrüße aus den verschiedenen deutschen Städten, in denen sie konzertierte. Therese war tätiger und befriedigter von ihrer Tätigkeit als jemals vorher, – sowohl als Leiterin des Haushaltes wie auch als Erzieherin der Kinder, deren erfreuliche Begabung den Unterricht geradezu zu einem Vergnügen gestaltete.

Als Frau Rottmann nach sechs Wochen wiederkam, wurde das sofort wieder anders, ja, ihr übler Einfluß wurde auch darin offenbar, daß die beiden Mädchen geringere Fortschritte machten als während ihrer Abwesenheit und Herr Rottmann wieder in seine alte Melancholie verfiel. Den August verbrachte man in einer nahen einfachen Sommerfrische. Hier zog Frau Rottmann, anscheinend nur aus Langeweile, Therese plötzlich ins Vertrauen und erzählte ihr von allerlei Erlebnissen und Abenteuern, die ihr auf ihren Konzertreisen begegnet seien. Therese hätte sie lieber nicht angehört, wovon aber Frau Rottmann nichts merkte oder nichts merken wollte, da es ihr, wie Therese immer deutlicher fühlte, nur darauf ankam, in der für sie unerträglichen Einförmigkeit des Landlebens von verfänglichen Dingen zu sprechen, gleichgültig zu wem.

Kaum war man wieder in die Stadt gezogen, als die Geständnisse der Frau Rottmann ein jähes Ende nahmen. Im Herbst begab sie sich neuerdings auf

Reisen, diesmal nach London, angeblich zu dem Zweck, um sich dort bei einem Pianisten von Weltruf weiter auszubilden. Sofort atmete wieder alles im Hause auf, und Therese fühlte sich in der Gesellschaft der beiden Mädchen und ihres Vaters so wohl, ja heimatlich, daß sie oft mit dem Gedanken spielte, ob sie sich nicht viel besser zu Rottmanns Frau und zur Mutter seiner Töchter eignen würde als jene andere. Der Mann gefiel ihr ganz besonders; sie ließ es ihn merken, die Nähe und Vertrautheit des täglichen Umganges tat das Weitere, und sie wurde seine Geliebte. Beide legten Wert darauf, daß das Verhältnis geheim bliebe, und sie hüteten sich sorgfältig im Beisammensein mit den andern, sich auch nur durch das geringste Zeichen gegenseitigen Einverständnisses zu verraten. Doch als Frau Rottmann vor Weihnachten wieder zurückkehrte, schien er mit einemmal vollkommen vergessen zu haben, was sich indes zwischen ihm und Therese ereignet hatte. Seine übergroße Vorsicht verletzte Therese, sie litt sehr, nicht nur aus beleidigtem Stolz; und als er wenige Wochen darauf nach neuerlicher Abreise seiner Gattin die Beziehungen zu Therese wieder aufnehmen wollte, wehrte sie sich anfangs mit Entschiedenheit. Aber er verstand es so gut, ihr die Notwendigkeit seines Verhaltens zu erklären, daß sie sich bald wieder seinen Wünschen fügte. Zuweilen ertappte sie sich auf dem Wunsche, daß Herr Rottmann auf irgendeine Weise, etwa durch anonyme Briefe, die Wahrheit über seine Frau erfahren möge; und einmal, in einer zärtlichen Stunde, wagte sie sogar selbst eine leise, wie scherzhafte Anspielung auf die Gefahren, denen schöne Frauen, insbesondere Künstlerinnen, auf Reisen ausgesetzt seien. Aber Rottmann schien nicht einmal zu verstehen, daß es seine eigene Gattin war, von der in solchem Zusammenhang die Rede sein könnte.

Frau Rottmann kehrte um einige Tage früher als erwartet von ihrer Tournee heim, zeigte sich in ihrem Benehmen gegen Therese völlig verändert, richtete kaum das Wort an sie und hatte noch in der Ankunftsstunde hinter geschlossenen Türen eine Auseinandersetzung mit ihrem Gatten. Kaum hatte dieser das Haus verlassen, berief sie Therese zu sich, erklärte ihr, daß sie alles wisse, und nachdem sie anfangs die Überlegene gespielt, beschimpfte sie sie in der unflätigsten Weise.

Therese fand kein Wort der Erwiderung, ihre Empörung, daß der Mann sich feige jeder Auseinandersetzung entzogen und offenbar seiner Frau Vollmacht gegeben, die Angelegenheit ganz nach ihrem Willen zu erledigen, war stärker als ihr Schmerz. Frau Rottmann hatte auch dafür gesorgt, daß die Töchter einige

Stunden vom Hause abwesend waren, und verlangte von Therese kategorisch, daß sie innerhalb dieser Zeit das Haus verlassen haben müsse.

Während Therese, in ihrem Zimmer allein gelassen, ihre Sachen packte, kam ihr die ganze schmachvolle Unsinnigkeit ihres Erlebnisses zu Bewußtsein. Und plötzlich faßte sie den Entschluß, nicht zu gehen, ehe sie der Frau und auch dem Manne alles ins Gesicht geschleudert, was sie zu hören verdienten. Aber Frau Rottmann war nicht mehr daheim, und das Dienstmädchen verständigte Therese mit einem unverschämten Grinsen, daß das Ehepaar sich gemeinsam ins Theater begeben habe. Ob sie vielleicht für das Fräulein den Wagen holen und das Gepäck hinunterbringen solle? Nein, erwiderte Therese, sie habe mit den Herrschaften noch zu sprechen, sobald sie aus dem Theater kämen. Zum Fortgehen angezogen saß sie da, mit zusammengebissenen Lippen; Handkoffer, Reisetasche lagen bereit; ein ungeheuerer Zorn wühlte in ihr; und sie wartete. Die beiden Mädchen kamen nach Hause, waren aufs höchste erstaunt, als sie Therese reisefertig fanden. Sie bestürmten sie mit Fragen; Therese schluchzte, konnte längere Zeit nicht reden, endlich erklärte sie, sie habe ein Telegramm erhalten, daß ihre Mutter schwer erkrankt sei und sie sofort nach Salzburg reisen müsse. Dann erhob sie sich, umarmte die Mädchen so zärtlich, als wenn sie ihre eigenen gewesen wären, bat sie, ihr den Abschied nicht schwer zu machen, ging, wartete im Hausflur, bis ihr das Dienstmädchen einen Wagen geholt hatte, und fuhr davon.

63

In später Nachtstunde kam sie in Enzbach an; eine Davongejagte, Erniedrigte, Unglückliche, angeekelt von der Welt, aber mehr noch von sich selbst. Ihr Bub schlief fest; im Dunkel sah sie eben nur einen blassen Schimmer des geliebten Kindergesichtes; es fiel ihr schwer auf die Seele, daß sie zwei Monate lang nicht bei ihm gewesen war. Andern Menschen hatte sie gehört, hatte andern gehören müssen; wieder einmal ging ihr das Ungerechte ihres Schicksals auf, und sie schwor sich zu, daß sie sich nicht in aller Zukunft für die Kinder fremder Leute aufopfern, daß ihr eigenes Kind nicht lange mehr unter fremden Leuten leben sollte.

Es dauerte lange, ehe der Schlummer sich ihrer erbarmen wollte. In der Nacht vorher – sie faßte es kaum – hatte sie noch im Hause Rottmanns, ja in seinem

Bett geschlafen. Als könnte sie damit etwas ungeschehen machen, hüllte sie sich tief in Kissen und Decke. Was war aus ihr geworden in diesem letzten Jahr!

Des Morgens aber erwachte sie frischer, froher als seit langer Zeit. Es war wie ein Wunder. Diese eine Nacht fern von der Stadt, der Familie Rottmann entronnen, hatte sie, so schien es ihr, geradezu gesund gemacht. Blieb das Leben nicht leicht, solange solche Wunder möglich waren? Das freie Sonnenlicht, die ländliche Ruhe, immer wohltuend für sie, beglückten sie diesmal, wie sie es noch nie getan. Wenn man hier bleiben könnte! Immerhin – eine Reihe von guten Tagen lag vor ihr, und sie war nun froh, daß sie trotz anfänglicher Weigerung es nicht verschmäht hatte, gelegentlich kleine Geldgeschenke von Herrn Rottmann anzunehmen, die es ihr ermöglichten, den Enzbacher Aufenthalt etwas länger auszudehnen als sonst. An ihrem Buben entzückte sie diesmal alles, ja sogar eine gewisse Haltung des Kopfes, die ihr früher manchmal peinlich, ja unheimlich gewesen war, weil Franzl sie in solchen Momenten allzusehr an Kasimir Tobisch erinnert hatte, störte sie kaum. Sie machte weite Spaziergänge mit ihm, tollte auf den Wiesen mit ihm herum, sie war jung, ein Kind, und Franzl war es auch, ja, er war es eigentlich niemals so sehr gewesen.

Eines Tages, kaum eine Woche nach Theresens Eintreffen, kam Agnes aus der Stadt zu Besuch. Franzl empfing sie mit Ausbrüchen der Freude, die Therese befremdeten, und kümmerte sich an diesem Tag so gut wie gar nicht um seine Mutter. Und als er beim Abschied von Agnes sich ganz ungebärdig, geradezu verzweifelt anstellte, verspürte Therese eine so heftige Erbitterung gegen ihn, als wäre er ein erwachsener Mensch, der ihr ein schweres Unrecht zugefügt und den sie zur Verantwortung ziehen durfte. Gegen Agnes aber, deren Wesen ihr diesmal besonders hinterhältig und frech erschienen war, empfand sie einen wahrhaftigen Haß.

Ihre Stimmung schlug an diesem einen Tage völlig um. Den Gedanken, ihr Kind zu sich zu nehmen, hatte sie schon früher als vorläufig unausführbar wieder verworfen. Es blieb ihr ja doch nichts anderes übrig, als auch weiterhin ihren Lebensunterhalt als Erzieherin fremder Kinder zu erwerben und den Buben auf dem Land zu lassen. Eines aber schwor sie sich zu: niemals wieder eine Dummheit zu machen. In der letzten Zeit war sie, wie sie wohl empfand, als Frau immer reizvoller geworden; so einfach, ja beinahe ärmlich sie sich notgedrungen kleidete, sie wußte die Vorzüge ihrer Gestalt immer besser zur Geltung zu bringen, und trotz ihres anständigen, ja im allgemeinen zurückhaltenden Auftretens hatte sie zuweilen eine Gebärde, ein Aufblitzen im Blick, das auch dann allerlei zu verheißen schien, wenn sie nicht im entferntesten daran dachte, ein solches Versprechen einzulösen. Sie nahm sich vor, von nun an besseren Gebrauch von den Gaben zu machen, die ihr die Natur geschenkt. Nach ihren letzten Erfahrungen im Hause Rottmann fühlte sie sich berechtigt, innerlich bereit und fähig, den Männern gegenüber berechnend, kalt, nur auf ihren eigenen Vorteil bedacht zu sein. Sie stand in Verhandlung mit einigen Büros und bot sich auf Annoncen hin da und dort als Erzieherin an, insbesondere bei Witwern mit Kindern, aber es wollte vorerst nichts zum Abschluß kommen.

Unter den Briefen, die sie erhielt, befand sich einmal unter anderen die verspätete gedruckte Einladung zu Alfreds Promotion, die indes schon stattgefunden hatte; – und zufällig am gleichen Tage kam eine Anfrage ihrer Mutter, ob sie nicht den Aufenthalt bei ihrer Freundin – das Wort war mit Anführungszeichen versehen – abkürzen und für einige Tage nach Salzburg kommen wollte. Therese nahm dies als Schicksalswink und verließ Enzbach am Morgen darauf. Was sie aber vor allem nach Salzburg zog, war die Hoffnung, Alfred dort anzutreffen, der, wie sie vermutete, nach der Promotion eine Zeitlang bei seinen Eltern verweilen würde.

64

Sie hatte sich nicht getäuscht. Am ersten Tag ihres Aufenthaltes schon, auf dem Domplatz, trat er ihr entgegen. Sie nahmen einen Weg, den sie vor vielen Jahren oft gegangen waren, und in der Mittagsschwüle – kein Blatt rührte sich über ihnen – saßen sie auf der gleichen Bank, an der einstmals zwei junge Offiziere, der eine schwarzäugig, die Kappe in der Hand, an ihnen vorüberspaziert waren. Therese erzählte diesmal Alfred gar manches aus ihrem Leben; sie fühlte, daß er alles verstehen müßte und daß er wohl noch mehr hätte verstehen können, als sie ihm anvertraute. Auch daß sie Mutter eines neunjährigen Buben war, verschwieg sie ihm nicht, und Alfred gestand ihr, daß er das längst gewußt habe. Als sie damals in dem Wagen mit aufgeschlagenem Dach an ihm vorübergefahren war, hatte er wohl gemerkt, daß ihre Begleiterin, eine alte Frau, ein Kind auf dem Schoße gehalten, und hatte keinen Augenblick gezweifelt, daß es Theresens Kind sei. Er war übrigens gar nicht damit einverstanden, daß sie die Existenz ihres Kindes so geheim hielte. Man sei doch im ganzen etwas vorurteilsfreier geworden, und es gebe Familien, wo man ihre Vergangenheit gewiß nicht übelnehmen würde.

Sie trafen einander auch in den nächsten Tagen, immer zufällig, und hatten es doch immer beide vorhergewußt. Alfred sprach von seinem Beruf, im Herbst sollte er als Sekundararzt ins Allgemeine Krankenhaus eintreten. Sie verabredeten nichts Bestimmtes miteinander, aber als er ihr bei der letzten Begegnung seine Abreise nach Wien für denselben Abend ankündigte, wußten sie, daß sie einander in Wien bald wiedersehen würden.

Drei Tage später fuhr auch Therese nach der Hauptstadt. Die Mutter begleitete sie zur Bahn. Noch nie war sie so herzlich zu der Tochter gewesen als in diesen Tagen, und trotzdem verspürte Therese noch immer eine Art von innerem Widerstand, ihr Allerpersönlichstes mitzuteilen. Da, unvermuteterweise, als Therese schon am Coupéfenster stand, als Abschiedswort, rief ihr die Mutter zu: „Küß mir deinen Buben." Therese errötete zuerst, dann lächelte sie, und als der Zug sich in Bewegung gesetzt hatte, nickte sie der Mutter zu wie einer neugewonnenen Freundin.

65

Es war nun doch kein Witwer, sondern ein Ehepaar mit einem Kind, bei dem sie ihre neue Stellung antrat. Der Knabe, den sie zu unterrichten hatte, stand im gleichen Alter mit Franz. Der Vater war Zeitungsredakteur, ein noch ziemlich junger, aber grauhaariger, schmächtiger Mensch, freundlich, zerstreut und meistens etwas aufgeregt, der gegen Mittag aufzustehen und nachts um drei nach Hause zu kommen pflegte. Seine Frau, zierlich und klein wie er, war Direktrice eines Modesalons und verließ das Haus stets zu sehr früher Stunde. Die Mahlzeiten wurden getrennt und zu den verschiedensten Zeiten genommen; trotzdem erinnerte sich Therese nicht, jemals einen so wohlgeordneten Haushalt und eine so gute Ehe gesehen zu haben. Dem Rate Alfreds getreu, hatte sich Therese im Monat zwei freie Tage nacheinander ausbedungen, um ihren Buben auf dem Land besuchen und ein wenig bei ihm verweilen zu können. Frau Knauer hatte nichts einzuwenden, ja, sie schien, als sollte sich Alfreds Voraussage gleich erfüllen, gerade um dieses Umstandes willen eine besondere Sympathie für Therese zu gewinnen und ließ sich gleich nach der ersten Rückkehr Theresens aus Enzbach und von nun an oft und gern mit ihr in Gespräche über das Kind ein.

Ihr eigenes, der neunjährige Robert, war ein blondlockiger, besonders wohlgestalteter Knabe, so bildhübsch, daß Therese kaum begreifen konnte, wie diese Eltern eigentlich zu diesem Kind gekommen wären. Vom ersten Augenblick an schloß sie es mit einer Zärtlichkeit in ihr Herz, wie sie sie noch keinem ihrer Zöglinge gegenüber empfunden hatte. Da Robert keine öffentliche Schule besuchte, hatte Therese den ganzen Unterricht zu leiten und widmete sich dieser Beschäftigung mit einer Inbrunst wie nie zuvor. Nicht selten war ihr, als hätte sie ihrem eigenen Kind etwas abzubitten; sie war dann liebevoller zu ihm als sonst, und sie freute sich, daß er, wenn auch nicht gerade hübscher und vornehmer, doch jedenfalls kräftiger und rotbäckiger aussah als ihr Pflegebefohlener. Und wenn auch Franzls Redeweise vom bäuerischen Dialekt keineswegs frei und sein Gehaben manchmal ein wenig zu ländlich schien, an Auffassungsgabe stand er hinter dem kleinen Robert gewiß nicht zurück. Doch immer von neuem gewann Robert den Vorrang in ihrem Herzen; sie begann darunter zu leiden, wie unter einer Schuld, und wußte, daß es nicht die erste war, deren sie sich ihrem Kind gegenüber anzuklagen hatte.

Eines Tages, als sie mit dem kleinen Robert spazieren ging, begegnete ihr Alfred, den sie seit Salzburg nicht gesehen hatte, und sie nahm die Gelegenheit wahr, ihm zu sagen, daß sie ihn möglichst bald ausführlicher zu sprechen wünsche. In einer freien Abendstunde traf sie nach Verabredung in der Nähe des Krankenhauses mit ihm zusammen. Sie sprach von ihren Beziehungen zu ihrem eigenen Kind und zu dem andern und von dem Vorrang, den dieses in ihrem Herzen einzunehmen scheine. Alfred beschwichtigte ihre Gewissensskrupel: es sei ja nur selbstverständlich, daß sie ihrem Kind nicht die gleichen Gefühle entgegenbringen könne, wie es unter anderen glücklicheren Umständen gewiß der Fall gewesen wäre, jede Beziehung, auch die natürlichste, erfordere Gegenwart und stete Erneuerung, um sich in natürlicher Weise zu entwickeln, ja um überhaupt bestehen zu können. Übrigens würde er gern einmal ihren Buben von Angesicht zu Angesicht kennenlernen. Therese war von Alfreds Wunsch sehr erfreut, und nachdem bei Gelegenheit eines folgenden Abendspazierganges Näheres verabredet worden war, ließ sie sich am ersten Weihnachtsfeiertag von ihm nach Enzbach begleiten. Er hatte dem Buben ein Bilderbuch mitgebracht, blätterte es mit ihm durch, war freundlich, doch forschend, zurückhaltend, doch gütig, und Therese war von Bewunderung für ihn erfüllt. Nicht nur Frau Leutner, auch ihrem dumpferen, unzugänglicheren Mann gegenüber traf er den richtigen Ton, und so vergingen die paar Stunden auf dem Lande in durchaus angenehmer und gemütlicher Weise. Doch auf der Rückfahrt nach Wien machte Alfred Theresen gegenüber kein Hehl daraus, daß er weder die Umgebung, in der das Kind aufwuchs, noch insbesondere das Wesen seiner Kosteltern als gedeihliche Vorbedingungen für dessen weitere Entwicklung zu betrachten imstande sei, und gab ihr zu bedenken, ob sie es nicht anderswohin, vielleicht in eine Vorstadt Wiens, in Pflege geben sollte, um es doch mehr in der Nähe zu haben und öfters sehen zu können. Bevor sie in Wien ausstiegen, küßten sie einander. Es war der erste Kuß seit jenem Abend, an dem sie in Salzburg, ohne es zu ahnen, auf so lange Zeit voneinander Abschied genommen hatten.

Bald darauf fügte es sich einmal, daß Therese von Frau Knauer gebeten wurde, auf ihren nächsten zweitägigen Urlaub zu verzichten, doch stellte man es ihr frei, zum Ersatz ihren Buben einmal nach Wien zu Knauers zu bringen. Therese hatte zuerst eine gewisse Scheu, diesen Vorschlag anzunehmen, sie fürchtete halb unbewußt, die beiden Kinder nebeneinander zu sehen. Alfred, den sie um Rat fragte, verscheuchte ihre Bedenken, und so ließ sie sich an einem der nächsten Tage von Frau Leutner Franzl ins Haus bringen. Der Tag verlief besser, als Therese gefürchtet. Die beiden Buben freundeten sich rasch miteinander an, plauderten und spielten; und als Franzl gegen Abend von Frau Leutner wieder abgeholt wurde, bestand Robert darauf, daß jener bald wiederkommen müsse. Frau Knauer nickte Theresen ermunternd zu, fand ihren Buben lieb und wohlerzogen und sagte auch nachher allerlei Gutes über ihn, was Therese unverhältnismäßig stolz machte. Es wurde nun bestimmt, daß Frau Leutner den Buben zwei- bis dreimal im Monat nach Wien bringen solle, und immer wurde er von Robert mit gleicher Freude, von Frau Knauer mit echter Herzlichkeit aufgenommen, und auch Herr Knauer, der sich manchmal auf ein halbes Stündchen im Kinderzimmer sehen ließ, schien Gefallen an ihm zu finden. Dies hatte allerdings wenig zu bedeuten, da Herr Knauer, immer vergnügt und immer zerstreut, mit allen Menschen und allen Dingen durchaus einverstanden schien und stets die gleiche oberflächliche Liebenswürdigkeit nach allen Seiten hin zur Schau trug. Für Therese aber behielt der kleine, grauhaarige, zerraufte Journalist trotzdem, ja er gewann immer mehr etwas Fremdes und Undurchdringliches für sie, und es war ihr manchmal, als hätte seine stete Spaßmacherei eine Maske zu bedeuten, unter der er sein wahres Wesen verbarg.

Über ihre sämtlichen Beobachtungen und Ansichten pflegte sie sich Alfred gegenüber auszusprechen, der zu ihrer Neigung, überall Eigentümlichkeiten und Sonderbarkeiten zu entdecken, wo wahrscheinlich gar keine vorhanden wären, nachsichtig lächelte. Bei ihren meist sehr flüchtigen, aber doch immer häufiger werdenden Zusammenkünften, auch bei Gelegenheit gemeinsamer Theaterbesuche mit darauffolgendem Abendessen in bescheidenen Gasthäusern wurden sie immer vertrauter, und es erging Theresen ähnlich mit dem Freunde, wie so viele Jahre vorher: sie wünschte ihn verwegener, draufgängerischer, als er war. Und doch, sobald er etwas kühner wurde, fühlte sie sich verängstigt, beinahe abgestoßen, als sei das Schönste, was sie bisher erlebt, gerade dadurch, daß es noch schöner würde, zu allzu frühem Ende bestimmt.

66

Als sie endlich an einem Vorfrühlingsabend in dem etwas kahlen, doch sehr ordentlich gehaltenen Zimmer der Alservorstadt, das er bewohnte, die Seine wurde, hatte sie weniger das Gefühl einer lang ersehnten Erfüllung als das Bewußtsein einer endlich eingelösten Verpflichtung; und es war das erstemal, daß sie über eine ihrer Seelenregungen mit Alfred zu sprechen nicht imstande war, was ihr beinahe leid tat. Allmählich aber begann sie sich in seiner Nähe, in seinen Armen so beglückt zu fühlen, wie es ihr noch niemals begegnet war. Alfred war doch der erste Mensch, dem sie wirklich vertrauen, der erste, den wahrhaft zu kennen und von dem gekannt zu werden sie sich einbilden durfte. Aller andern gedachte sie wie fremder Menschen, denen sie sich in einem nicht ganz zurechnungsfähigen Zustand hingegeben hatte oder denen sie zum Opfer gefallen war. Er aber gehörte ihr. Das einzige, was sie manchmal befremdete, war, daß er es nun gern vermied, sich mit ihr öffentlich zu zeigen, mit der Begründung, daß es ihm peinlich wäre und doch auch ihr peinlich sein müßte, wenn sie zusammen zufällig Karl begegneten. Ihre gelegentlichen Aufforderungen aber, sie doch wieder einmal nach Enzbach hinauszubegleiten, schienen ihn geradezu zu verstimmen, und so stand sie in der Folge von der Äußerung solcher Wünsche ab.

Einer ihrer schönsten Tage war es, als Frau Knauer ihr einmal gestattete, Robert mit sich aufs Land zu nehmen, und ihr nun die Freude ward, „ihre beiden Kinder“, wie sie sie manchmal für sich selbst und diesmal auch vor Frau Leutner nannte, miteinander auf der Wiese umhertollen zu sehen. Sie faßte den festen Entschluß, im kommenden Herbst Franzl aus Enzbach fortzunehmen und in ihrer Nähe einzuquartieren.

Rascher, als sie selbst es für möglich gehalten, wurde diese Veränderung ins Werk gesetzt. Ohne sonderliche Mühe fand sie Unterkunft für ihren Sohn in der Familie eines in Hernals wohnenden Schneidermeisters, und so hätte Therese Gelegenheit gehabt, ihr Kind viel öfter zu sehen als bisher. Doch sie machte davon weniger Gebrauch, als sie sich vorgenommen hatte. Insbesondere die Sonntagnachmittage verbrachte sie regelmäßig mit Alfred, der indes Sekundararzt im Allgemeinen Krankenhaus geworden war.

Im nächsten Frühjahr schon war sie genötigt, ihren Buben aus dem Hause des Schneidermeisters zu entfernen, weil er sich mit dessen Sohn, der etwas älter war als Franz, durchaus nicht zu vertragen schien. Es kam zu einer Auseinandersetzung zwischen Theresen und der Schneidersgattin, in der diese unklare Andeutungen über gewisse Unarten Franzls vorbrachte, Andeutungen, die Therese vorerst nicht ernst nahm und geneigt war, als Bosheiten aufzufassen. Sie fand bald ein anderes Quartier für ihn bei einer kinderlosen ältlichen Lehrerswitwe, das überdies in einem netteren Haus gelegen war, und so hatte Therese keinen Anlaß, sich über die Veränderung zu beklagen. In der Schule kam Franzl leidlich vorwärts, in der Familie Knauer war er so gern gesehen wie früher, und niemand schien hier das geringste von den Ungezogenheiten und Ungebärdigkeiten zu bemerken, über die, wie früher die Schneidersfrau, sich bald die Lehrerswitwe, wenn auch in recht milder Weise, aufzuhalten Ursache hatte.

Dies ging Therese nicht so nahe, als natürlich gewesen wäre, und sie konnte sich nicht verhehlen, daß im Mittelpunkt ihres Gefühlslebens nicht die Liebe für ihr eigenes Kind, auch nicht die Neigung für Alfred, sondern die Beziehung zu dem kleinen Robert stand, die allmählich den Charakter einer fast krankhaften Schwärmerei angenommen hatte. Sie hütete sich, von diesem Überschwang die Eltern etwas merken zu lassen, als würde dadurch die Gefahr einer Trennung heraufbeschworen. Aber wenn jene es auch an äußerer Zärtlichkeit für ihr Kind nicht fehlen ließen, Theresen entging es nicht, daß dieses im Grunde ihnen doch nicht viel mehr bedeutete als eine Art von Spielzeug, freilich ein sehr lebendiges und köstliches. Sicher war, daß sie ihr Glück in seiner ganzen Größe nicht zu schätzen wußten. Der Kleine selbst schien in seinen Gefühlen gegenüber den Eltern und denjenigen gegenüber seiner Erzieherin kaum einen Unterschied zu machen und nahm nach Art verwöhnter Kinder alle ihm dargebrachte Liebe und Vergötterung wie etwas Selbstverständliches hin.

Im Laufe des Winters erkrankte Frau Knauer an Lungen- und Rippenfellentzündung und schwebte einige Tage in Lebensgefahr. Obwohl Therese ihr alles erdenkliche Gute wünschte, vermochte sie gewisse, nicht in Worte, kaum in Gedanken zu fassende Hoffnungen nicht völlig zu unterdrücken. Zwar hatte Herr Knauer niemals auch nur durch einen Blick vermuten lassen, daß Therese als Frau im geringsten auf ihn wirke; ihr selbst war er in seiner leeren Freundlichkeit so fremd geblieben wie je und als Mann eine fast widerwärtige Erscheinung, aber sie wußte: wenn er nach dem Tode seiner Frau um ihre Hand anhielte, sie würde keinen Moment zögern, die Stiefmutter Roberts zu werden. Um diesen Preis hätte sie sich ohne weitere Überlegung auch von Alfred losgesagt, um so eher, als sie deutlich fühlte, daß dieses Verhältnis, wenn auch vorläufig nichts auf ein nahes Ende hindeutete, als Liebesbeziehung keineswegs zu Dauer bestimmt war.

Frau Knauer erholte sich langsam, war als Rekonvaleszentin höchst reizbar geworden, und es gab etliche, freilich unbeträchtliche Auseinandersetzungen zwischen ihr und Therese, an die diese im Augenblick nachher nicht mehr dachte. So geschah es einmal, daß Therese einen Einkauf für Frau Knauer hätte besorgen sollen. Sie fühlte sich an diesem Tage nicht wohl und schickte sich an, dem Stubenmädchen diesen Auftrag zu überweisen. Frau Knauer wollte nichts davon wissen, Therese erwiderte lebhafter, als es sonst ihre Art war, und Frau Knauer stellte ihr anheim, das Haus zu verlassen, wann es ihr beliebe. Therese nahm diese Äußerung nicht ernst, sie war ja hier überhaupt nicht mehr zu entbehren, und man konnte doch nicht daran denken, sie von Robert oder Robert von ihr zu entfernen. Und es war auch tatsächlich in den nächsten Tagen weder im Benehmen der Frau noch des Herrn Knauer ihr gegenüber eine Veränderung, eine Entfremdung oder gar eine Feindseligkeit zu bemerken. Schon war Therese daran, den kleinen Zwischenfall völlig zu vergessen, als eines Tages Frau Knauer wie von einer Tatsache, über die eine Diskussion gar nicht mehr möglich war, von dem bevorstehenden Scheiden Theresens aus dem Hause sprach. Sie erkundigte sich mit der größten Liebenswürdigkeit, ob Therese schon eine neue Stellung gefunden, und bemerkte, daß sie selbst während der kommenden Sommermonate auf dem Land ganz ohne Erzieherin auszukommen gedächte. Therese war überzeugt, daß eben sie für den Herbst als Erzieherin ausersehen sei, aber sie war zu stolz, sich selber anzutragen oder auch nur eine Frage zu stellen, und so vergingen die Tage wieder ungenützt. Noch immer war es ihr unmöglich zu glauben, daß sie wirklich fort sollte; eine solche

Grausamkeit, nicht nur gegen sie, sondern auch gegen den kleinen Robert, war ja nicht auszudenken; und wenn nicht früher, davon war sie überzeugt, im letzten Augenblick noch würde man sie zurückzuhalten suchen. So schob sie alle Vorbereitungen hinaus bis zum letzten Tag, an dessen Morgen sie das erlösende Wort von Frau Knauer zu hören hoffte. Doch diese stellte nur die freundliche Frage an sie, ob sie noch das Mittagessen mit ihnen einnehmen wolle. Therese fühlte Tränen in ihre Augen, ein Schluchzen in ihre Kehle steigen, vermochte nur hilflos zu nicken, und als Frau Knauer, doch in einer plötzlichen Verlegenheit, das Zimmer verlassen hatte, sank Therese vor Robert, der eben an seinem kleinen weißen Tischchen die Frühstückschokolade trank, schluchzend in die Knie, faßte seine Händchen und küßte sie hundertmal. Das Kind, zu dem man nur von einem vorübergehenden Urlaub des Fräuleins gesprochen, nahm den Schmerzensausbruch Theresens, dessen Ausmaß zu beurteilen es nicht imstande war, ohne Erstaunen hin, fühlte sich aber doch zu einer Art dankbarer Erwiderung verpflichtet und küßte sie auf die Stirn. Als Therese aufsah und die kühlen gleichgültigen Augen des verwöhnten Knaben auf sich gerichtet sah, durchschauerte es sie plötzlich, sie fuhr dem Kind wie scherzend mit den Fingern durch die Haare, erhob sich langsam, trocknete die Augen und war ihm endlich, wie gewöhnlich, beim Anziehen behilflich. Dann begleitete sie ihn in das Zimmer der Mutter, der er vor dem täglichen Spaziergang Adieu zu sagen pflegte, und stand dabei, mit einem freundlich starren Gesicht. Auf dem Spaziergang plauderte Therese mit dem Kind wie immer; sie hatte auch nicht vergessen, eine Semmel zum Füttern der Schwäne vom Hause mitzunehmen. Robert traf ein paar Gespielen, Therese unterhielt sich etwas herablassend mit einer ihr oberflächlich bekannten Bonne und fragte sich in irgendeinem Augenblick, aus welchem Grunde eigentlich sie sich immer wieder ihren Berufs-, ihren Schicksalsgenossinnen innerlich überlegen fühlte. War sie selbst etwas anderes, etwas Besseres? War sie nicht ein ebenso heimatloses Geschöpf wie all diese andern, die, ob sie nun Kindermädchen, Bonnen oder Gouvernanten hießen, in der Welt herumgestoßen wurden, von einem Haus ins andere, und die, auch wenn sie die Pflichten gegen ein ihnen anvertrautes Kind mütterlicher erfüllten, als die eigene Mutter es wollte oder vermochte, – ja, auch wenn sie ein Kind geliebt oder mehr geliebt hatten als ihr eigenes, auf jenes doch nicht das geringste Recht besaßen. Sie lehnte sich in ihrem Herzen auf, fühlte sich hart, beinahe böse werden, und plötzlich rief sie Robert, der mit anderen Kindern längs des Teiches hinlief und sich etwas bequem, wie es seiner Natur entsprach, fangen ließ, bevor er noch ermüdet war, mit ungewohnter Strenge an;

es war später geworden als sonst und höchste Zeit, nach Hause zu gehen. Er kam sofort, folgsam und innerlich unberührt, und man begab sich auf den Heimweg.

Nach dem Mittagessen bat Therese Frau Knauer um die Erlaubnis, in dieser Nacht noch hier schlafen zu dürfen. Frau Knauer erteilte sie ihr ohne weiteres, doch war ihr anzumerken, daß sie sich dabei etwas gnädig vorkam. Therese versprach, als wäre sie dazu verpflichtet, morgen früh das Haus zu verlassen, ohne Robert noch einmal zu sehen. Herr Knauer dankte Theresen für die musterhaften Dienste, die sie geleistet, er hoffe, sie manchmal wiederzusehen, sie würde, mit ihrem Buben, im Hause immer willkommen sein.

Alfred gegenüber, zu dem sie sich in den Nachmittagsstunden dieses Tages flüchtete, machte sie kein Hehl aus ihrer Verzweiflung. Sie erklärte, daß sie diese Existenz überhaupt nicht mehr zu ertragen imstande sei, daß sie irgendeinen anderen Beruf ergreifen wolle, daß sie nach Salzburg zu ihrer Mutter ziehen werde. Alfred setzte ihr geduldig auseinander, daß sie ja Zeit habe zu überlegen; diesen Sommer müsse sie jedenfalls ganz ihrer Erholung widmen; sie solle ein paar Wochen in Salzburg und eine Zeit mit Franzl verbringen, am besten in Enzbach, wo sie ja immer wieder bei Frau Leutner freundliche Aufnahme finden würde. Durch einen Schleier von Tränen blickte sie in Alfreds Antlitz und merkte, daß er mit gleichgültigen, ja gelangweilten Augen über sie hinweg oder durch sie hindurch sah, ganz in der gleichen Art, wie es Herr Knauer, wie es Frau Knauer, wie es wenige Stunden vorher ihr geliebter kleiner Robert getan. Ihr Befremden, ihre innere Qual entging ihm nicht; er lächelte befangen, bemühte sich, zärtlich zu sein, sie nahm es hin, denn sie lechzte nach Liebe. Und zugleich fühlte sie, daß heute, auch wenn sie noch Jahre, wenn sie noch das ganze Leben lang mit Alfred zusammenbliebe, daß in diesem Augenblick der Abschied, der große Abschied anfing. Wie er es schon öfters bisher ohne Erfolg getan, bot ihr Alfred für die nächsten Monate seine Unterstützung an, die sie diesmal nicht zurückweisen konnte.

67

Am nächsten Morgen verließ sie das Haus. Sie fuhr nach Salzburg und wurde von der Mutter herzlich aufgenommen. Es schien Theresen diesmal, als hätte alles Krankhafte, Zerfahrene, Unreine im Wesen der Mutter, das Therese so oft peinlich und schmerzlich berührt hatte, sich in ihre Bücher hineingezogen und sich darin verdichtet; und sie selbst sei nun eine ganz vernünftige, brave alte Frau geworden, mit der man nicht nur gut auskommen, sondern die man sogar liebgewinnen konnte. Sie sprach die Absicht aus, nach Wien zu übersiedeln: sie habe mehr und vielfältigere Anregung nötig, als in Salzburg zu finden sei; dazu kam, daß Karl sich verlobt hatte und sie davon träumte, als alternde Frau in der Nähe oder gar im Kreise heranwachsender Enkelkinder zu leben. Wieder ließ sie sich von Therese über die Familien berichten, in denen sie als Erzieherin gelebt hatte, auch von Theresens ganz persönlichen Erlebnissen – sie machte kein Hehl daraus – hätte sie gern mehr erfahren, und nach dem Eingeständnis, daß es ihr mit den Jahren immer schwerer fiele, gewisse unerläßliche Szenen der Leidenschaft mit den rechten Worten darzustellen, fragte sie Therese, ob diese nicht versuchen wolle, für einen Roman, mit dem sie, die Mutter, eben jetzt beschäftigt sei, die betreffenden Kapitel abzufassen. Jedenfalls bestand sie darauf, daß Therese das Manuskript daraufhin einer Durchsicht unterziehe. Therese las, erklärte sich außerstande, den Wunsch der Mutter zu erfüllen, was diese anfangs geneigt war, als Ungefälligkeit aufzufassen, ohne es ihr aber weiter nachzutragen.

Nach einer Woche holte Therese ihren Buben aus Wien ab, um für eine Weile mit ihm nach Enzbach zu ziehen. Sie war diesmal entschlossen, ihn sehr zu lieben, und es gelang ihr vorerst, während sie an Robert, nach dem sich ihr Herz in Sehnsucht verzehrte, nur mit Bitterkeit zu denken vermochte. Alfred holte sie ab und machte mit ihr eine kleine Reise in die steierischen Voralpen, auf der Therese sehr glücklich war. Er mußte wieder nach Wien ins Spital; sie kam allein nach Enzbach zurück. Frau Leutner vermochte Theresen nicht lange zu verschweigen, daß sie sich über Franzl diesmal in mancher Beziehung zu beklagen habe. Der Aufenthalt in Wien schien ihm doch gar nicht gut getan zu haben. Er sei ungebärdig, ja frech, in einer Villa unten mit anderen Jungen zusammen hatte er mutwillig Gartenbeete verwüstet, und das schlimmste war, daß er sogar kleine Diebereien beging. Der Bub leugnete. Ein paar Blumen hatte er in jenem Garten gepflückt, das war alles. Und daß er die paar Kreuzer eingesteckt, die Frau Leutner auf dem Tisch hatte liegen lassen, das war nur zum Spaß gewesen. Auch Therese konnte und wollte diese Kleinigkeiten nicht recht ernstnehmen. Sie versprach Frau Leutner, daß sich Franzl wieder bessern werde, und brachte ihn dazu, die gutmütige Frau um Verzeihung zu bitten. Sie selbst aber verdoppelte ihre Zärtlichkeit für ihn. Sie beschäftigte sich mit ihm den ganzen Tag, unterrichtete ihn, ging viel mit ihm spazieren, und es war ihr, als wenn schon innerhalb weniger Tage sein Wesen sich zum Besseren wandle.

Einmal kam Agnes zu Besuch in auffallendem Sonntagsputz, mit ihren achtzehn Jahren um vier oder fünf Jahre älter aussehend, und Franzl empfing sie wieder mit Entzücken. Sie küßte ihn, als wenn sie seine Mutter wäre, und doch ganz anders, und schielte dabei frech zu Theresen hin. Bei Tisch erzählte sie allerlei Schlimmes über das vornehme Haus, wo sie „zweites Stubenmädchen" war, behandelte Therese gleich zu gleich, erkundigte sich, wo sie jetzt „in Dienst" sei, und ließ es an Anspielungen nicht fehlen über mancherlei, was man sich als junge hübsche Person von den jungen und ganz besonders von den älteren Herren gefallen lassen müßte, – wovon Therese wohl auch etwas erzählen könne. Therese, entrüstet, verbat sich Bemerkungen solcher Art. Agnes wurde anzüglich; Frau Leutner machte dem beginnenden Zank ein Ende. Agnes sagte: „Komm, Franzl", und lief mit ihm davon. Therese weinte bitterlich. Frau Leutner tröstete sie; es kam Besuch aus der Nachbarschaft; der Bub und Agnes kamen wieder zurück; und ehe diese ziemlich früh am Abend wieder in die Stadt hineinfahren mußte, trat sie auf Therese zu, streckte ihr die Hand hin: „Sein S' nicht bös, es war ja nicht so gemeint" – und der Friede schien wieder hergestellt.

Indes nahte die Zeit heran, in der Therese sich nach einer Stellung umsehen mußte. Ein Versuch, an einer Erziehungsanstalt als Lehrerin einzutreten, war erfolglos geblieben, da sie die notwendigen Prüfungen nicht abgelegt hatte. Wieder einmal nahm sie sich vor, dies bei nächster Gelegenheit nachzutragen. Sie tat nun, was sie schon so oft getan: las Zeitungsannoncen, schrieb Offerte; es kam ihr alles mühseliger und aussichtsloser vor als je. Manchmal fiel ihr ein, daß sich auch Alfred ein wenig für sie bemühen könne, zum mindesten, indem er sie auf Zeitungsanzeigen aufmerksam machte, die ihm zufällig vor Augen kämen, doch um alle Dinge, die ihren Beruf angingen, schien er sich wie mit Absicht nicht zu kümmern. In Enzbach hatte er sich nicht mehr blicken lassen.

68

Therese fand eine Stellung im Hause eines Bankdirektors zu zwei kleinen Mädchen von acht und zehn Jahren. Sie hatte sich fest vorgenommen, niemals wieder etwas über ihre Pflicht hinaus zu tun, ihr Herz und ihre Seele ganz unberührt zu halten und stets eingedenk zu sein, daß sie in jedem Hause eine

Fremde war und blieb. Trotzdem verspürte sie schon nach wenigen Tagen eine lebhafte, immer wachsende Sympathie für das jüngere Mädchen, das von rührend anschmiegsamer Natur war; um so absichtsvoller verhärtete sich ihr Herz gegenüber dem älteren Mädchen. Der Bankdirektor war ein Mann in den Fünfzigern, noch immer das, was man einen schönen Mann zu nennen pflegt, nicht ohne Geckenhaftigkeit, die sich hauptsächlich in der Gewohnheit eines koketten Augenaufschlags und einer höchst gewählten Umgangsprache kundgab. Er hatte auch eine gewisse Art, im Vorübergehen wie zufällig an Theresen anzustreifen und seinen Atem in ihren Nacken zu hauchen, und Therese war vollkommen überzeugt, daß es nur von ihr abgehangen hätte, in ein näheres Verhältnis zu ihm zu treten, um so mehr, da seine Frau, nicht mehr jung, etwas schwerfällig, im Äußeren beinahe vernachlässigt und immer leidend war. Jedenfalls war sie sorgfältig auf ihre Gesundheit bedacht, und immer wieder erbitterte es Therese, daß die Frau Direktor sich bei jeder Gelegenheit nach Herzenslust schonen und ins Bett legen konnte, während man auf sie, die am Ende doch auch eine Frau war, nie und nimmer Rücksicht nahm und niemals Rücksicht genommen hatte. Sie erinnerte sich, wie sie vor Jahren in einem ihrer Häuser im Zustande eines heftigen Unwohlseins bei miserablem Wetter die Kinder aus der Schule hatte abholen müssen und beinahe schwer krank geworden wäre; und was sie damals als eine der unvermeidlichen Peinlichkeiten ihres Berufs hingenommen, das ließ sie nun in ihrem Herzen die Leute entgelten, bei denen sie jetzt in Stellung war, ohne es sie äußerlich merken zu lassen. Wenn Alfred aber, zu dem sie sich über alle diese Dinge aussprach, ihr gelegentliche Übertriebenheiten und offenbare Ungerechtigkeiten nachwies und sie zu einiger Milde und Nachsicht zu überreden suchte, dann warf sie ihm vor, daß er als Sohn aus gutem bürgerlichen Hause, der niemals Sorgen gekannt, sich natürlich auch mit jüdischen Bankdirektoren solidarisch fühle, schalt ihn egoistisch und herzlos und ging endlich so weit, ihm ins Gesicht zu sagen, daß er, nur er allein an ihrem ganzen Elend schuld sei, weil er sie in Salzburg als junges, unschuldiges Mädchen schon allein gelassen. Auf solche Bemerkungen hatte Alfred nur ein mildes Achselzucken, das sie völlig rasend machte, und so kam es immer wieder bei ihren seltenen Zusammenkünften zu Auseinandersetzungen, Verstimmungen und Streit.

Ihren Sohn hatte sie zwischen Stadt und Land in dem Vorort Liebhartstal, der für sie leicht erreichbar war, günstig untergebracht, zufällig wieder im Hause eines Schneidermeisters; und da Therese längst nicht mehr daran dachte, Franzl eine Mittelschule besuchen zu lassen, so nahm sie das als ein Schicksalszeichen und ließ Franz, noch während er eine nahegelegene Volksschule besuchte, seine Lehrlingszeit beginnen. Es schien ihr, als entwickle er sich nun wieder besser als im vergangenen Jahr: der Meister, ein gutmütiger, nur dem Trunk etwas zugeneigter Mensch, wie auch die Meisterin hatten nichts an ihm auszusetzen, mit dem Sohn, der um etliche Jahre älter war als Franzl, vertrug er sich ganz gut, und so glaubte Therese wieder einmal sich hinsichtlich seiner Zukunft beruhigen zu dürfen.

Alfred überraschte sie eines Tages mit der Mitteilung, daß er demnächst eine kleine Universitätsstadt in Deutschland beziehen werde, um sich bei einem berühmten Psychiater in seinem Spezialfach weiter auszubilden. So sehr er selbst überzeugt schien, daß das keine dauernde Trennung bedeuten sollte, Therese zweifelte nicht, daß nun das Ende da war. Aber sie ließ sich nichts anmerken und war in diesen letzten Wochen, die ihnen noch übrig blieben, von einer Gefaßtheit und zugleich von einer Zärtlichkeit, die Alfred lange nicht mehr an ihr gekannt hatte.

In den ersten Briefen aus seinem neuen Aufenthaltsort gab er sich freier und heiterer, als es zuletzt im persönlichen Beisammensein mit ihr der Fall gewesen war. Doch dem freundschaftlichen Ton dieser Briefe fehlte fast jeder Beiklang von Liebe oder gar Leidenschaft; und Therese, halb absichtlich, halb unbewußt, verstand es bald, sich diesem Tone anzupassen. Im Sommer bezog sie mit den Kindern und der Frau des Bankdirektors eine behagliche Villa in der Umgebung Wiens; fing eben an, sich zu erholen, ja dank dem freundlich-herzlichen Entgegenkommen der Frau Direktor und dem heiteren Wesen der Kinder wohl zu fühlen, als ein Brief von der Frau des Schneidermeisters eintraf mit der kurzen Mitteilung, daß man Franz aus Familiengründen leider nicht länger im Hause behalten könne.

Werd' ich nie Ruhe haben? dachte Therese, erbat sofort Urlaub, fuhr nach Wien und erfuhr im Liebhartstal ohne eigentliche Überraschung, daß Franzl „recht verdorben“ sei, den Sohn des Hauses „zu allerlei Schlechtigkeiten“ anhalte, sowie auch, daß der Schullehrer sie dringend zu sprechen wünsche. Therese begab sich sofort zu ihm und erhielt unter leichtverständlichen Andeutungen von dem freundlichen und klugen Mann den Rat, den Buben möglichst rasch aus der Schule zu nehmen und ihn wieder aufs Land unter gesündere Verhältnisse zu bringen. Trotz ihres Vorsatzes, sich nichts mehr, was den Buben betraf, zu Herzen gehen zu lassen – diese Eröffnungen trafen sie schwerer, als sie erwartet, und sie vermochte dem bitteren Gefühl der Reue nicht länger zu wehren, daß ihr einmal im gegebenen Moment der Mut gemangelt, eine gefällige Frau aufzusuchen, die sie vor all der Plage und all der Schande behütet hätte, unter deren Zeichen seither ihr Leben stand. Und gegen jenen eigentlich längst vergessenen, lächerlichen und nichtigen Kasimir Tobisch stieg ein so dumpfer Groll in ihr auf, daß sie sich fähig meinte, ihm etwas Böses anzutun, wenn er ihr jemals wieder begegnete.

Es kam ihr der Einfall, ihren ungeratenen Sohn von einem kinderlosen Ehepaar adoptieren zu lassen, was Alfred einmal flüchtig im Gespräch berührt und sie entrüstet zurückgewiesen hatte, und sich dann nicht mehr um ihn zu kümmern. Doch kaum hatte sie begonnen, diesen Plan weiterzudenken, als ihre Stimmung wieder umschlug. Alle mütterlichen Gefühle für den armen Buben, der ja an seiner Natur und an seinem Los völlig unschuldig war, der sich unter anderen Umständen ganz anders, vielleicht zu einem braven, tüchtigen Menschen entwickelt hätte, brachen mit ungeheurer Macht wieder hervor, und sie fühlte ihre eigene Schuld tiefer denn je. War sie denn innerlich jemals treu zu ihm gestanden? war sie nicht immer wieder von ihm abgefallen und manchmal sogar zugunsten von andern Kindern, die sie gar nichts angingen und die sie vielleicht nur deshalb liebte, weil sie aus besseren Häusern, weil sie wohlgepflegt, weil sie glücklicher waren als ihr eigenes Kind?

Und an einem heißen Sommertag, während der Staub der Stadt durch den ärmlichen Vorort gegen die Hügel zu fegte, saß Therese mit ihrem Buben auf einer Bank am Rande der Straße, die bergaufwärts führte, redete ihm ins Gewissen, glaubte in seinen Augen etwas wie Einsicht, ja wie Reue zu lesen, fühlte neue Hoffnung in sich aufsteigen, als er sich näher an sie herandrängte, glaubte zu spüren, daß in seinem Herzen jene Starrheit, die sie so oft verzweifeln machte, sich zu lösen anfing, und richtete, wie in einer plötzlichen Erleuchtung, die Frage an ihn, ob er von nun an mit ihr, mit seiner Mutter, zusammen wohnen wolle. Und Tränen kamen ihr ins Auge, als er sich über diese Aussicht geradezu beglückt zeigte, ihr erklärte, daß er überhaupt nur sie liebhabe, daß er alle anderen Menschen nicht leiden könne. Oh, er würde auch gern mehr lernen und in der Schule brav sein, aber die Lehrer seien ihm aufsässig, und er wolle ihnen keine Freude machen. Daß er aber der Frau Meisterin ein Tüchel gestohlen habe, das sei eine Lüge, und auch die Frau Leutner in Enzbach sei eine falsche Person. Wie sie nur über die Mutter gesprochen habe zu ihrem Mann und zur Agnes und zu anderen Leuten, da könnte er manches erzählen! Und nun gar die

Schneidermeisterin – eine Kanaille sei das. Therese erschrak, sie verwies ihm seine Worte. Aber Franz redete hemmungslos weiter über die Meisterin, über ihren Mann, über einen Fuhrwerksbesitzer, der öfters ins Haus käme, gebrauchte Ausdrücke, die Therese noch niemals gehört hatte, und sie konnte nichts anderes tun, als ihn immer wieder zurechtweisen und endlich, da gar nichts half, das Gespräch abbrechen und auf andere Dinge bringen.

In einer unendlichen Traurigkeit ging sie den Weg mit ihm über die staubige Straße wieder hinab. Noch hielt sie seine Hand in der ihren, aber unmerklich glitten die Finger auseinander, und sie war allein. Sie führte Franz für diesmal noch in das Haus seiner Kostgeber zurück, begab sich, fürs erste ohne Erfolg, auf die Suche nach einem neuen Quartier, nach neuen Pflegeeltern für ihren Sohn, übernachtete in einem kleinen Vorstadtgasthof und schrieb an Alfred einen ausführlichen Brief, in dem sie sich wieder einmal zu ihm wie zu einem Freunde aussprach. Und am nächsten Morgen in einer beruhigteren Stimmung glückte es ihr, für Franz bei einem kinderlosen Ehepaar ein reinliches Kabinett zu finden, so daß sie immerhin im Gefühl einer erledigten Pflicht aufs Land zurückreisen konnte. Diese letzten Wochen in der Villa hatte sie Gelegenheit, sich zu erholen, ja aufzuatmen. Die Mädchen gaben ihr wenig zu tun, man lebte zurückgezogen; der Herr des Hauses war auf einer größeren Reise abwesend, kaum jemals erschien ein Gast, – so verbrachte auch Therese beinahe den ganzen Tag lesend und viel schlummernd, von der Frau Direktor und von den Kindern wenig gestört, in dem großen schattigen Garten, dessen Mauer das ganze Haus und seine Inwohner gegen die Umwelt abschloß.

69

Im Herbst übersiedelte Frau Fabiani nach Wien, vorerst in eine Fremdenpension. Ihr Sohn hatte indes eine Hausbesitzerstochter aus einer österreichischen Provinzstadt geheiratet, wo er kurze Zeit hindurch Hilfsarzt gewesen war, und sich in Wien als praktischer Arzt etabliert. Doch blieb die Politik nach wie vor der Hauptgegenstand seines Interesses. Materieller Sorgen war er nun so ziemlich enthoben, was ihn auch liebenswürdiger und umgänglicher zu machen schien, wie Therese anläßlich einer Begegnung, die zufällig bei ihrer Mutter stattfand, zu bemerken Gelegenheit hatte. Seine junge Frau, die zugleich anwesend war, gutmütig, hübsch, beschränkt, von ziemlich kleinstädtischem Gehaben, kam Therese mit naiver Herzlichkeit entgegen, lud sie sofort ins Haus, und so fügte es sich, daß Therese, worauf sie noch vor wenigen Wochen keineswegs gefaßt sein konnte, an einem Familienessen bei Doktor Faber, wie ihr Bruder nun wirklich mit behördlicher Bewilligung hieß, teilzunehmen das Vergnügen hatte. Von einer verwandtschaftlichen Atmosphäre fühlte sie wenig, einmal mehr in ihrem Leben war sie bei Fremden zu Gaste, und trotzdem das Zusammensein harmlos und unbefangen verlief, behielt sie von diesem Familienmahl einen unangenehmen Nachgeschmack zurück.

Ihren Sohn sah sie nicht viel häufiger als früher. Die Leute, bei denen er in Pflege war, ein pensionierter Beamter namens Mauerhold und seine Frau, hatten ihn nicht aus Erwerbsgründen bei sich aufgenommen, sondern weil sie ihr einziges Kind vor einigen Jahren verloren hatten und bei nahendem Alter das Bedürfnis fühlten, wieder ein junges Geschöpf in ihrer Umgebung zu wissen. Es hatte den Anschein, als übte die Gutmütigkeit und Nachsicht der beiden Leute auf Franzls Wesen einen höchst günstigen Einfluß; weder von ihnen, noch von seinem Lehrer bekam Therese Abfälliges über ihn zu hören, und so verlief dieser Winter ohne sonderliche Aufregungen für sie. Daß Alfreds Briefe immer seltener und immer kühler wurden, berührte Therese kaum; in der gewissenhaften Erfüllung ihrer Pflichten als Erzieherin und als Stütze der Hausfrau, wozu sie sich in der letzten Zeit bei dem meistens leidenden Zustand der Frau Direktor immer mehr herangebildet hatte, fand sie fast völlige Befriedigung.

Manchmal, ganz flüchtig, kam ihr der Gedanke, ob nicht einer der Herren, die im Hause verkehrten, der Hausarzt zum Beispiel, ein älterer Junggeselle, oder der verwitwete Bruder des Direktors, die ihr beide ein wenig den Hof machten, sich ernstlicher in sie verlieben oder sie gar heiraten könnte, wenn sie es nur geschickt genug anstellte. Doch da Geschicklichkeit und Schlauheit ihre Sache niemals waren, zerflossen solche immer nur vagen Aussichten bald wieder in nichts, ohne daß sie sich weiter darüber gekränkt hätte. Einmal entschloß sie sich eine Zeitungsannonce zu beantworten, in der ein wohlhabender kinderloser Witwer, Mitte der Vierzig, eine Wirtschafterin zu suchen vorgab. Die unflätige Antwort, die sie erhielt, bewahrte sie vor einer Wiederholung solcher Versuche.

70

Im Stadtpark, wo sie bei beginnendem Frühjahr mit den beiden Mädchen öfters spazieren zu gehen pflegte, traf sie nach Jahren wieder mit Sylvie zusammen, die dort mit ihrem Zögling, einem achtjährigen Knaben, sich auf einer Bank sonnte. Sie zeigte sich höchst erfreut, Therese wiederzusehen, erzählte, daß sie zuletzt auf einem ungarischen Gut, vorher noch weiter, in Rumänien, in Stellung gewesen sei, und schien sich im übrigen innerlich nicht im geringsten verändert zu haben. Immer wohlgelaunt, empfand sie ihr Los keineswegs als ein beklagenswertes oder gar, wie es bei Theresen doch noch zuweilen der Fall war, als ein ihrer nicht ganz würdiges, sah zwar etwas faniert, im ganzen aber beinahe reizvoller aus als zu der Zeit, da Therese sie kennengelernt hatte.

Beim nächsten Zusammentreffen schon, ganz unvermittelt, lud sie Therese für den nächsten freien Sonntag zu einem Ausflug ein. Sie sei mit einem guten Freund verabredet, Einjährig-Freiwilligem bei den Dragonern, der auch seinerseits, wenn Therese mit von der Partie sein wolle, einen Kameraden mitbringen werde. Therese maß sie mit einem erstaunten, fast beleidigten Blick, der Sylvie nur lächeln machte. Es war ein schöner Frühlingstag; die beiden saßen nahe dem Teich, die Kinder, die ihrer Obhut anvertraut waren, fütterten die Schwäne, und Sylvie plauderte unbeirrt weiter. Sie hatte ihren Freund in diesem Winter auf einem Maskenball kennengelernt – ja, auf Maskenbälle ging sie auch, warum denn nicht –, er war hübsch, blond, eher klein, der lustigste Junge, den man sich denken konnte; er werde wahrscheinlich beim Militär bleiben, weil ihm das Studieren nicht viel Spaß mache; und als Sylvie ihm neulich von der wiedergetroffenen Freundin erzählt habe, sei er gleich auf den Einfall dieser kleinen Partie zu viert gekommen. Man würde auf einem Donauarm spazierenfahren, Schinakel, sie sprach es halb französisch Chinaquele aus, dann irgendwo zu Abend essen, auf dem Konstantinhügel oder im dritten Kaffeehaus, man müsse ja kein Programm machen, es finde sich schon alles von selbst. Therese lehnte ab, Sylvie ließ nicht nach, und endlich verblieb man dabei, die Sache vom Wetter abhängig zu machen.

Als Therese am Morgen des nächsten Sonntags erwachte und den Himmel mit dunklen Wolken verhängt sah, empfand sie das wie eine Enttäuschung; doch mittags heiterte es sich auf, Sylvie holte Therese am frühen Nachmittag ab, und man fuhr zum Praterstern, wo die beiden Herren am Tegetthoffmonument

Zigaretten rauchend warteten. Sie begrüßten die Damen mit vollendeter Höflichkeit, sahen in ihren Uniformen recht elegant aus – vollendete Kavaliere, dachte Therese – und auf den ersten Blick gefiel ihr der blonde kleine Mensch, der Sylvies Geliebter war, viel besser als der andere. Der war ein hagerer, in seiner Figur an Kasimir Tobisch erinnernder Mensch mit einem schmalen, fahlen, etwas gelblichen Gesicht, schwarzem Schnurrbart und einem Spitzbärtchen, wie es bei österreichischen Freiwilligen und Offizieren sonst kaum üblich war, und hatte auffallend schlanke, allzu magere Hände, von denen Therese in einer sonderbaren, ihr unbegreiflichen Weise wie gebannt war. Man dankte ihr, daß sie gekommen war; Sylvie führte das Gespräch sofort in ihrer flinken und lustigen Weise, sie redeten alle französisch, der Blonde sehr geläufig, der andere etwas mühseliger, aber mit einem viel besseren, wenn auch etwas affektierten Akzent. Man ging durch die Hauptallee, aber da gab es so viele Menschen – und sie dufteten nicht besonders gut, wie der Hagere bemerkte –, und so nahm man bald einen Seitenweg, der unter hohen frühlingsgrünen Bäumen in ein stilleres Revier führte. Der Blonde erzählte von seinem vorjährigen Aufenthalt in Ungarn, wohin man ihn zur Jagd geladen; Sylvie nannte die Namen einiger Aristokraten, die sie in ihrer letzten Stellung kennengelernt hatte, ihr Freund erlaubte sich freche Anspielungen, die sie lachend hinnahm und mit ähnlichen erwiderte. Der andere, mit Theresen ein wenig zurückbleibend, schlug einen ernsteren Ton an, seine Stimme war leise, klang manchmal wie absichtlich verschleiert; er hatte das Monokel aus dem Auge fallen lassen und sah mit einem blasierten Blick unter etwas geröteten Lidern vor sich hin. Er konnte nicht recht glauben, daß Therese eine Wienerin sei, eher dächte man an eine Italienerin, ja eine von den kastanienbraunen Norditalienerinnen aus der Lombardei. Sie nickte nicht ohne Stolz; ihr Vater stammte ja wirklich aus italienischer Familie und ihre Mutter aus kroatischem Adel. Richard wunderte sich, daß sie Erzieherin sei. Es gab doch so viel andere Berufe, die sicher viel besser für sie getaugt hätten; mit ihrer Erscheinung, ihren strahlenden Augen, ihrem dunklen Organ hätte sie auf der Bühne gewiß ihren Weg gemacht. Und jedenfalls blieb es völlig unbegreiflich für ihn, wie man sich freiwillig, jawohl freiwillig, denn sie hatte es gewiß nicht nötig, in eine solche Sklaverei begeben könne. Sie mußte an Kasimir Tobisch denken, der vor Jahren ganz das gleiche Wort gebraucht, und blickte ins Weite. Und Richard, immer lebhafter: Alle heilige Zeiten einmal ein paar Stunden zur freien Verfügung haben – unverständlich, wie man eine solche Existenz überhaupt zu ertragen im Stande sei. Therese spürte den Nebensinn dieser Worte, wenn auch das Antlitz ihres Begleiters unbeweglich blieb.

Auf dem Konstantinhügel trank man Kaffee und aß Kuchen. Die beiden Herren äußerten sich spöttisch über die etwas „mindere“ Gesellschaft an den anderen Tischen. Therese fand die Leute gar nicht so übel, und es schien ihr, als vergäßen die beiden Kavaliere allzusehr, daß sie da mit zwei armen Geschöpfen zusammensaßen, die man wohl auch eher zur minderen Gesellschaft rechnen mußte. Am Ufer des kleinen Teiches unterhalb des Konstantinhügels mietete man ein „Schinakel“. Therese fühlte wohl, daß es den beiden jungen Herren wie ein Spaß, ja wie eine Art von Herablassung vorkam, als sie sich unter das Volk mischten und ihren Kahn zwischen anderen, in denen „mindere Leute“ saßen, vorwärts und allmählich in den schmalen Flußarm ruderten, der sich zwischen grünen Ufern gegen die Donauauen hin schlängelte. Sylvie rauchte eine Zigarette, auch Therese versuchte es nach langer Zeit wieder, seit den Salzburger Abenden in der Offiziers- und Schauspielergesellschaft hatte sie es nicht getan; es schmeckte ihr so wenig wie damals, und ihr Begleiter, der es merkte, nahm ihr die Zigarette aus den Fingern und rauchte sie selbst weiter. Er legte die Ruder hin und überließ dem Blonden alle Arbeit. Dem würde es sehr gesund sein, bemerkte er, bei seiner Anlage zum Dickwerden. An den Ufern, unter hohen uralten Bäumen, lagerten Paare und Gruppen. Später wurde es stiller und einsamer. Endlich stiegen sie aus und machten den Kahn an einem der hiefür bestimmten Pflöcke fest. Dann spazierten sie weiter auf immer schmaleren Wegen durch immer dichteres Grün den Auen zu. Sie gingen paarweise, eingehängt; einmal noch hatten sie eine breite Straße zu überqueren, dann schlugen sie einen Pfad ein, der sie unerwartet rasch, fast zauberhaft, in eine umwaldete Entrücktheit brachte. Sylvie ging mit ihrem blonden Freund in enger Umschlingung voraus, der andere blieb plötzlich stehen, umfaßte Therese und küßte sie lange auf den Mund. Sie wehrte sich nicht im geringsten. Er redete gleich wieder, ernst, als hätte, was eben geschehen, eigentlich nichts zu bedeuten, und dann, auf eine beiläufige Frage Theresens, begann er von sich zu erzählen. Er studierte Jus und wollte Advokat werden. Sie wunderte sich, sie hatte sich vorgestellt, daß er Berufsoffizier werden wolle wie der andere. Er schüttelte beinahe verächtlich den Kopf. Er dachte nicht daran, beim Militär zu bleiben; und selbst, wenn er wollte, dazu brauche man Geld, und er sei im Grunde ein armer Teufel. Sie müsse das nicht gerade wörtlich nehmen, aber gegen seinen blonden Kameraden sei er wirklich ein Schnorrer. Weit vor ihnen hörten sie ihn lachen. „Immer fidel,“ sagte Richard – „und dabei hat er die fixe Idee, daß er ein Melancholiker ist.“ Ein junges Paar begegnete ihnen. Das Mädchen, eine wohlgekleidete, hübsche Blondine, betrachtete Richard mit einem solchen Ausdruck des Wohlgefallens, daß Therese sich unwillkürlich geschmeichelt fühlte. Von dem nahen, nicht sichtbaren Fluß wehte feuchter Duft heran. Der Weg wurde immer schmäler, es war kaum ein Weg mehr; sie mußten manchmal die Äste zurückschlagen, um vorwärts zu kommen. Sylvie rief einmal zurück zu Theresen hin in ihrem hellen Französisch: „A la fin je voudrais savoir, où ces deux scélérats nous mènent." Therese hatte jede Orientierung verloren. Der Fluß schimmerte durch Schilf und Weiden, um sich gleich wieder in einer Biegung zu verlieren. Irgendwoher tönte der langgezogene Pfiff einer Lokomotive; nah und doch unsichtbar ratterte ein Bahnzug über eine Brücke. Theresen war es, als hätte sie das alles schon einmal erlebt, aber sie wußte nicht wann und wo. Sylvie und ihr Begleiter waren gänzlich verschwunden, man hörte Lachen, verklingende Worte gespielter Abwehr, Kichern, leises Schreien. Therese fühlte ihr eigenes, wie erschrockenes Gesicht. Richard lächelte, sah sie an, warf seine Zigarette zu Boden, trat das Feuer aus, nahm Therese in die Arme und küßte sie. Dann hielt er sie fest an sich gedrückt, ging tiefer mit ihr ins Schilf und zog sie mit sich nieder. Wieder hörte sie das Lachen Sylvies, zu ihrer Verwunderung ganz nah. Mit fast entsetzten Augen blickte sie zu Richard auf und schüttelte lebhaft den Kopf. Sein Antlitz erschien ihr dunkel und fremd. „Man sieht uns nicht", sagte er, und wieder hörte sie die Stimme von Sylvie. Es war eine Frage, eine Frage an Therese, frech und schamlos. Wie darf sie sich das erlauben, dachte Therese. Und plötzlich, in den Armen Richards, hörte sie sich antworten, hörte ihre eigene Stimme, hörte Worte aus ihrem eigenen Mund, beinahe gerade so frech und ausgelassen, wie Sylvies Worte gewesen waren. Was ist mit mir? dachte sie. Richard streichelte ihr die feucht gewordenen Haare aus der Stirn und flüsterte leidenschaftlich-zärtliche Worte in ihr Ohr. Ein Wagen rollte fern, ganz fern. Der Fluß, den sie nicht sehen konnte, spiegelte sich seltsam im dunkelblauen Himmel über ihr.

Als sie später durch Dickicht wieder auf einen schmalen Weg gelangten, schmiegte sie sich hingebungsvoll an den Mann, den sie vor drei Stunden noch nicht gekannt hatte und der jetzt ihr Geliebter war. Er sprach von gleichgültigen Dingen: „Die Rennen müssen gerade aus sein", sagte er. „Die ersten heuer, die ich versäumt habe." Und als sie wie gekränkt zu ihm aufsah: „Tut's dir leid?" – strich er ihr übers Haar und küßte sie, mitleidig gleichsam, auf die Stirn: „Dummes Mädel." Sie traten aus den Auen ins Freie, und bald sahen sie, der breiten Fahrbahn sich nähernd, in dünnen Staub gehüllt, die Wagen und Equipagen vorbeisausen. Sie kamen zu dem Uferplatz, wo der Kahn ihrer wartete, und fuhren die Strecke zurück, die sie gekommen waren. Therese fürchtete sich zuerst, in Sylvies Blicken eine frivole oder unzarte Anspielung entdecken zu müssen, doch zu ihrer angenehmen Verwunderung schien Sylvie vielmehr ernster und gelassener als sonst. Ihr Freund begann von einer gemeinsamen Reise zu faseln, die man zu viert im Sommer unternehmen könnte. Doch sie wußten alle, daß das nur Geschwätz war, und Richard stand nicht an, das Reisen ganz im allgemeinen zu mißbilligen. Die mit jeder Ortsveränderung nun einmal verbundenen kleinen Unannehmlichkeiten empfand er als unleidlich; fremde Gesichter waren ihm in der Seele zuwider, und als ihm darauf der andere entgegnete, daß er doch auch für seine Bekannten und Freunde niemals besondere Sympathie zu erkennen gebe, ließ er das ohne weiteres gelten. Sylvie, vor sich hinsehend, bemerkte, daß es doch immerhin Momente gäbe, die des Lebens wert seien. Richard zuckte die Achseln. Das ändere im wesentlichen nichts. Im Grunde sei doch alles traurig, das Schöne erst recht; und darum sei die Liebe das allertraurigste auf der Welt. Therese empfand tief die Wahrheit seiner Worte. Sie erschauerte leise; sie fühlte eine Träne in ihrem Auge, Richard berührte ihre Stirn mit seinen schmalen kühlen Händen. Die schmetternden Klänge einer Militärkapelle drangen zu ihnen, während der Kahn weiterglitt. Es dämmerte. Sie stiegen aus, bald war wieder das Getriebe der Menschen um sie, immer noch rollte ein geschlossener Zug von Wagen durch die breite Fahrbahn; Musik von einem halben Dutzend Orchestern wirbelte durcheinander. Alle Gasthausgärten waren übervoll. Die beiden Paare schlugen sich in stillere Gegenden, sie kamen an dem gleichen bescheidenen Wirtshaus vorbei, in dem Therese vor vielen, vielen Jahren als Prinzessin oder Hofdame mit irgendeinem Gespenst oder Narren gesessen war. Sie erkannte sofort den Kellner von damals, der von einem Tisch zum andern hastete, und wunderte sich, daß der sich in so vielen Jahren nicht im geringsten verändert hatte, beinahe, als wäre er der einzige von allen lebenden Menschen, der nicht gealtert war. Ist das alles nur ein Traum? dachte sie flüchtig, warf einen raschen Blick auf ihren Begleiter, als wollte sie sich vergewissern, daß es nicht Kasimir Tobisch sei, der an ihrer Seite ging. Und noch einmal sah sie sich nach dem Kellner um, der schwitzend, die flatternde Serviette unterm Arm, von Tisch zu Tische lief. Wie viele Sonntage seit jenem, dachte Therese! wie viele Paare haben sich seither gefunden, wieviel sogenannte selige Stunden, wie viel wirkliches Elend, wie viel Kinder seitdem, wohlgeratene und andere; und wieder einmal kam ihr die ganze Unsinnigkeit ihres Schicksals, die Unverständlichkeit des Lebens überhaupt niederdrückend zu Bewußtsein. Und der junge Mensch neben ihr, wie seltsam, war der nicht eigentlich der erste, der, was eben jetzt in ihr vorging, ohne weiteres verstanden hätte, ja vielleicht wußte, ohne daß sie selbst es aussprach? Und sie fühlte sich ihm, dem sie sich in den ersten Stunden ihrer Bekanntschaft hingegeben und der sie, wie sie wußte, darum doch nicht verachtete, näher, verwandter, als sie sich jemals Alfred oder irgendeinem anderen gefühlt hatte.

In einem der stilleren Gasthausgärten aßen sie zu Abend. Therese trank mehr, als sie gewohnt war, und wurde bald so müde, daß sie kaum mehr die Augen offenhalten konnte und das Geplauder der andern nur wie von ferne an ihr Ohr klingen hörte. Sie wünschte sehr auf dem Heimweg ihrem Freund sagen oder wenigstens andeuten zu können, was ihr früher durch den Sinn gegangen war. Aber es kam keine Gelegenheit mehr dazu. Der Aufbruch geschah plötzlich; morgen früh vier Uhr war Ausrückung zu den großen Manövern, am nächsten Wagenstandplatz ließ man die beiden Damen in einem offenen Einspänner Platz nehmen, den Richard gleich bezahlte, flüchtig wurde noch eine Zusammenkunft für den übernächsten Sonntag verabredet. Richard küßte Theresen kavaliermäßig die Hand, sagte „auf Wiedersehen hoffentlich“, sie sah ihn mit weiten, wie erschrockenen Augen an; die seinen waren kühl und fern.

Auf der Heimfahrt durch die abendlichen Straßen ließ sie Sylvie reden, die nun plötzlich von unerwünschten Geständnissen übersprudelte. Therese hörte ihr kaum zu, ein bitterer Nachgeschmack war ihr zurückgeblieben, und sie dachte ihres Geliebten von heute abend mit einer sonderbaren Rührung, als hätte er für immer von ihr Abschied genommen, ja als wäre er schon weit, weit fort.

71

Wenige Tage später wurde sie von Herrn Mauerhold brieflich um ihren „ehebaldigsten“ Besuch gebeten. Sie hatte Franzl schon drei Wochen lang nicht gesehen und geriet sofort in eine unverhältnismäßig heftige Aufregung. Herr Mauerhold empfing sie freundlich, aber in sichtlicher Verlegenheit. Seine Frau schwieg befangen. Endlich erklärte er, daß er aus Familienrücksichten mit seiner Frau Wien verlassen, in ein kleines niederösterreichisches Städtchen übersiedeln und daher Therese bitten müsse, den Buben anderswohin in Pflege zu geben. Therese atmete erleichtert auf; sie äußerte, daß es vielleicht ganz gut wäre, wenn Franzl aus der Großstadt wieder fort und in eine kleine Ortschaft käme, und sie erklärte sich gerne bereit, ihn auch nach der Übersiedlung bei seinen jetzigen Pflegeeltern zu belassen, wo er sich ja so wohl zu fühlen scheine. An der wachsenden Verlegenheit der beiden merkte sie, daß man ihr offenbar irgend etwas verschwieg, und als sie immer dringender Aufklärung verlangte, erfuhr sie endlich, daß Franzl sich neulich einen kleinen Hausdiebstahl hatte zuschulden kommen lassen. Und nun, da dies ausgesprochen war, hielt die Frau, die bisher stumm dagesessen war, nicht mehr länger an sich. Diese kleinen Diebereien waren nicht das Schlimmste. Der Bub hatte noch allerlei Unarten und Angewohnheiten, von denen sie lieber gar nicht reden wolle. Auch aus der Schule seien Klagen gekommen. Die ungeratenste Jugend in der Nachbarschaft sei sein Verkehr, bis in die Nacht hinein treibe er sich auf der Straße herum, und es sei gar nicht abzusehen, wohin das bei dem elfjährigen Buben mit der Zeit noch führen solle. Therese saß mit gebeugtem Haupt wie eine Schuldbeladene. Nun ja, sie sah ein, daß sie unter diesen Umständen ihren Vorschlag nicht aufrecht halten könne, sie wollte nur warten, bis der Bub aus der Schule käme, und ihn lieber gleich mitnehmen. Herr Mauerhold, mit einem Blick auf seine Frau, meinte vorsichtig, es sei ja nicht gar so eilig, auf ein paar Tage käme es nicht an, man wolle den Buben gern noch im Hause behalten, bis Therese ein neues Heim für ihn ausfindig gemacht habe. Therese merkte mit Verwunderung, daß dem gutmütigen Mann Tränen in den Augen standen. Er war es nun, der sich anschickte, sie zu trösten: manche Knaben hätten in diesem bedenklichen Alter nicht viel getaugt, aus denen dann noch ganz anständige Menschen geworden wären. Die Stunde, in der Franz aus der Schule nach Hause kommen sollte, war längst vorüber; Therese aber, die sich nur ein paar Stunden Urlaub erbeten hatte, konnte nicht länger bleiben; sie dankte Herrn Mauerhold, versprach, sich sofort nach einem neuen Quartier für Franzl umzusehen, und ging. Auf dem Heimweg wurde sie ruhiger und nahm sich vor, die Angelegenheit mit irgend jemandem zu besprechen. Aber mit wem? Sollte sie ihre Mutter ins Vertrauen ziehen? An Alfred schreiben? Was konnten die raten oder gar helfen? Sie mußte schon alles mit sich selber ausmachen und allein in Ordnung bringen.

Zufällig traf sie am nächsten Tag im Stadtpark wieder mit Sylvie zusammen. Sie wäre wohl die letzte gewesen, die Therese unter anderen Umständen ins Vertrauen ziehen und um Rat hätte fragen wollen. Aber in ihrer Unruhe, ihrer Ungeduld, ihrem Drang, eine mitfühlende Seele zu finden, sprach sie sich zu Sylvie aus und erzählte ihr alles, mehr als sie je irgend jemand anderem erzählt hatte; und als wollte sich dieses Vertrauen belohnen, gerade in Sylvie fand sie eine Ratgeberin, eine Freundin so herzlich, klug und ernst, wie Therese es nie und nimmer erwartet hätte. Sie redete Theresen zu, ihre jetzige Stellung aufzugeben, überhaupt keine von dieser Art vorläufig anzunehmen, mit ihrem Sohn zusammen eine kleine möblierte Wohnung zu nehmen und nur mehr Privatlektionen zu erteilen. Sie selbst, Sylvie, machte sich anheischig, ihr in kürzester Zeit einige solche Stunden zu verschaffen, und stellte ihr auch für die nächste Zeit einiges Geld zur Verfügung; „sie habe immerhin kleine Ersparnisse", fügte sie mit einem verschmitzten Lächeln hinzu, das Therese nicht bemerken wollte. Sylvies Anerbieten aber nahm sie dankbar an.

Und mit neuer Hoffnung und plötzlich wiedergefundener Energie wurde die Ausführung des erfolgversprechenden Entschlusses ins Werk gesetzt. Ihre Kündigung wurde in der Familie des Bankdirektors mit einiger Überraschung aufgenommen, die beiden Mädchen ließen das Fräulein nur ungern ziehen, das ältere weinte herzbrechend, und Therese war gerührt von der Liebe, die sie in einem jungen Mädchenherzen erweckt hatte, ohne es auch nur zu ahnen.

72

An einem schwülen Hochsommertag bezog Therese mit Franzl zwei möblierte Zimmer mit Küche in einer bequem gelegenen stillen Vorstadtstraße, in einem ziemlich neuen, bescheidenen, aber reinlich gehaltenen Hause. Vorher schon durch Bemühungen aller Art: Anfragen bei Familien, wo sie früher in Stellung gewesen, Antworten auf Zeitungsannoncen, zum Teil unter tätiger Mithilfe von Sylvie, hatte sie sich ein paar Lektionen gesichert, mit deren Ertrag sie zur Not ihr Auskommen zu finden hoffte. Auch eine kleine Summe, die die Frau des Bankdirektors ihr beim Abschied geschenkt hatte, kam ihr zustatten. Unendlich viel bedeutete es für sie, daß sie nun, eigentlich zum erstenmal in ihrem Leben, in einer Art von eigenem Heim wohnen durfte. Sie glaubte zu fühlen, daß ihrem Sohn bisher vielleicht gar nichts anderes zu einer gedeihlicheren Entwicklung gefehlt hatte als das Zusammenleben mit seiner Mutter. Die Schule, die er jetzt besuchte, war von der früheren weit genug entfernt, um den Verkehr mit den bisherigen Kameraden so gut wie unmöglich zu machen. Wie sie es nun schon öfters erfahren, in den ersten Wochen ließ er sich in der neuen Umgebung gar nicht übel an. Ja, ihr war, als lerne sie ihn erst jetzt wirklich kennen. Eine gewisse Kindlichkeit seines Wesens, die allzu früh verlorengegangen war, kam allmählich aufs neue zum Vorschein. Wie schön war es doch, mit ihm gemeinsam am Mittagstisch zu sitzen bei einem Mahl, das sie selbst bereitet, wie wunderbar, abends, wenn sie von ihren Lektionen nach Hause kam, mit einer stürmischen Umarmung von ihm empfangen zu werden, und wie schwoll ihr das Herz, wenn er ihr die Ehre erwies, sie bei irgendeiner schwierigen Aufgabe um Rat zu fragen. Sie fühlte sich wohl, zufrieden, beinahe glücklich. In Briefen an Alfred, die zu schreiben sie plötzlich wieder ein lebhaftes Bedürfnis trieb, sprach sie sich über alle diese Dinge weitläufig aus, und wie der Rückkunft eines Freundes, nicht eines ehemaligen Geliebten, freute sie sich entgegen, als er ihr seine baldige Wiederkunft nach Wien ankündigte, wo er eine Assistentenstelle an der psychiatrischen Klinik antreten sollte.

73

Eines Tages, zu ihrer Überraschung, erhielt sie nach fast einem Jahr wieder eine Einladung zum Mittagstisch bei ihrem Bruder und fand dort noch andere Gäste, einen jungen Arzt und einen Gymnasialprofessor, beide mit Dr. Karl Faber, wie das Gespräch bei Tische bald erwies, durch politische Interessen verbunden. Karl war es, der das große Wort führte, die beiden andern, auch der um mindestens zehn Jahre ältere Professor, lauschten respektvoll, und Therese gewann den Eindruck, als lege ihr Bruder Wert darauf, ihr einen deutlichen Begriff von seiner hervorragenden Stellung unter den Parteigenossen zu geben. Ihre Schwägerin, die vor wenigen Monaten Mutter eines Kindes geworden war, entfernte sich nach Schluß des Mittagessens, Therese aber blieb in Gesellschaft der Herren, die Unterhaltung nahm eine gemütliche Wendung, und als von dem Beruf Theresens und von ihren persönlichen Erfahrungen als Erzieherin und Lehrerin die Rede war, verhehlte der Gymnasialprofessor nicht sein Bedauern, daß sie so oft genötigt gewesen, in einer untergeordneten, ja, man dürfe wohl sagen, dienenden Stellung im Hause fremdrassiger Leute zu leben, und er bezeichnete es als eine der wichtigsten Aufgaben der Gesetzgebung, so unwürdige Zustände ein für allemal unmöglich zu machen. Er sprach volltönend und druckfertig, im Gegensatz zu dem jungen Arzt, der immer wieder ins Stottern geriet; der Bruder aber, wenn auch beifällig nickend, blinzelte manchmal spöttisch, ja, zuweilen streifte er den Professor mit jenem eigentümlichen, etwas tückischen Blick, den Therese so gut an ihm kannte.

Von Richard hatte sie Wochen, ja Monate nichts gehört und glaubte sich im Grunde froh, ihn vergessen zu dürfen, als sie eines Tags ganz unerwartet von Sylvie einen Brief erhielt, der sie zu einer neuen Zusammenkunft „avec nos jeunes amis de l'autre jour" einlud. Ihre erste Regung war: abzulehnen. Sie war nun seit längerer Zeit gewohnt, jeden Abend mit ihrem Buben zu Hause zu verbringen. Doch als Sylvie die Einladung persönlich wiederholte, ließ Therese sich überreden und erlebte mit ihr, ihrem blonden Freund und Richard einen Abend, der sich harmlos anließ, immer stürmischer verlief und in ausgelassenster Weise endete. Als sie in der Morgendämmerung nach Hause kam, empfand sie es wie ein unerwartetes, ja unverdientes Glück, daß sie ihren Buben ruhig schlafend in seinem Bette fand. Obwohl sie Richard so wenig etwas übelzunehmen hatte als er ihr, war sie fest entschlossen, ihn niemals wiederzusehen.

Die Einladungen in das Haus ihres Bruders wiederholten sich von Zeit zu Zeit, und bald begegnete Therese dort auch dem Professor wieder, der nun einen ungeschickt-galanten Ton ihr gegenüber anzuschlagen begann und es sich nicht nehmen ließ, sie gegen Abend den ziemlich langen Weg bis zu ihrem Hause zu begleiten. Wenige Tage später eröffnete ihr der Bruder, daß der Professor sich lebhaft für sie interessiere, sich voraussichtlich bei nächster Gelegenheit ihr gegenüber in aller Form erklären werde, und gab ihr den brüderlichen Rat, einen Antrag auch für den Fall, daß sie sich augenblicklich anderweitig gebunden fühle, nicht ohne weiteres von der Hand zu weisen. „Ich habe keinerlei Verpflichtungen", erwiderte Therese hart und ablehnend. Karl schien ihren Ton nicht bemerken zu wollen und äußerte sich in Worten trockener Anerkennung über seinen Parteigenossen, der, bei den Vorgesetzten sehr gut angeschrieben, im Laufe der nächsten Jahre wahrscheinlich zum Gymnasialdirektor in einer größeren Provinzstadt ernannt werden dürfte. „Und um gleich alles in Betracht zu ziehen," fügte er mit einem schiefen Blick hinzu, „das, woran du jetzt eben denkst, braucht auch kein Hindernis zu sein." Theresen stieg das Blut ins Gesicht. „Du hast dich nie um meine Gedanken gekümmert, sie dürften auch jetzt keinerlei Interesse für dich haben." Er tat wieder, als wenn er ihren ablehnenden Ton nicht merkte, und sprach unbeirrt weiter. „Man könnte es ja auch so auffassen, daß du schon einmal verheiratet warst. Nehmen wir an, du warst es wirklich – und es hat sich herausgestellt, daß es eine rechtsungültige Ehe war. Solche Dinge kommen bekanntlich vor. Du bist an der Sache sozusagen ganz unschuldig." Er blinzelte an ihr vorbei. – Therese lehnte sich auf: „Ich kann vor jedem verantworten, was ich getan habe, ich werde auch mein Kind nicht verleugnen. Ich hätte es auch dir gegenüber nicht getan. Aber hast du mich je darnach gefragt?" – „Du regst dich ohne Anlaß auf. Eben damit du nichts zu verleugnen brauchst, bin ich ja auf den Einfall mit der rechtsungültigen Ehe gekommen. Du solltest mir eher dankbar sein." Und einem heftigen Einwand von ihr zuvorkommend: „Der Mutter wäre es jedenfalls auch eine Beruhigung, wenn du endlich in gesicherte Verhältnisse kämst." Und plötzlich dachte Therese: Warum nicht? Der Mann, den ihr der Bruder vorschlug, war ihr gleichgültig, aber er mißfiel ihr nicht geradezu. Und war sie es ihrem Sohn nicht schuldig, eine solche Möglichkeit nicht ungenützt vorübergehen zu lassen? Ihr Bruder begann ihr die Vorteile dieser Verbindung auseinanderzusetzen: ihr selbst würde die Stellung ihres Mannes in ihrem Beruf zustatten kommen, den sie keineswegs aufzugeben brauchte, im Gegenteil, gerade ein Lehrer, ein Professor wäre der richtige Mann für sie und würde ihre Position festigen.

Ihre Schwägerin trat ein, mit dem Kind im Arm. Therese nahm es in die ihren, erinnerte sich der ersten Lebenswochen ihres eigenen Sohnes, der kärglichen Stunden, da sie ihn so wie jetzt das Kind ihres Bruders an ihre Brust hatte drücken dürfen. Und es fiel ihr ein, daß sie ja nun vielleicht in einer neuen, in einer wirklichen Ehe wieder ein Kind bekommen und ein Glück erleben konnte, das ihr mit Franzl versagt geblieben war. Doch diesen Gedanken empfand sie gleich wieder wie ein Unrecht, ja, wie eine Untreue gegen ihren Sohn. All das andere Unrecht kam ihr zu Sinn, das sie im Lauf der Jahre mit und ohne Schuld an ihm begangen hatte. Tränen traten ihr in die Augen, während sie das Kind des Bruders noch in den Armen hielt. Sie fühlte sich außerstande, die Unterredung fortzusetzen, und verabschiedete sich in der schmerzlichsten Verwirrung.

Der Zufall fügte es, daß sie wenige Tage nachher Richard begegnete. In seiner Zivilkleidung erschien er ihr diesmal zugleich elegant und herabgekommen. Der schwarze Samtaufschlag des vortrefflich sitzenden Überziehers war etwas abgeschabt und der Lack der wohlgeformten Schuhe an manchen Stellen abgesprungen. Das Monokel saß ihm unbeweglich im Auge. Er küßte ihr die Hand und fragte sie, fast ohne weitere Einleitung, ob sie nicht den heutigen Abend mit ihm verbringen wolle. Sie lehnte ab. Er drängte keineswegs, gab ihr für alle Fälle die Adresse seiner Eltern, bei denen er wohnte, und sie schrieb ihm schon am nächsten Tag. Es wurde ein seltsames Zusammensein, und sie begriff eigentlich nicht recht, warum er darauf bestanden hatte, sich mit ihr in ein separiertes Zimmer eines vornehmen Restaurants zurückzuziehen, da er sich völlig zurückhaltend benahm und kaum ihre Hand berührte. Aber er gefiel ihr nur um so besser. Er sprach heute viel von sich. Mit seiner Familie, erzählte er, stünde er nicht zum besten. Sein Vater, ein bekannter Advokat, war, wie übrigens gewöhnlich, höchst unzufrieden mit ihm „und eigentlich hat er ja recht" –, mit seiner Mutter hatte er sich niemals verstanden und nannte sie beiläufig eine dumme Gans, was Therese erschreckte. Demnächst sollte er seine dritte Staatsprüfung machen, und er frage sich wozu. Er würde ja doch nie Advokat oder Richter werden. Und auch sonst nichts Rechtes. Er habe nämlich zu nichts Talent, wie ihn im Grunde auf der Welt auch nichts wirklich freue. Sie fand, daß solche Bemerkungen mit seinem sonstigen Wesen doch in Widerspruch stünden. Wenn einem die ganze Welt so gleichgültig war, wie konnte man zum Beispiel auf die Farbennuance einer Krawatte besonderen Wert legen, wie er es doch eingestandenermaßen tat? Er sah sie beinahe mitleidig an, was sie verletzte, und sie verspürte den brennenden Wunsch, ihn zu überzeugen, daß sie wohl imstande sei, auch solche scheinbaren Gegensätze zu begreifen. Aber sie fand die rechten Worte nicht. Nach dem Abendessen, sie waren kaum eine Stunde zusammen gewesen, brachte er sie im offenen Wagen bis zu ihrer Wohnung. Er küßte ihr sehr höflich die Hand, und sie glaubte nicht, daß sie ihn jemals wiedersehen würde.

Doch schon wenige Tage darauf erhielt sie einen Brief von ihm. Sein Wunsch, wieder mit ihr zusammenzukommen, freute sie mehr, als sie vorher erwartet hätte. Beglückt folgte sie seinem Ruf. Diesmal war er ein ganz anderer, heiter, ausgelassen beinahe, und es war ihr, als begänne er erst heute, sich um sie, ihr eigentliches menschliches Wesen und um ihre äußere Existenz zu kümmern. Sie mußte ihm viel von sich erzählen, von ihrer Jugend, ihren Eltern, ihrem Verführer, ihren anderen Liebhabern. Und in dieser Stunde sprach sie auch von ihrem Kind, von ihren Pflichten gegenüber diesem Kind und davon, daß sie diese oft vernachlässigt habe. Fast ärgerlich zuckte er die Achseln. Es gebe keine Pflichten, sagte er, man sei niemandem etwas schuldig, die Kinder nicht den Eltern und die Eltern den Kindern auch nicht. Alles nur Schwindel, alle Leute seien Egoisten, sie geständen es sich nur nicht ein. Übrigens, das würde sie vielleicht interessieren: gestern hatte er eine für ihn nicht geringe Summe beim Rennen gewonnen. Das sah er als einen Wink des Schicksals an und hatte die Absicht, sein Glück weiter zu versuchen. Im nächsten Winter gedenke er nach Monte Carlo zu gehen, er habe sich auch schon ein System erdacht, um die Bank zu sprengen. Das sei überhaupt das einzig Erstrebenswerte auf der Welt: Geld haben, auf die Leute pfeifen können. Sie solle doch mit ihm kommen – nach Monte Carlo. Sie würde dort sicher ihren Weg machen, freilich nicht als Lehrerin. So sehr sie widersprach, ja, ihn zurechtwies, gerade von Äußerungen solcher Art strömte ein besonderer Reiz auf sie aus. Und an diesem Abend war sie sehr glücklich mit ihm.

Dieser Erinnerung gegenüber wirkte ein Brief, der am nächsten Morgen von Alfred an sie anlangte, unsäglich langweilig und öde auf sie. Sie hatte ihm von der wahrscheinlich bevorstehenden Werbung des Professors Mitteilung gemacht, und Alfred riet ihr zwar, die Sache sorgfältig zu überlegen, doch war deutlich aus seinen Worten herauszulesen, daß ihm eine Heirat Theresens, die ihn auch von der letzten Verantwortung befreit hätte, keineswegs unerwünscht war. Sie erwiderte ihm kühl, übellaunig, beinahe mit Hohn.

74

Mit Franzl war sie weiterhin leidlich zufrieden. Wenn sie nach Hause kam, fand sie ihn meist über Büchern und Heften sitzen, von seiner früheren Ungebärdigkeit war wenig mehr zu merken; schlug er gelegentlich einen etwas mürrischen Ton gegenüber der Mutter an, ließ er sich in seiner Ausdrucksweise, in seinem Betragen allzusehr gehen, so genügte meist eine Mahnung von ihrer Seite, ihn sein Unrecht einsehen zu lassen. Sie war daher aufs peinlichste erstaunt, als er zu Semesterschluß ein ganz schlechtes Zeugnis heimbrachte, das überdies eine große Anzahl versäumter Stunden auswies. In der Schule erfuhr sie zu ihrem Schreck, daß er im Laufe der letzten Monate überhaupt nur selten dem Unterricht beigewohnt hatte, und der Klassenvorstand wies ihr Entschuldigungen vor, die ihre Unterschrift trugen. Therese hütete sich, zu gestehen, daß sie gefälscht waren, sie behauptete vielmehr, der Bub sei in diesem Jahre oft krank gewesen, sie werde selbst das Versäumte mit ihm nachholen, man möge nur Geduld mit ihm haben. Zu Hause nahm sie ihn ins Gebet, er war zuerst verstockt, dann gab er freche Antworten, endlich lief er einfach aus dem Zimmer, aus dem Haus. In später Abendstunde erst erschien er wieder, legte sich sofort im Wohnzimmer auf den Diwan, der zugleich seine Schlafstelle war, die Mutter setzte sich zu ihm, drängte in ihn, wo er gewesen, er antwortete nicht, sah nach der Seite, drehte sich an die Wand, manchmal nur traf sie ein böser Blick, ein Blick, in dem Therese diesmal nicht nur Verstocktheit, Mangel an Einsicht und an Liebe, sondern auch Bitterkeit, Hohn, ja, einen versteckten Vorwurf las, den auszusprechen er sich, aus einer letzten Rücksicht vielleicht, enthielt. Und unter diesem fahlen Blick stieg eine Erinnerung in ihr auf, fern, verschwommen, die sie zu verscheuchen suchte, die aber immer näher, immer lebendiger vor ihr sich aufrichtete. Zum ersten Male nach langer Zeit dachte sie der Nacht, in der sie ihn geboren, – der Nacht, in der sie ihr neugeborenes Kind zuerst tot geglaubt, in der sie es tot gewünscht hatte. Gewünscht –? Nur gewünscht? Das Herz erstarrte ihr vor Angst, daß der Bub, der sich feindselig abgewandt und die Decke über das Gesicht gezogen hatte, sich wieder nach ihr umwenden und seinen wissenden, hassenden, tödlichen Blick auf sie richten würde. Sie erhob sich, stand eine Weile bebend mit verhaltenem Atem, dann, auf den Zehenspitzen, ging sie in ihr Zimmer. Nun wußte sie, daß dieses Kind, dieser zwölfjährige Bub, nicht nur als ein Fremder, daß er als Feind neben ihr lebte. Und niemals noch hatte sie zu gleicher Zeit so schmerzlich tief gefühlt, wie sehr und wie unglücklich, wie ohne jede Hoffnung auf Erwiderung sie dieses Kind liebte. Sie durfte es nicht verloren geben. Alle ihre Versäumnisse, ihre Leichtfertigkeit, ihr Unrecht, ihre Schuld, sie mußte all das wieder gutmachen, und dafür mußte sie auch zu jeder Sühne bereit sein, zu Opfern jeder Art, zu schwereren, als sie sie bisher gebracht. Und wenn sich die Gelegenheit bot, ihr Kind in günstigere Verhältnisse zu bringen, als ihm bisher beschieden war; die Möglichkeit, es unter eine männliche, eine väterliche Aufsicht und Obhut zu stellen, so durfte sie nicht zögern, diese Gelegenheit zu ergreifen. Und war denn das Opfer wirklich so groß? Konnte eine Heirat nicht am Ende auch ihre eigene Rettung bedeuten?

Und als der Professor Wilnus bei einem nächsten Zusammentreffen mit ihr im Hause des Bruders, da man sie beide nach dem Mittagessen offenbar mit Absicht allein gelassen, an Therese die Frage richtete, ob sie seine Frau werden wolle, zögerte sie zuerst, und mit einem festen Blick in den seinen fragte sie: „Kennen Sie mich denn auch gut genug? Wissen Sie denn auch, wen Sie heiraten wollen?“ Als er darauf ungeschickt nach ihrer Hand faßte, mit einem verlegenen Neigen des Kopfes, ohne sie anzusehen, entzog sie ihm ihre Hand und sagte: „Wissen Sie, daß ich ein Kind habe, einen bald dreizehnjährigen, ziemlich ungeratenen Buben? Aber was man Ihnen auch gesagt hat, verheiratet bin ich nie gewesen.“ – Der Professor runzelte die Stirn, wurde rot, als hätte sie ihm eine unanständige Geschichte erzählt, faßte sich aber gleich wieder: „Ihr Herr Bruder hat mir erzählt, nicht Einzelheiten, aber – aber ich hatte etwas Ähnliches vermutet“, und er ging im Zimmer auf und ab, die Hände auf dem Rücken. Dann blieb er vor ihr stehen, und in wohlgesetzter Weise, als hätte er sich während des Auf- und Abgehens eine kleine Rede einstudiert, kam er ihr gleich mit einem fertigen Vorschlag. Keineswegs dürfe daran, daß dieses Kind existiere, ihre und seine Zukunft scheitern. „Wie meinen Sie das?" Es gäbe kinderlose Ehepaare, die nichts sehnlicher wünschten, als ein Kind zu adoptieren, und wenn man mit Sorgfalt –. Sie unterbrach ihn heftig, blitzenden Auges: „Ich werde mich nie von meinem Kinde trennen". Der Professor schwieg, überlegte, und schon in wenigen Sekunden, mit einer hellen, gleichsam edel gewordenen Stimme, bemerkte er, daß er vor allem einmal den Buben kennenlernen möchte. Dann könne man ja über alles andere weiterreden. Ihre erste Regung war, brüsk abzulehnen, sich auf keinerlei Bedingungen einzulassen. Aber zu rechter Zeit noch kamen ihr wieder die letztgefaßten Vorsätze in den Sinn, und sie erklärte sich bereit, den Professor am Abend des nächsten Tages bei sich zu empfangen.

Es war ihr gelungen, Franz, der sich eben wieder wie gewöhnlich zu dieser Stunde hatte davonmachen wollen, zu Hause zu halten. Der Professor erschien nicht ohne Befangenheit, die er unter einem aufgeräumten, sozusagen weltmännischen Gebaren nur mit Mühe zu verbergen imstande war. Franz betrachtete den Besucher mit unverhohlenem Mißtrauen. Und als dieser nun plötzlich den überraschenden Wunsch äußerte, in die Schulhefte Franzls Einsicht zu nehmen, kostete es einige Mühe, den Widerstand des Knaben zu überwinden. Was sich endlich den Augen des Professors Wilnus darbot, war nicht eben erfreulich. Doch er begnügte sich, sein Mißfallen in nachsichtig-humoristischer Weise auszudrücken. Dann versuchte er sich durch Fragen aller Art über die Kenntnisse und den Bildungsgrad des Knaben Klarheit zu schaffen, half ihm immer wieder bei den Antworten nach, legte sie ihm geradezu in den Mund, benahm sich überhaupt wie ein Lehrer, der sich alle Mühe gibt, einen schlechten Schüler aus irgendeinem Grund bei der Prüfung doch nicht durchfallen zu lassen. Am meisten hatte er an der Aussprache Franzls zu bemängeln, die er als ein fatales Gemisch von bäuerlichem und vorstädtischem Dialekt bezeichnete. Während er mit beiläufigem Hinweis auf die Verbindungen, über die er verfüge, die Möglichkeit andeutete, den Knaben in der Schule eines oberösterreichischen Stiftes unterzubringen, war Franz unversehens aus dem Zimmer verschwunden, und die Mutter wußte, daß er nicht so bald wiederkommen würde. Sie entschuldigte ihn bei dem Professor: an schönen Abenden pflege er mit Schulkameraden ein wenig in die freie Luft zu gehen. Der Professor schien eher erfreut, mit Therese allein zu sein. Von dem

Stift wollte sie nichts wissen, und auf eine neue, vorsichtig geäußerte Anregung des Professors, Adoptiveltern für das Kind zu suchen, wiederholte Therese mit Entschiedenheit, daß sie sich von ihrem Sohn unter keinen Umständen trennen werde. Der Professor zeigte sich nachgiebig, seine Augen begannen zu flackern, er rückte Theresen näher, versuchte kühner zu werden und erschien ihr mit jedem Augenblick nur lächerlicher und widerwärtiger. Sie überlegte eben, ob sie ihm nicht ein für allemal die Türe weisen sollte, da klopfte es, und zu Theresens Befremden trat Sylvie ein, die sich schon viele Wochen nicht hatte blicken lassen. Eine flüchtige Vorstellung erfolgte, der Professor sprach die Hoffnung aus, Theresen am nächsten Sonntag bei ihrem Bruder zu begegnen, und ging.

Sylvie war blaß und erregt. Hastig fragte sie Therese, ob sie heute noch keine Zeitung gelesen habe. „Was ist geschehen?" fragte Therese. – „Richard hat sich umgebracht", erwiderte Sylvie. – „Um Gottes Willen", rief Therese aus, und hilflos legte sie ihre Hände auf Sylviens Schultern. Sie habe Richard schon lange nicht mehr gesehen. Und Sylvie, mit gesenktem Blick, gestand, daß sie um so öfter mit ihm zusammengewesen war. Therese verspürte keinerlei Eifersucht, aber auch keinen wirklichen Schmerz. Sie war mit einemmal die Überlegene; sie war es, die die Freundin zu trösten hatte. Sie strich ihr über die Haare, streichelte ihr die Wangen, niemals noch hatte sie sich ihr so schwesterlich nahe gefühlt. Und Sylvie erzählte. Heute in den Morgenstunden war es geschehen. Die Nacht hatte er mit ihr verbracht. Gerade diesmal war er besonders wohlgelaunt gewesen, im Fiaker hatte er sie bis zum Tor ihres Hauses begleitet, ihr aus dem Wagen zugewinkt, dann war er in den Prater gefahren, und im Wagen hatte er sich erschossen. Sie hatte es schon lange kommen sehen. – „Schulden?" fragte Therese. – Nein. Gerade in der letzten Zeit habe er bei den Rennen immer gewonnen. Aber das Leben war ihm zuwider. Die Menschen vielmehr. Alle beinahe. „Sie, Therese, hat er sehr gern gehabt", sagte Sylvie. „Viel, viel lieber als mich. Wissen Sie, warum er Sie nicht mehr sehen wollte?" – Therese faßte erregt nach Sylviens Hand und schaute ihr fragend ins Auge. „Die ist zu gut für mich. Das waren seine Worte. Trop bonne." Und beide weinten.

Zwei Tage darauf, zur Einsegnung, waren sie beide in der Kirche. Nach Schluß der Zeremonie bewegte sich der Zug der Trauernden an Therese vorüber, die weit rückwärts am Ende einer Bank saß. Richards Mutter, eine hagere, blasse Frau, in deren verschlossenen, hochmütigen Zügen Therese etwas von Richards Ausdruck wiederzufinden glaubte, streifte so nahe an ihr vorbei, daß sie unwillkürlich fortrückte. Im gleichen Augenblick, es war ihr peinlich, ergriff

Sylvie heftig ihren Arm. Die Trauergäste kamen vorüber; auch bekannte Gesichter sah Therese unter ihnen, darunter den Bankdirektor, in dessen Hause sie zuletzt in Stellung gewesen war und der sie anstarrte, ohne sie im Dämmerlicht der Kirche zu erkennen, und einen jungen Menschen, der einmal ihr Geliebter gewesen war, den Krauskopf. Mit dem Taschentuch, als wenn sie weinte, verbarg sie ihr Gesicht. Sie sah dem Sarg nach, während er durch das Kirchentor ins Freie hinausgetragen wurde, wo ein dunkelblaues Sommerlicht ihn empfing. Jener Abend in den Donauauen fiel ihr ein, der in wenigen Tagen sich zum zweitenmal jähren mußte. Zu gut für ihn? dachte sie. Warum eigentlich? Als ob sie überhaupt für jemanden zu gut oder zu schlecht wäre. Sie hörte, wie draußen der Leichenwagen sich in Bewegung setzte. Das Kirchentor schloß sich langsam, Duft von Weihrauch war um sie. Sylvie hatte den Kopf auf dem Betpult liegen und schluchzte leise. Therese erhob sich lautlos und ging allein. Ein lauer Sommertag nahm sie draußen auf. Sie mußte rasch nach Hause, um fünf Uhr erwartete sie Zöglinge zum Unterricht.

75

Eine Zeitlang lebte sie vollkommen und ausschließlich ihrem Berufe, in dem sie sich nicht nur durch dessen fortgesetzte Ausübung, sondern auch durch Arbeit in freien Stunden weiter ausgebildet hatte und immer weiter ausbildete, so daß sie allmählich zu einer tüchtigen und gesuchten Lehrerin wurde. Es waren durchaus junge Mädchen, die sie unterrichtete und zu Prüfungen vorbereitete. Zwei Jünglinge, die sich gemeldet, hatte sie fortweisen müssen, da sie offenbar andere Zwecke im Auge hatten, als sich im Englischen und Französischen zu vervollkommnen. Einen Brief des Professor Wilnus mit der Bitte, sie wieder einmal besuchen zu dürfen, hatte sie mit einer endgültigen Absage beantwortet. Sie bereute es keinen Augenblick, obwohl ihr manchmal war, als hätte sie ihm dankbar sein können, denn seit seinem Besuch war in Franzens Verhalten eine vorläufig noch andauernde Wandlung zum Bessern erfolgt, er schien regelmäßig zur Schule zu gehen, wie eine gelegentliche Erkundigung Theresens bestätigte, – wo und mit wem er die vielen Stunden außer Hause verbrachte, dem wagte sie freilich nicht nachzuforschen.

Von ihrem Bruder hörte sie nichts, und sie war überzeugt, daß er ihr die Absage an den Professor übelnahm. Auch die Mutter blieb ihr fern, und so wäre sie ganz allein gewesen, wenn nicht Sylvie manchmal des Abends sie besucht hätte. Richard verschwand merkwürdig schnell aus den Gesprächen, doch allerlei andere Erlebnisse aus frühen Tagen teilten sie einander mit, Therese mehr in Andeutungen, Sylvie in manchmal überlebhaften Schilderungen. Und wenn auch die Männer, denen die beiden Frauen im Lauf des Daseins begegnet waren, nicht eben gut wegzukommen pflegten, beide wärmten ihre müden Herzen an der Erinnerung vergangener Jugend. Sylvie hatte die Absicht, baldmöglichst in ihre Heimat nach Südfrankreich zurückzukehren, die sie fast zwanzig Jahre lang nicht gesehen hatte. Was sie dort tun, wie sie sich dort erhalten sollte, da sie doch nur wenig hatte ersparen können, wußte sie freilich nicht, aber ihre Sehnsucht nach Hause hatte einen fast krankhaften Charakter angenommen. Dem immer noch heiteren Geschöpf liefen die Tränen über die Wangen, wenn sie von ihrer Heimatstadt sprach; Therese merkte in solchen Momenten, wie welk, wie alt die Züge Sylvies geworden waren, und sie erschrak. Doch sie beruhigte sich damit, daß sie selbst um sieben oder acht Jahre jünger war.

In dieser Epoche ihres Lebens bedeutete ihr wieder die Kirche eine oft besuchte, wohltuende Aufenthaltsstätte, und sie betete oder wünschte doch inbrünstig, daß sie sich weiter mit ihrem Lose bescheiden, daß ihr Franz nicht allzuviel Kummer bereiten, und insbesondere, daß niemals wieder Leidenschaft den ruhigen Lauf ihres Daseins stören und ihr innerstes Wesen trüben möge.

In diesem Sommer traf es sich, daß sie eine zehnjährige Schülerin, das jüngste Kind eines bekannten Schauspielers, zur Aufnahmeprüfung ins Lyzeum vorbereiten sollte und man sie zu diesem Zweck an einen Salzkammergutsee mitnahm. Ihre Tätigkeit beschränkte sich fast nur darauf, die Kleine täglich ein paar Stunden, meistens im Garten, zu unterrichten. Eine ältere, schon achtzehnjährige Tochter war in einen jungen Mann verliebt, der häufig zu Besuch kam. Ein Vetter machte der noch immer hübschen Hausfrau den Hof, der Gatte brachte seine Aufmerksamkeit einer kaum sechzehnjährigen Freundin der Tochter entgegen, einem höchst verdorbenen Geschöpf, ja, er stellte ihr recht eigentlich nach. Es war für Therese sonderbar, zu beobachten, wie Vater, Mutter, Tochter, jeder für sich, kaum etwas von dem bemerkten oder zum mindesten ganz harmlos zu nehmen schienen, was die andern durchfühlten und durchlitten. Therese selbst, mit ihren durch so viele Erfahrungen geschärften Augen, sah diesem Spiel der Leidenschaften zu, ohne selbst berührt zu sein, war kaum anders bewegt als eine Zuschauerin im Theater, und vor allem war sie sehr froh, daß sie mit solchen Herzensdingen äußerlich und innerlich abgeschlossen hatte. Es schien wirklich alles recht harmlos abzulaufen; zum Schluß aber hatte es doch den Anschein, als wenn ein Opfer fallen sollte. Die Tochter des Hauses verübte einen Selbstmordversuch, und nun war es, als ob alle mit einemmal aus einem gefährlichen Traume jäh erwachten. Ohne daß es zu irgendwelchen peinlichen Auseinandersetzungen gekommen wäre, lösten sich alle diese Beziehungen, die nur im Spiel der Sommerlüfte sich geknüpft hatten, gleichsam in nichts auf; früher, als beabsichtigt gewesen war, verließ man die Villa, die ganze Familie reiste nach dem Süden, und Therese kam früher wieder nach Wien zurück, als sie gedacht.

Ihren Sohn hatte sie indes der Obhut einer Nachbarin empfohlen, einer Beamtenswitwe, einer gutmütigen, ziemlich einfältigen Person, selbst Mutter eines achtjährigen Buben. Wenn sie auch nichts geradezu Nachteiliges über Franzl aussagen wollte, sie konnte nicht verschweigen, daß sie ihn manchmal ganze Tage nicht zu Gesicht bekommen habe. Therese nahm ihn ins Gebet; er log in so törichter Weise, daß Therese auch das Wahrscheinliche nicht mehr zu glauben imstande war. Auf ihre Vorwürfe hin wurde er noch ausfälliger als sonst, doch waren es nicht so sehr seine Worte als Miene und Blick, die Therese im Tiefsten erschreckten. Hier war kein Zug eines Knaben-, eines Kindergesichtes, – ein frühreifer, verdorbener, bösartiger Bursche starrte ihr frech ins Gesicht. Als Therese endlich von der Schule zu sprechen begann, erklärte Franz höhnisch, er denke gar nicht daran, sie weiter zu besuchen, er habe andere, gescheitere Dinge vor, dann äußerte er sich in den häßlichsten Worten über seine Lehrer, und ein besonders unflätiger Ausdruck verletzte Therese so sehr, daß sie sich nicht zurückhalten konnte, Franz ins Gesicht zu schlagen. Dieser, das Antlitz verzerrt, erhob den Arm, es gelang Therese nicht mehr, den Schlag abzuwehren, und so fuhr Franzls geballte Faust über Theresens Lippen nieder, die zu bluten begannen. Ohne sich weiter um sie zu kümmern, rannte er davon und schlug die Türe hinter sich zu. Fassungslos, verzweifelt blieb Therese zurück, aber sie hatte keine Tränen mehr.

Noch am gleichen Abend, nach langer Zeit wieder, schrieb sie an Alfred. Die Antwort traf schon am übernächsten Tage ein, Alfred gab Theresen den Rat, den Buben irgendwohin in die Provinz zu schicken, als Lehrling, als Kommis, als was immer, – ihre Verpflichtungen habe sie reichlich erfüllt, sie solle sich keinerlei Skrupel machen, das Wichtigste sei, daß sie endlich von Angst und Sorge befreit werde. Angst? fragte sie sich; das Wort befremdete sie zuerst, doch gleich fühlte sie, daß es das richtige war. In einem neuen Absatz teilte Alfred ihr mit, daß er sich mit der Tochter eines Tübinger Universitätsprofessors verlobt habe, zwischen Weihnachten und Neujahr vermutlich werde er mit seiner jungen Gattin nach Wien zurückkehren. Niemals aber werde er vergessen, was sie, Therese, für ihn bedeutet habe, was er ihr schuldig sei, und sie könne in jeder Lebenslage auf ihn als auf ihren besten Freund zählen. Ein bitterer Geschmack trat auf ihre zuckenden Lippen, aber auch jetzt weinte sie nicht.

Für den nächsten Sonntag war sie zu ihrem Bruder zum Mittagessen eingeladen. Da sie nicht fürchten mußte, den abgewiesenen Freier dort zu finden, nahm sie an. Karl empfing sie mit auffallender Freundlichkeit, und sie merkte bald, daß er ihre Absage an den Professor durchaus guthieß: dieser habe sich als ein sehr unzuverlässiger Mensch erwiesen, aus opportunistischen Gründen war er aus dem deutschnationalen Lager ins christlich-soziale übergegangen und kandidierte mit vieler Aussicht auf Erfolg für den Gemeinderat. Dann kam Karl auf die Mutter zu reden, die ihm, wie er behauptete, ernstliche Sorgen verursache. Was tat die alte Frau, so frage er sich, mit ihrem Geld, und was wollte sie weiter damit tun? Es war leicht zu berechnen, daß sie sich schon eine hübsche Summe erspart haben mußte. Die Kinder hatten zweifellos die Pflicht, insbesondere er, Karl, als Familienvater, sich darum zu kümmern. Ob Therese, die es als unversorgte Tochter doch am ehesten dürfe, das heikle Thema nicht einmal mit der Mutter zur Sprache bringen und bei dieser Gelegenheit andeuten wolle, daß er, Karl, gerne geneigt sei, die alte Frau zu sich ins Haus zu nehmen, wo sie doch gewiß billiger draus käme als in einer Pension. Obwohl die Art, wie Karl diese Frage behandelte, Theresen höchst widerwärtig war, sagte sie zu, mit der Mutter in gewünschtem Sinne zu reden, dachte aber vorläufig nicht daran, ihr Versprechen einzulösen.

Eines Abends begegnete ihr in der inneren Stadt Agnes. Therese erkannte sie nicht gleich. Sie sah auffallend, fast verdächtig aus, und Therese war es unbehaglich, mit ihr auf der Straße stehen zu bleiben. Agnes erzählte, daß sie seit einiger Zeit nicht mehr „im Dienst“, sondern Verkäuferin in einem Parfümeriegeschäft sei. Therese erkundigte sich nach den alten Leutners, Agnes erwiderte, daß sie nur selten nach Enzbach käme, übrigens sei der Vater im vergangenen Sommer gestorben. Dann trug sie ihr einen Gruß für den Franzl auf und verabschiedete sich.

Und wenige Tage darauf, unaufgefordert, fand sie sich bei Theresen ein. Franz, mit dem Therese kein Wort mehr gesprochen, seit er die Hand gegen sie erhoben, und der sich nur mehr, und immer verspätet, zu den Mahlzeiten einfand, war sonderbarerweise zu Hause, begrüßte Agnes nicht ohne einige Verlegenheit, die sich aber ihrer Ungezwungenheit gegenüber rasch verlor; und bald, Theresens Anwesenheit kaum beachtend, plauderten sie in einer Art kameradschaftlichen Straßenjargons miteinander, dem Therese kaum zu folgen vermochte. Sie tauschten Enzbacher Erinnerungen aus, mit versteckten Anspielungen, von denen sie mit einigem Recht annehmen durften, daß sie für Therese unverständlich blieben. Manchmal aber, mit ihrem frechen, schiefen Blick, grinste Agnes zu Therese hinüber, und es stand deutlich darin zu lesen: Du glaubst, er gehört dir? Mir gehört er.

Endlich schüttelte sie Theresen derb-freundschaftlich die Hand, ging, und Franz, ohne ein Wort an die Mutter, schloß sich ihr an. Wie er nur aussah in seinem billigen, gar nicht mehr knabenhaft zugeschnittenen Anzug mit den großkarierten Beinkleidern, dem zu kurzen Rock, dem rot umränderten Taschentuch, wie bleich und wie verworfen und dabei nicht unhübsch das Gesicht! Ein Bub? nein, das war er wahrhaftig nicht mehr. Wie sechzehn, siebzehn Jahre sah er aus. Ein junger Mann –? das Wort paßte nicht recht für ihn. Ein anderes drängte sich ihr in den Sinn, von dem sie gleichsam wieder weghörte. Ihre Brust hob und senkte sich schwer von ungeweinten Tränen.

76

Wenige Tage später erkrankte Franz unter schweren Allgemeinerscheinungen. Der Arzt stellte Gehirnhautentzündung fest, und beim dritten Besuch schien er den Kranken aufgeben zu wollen. Therese sandte mit einem flehentlichen Brief nach ihrem Bruder. Dieser kam, schüttelte bedenklich den Kopf und verordnete innere und äußere Mittel, die tatsächlich die Gewalt der Krankheit schon nach wenigen Stunden zu brechen schienen. Er kam an den folgenden Tagen wieder, und bald war Franz außer Gefahr. Karl verbat sich jeden Dank. Und nun war es für Therese überraschend und wunderbar, wie Franz sich in dieser Zeit allmählichen Gesundwerdens zu verändern schien. Wenn Therese an seinem Bette saß, hielt er gern ihre Hand in der seinen, sie empfand den Druck seiner Finger wie eine Bitte um Verzeihung und wie ein Versprechen. Zuweilen las sie ihm vor. Mit dankbaren, ja, kindlichen Blicken hörte er zu. Es schien ihr, als wenn er für mancherlei Gegenstände, insbesondere für Geschichten aus dem Tierleben, für Reisen und Entdeckungen, ein gewisses Interesse erkennen ließe, und sie nahm sich vor, sobald als möglich ernsthaft mit ihm über die Zukunft zu reden. Sie träumte sogar davon, daß er das Studium fortsetzen, daß er vielleicht Lehrer oder gar Doktor werden könnte. Aber noch getraute sie sich nicht, ihm von solchen Plänen mehr zu sagen.

Doch die Täuschung dauerte nicht lang, und sie wußte bald, daß sie sich Franzens Wandlung im Grunde nur hatte einbilden wollen. Je entschiedener Franz sich erholte, um so rascher wandelte er sich wieder in den, der er früher gewesen war. Der kindlich-dankbare Blick seiner Augen verschwand, seine Sprache nahm den Tonfall, seine Stimme den Klang wieder an, wie ihn Therese aus der Zeit vor seiner Krankheit allzu gut kannte. Anfangs tat er sich noch einigen Zwang an; er gab der Mutter immerhin noch Antworten, doch wurden sie immer ungeduldiger, unwirscher und roher. Kaum durfte er das Bett verlassen, so war er auch nicht mehr im Hause zu halten. Und bald kam eine Nacht, und es blieb nicht die letzte, in der Franz erst gegen Morgen nach Hause kam.

Therese fragte nicht mehr, sie ließ alles geschehen, sie war müde. Es gab Stunden, in denen sie sich ohne jeden Schmerz mit ihrem Leben am Ende fühlte. Sie war kaum dreiunddreißig Jahre alt, doch wenn sie in den Spiegel sah, besonders des Morgens gleich nach dem Erwachen, fühlte sie, daß sie um Jahre älter aussah, als sie war. Solange ihre tiefe Mattigkeit andauerte, nahm sie das ruhig hin. Doch als der Frühling wieder kam und sie sich frischer werden fühlte, lehnte sie sich auf, ohne recht zu wissen, gegen was. Die Lektionen begannen ihr eine peinigende Langeweile zu verursachen. Es kam vor, daß sie ihren Schülerinnen gegenüber, was bisher niemals geschehen war, Ungeduld, ja Unfreundlichkeit zeigte. Sie fühlte sich einsam, doch war ihr niemals schlimmer zumute, als wenn Franz daheim war, was sie zugleich wieder als ein Unrecht gegen ihn empfand. Am liebsten hätte sie mit Sylvie gesprochen, die aber ihre Stellung gewechselt, bei einer Familie auf dem Lande und unerreichbar war. So besuchte sie öfters, um sich von dem manchmal unerträglichen Gefühl der Verlassenheit zu befreien, das Haus ihres Bruders, was, wie sie selbst merkte, von diesem nicht ohne Verwunderung, jedenfalls aber ohne Freude aufgenommen wurde. Um so herzlicher kam ihr die Schwägerin entgegen, die nun das zweite Kind erwartete. Ein und das andere Mal sprach sich Therese ihr gegenüber aus, beichtete ihr mancherlei, war gerührt, bei ihr ein Verständnis, ein Mitgefühl zu finden, das sie nicht erwartet hatte. Es war, als machte die Schwangerschaft sie nicht nur weicher, sondern auch klüger, als sie von Natur aus war. Doch kaum hatte sie das Kind geboren, so verfiel sie wieder in ihre frühere

Teilnahmslosigkeit und Beschränktheit, und es war, als wüßte sie überhaupt nichts mehr von den Geheimnissen mancher Art, die die Schwägerin ihr vertraut hatte. Im Grunde war Therese froh darüber.

77

Zu Beginn des Winters geschah es, daß sie Alfred in der Stadt zufällig begegnete. Auf ihren letzten Brief war keine Antwort erfolgt. Er behauptete, niemals einen erhalten zu haben. Anfangs ein wenig kühl und nicht ganz unbefangen ihr gegenüber, war er bald wieder so herzlich wie nur je. Die Art, wie er von seiner jungen Gattin sprach, ließ nicht auf besondere Leidenschaft von seiner Seite schließen. Therese stellte sie sich sofort als eine dürftige, blasse, deutsche Kleinstädterin vor, an deren Seite er sich gewiß oft nach ihr, Theresen, zurücksehnte. Er gefiel ihr besser denn je. Auch auf seine äußere Erscheinung schien er mehr Sorgfalt aufzuwenden, als er es früher getan. Sie verabredeten nichts, als sie voneinander Abschied nahmen, aber nun war er wieder da, und es lag nur an ihr, ihn wiederzusehen, wann sie wollte. Sie träumte sich in eine neue Verliebtheit und war beglückt. Sie begann wieder frischer und jünger auszusehen. Ein junger Mann, fast Knabe noch, der manchmal seine Schwester von ihrer Lektion bei Therese abholte, verliebte sich in sie. Einmal erschien er am frühen Morgen, um ihr eine Bestellung von seiner Schwester zu überbringen. Seine Schüchternheit belustigte sie; sie kam ihm ein wenig entgegen. Er blieb so schüchtern, wie er war, verstand wohl kaum ihr Lächeln, ihre Blicke, – als er wieder fort war, schämte sie sich und benahm sich von nun an völlig abweisend gegen ihn.

Eines Tages wurde Therese wieder in die Schule beschieden und erfuhr, daß Franz seit vielen Wochen nicht mehr dort gewesen war. Sie war nicht sonderlich überrascht. Als sie ihn daheim zur Rede stellte, teilte er ihr seinen Entschluß mit, als Matrose auf ein Schiff zu gehen. Therese besann sich, daß er Ähnliches schon früher geäußert, daß auch in seinem Gespräch mit Agnes, dem sie beigewohnt, flüchtig davon die Rede gewesen war. Nun aber schien es ihm ernst damit zu sein. Therese hatte nichts dawider, ja, sie sprach mit ihm diesen Plan gründlich durch, und nach langer Zeit redeten sie vernünftig und geradezu freundschaftlich miteinander, nicht wie Feinde, die zusammen unter einem Dache wohnen mußten. Aber in den nächsten Tagen war von diesem Plan nicht weiter die Rede. Therese getraute sich nicht, darauf zurückzukommen, als fürchtete sie sich, dereinst den Vorwurf hören zu müssen, daß sie selbst ihn in die Welt hinausgetrieben habe.

Ein hoch aufgeschossener Bursch, angeblich Verkäufer in einem Delikatessengeschäft, war in der letzten Zeit zuweilen in der Wohnung erschienen, holte Franz ins Theater ab, für das er, wie er erzählte, immer Freibilletts geschenkt bekomme. Nach dem Theater pflegte Franz bei seinem Freund zu übernachten, wie er wenigstens der Mutter sagte. Einmal geschah es, daß er auch den ganzen nächsten Tag nicht nach Hause kam. In einer plötzlichen Angst, die sie sich eigentlich schon abzugewöhnen begonnen hatte, lief sie zu den Eltern seines Freundes, und sie erfuhr, daß auch der noch nicht daheim war. Am selben Abend noch wurde Therese auf die Polizei beschieden. Es ergab sich, daß Franz zusammen mit einigen anderen, durchaus halb erwachsenen Burschen und Mädchen aufgegriffen worden war, die einer jugendlichen Diebesbande angehörten. Franz als der einzige, der noch nicht das sechzehnte Jahr erreicht hatte, wurde seiner Mutter zur häuslichen Züchtigung übergeben. Der Kommissär ließ ihn hereinführen, redete ihm ins Gewissen und sprach in gleichgültiger, wie auswendig gelernter Rede die Hoffnung aus, daß ihm diese Erfahrung zur Lehre dienen und daß er von nun an ein anständiger Mensch bleiben werde. Schweigend ging Therese mit ihrem Sohn nach Hause. Sie trug das Abendessen auf wie gewöhnlich. Endlich entschloß sie sich, Fragen an ihn zu stellen. Er erwiderte anfangs in sonderbar geschraubter Weise, wie eine Verteidigung, die er sich schon zur Verantwortung vor Gericht einstudiert hatte. Hörte man ihm zu, so war das Ganze eigentlich nur ein Spaß gewesen. Es war ja auch wirklich nichts gestohlen worden. Als Therese ihm ins Gewissen zu reden versuchte, schien er ihr nicht so verstockt, als er es sonst zu sein pflegte, ja, es war, als hätte ihm das erzwungene Geständnis in Anwesenheit der Mutter eine Aufrichtigkeit leicht gemacht, zu der er bisher nicht den Mut gefunden. Er erzählte von den Freunden und Freundinnen, mit denen er abends zusammenzutreffen pflegte, und es war anfangs wirklich so, als wenn nur von Kinderspielen die Rede wäre, die sie trieben. Er nannte Namen, die unmöglich wirkliche sein konnten, es waren, wie er zugestand, Spitznamen von sonderbarem Klang und zweideutigem Sinn. Allmählich schien er zu vergessen, daß es seine Mutter war, die ihm gegenübersaß. Er erzählte von Praternächten des vergangenen Sommers, wo sie alle, Buben und Mädeln, in den Auen geschlafen hatten, und erst als ihn ein entsetzter Blick der Mutter traf, lachte er kurz und frech auf und verstummte. Und sie wußte, daß diese plötzliche

Freimütigkeit ihn ihr endgültiger und rettungsloser entfremdet hatte als irgend etwas je zuvor.

78

Sie fragte von nun an nach nichts mehr, ohne jeden Widerstand ließ sie es geschehen, daß er jeden Abend das Haus verließ und erst in den Morgenstunden zurückkehrte. Doch einmal, als der Morgen da war, ohne daß er heimgekehrt wäre, geriet sie in eine ihr unerklärliche, ahnungsvolle Angst. Sie zweifelte nicht, daß er wieder bei einem schlimmen Streich abgefaßt worden war und daß es diesmal nicht so glimpflich abgehen würde als das erstemal. Und als er endlich vor ihr stand, gab sich ihre Erregung, gerade weil sie eigentlich überflüssig gewesen war, in besonders erbitterter Weise kund. Er ließ sie eine Weile reden, erwiderte kaum, ja, lachte zu ihren Worten, als hätte er seine Freude an ihrem Zorn. Therese, dadurch noch heftiger aufgebracht, redete sich in eine Erbitterung ohne Maß. Da, ganz plötzlich, schrie er ihr ein Wort ins Gesicht, das sie zuerst nur falsch verstanden zu haben glaubte. Mit großen, fast irren Augen sah sie ihn an, er aber wiederholte den Schimpf, sprach weiter. „Und so eine will mir was sagen. Was glaubst denn du eigentlich?“ Seine Zunge war entfesselt. Weiter sprach er, schimpfte, höhnte, drohte, und sie hörte zu, wie erstarrt. Es war das erstemal, daß er ihr den Makel seiner Geburt ins Gesicht schrie. Aber er sprach nicht zu ihr wie etwa zu einer Unglücklichen, die von einem Liebhaber im Stich gelassen worden war, sondern wie zu einem Frauenzimmer, das eben einmal Pech gehabt und gar nicht wußte, wer der Vater ihres Kindes sei. Es waren auch nicht Vorwurfe eines Kindes, das durch seine uneheliche Geburt sich benachteiligt, gefährdet oder gar geschändet fühlte, es waren bübische, gemeine Schimpfworte, wie Gassenjungen sie Dirnen auf der Straße nachrufen. Sie fühlte auch, daß er bei all seiner Verdorbenheit in seiner tiefsten Seele kaum verstand, was er sagte. Er drückte sich eben so aus, wie es in seinen Kreisen üblich war, sie empfand weder Kränkung noch Schmerz, es war nur das Grauen einer ungeheuren, nie von ihr geahnten Einsamkeit, in das aus unendlicher Ferne die Stimme eines unbegreiflich Fremden tönte, der ein Mensch war wie sie und den sie geboren hatte.

Noch in dieser Nacht schrieb sie an Alfred, daß sie ihn dringend zu sprechen wünsche. Es verstrichen einige Tage, ehe er sie zu sich beschied. Er war freundlich, aber etwas kühl, und sein prüfender Blick erregte in ihr das

Bedürfnis, sich zu vergewissern, ob an ihrer Kleidung, ihrem Aussehen irgend etwas nicht in Ordnung sei. Während sie von dem Anlaß ihres Besuches sprach und in einer wenig gewandten, kaum recht zusammenhängenden Weise von ihren letzten Erfahrungen mit Franz erzählte, suchte sie immer zwangshaft im Wandspiegel gegenüber ihr Bild zu erspähen, was ihr anfangs nicht gelingen wollte. Als sie geendet, schwieg Alfred eine Weile und äußerte seine Ansicht, ja, er hielt eine Art von Vortrag über den Fall, aus dem Therese eigentlich nicht viel Neues erfuhr. Auch das Wort „moral insanity" hörte sie nicht zum erstenmal aus seinem Munde. Und er schloß damit, daß er ihr nun einmal nichts Besseres raten könne, als er es schon kürzlich getan: den Jungen aus dem Hause zu geben; womöglich danach zu trachten, daß er in eine andere Stadt übersiedle, ehe sich irgend etwas Nichtwiedergutzumachendes ereignet hätte.

Therese, auf ihrem Sessel hin und her rückend, hatte indes ihr Gesicht im Wandspiegel erblickt und erschrak. Freilich, die Beleuchtung war nicht die beste; aber daß das Glas aus schön häßlich und aus jung alt machte, war keineswegs anzunehmen; und sie sah, glaubte es in diesem fremden, ungewohnten Spiegel unwidersprechlich zu entdecken, daß sie mit ihren vierunddreißig Jahren verblüht, ältlich, fahl aussah, wie eine Frau von über vierzig. Nun, sie war allerdings gerade in den letzten Wochen erheblich abgemagert, überdies war sie unvorteilhaft gekleidet, der Hut besonders stand ihr übel zu Gesicht. Aber selbst all dies in Betracht gezogen, das Antlitz, das ihr aus dem Spiegel entgegenblickte, bedeutete ihr eine traurige Überraschung. Als Alfred im Sprechen innehielt, ward ihr bewußt, daß sie ihm zuletzt kaum mehr zugehört hatte. Er trat nun vor sie hin, fühlte sich verpflichtet, einige mildernde Worte hinzuzufügen, ließ es als möglich gelten, daß bis zu einem gewissen Grad die Entwicklungsjahre an dem unerfreulichen Verhalten Franzens schuld sein mochten, und vor allem warnte er Therese vor Selbstvorwürfen, zu denen sie ja in hohem Maß zu neigen scheine und zu denen doch wahrhaftig kein Grund vorhanden sei. Dem widersprach sie heftig. Wie, sie hätte keinen Grund zu Selbstvorwürfen? Wer denn, wenn nicht sie? Sie war ja niemals eine wahre Mutter für Franz gewesen, immer nur für ein paar Tage oder Wochen, anfallsweise sozusagen, habe sie sich mütterlich gegen ihn betragen. Meistens sei sie doch nur mit ihren eigenen Angelegenheiten, mit ihrem Beruf, ihren Sorgen und – ja, warum sollte sie es leugnen – mit ihren Liebesgeschichten beschäftigt gewesen. Und wie oft habe sie den Buben als Last empfunden, ja, es sei nun einmal so, als Unglück geradezu, schon in früherer Zeit, lange bevor sie von seiner moral insanity etwas geahnt oder gar etwas gemerkt hatte. Schon zur Zeit, als er ein kleines, unschuldiges Kind gewesen sei, ja, schon ehe er auf die Welt gekommen, habe sie nichts von ihm wissen wollen. Und in der Nacht, da sie ihn geboren, habe sie gehofft, gewünscht, daß er überhaupt nicht lebendig zur Welt komme.

Sie hatte noch mehr, noch Wahreres sagen wollen, aber im letzten Augenblick hielt sie sich zurück, aus Angst, durch ein noch weitergehendes Geständnis sich dem Freund zu entfremden, sich ihm, und am Ende nicht ihm allein, gewissermaßen auszuliefern. Und sie schwieg. Alfred aber, wenn er auch tröstend, gütig beinahe die eine Hand auf ihre Schulter legte, – es konnte ihr nicht entgehen, daß er mit der andern die Uhr aus der Westentasche zog; und als Therese daraufhin sich mit einer gewissen Hast erhob, bemerkte er wie entschuldigend, daß er leider vor sechs auf der Klinik sein müsse. Therese aber solle keineswegs etwas veranlassen, ehe sie noch einmal mit ihm gesprochen. Und – es war wohl vorerst nicht seine Absicht gewesen, so weit zu gehen – er schlug ihr vor, nächstens mit Franz zu ihm in die Sprechstunde zu kommen oder besser noch, er selbst wolle dieser Tage, vielleicht Sonntags um die Mittagsstunde, sie besuchen, um bei dieser Gelegenheit wieder einmal mit Franz zu reden, und so zu einem klaren, persönlichen Eindruck zu gelangen.

Therese verstand selbst nicht, daß dieses so natürliche Anerbieten des einstigen Geliebten, des Freundes, des Arztes auf sie wirkte, als hätte er ihr damit die Hand zur Rettung gereicht. Sie dankte ihm aus erfülltem Herzen.

79

Der angekündigte Besuch Alfreds fand nicht statt, denn am nächsten Morgen war Franz aus der Wohnung der Mutter verschwunden, ohne auch nur ein Wort der Erklärung zu hinterlassen. Theresens erste Regung war, die Polizei zu verständigen, aber sie unterließ es in der Besorgnis, daß die Behörde Grund haben möchte, Franzls Verschwinden als eine Art von Flucht aufzufassen, und gerade durch eine Anzeige vorzeitig auf eine Spur gelenkt werden könnte. Sie setzte sich in Verbindung mit Alfred, der zuerst ungehalten schien, daß sie ihn anrief, dann aber ihr zu verstehen gab, daß er diese neueste Wendung keineswegs schlimm finden könne, daß sie ganz gut daran tue, keinerlei Schritte zu unternehmen, und lieber den Dingen ihren Lauf lassen solle. Seine

Gleichgültigkeit tat Theresen weh, ja, sie konnte sich kaum verhehlen, daß Alfreds Verhalten ihr weher tat als Franzens Flucht. Bald freilich kamen Stunden des Schmerzes, ja, der Verzweiflung; in schlaflosen Nächten fühlte sie eine ungeahnte Sehnsucht nach dem Verschwundenen, und sie dachte daran, eine Anzeige in die Zeitung einzurücken von der Art, wie sie sie schon manchmal gelesen hatte: „Kehre zurück, alles verziehen!“ Wenn der Morgen kam, sah sie die Unsinnigkeit eines solchen Beginnens ein, sie tat nichts dergleichen, und nach wenigen Wochen merkte sie, daß sie zwar nicht froher, aber ruhiger dahinlebte als zur Zeit, da sie ihren Sohn noch bei sich gehabt hatte.

In der Nachbarschaft erzählte sie, daß Franz eine Stellung in einem österreichischen Provinzstädtchen gefunden habe. Ob man es nun glaubte oder nicht – es kümmerte sich niemand besonders um die Familienverhältnisse des Fräuleins Fabiani.

Ihre Berufstätigkeit, die sie geraume Zeit hindurch ohne innere Anteilnahme, mechanisch gleichsam, ausgeübt hatte, begann ihr wieder eine gewisse Befriedigung zu gewähren. Sie erteilte nicht nur Einzelunterricht, sie kam auch in die Lage, aus einigen auf ungefähr gleicher Stufe stehenden jungen Mädchen Kurse zusammenzustellen.

Im übrigen lebte sie wieder völlig eingezogen, weder Mutter noch Bruder und Schwägerin kümmerten sich um sie, und auch Alfred ließ nichts von sich hören. Sie ging so wenig wie möglich aus dem Hause und wußte es so einzurichten, daß sie nur selten mehr außerhalb ihrer vier Wände Unterricht zu erteilen hatte. Kaum jemals geschah es, daß sie an einer ihrer Schülerinnen ein persönliches Interesse nahm, das über die Dauer der Unterrichtsstunden hinausgegangen wäre, und manchmal erinnerte sie sich fast wehmütig früherer Zeiten, da sie als Erzieherin, freilich ihren Zöglingen schon durch gemeinsame Häuslichkeit näher, als es heute der Fall war, an manchen mit ihrem ganzen Herzen gehangen, ja, fast wie eine Mutter für sie empfunden hatte.

Einmal aber, ein paar Monate nachdem Franz das Haus verlassen, ereignete es sich, daß eines der Mädchen, die den Kurs besuchten, ein paar Tage ausblieb und sie sich durch das Fehlen dieses kaum sechzehnjährigen Wesens stärker berührt fühlte, als es jemals bei solcher Gelegenheit der Fall gewesen war. Als ein Brief des Vaters das Ausbleiben der Tochter mit einer fieberhaften Halsentzündung entschuldigte, geriet Therese in eine ihr selbst kaum begreifliche Unruhe, die nicht weichen wollte; und als endlich nach kaum einer Woche Thilda wieder erschien, fühlte Therese, wie ihr eigenes Antlitz vor Freude sich rötete und ihre Augen zu leuchten begannen. Das wäre ihr selbst kaum zu Bewußtsein gekommen, wenn nicht, wie zur Antwort darauf, um Thildas Lippen ein sonderbares, wohl liebenswürdiges, aber zugleich etwas überlegenes, ja spöttisches Lächeln gespielt hätte. In diesem Augenblick wußte Therese, daß sie die Kleine liebte und daß sie sie gewissermaßen unglücklich liebte. Sie wußte auch, daß diese Sechzehnjährige – und nicht nur dank den günstigeren äußeren Lebensumständen – zu einer anderen Art von Wesen gehörte als sie, zu den klugen, kühlen, in sich geschlossenen, denen niemals etwas ganz Ernstes und Schweres begegnen kann, weil sie sich selbst immer zu bewahren und von jedem anderen, der in ihre Nähe, unter ihren Einfluß, in ihren Zauberkreis gerät, so viel zu nehmen verstehen, als ihnen eben nötig oder auch nur ergötzlich scheint. Und dieser Augenblick, da Thilda nach achttägiger Abwesenheit, um ein paar Minuten verspätet wie gewöhnlich, mit einem anmutigen Gruß ins Zimmer getreten war, ihren Stuhl gleich an den Tisch zu den fünf anderen Teilnehmerinnen des Kurses heranrückte und mit einer fast unmerklichen, weltdamenhaften Geste Therese davon abhielt, um ihretwillen die Stunde etwa zu unterbrechen – dieser Augenblick war einer von denjenigen, da in Theresens dämmernde Seele gleichsam ein Lichtschein fiel, in dem ihr das gefühlsmäßige Verhältnis zwischen ihr und Thilda ein für allemal mit unbedingter Klarheit bewußt wurde.

Nach Beendigung des Unterrichts fügte es sich diesmal ganz natürlich, daß Thilda allein bei der Lehrerin zurückblieb und sich ein Gespräch entspann, das von der eben überstandenen Krankheit seinen Ausgang nahm. Im Anfang – so gestand Thilda zu – hatte die Sache etwas bedenklich ausgesehen, es war sogar eine Pflegerin aufgenommen worden. – „Wie? Eine Pflegerin?“ – Nun ja, die Mutter lebte nicht in Wien. Wie? Fräulein Fabiani wußte das nicht? Freilich, die Eltern seien geschieden, die Mutter hielte sich schon seit Jahren in Italien auf, weil ihr das Wiener Klima nicht zuträglich sei. Den vorigen Sommer bis tief in den Herbst hinein habe sie mit der Mutter in einem italienischen Seebad verbracht. Thilda nannte den Namen nicht; sie liebte es, beiläufig zu sein, und Therese fühlte, daß eine Frage nach dem Namen des Seebades unerlaubt und zudringlich gewesen wäre. Die Pflegerin habe sich sehr nett und freundlich benommen, aber am vierten Tag habe „man“ sie Gott sei Dank weggeschickt. Und es sei ihr wie eine Erlösung gewesen, allein und ungestört im Bett zu liegen und ein schönes Buch zu lesen. – Was für ein Buch? hätte Therese beinahe gefragt, aber sie hütete sich. „So leben Sie also ganz allein mit Ihrem Herrn Papa?“ fragte sie. –Thilda lächelte ein wenig, und in ihrer Antwort war sehr betont nicht von einem Papa, sondern von einem Vater die Rede. Und während sie von ihm erzählte, wurde sie etwas wärmer, als es sonst ihre Art war. Oh, es ließe sich sehr gut mit ihm allein leben. Nachdem die Mutter „abgereist“ war, hatte Thilda eine Zeitlang ein Fräulein gehabt, aber es hatte sich gezeigt, daß es ohne ein Fräulein auch ganz gut und sogar viel besser gehe. Bis zum vorigen Jahr hatte sie ein Lyzeum besucht, jetzt nahm sie Lektionen zu Hause, Klavier- und sogar Harmoniestunden, mit der englischen Lehrerin ging sie zuweilen spazieren, und – ein Zug von Neid huschte über Theresens Züge – zweimal in der Woche höre sie kunstgeschichtliche Vorträge mit Freundinnen zusammen. Sie verbesserte sich gleich: mit guten Bekannten, denn „Freundinnen“ besitze sie eigentlich nicht. Mit dem Vater unternehme sie Sonntags kleine Ausflüge, auch Konzerte besuche er mit ihr, eigentlich nur ihr zuliebe, denn persönlich sei er gar nicht besonders musikalisch. Und nun neigte sie ganz leicht den Kopf – Therese verstand nicht einmal gleich, daß es ein Abschiedsgruß sein sollte – und nach einem sehr leisen Händedruck war Thilda zur Türe hinaus.

In einer Art Benommenheit blieb Therese zurück. Etwas Neues war in ihr Leben getreten. Sie fühlte sich älter und jünger: mütterlich-älter und schwesterlich-jünger zugleich.

Sie hütete sich, sowohl vor den übrigen Mädchen als auch vor Thilda selbst merken zu lassen, daß sie zu ihr anders stand als zu den übrigen; und sie fühlte, daß Thilda ihr dafür Dank wußte. Die Belohnung ließ nicht lange auf sich warten: eines Tages nach Beendigung des Kurses lud Thilda im Namen des Vaters Therese für den nächsten Sonntag zum Mittagessen ein. Therese errötete vor Freude, und Thilda tat ihr den Gefallen, es nicht zu bemerken. Sie brachte mehr Zeit als sonst mit dem Zuklappen der Hefte und Bücher zu, dann, den Mantel nehmend, sprach sie von einem Bulwerschen Roman, den ihr Therese empfohlen und der sie ein wenig enttäuscht habe, und endlich mit einem fröhlichen Gesicht wandte sie sich nochmals an Therese: „Also morgen um eins, nicht wahr?“ und war fort.

80

Das alte, wohlerhaltene, offenbar erst in der letzten Zeit wieder instand gesetzte Haus in einer Seitenstraße der Mariahilfer Vorstadt gehörte der Familie Wohlschein seit beinahe hundert Jahren. Im rückwärtigen Trakt befand sich die Fabrik für Leder- und Galanteriewaren, im Erdgeschoß des vorderen der Verkaufsladen. Ein größerer und vornehmerer war in der inneren Stadt gelegen, aber die alten Kunden zogen es vor, ihre Einkäufe im Stammhaus zu besorgen. Die Wohnräume lagen im ersten Stockwerk. Der Salon, in den man Therese eintreten ließ, war behaglich und etwas altmodisch mit dunkelgrünen, schweren Vorhängen und gleichfarbigen Plüschmöbeln eingerichtet. Das Speisezimmer, zu dem die Türe offen stand, wirkte dagegen hell und modern. Thilda kam heiter auf den Gast zu und sagte: „Der Vater ist auch schon zu Hause, wir können uns gleich zu Tisch setzen." Sie trug ein blaues Stoffkleid mit weißem Seidenkragen, die braunen Haare fielen ihr offen über die Schulter herab, während Therese sie bisher immer nur mit aufgestecktem Zopf gesehen hatte; sie sah jünger und kindlicher aus als sonst. Es war ein trüber Wintertag; in der massiven Bronzelampe über dem gedeckten Tisch brannten die Flammen. „Was denken Sie, wo wir heute waren, der Vater und ich?" sagte Thilda. „Im Dornbacher Park und auf dem Hameau. Um halb acht sind wir fortgegangen." – „War's nicht etwas neblig?" – „Nicht so arg, und gegen Mittag wurde es fast klar. Wir hatten eine sehr schöne Fernsicht über die Donauebene."

Herr Siegmund Wohlschein trat aus dem Nebenzimmer. Er war ein etwas untersetzter und trotz kleiner Glatze und grauer Schläfen noch jugendlich aussehender Herr mit vollem Gesicht, dichtem, dunklem Schnurrbart und hellen, nicht großen, aber freundlichen Augen. „Freut mich, Sie bei uns zu sehen, Fräulein Fabiani. Thilda hat mir schon viel von Ihnen erzählt. Bitte zu entschuldigen, daß ich als Hochtourist vor Ihnen erscheine." Er sprach mit auffallend tiefer Stimme, den Dialekt leicht wienerisch gefärbt, trug einen eleganten Touristenanzug und zu den dunkelgrünen Stutzen Hausschuhe aus schwarzem Lackleder. Die Suppe wurde von einem nicht mehr ganz jungen Dienstmädchen aufgetragen. Herr Wohlschein selbst teilte vor, und so hielt er es auch bei den nächsten Gängen. Es war ein bürgerlich-sonntägliches, trefflich zubereitetes Mahl mit einem leichten Bordeauxwein als Getränk. Die Unterhaltung führte aus dem Wiener Wald, dessen herbstliche Reize Herr Wohlschein rühmte, bald in andere Hügel- und Gebirgsgegenden, die er als begeisterter Tourist durchwandert hatte; Therese, freundliche Fragen beantwortend, erzählte von ihrer Jugend, von Salzburg, von ihrem verstorbenen Vater, dem Oberstleutnant, und von ihrer Mutter, der Schriftstellerin, deren Name in diesem Hause völlig unbekannt schien. Auch ihres Bruders tat sie beiläufig Erwähnung, ohne zu bemerken, daß er einen anderen Namen trug als sie, von ihrem Sohn sprach sie natürlich kein Wort, obzwar sie annehmen konnte, daß dessen Existenz Thilda, wie auch anderen ihrer Schülerinnen, nicht unbekannt war, die ihn früher, als er noch bei der Mutter wohnte, gesehen haben mochten. Niemals noch war ihr sein Dasein, sein Zusammenhang mit ihr so fern und unwirklich erschienen als in dieser Stunde. Herr Wohlschein zog sich bald nach Tisch zurück, Thilda aber führte Therese in ihr helles Mädchenzimmer, in dem sich eine kleine, gewählte Bibliothek befand, und besah mit ihr die Illustrationen eines kunstgeschichtlichen Werkes. Bei der Betrachtung des „Barberino" fragte Thilda Therese, ob sie denn nicht das Original kenne, es hinge hier im Kunsthistorischen Museum; Therese mußte gestehen, daß sie dieses seit einem längst verflossenen Besuch mit einer ihrer Schülerinnen nicht wieder betreten hatte. „Das muß nachgeholt werden", meinte Thilda.

Herr Wohlschein erschien später, in städtischem Gewand, mit hohem, etwas zu engem Kragen, im Pelz, küßte seine Tochter auf die Stirn und sagte, daß er sich zu einer Tarokpartie in ein nahes Café begebe, aber um acht zum Abendessen wieder daheim sein werde. „Und du?" wandte er sich wie entschuldigend an Thilda. „Was hast du vor?" – „Du darfst auch länger ausbleiben", erwiderte sie nachsichtig lächelnd. „Ich habe Briefe zu schreiben." – Briefe? dachte Therese, wahrscheinlich auch an die Mutter, die im Ausland lebt. Gewiß hatte Herr Wohlschein den gleichen Gedanken, denn er schwieg eine Weile, und seine gutmütige Stirn runzelte sich ein wenig. Dann empfahl er sich freundlich von Therese, ohne den Wunsch nach einem Wiedersehen auszusprechen. Bald nach ihm hielt es auch Therese an der Zeit, zu gehen, und Thilda hielt sie nicht zurück.

So war ihr Eintritt in dieses Haus vollzogen, es folgten in Abständen von zwei bis drei Wochen weitere Einladungen zu sonntäglichen Mahlzeiten, bei denen manchmal auch andere Gäste anwesend waren: die verwitwete Schwester des Hausherrn, eine sehr gesprächige Dame in mittleren Jahren, die trotz ihres heiteren Temperaments immer wieder mit betrübtem Kopfschütteln von bedenklichen Erkrankungen im Bekanntenkreis zu erzählen liebte, – der bescheidene und schweigsame ältliche Prokurist der Firma Wohlschein, eine ältere Freundin Thildas, Kunstgewerbeschülerin, die in lustiger, oft boshafter Art von ihren Professoren und Kolleginnen sprach, – aber sie alle, wie noch andere gelegentliche Teilnehmer verblieben nur ganz schattenhaft in Theresens Erinnerung, ja, sie hatte sie gleichsam schon vergessen, ehe sie aus der Türe trat; denn es war, als löschten in Thildas Nähe, auch wenn sie sich an der Unterhaltung kaum beteiligte, die übrigen alle gewissermaßen aus. Therese konnte nicht umhin, ununterbrochen ihre Klugheit, ihre Überlegenheit und irgendwie auch ihre Ferne zu spüren.

Und diese Ferne blieb. Immer, nicht nur in den Unterrichtsstunden, auch bei den Gesprächen nachher oder in Thildas Mädchenzimmer, auch im Museum, das sie mit Thilda zuerst an einem der Weihnachtsfeiertage besuchte, war Therese dieser etwas schmerzlichen Ferne sich bewußt, und manchmal war ihr, als müßte sie die blonde Frau des Palma Vecchio, den Maximilian von Rubens und manche andere dieser entrückten Bildnisse beneiden, denen gegenüber Thilda sich freier, vertrauter, inniger zu geben schien als gegenüber Theresen und vielleicht gegenüber allen anderen lebenden Menschen.

81

Eines Abends – sie wollte eben zu Bette gehen – wurde an ihrer Türe geklingelt. Es war Franz, der draußen stand, beschneit, ohne Winterrock, doch in einem anscheinend neuen Anzug von vorstädtisch elegantem Schnitt. Das rot geränderte Taschentuch ragte ihm wie üblich aus der Rocktasche. Ein ganz anderer stand vor ihr als der, den sie vor mehr als einem halben Jahr zum letztenmal gesehen. Nicht im geringsten ein Knabe mehr – ein junger Herr, wenn auch keiner von der besten Sorte, ja, mit seinem blassen Gesicht, dem pomadisierten, gescheitelten Haar, der Ahnung eines Schnurrbartes unter der stumpfen Nase, den unsicheren und stechenden Augen eine einigermaßen verdächtige Erscheinung.

„Guten Abend, Mutter“, sagte er mit einem trotzigen und dummen Lachen. Sie sah ihn groß, nicht einmal erschrocken an. Er klopfte sich den Schnee von Kleid und Schuhen, und mit einer linkischen Höflichkeit, als träte er in einen fremden Raum, folgte er der Mutter. Ein Rest des Abendessens stand auf dem Tisch. Sein Blick, gierig beinahe, fiel auf den Teller mit Käse und Butter. Therese schnitt ein Stück Brot ab, wies auf das Essen und sagte: „Bitte.“ – „Ja, die Kälte macht einem Appetit“, meinte er, strich sich Butter aufs Brot und aß.

„Also, du bist wieder da“, sagte Therese nach einiger Zeit und fühlte, daß sie blaß geworden war. – „Nicht auf ständig“, erwiderte Franz mit vollem Mund und rasch, als müsse er sie beruhigen. „Weißt, Mutter, ich bin nämlich krank geworden auf dem Weg.“

„Auf dem Weg nach Amerika“, ergänzte Therese ungerührt.

Ohne darauf zu achten, sprach Franz weiter: „Eigentlich war es nur ein weher Fuß, aber – es ist halt auch mit dem Geld nicht ausgegangen, und mein Freund, der mit war, hat mich im Stich gelassen. Dann hat mir einer g'sagt, man muß einen Ausweis haben aufm Schiff. Also mit der Zeit verschaff' ich mir schon einen. Aber für'n Moment hab' ich mir denkt, is doch das gescheiteste, fahrst wieder retour.“

„Seit wann bist du denn wieder da?“ fragte sie langsam.

„Ich hab' nicht sehr weit zurück gehabt“, erwiderte er ausweichend mit seinem trotzigen Lachen. Dann erzählte er, daß er auch „gearbeitet“ habe, nämlich als Aushilfskellner an Sonn- und Feiertagen in einem Wirtshaus. Und wie er behauptete, hatte er Aussicht, in der allernächsten Zeit als „Speisenträger“ fest angestellt zu werden. Er hätte schon längst eine solche Anstellung gekriegt, wenn es ihm nicht an allerlei Notwendigem fehlte, vor allem an Hemden; und auch mit seinem Schuhwerk sei es übel bestellt. Er wies der Mutter das Paar, das er an den Füßen trug: dünne Lackstiefeletten mit völlig durchtretenen Sohlen. Therese nickte nur. Sie wußte selbst nicht, ob die Regung, die sie verspürte, Mitleid war oder Angst, daß der Junge ihr wieder in der Tasche liegen würde.

„Wo wohnst du denn eigentlich?“ fragte sie. – „Ah, mit dem Quartier hat's keine Not. Obdachlos, Gott sei Dank, bin ich nicht. Da hat man immer schon Freunde.“ – „Du kannst ja hier wohnen, Franz“, sagte sie. Doch kaum hatte sie's ausgesprochen, so bereute sie's schon.

Er schüttelte den Kopf. „Da g'hör' ich nicht her“, sagte er trocken. „Aber wenn du mich für heut nacht da möchtest schlafen lassen, da saget ich nicht nein. Ich hab' einen weiten Weg, und bei dem Schneegestöber mit die Schuh' –“

Therese erhob sich, zögerte aber gleich wieder. Sie hatte aus dem Wäscheschrank eine der wenigen Banknoten nehmen wollen, die sie dort verwahrte, aber sie fühlte, daß das höchst unvorsichtig wäre. So sagte sie: „Ich mach' dir dein Bett auf dem Diwan, und – vielleicht finden sich auch ein paar Gulden, daß du dir ein Paar Schuhe kaufen kannst.“ – Franz runzelte die Stirn und nickte, ohne zu danken. „Kriegst es zurück, Mutter, ich versprich dir's, in spätestens drei Wochen."

„Ich verlang' nichts zurück", sagte sie. Franz zündete sich eine Zigarette an und starrte in die Luft. – „Eine Flasche Bier hast nicht zu Hause, Mutter?" Sie schüttelte den Kopf. – „Aber – einen Rum vielleicht?" – „Ich mach' dir einen Tee." – „Ah, kein Tee, Rum allein macht wärmer. Ich weiß ja, wo du ihn aufgehoben hast." Er stand auf und ging in die Küche.

Therese breitete die Leinwand auf den Diwan. Draußen hörte sie Franz rumoren. Mein Sohn?! fragte sie sich fröstelnd. Während Franz noch draußen war, nahm sie rasch eine Fünf-Gulden-Banknote aus ihrem Schrank, aber noch während sie wieder zusperrte, stand Franz, unhörbar hereingeschlichen, hinter ihr, die Rumflasche in der Hand. Er tat, als hätte er nichts gesehen. Sie hielt den Schein in der hohlen Hand verborgen und hielt ihn weiter so, bis das Lager fertig war. Er schenkte sich den Rum in ein Wasserglas, füllte es fast zur Hälfte, setzte es an die Lippen. „Franz!" rief sie. Er trank aus und zuckte die Achseln. „Wann einem kalt ist", sagte er. Er warf Rock, Gilet und Kragen ab. Er hatte nur ein zerschlissenes Trikotleibchen an, kein Hemd, streckte sich auf den Diwan und zog die Decke über sich. „Gute Nacht, Mutter", sagte er.

Sie stand regungslos, stumm; er drehte sich zur Wand hin und schlief gleich ein. Da nahm sie eine zweite Banknote zu fünf Gulden aus dem Schrank und legte beide Scheine auf den Tisch. Dann setzte sie sich eine Weile hin, den Kopf in die Hände gestützt. Endlich löschte sie das Licht und ging in ihr Schlafgemach, sie kleidete sich nicht völlig aus, legte sich hin, versuchte einzuschlafen, doch es gelang ihr nicht. Kurz nach Mitternacht erhob sie sich wieder, auf den Zehenspitzen schlich sie ins Nebenzimmer. Franz atmete ruhig. Sie mußte daran denken, wie sie in früherer Zeit manchmal seinen Kinderschlaf bewacht hatte; auch heute lag er da, wie er als Kind meistens da gelegen war: die Decke übers Kinn gezogen, und da es dunkel war, sah sie im Geist nicht sein Gesicht von heute, sondern eines aus längst verflossenen Zeiten. Ja, auch er hatte einmal ein Kindergesicht gehabt, auch er war einmal ein Kind gewesen, und auch heute – oh, das war gewiß, sähe sein Gesicht anders aus, wenn sie ihn nicht einmal umgebracht hätte.

Unwillkürlich, wie aus einer verschütteten Tiefe, war dieses Wort ihr ins Bewußtsein emporgestiegen, und sie hatte doch etwas ganz anderes gemeint: wenn ich mich um ihn mehr hätte kümmern können – das hatte sie denken wollen –, dann sähe er wohl anders aus. Wenn ich eine andere Mutter gewesen wäre, wäre mein Sohn ein anderer Mensch geworden. Sie erbebte in tiefster Seele. Leise, fast ohne ihn zu berühren, strich sie ihm über das gescheitelte, pomadisierte Haar. Ich will ihn bei mir behalten, sagte sie vor sich hin. Morgen früh will ich noch einmal mit ihm reden. Dann begab sie sich wieder zu Bette und schlief nun wirklich ein.

Als sie um sieben Uhr früh erwachte und ins Nebenzimmer trat, lag die zerknüllte Decke auf dem Fußboden, die Rumflasche war zu drei Vierteilen leer, und Franz war fort.

82

Sie sprach zu niemandem ein Wort von diesem Besuch, und rascher, als sie gedacht, wurde er eine blasse Erinnerung. Auch der Umstand, daß etwa acht Tage nachher ein übel aussehendes, ältliches Frauenzimmer mit Kopftuch ihr einen Brief Franzens überbrachte, in dem nur dieses stand: „Hilf mir noch einmal, Mutter, ich brauche dringend zwanzig Gulden", berührte sie nur wenig. Ohne ein Begleitschreiben schickte sie ihm die Hälfte des verlangten Betrags, was freilich auch schon ein Opfer für sie bedeutete.

Wieder kurz darauf, höchst unerwartet, erschien ihre Schwägerin. Sie war freundlich, doch befangen. Längst schon wäre sie da gewesen, aber das Hauswesen und die zwei Kinder nähmen ihre ganze Zeit in Anspruch, und wenn sie heute käme – sie stockte und reichte Theresen einen Brief hin. Es waren ein paar Zeilen von Franz in kindisch unbeholfener Schrift und mangelhafter Orthographie: „Sehr geehrte Frau Faber. In einer augenblicklichen Verlegenheit gestatte mir, mich an Sie zu wenden. Wenn Euer Wohlgeboren nämlich die Güte haben wollten, da mir meine Mutter augenblicklich nicht aushelfen kann, zur dringenden Anschaffung von einem Paar Schuhen mit einem kleinen Betrag von elf Gulden beizustehen. Mit Hochachtung Franz Fabiani."

„Du hast ihm hoffentlich nichts geschickt?" sagte Therese hart.

„Ich hätt' gar nicht können, ich muß ja so genau Rechnung legen. Ich hab' dich nur bitten wollen, daß du ihm sagst, er soll um Gottes Willen nicht noch einmal – wenn mein Mann so einen Brief erwischt – es ist auch deinetwegen, Theres'."

Therese runzelte die Stirn. „Der Franz wohnt längst nicht bei mir, ich weiß überhaupt nichts mehr von ihm. Was mir möglich war, hab' ich getan, hab' ihm erst vor ein paar Tagen wieder was geschickt – was an mir liegt – du glaubst doch nicht, ich hab' ihn angeleitet? Ich weiß nicht einmal, wo er wohnt." Und plötzlich brach sie in Tränen aus.

Die Schwägerin seufzte auf. „Es hat halt jeder sein Kreuz." Und als hätte sie nur eine Gelegenheit gesucht, selbst ihr Herz zu erleichtern, sprach sie weiter. Ihr ging es auch nicht zum besten. Wenn sie die Kinder nicht hätte, – das dritte sei schon auf dem Weg. Eine Sorge mehr – hoffentlich auch ein Glück mehr, sie könnte es brauchen. „Du kannst dir ja denken, mit dem Karl ist es nicht so einfach." Er habe nur mehr Sinn für seine Versammlungen und Vereine, keinen Abend beinahe sei er zu Hause, die Praxis leide natürlich darunter. Sie klagte bitter über seine Unfreundlichkeit, seine Härte, seinen Jähzorn.

Sie hatte noch Tränen im Auge, als sie ging, weil sie gehen mußte, denn eben kamen zwei Schülerinnen zum Kurs. Thilda war die eine. Ihr Blick ruhte fragend, nicht ohne Mitgefühl, auf Therese, so daß diese zu einer Erklärung sich gewissermaßen verpflichtet fühlte. Und sie bemerkte: „Es war die Frau meines Bruders."'

„My brother's wife", übersetzte Thilda kühl, packte ihre Hefte und Bücher aus, und ihr Interesse an Theresens Familienangelegenheiten war damit erschöpft.

83

In den nächsten Wochen war von gemeinsamen Spaziergängen und Galeriebesuchen keine Rede. Auch blieb Thilda nach Beendigung der Unterrichtsstunde bei der Lehrerin nicht zurück, wie es früher so oft geschehen war. Eines Tages aber, schon gegen das Frühjahr zu, lud sie Therese plötzlich wieder für den Sonntagmittag ein. Therese atmete auf, denn sie hatte schon gefürchtet, daß sie weiß Gott wodurch im Hause Wohlschein Mißfallen erregt hätte. Überdies war sie gerade gestern durch eine neue Geldforderung ihres Sohnes – in gleicher Weise durch jenes übel aussehende Frauenzimmer mit dem Kopftuch ihr überbracht – in Unruhe versetzt worden. Sie hatte ihm fünf Gulden gesandt und die Gelegenheit benützt, ihn dringend zu warnen, sich jemals wieder an ihren Bruder zu wenden. „Warum suchst du nicht einen Posten auswärts," schrieb sie weiter, „wenn du hier keinen findest? Ich bin nicht mehr in der Lage, dir auszuhelfen.“ Kaum war der Brief fort, so hatte sie ihn schon wieder bereut in der Empfindung, daß es gefährlich sei, Franz zu reizen. Nun, da Thilda wieder gut zu ihr war, schien sie sich selbst stärker, wie gewappnet gegen manches Unheil, das drohen mochte.

Thilda war allein. Mit besonderer Herzlichkeit begrüßte sie die Lehrerin und gab ihrer Freude Ausdruck, sie heute wohler aussehend zu finden als neulich. Und wie zur Antwort auf Theresens fragenden Blick, beiläufig und etwas altklug, bemerkte sie: „Es ist schon so, Familienbesuche bringen selten was Angenehmes, besonders unerwartete.“ – „Nun,“ erwiderte Therese, „glücklicherweise bekomme ich selten welche, weder erwartete noch unerwartete.“ Und sie sprach von ihrer zurückgezogenen, fast einsamen Lebensweise. Seit auch ihr Sohn „draußen“ eine Stellung gefunden – sie wurde dunkelrot, und Thilda machte sich an der Bibliothek zu schaffen –, sehe sie fast niemanden von ihrer Familie. Die Mutter scheine völlig in ihre Schreibereien versponnen, der Bruder habe seinen Beruf und überdies mit der Politik viel zu tun, und die Schwägerin gehe völlig in der Sorge für Haus und Kinder auf.

Ganz unvermittelt bemerkte Thilda: „Wissen Sie, Fräulein Fabiani, was mein Vater neulich gesagt hat? Aber Sie dürfen nicht böse sein.“ – „Böse?“ wiederholte Therese etwas betroffen; und Thilda fügte rasch hinzu: „Der Vater findet – wie hat er sich nur ausgedrückt –, daß Sie nicht genug aus sich zu machen verstehen.“ Und auf Theresens fragenden Blick: „Er meint, daß eine so ausgezeichnete Lehrerin berechtigt, ja eigentlich verpflichtet wäre, auch höhere Honorare zu verlangen.“

Therese wehrte ab. „Ach Gott, Thilda, den meisten ist ja schon das zuviel. Ich bin nur Privatlehrerin, habe nie Prüfungen gemacht, bin nie öffentlich angestellt gewesen.“ Und sie erzählte, wie früh schon sie sich selbst hatte erhalten müssen, wie sie nie dazu gekommen sei, das Versäumte nachzuholen – nun ja, vielleicht bis zu einem gewissen Grad durch eigene Schuld –, aber wie es nun immer sei, jetzt war es zu spät, von vorn anzufangen.

„Ach Gott, es ist nie zu spät“, meinte Thilda. Und wieder ganz unvermittelt richtete sie an Therese die Frage, ob sie sich eine Bitte erlauben dürfe. Sie wisse nämlich nicht genau, wann Theresens Namenstag sei. „Bei uns gibt's nämlich keine.“ Und daher bitte sie Fräulein Fabiani recht sehr, heute ein nachträgliches Namenstagsgeschenk anzunehmen; und ehe Therese etwas erwidern konnte, war Thilda im Nebenzimmer verschwunden, kam mit einem englischen Drap-

Mantel auf dem Arm zurück, ersuchte Fräulein Fabiani, sich freundlichst erheben zu wollen, und half ihr in die Ärmel. Der Mantel paßte wie nach Maß gemacht; wenn aber vielleicht doch noch etwas zu richten sei, die Firma, wo er gekauft war, übernehme jede Änderung.

„Was fällt Ihnen nur ein", sagte Therese. Sie stand vor dem großen Schrankspiegel in Thildas Mädchenzimmer und betrachtete sich. Wahrhaftig, es war ein geschmackvoller, vortrefflich sitzender Mantel, und sie sah aus, wie eine noch ziemlich junge Dame aus wohlhabenden Kreisen.

„Ja richtig", sagte Thilda und reichte Theresen ein kleines Päckchen in Seidenpapier. „Das gehört dazu." Es waren drei Paar Handschuhe, weiß, dunkelgrau und braun, von bester schwedischer Sorte. „Sechsdreiviertel, die Nummer stimmt doch?"

Während Therese eben daran war, einen Handschuh zu probieren, trat Herr Wohlschein ein. „Ich gratuliere, Fräulein Fabiani", sagte er. – „Wozu denn, Herr Wohlschein?" – „Sie haben Geburtstag, sagt mir Thilda." – „Aber nein, weder Geburtstag noch Namenstag, ich weiß wirklich nicht –" – „Nun, heute wird er gefeiert," erklärte Thilda, „und damit basta."

Das Mittagsmahl verlief in bester Laune, auch einen weißen Burgunder gab es; man trank auf Theresens Wohl, und Therese kam sich wirklich vor wie ein Geburtstagskind. Zum schwarzen Kaffee erschien die Schwester des Herrn Wohlschein und später ein Geschäftsfreund, ein Herr Verkade aus Holland, nicht mehr ganz jung, bartlos, dunkelhaarig, mit ergrauten Schläfen und sehr hellblauen Augen unter den schwarzen Brauen. Man sprach von Java, wo Herr Verkade jahrelang gelebt hatte, von Schiffsreisen, von Luxusdampfern, Ballabenden auf See, von den Fortschritten des Verkehrswesens in der ganzen Welt und von gewissen Rückständigkeiten in Österreich. Die Schwester des Herrn Wohlschein nahm ihre Heimat in Schutz. Herr Verkade wollte sich natürlich kein Urteil über die hiesigen Zustände anmaßen, gewandt führte er die Unterhaltung auf ein harmloseres Gebiet, auf Opernvorstellungen, berühmte Sängerinnen, Konzerte und dergleichen, wobei er sich manchmal mit besonderer Zuvorkommenheit auch an Therese wendete.

Wie oft hatte sie in früherer Zeit solchen Unterhaltungen beigewohnt und kaum je als völlig gleichberechtigt an ihnen teilgenommen. Sie ertappte sich heute darauf, daß sie wohl gelegentlich auch ein Wort hätte sagen mögen, sich aber nicht recht getraute. Bei irgendeinem Anlaß aber – niemand außer Therese merkte die Absicht – zog Thilda sie ins Gespräch; allmählich – auch der Wein mochte ein wenig schuld daran sein –schwand Theresens Befangenheit, sie sprach frei und lebhaft, wie schon lange nicht mehr, und sah manchmal den etwas verwunderten, aber höchst wohlgefälligen Blick des Hausherrn auf sich gerichtet.

84

Am nächsten Sonntag ereignete sich endlich, was schon öfters geplant, aber bisher noch nie zur Ausführung gelangt war: ein gemeinsamer kleiner Ausflug mit Thilda und ihrem Vater, dem sich auch ein Ehepaar anschloß, das man zufällig in der Straßenbahn getroffen hatte. Es war ein schöner Frühlingstag, in einem Waldwirtshaus ließ man sich zu einem Imbiß nieder, und Therese merkte, daß es das gleiche war, in dem sie vor vielen Jahren einmal mit Kasimir eingekehrt war. Saß sie nicht an demselben Tisch, vielleicht auf demselben Stuhl wie damals? Waren es nicht am Ende dieselben Kinder, wie damals, die dort auf der Wiese herumliefen, – wie es der gleiche Himmel über ihr, die gleiche Landschaft und das gleiche Gewirr von Stimmen war? Saßen nicht dieselben Leute dort am Nebentisch, mit denen damals ihr Begleiter zu ihrem Mißvergnügen sich in eine Unterhaltung eingelassen hatte? Erst in der Sekunde drauf besann sie sich, daß der Mann, dessen sie sich jetzt erinnerte, der Vater ihres Kindes war; und noch etwas anderes fiel ihr ein, woran sie rätselhafterweise seit heute morgen nicht mehr gedacht hatte, daß dieses Kind, daß ihr Sohn Franz sich am gestrigen Abend wieder in unerfreulichste Erinnerung gebracht hatte. Er hatte ihr einen Brief geschickt: zweihundert Gulden brauche er. Damit wäre er gerettet, mehr als das, damit könne er sich eine Existenz gründen. „Laß mich nicht im Stich, Mutter, ich beschwöre dich." Nicht die alte Frau mit dem Kopftuch hatte den Brief abgegeben, ein hagerer, abgerissen aussehender Bursch war draußen vor der Tür gestanden, hatte sich hereingedrängt und die Türe hinter sich geschlossen mit frechem Blick und, ohne ein Wort zu reden, ihr den Brief gereicht; es war, als hätte Franz es darauf angelegt, der Mutter durch die Erscheinung des Boten Angst einzujagen. Sie hatte ihm dreißig Gulden geschickt, es war ihr schwer genug. Wie sollte das nur weitergehen? Ah, wäre er doch damals nach Amerika gegangen! Hätte man nur Geld genug, ihm das Billett für die Überfahrt zu zahlen! Aber wer stand dafür ein, daß er sich auch wirklich einschiffte und davonfuhr? Und plötzlich, wie auf einem Bild, sah sie ihn vor sich: auf dem Verdeck eines Frachtendampfers, in abgetragenem Anzug, mit zerrissenen Schuhen, ohne Überzieher mit hoch hinaufgeschlagenem Kragen, in Sturm und Regen. Und in demselben Augenblick war auch wieder das Schuldgefühl da, das sie immer wieder, wenn auch auf Minuten nur, überfiel und das, wenn es geschwunden war, sie gleichsam im Leeren dahinschwebend, dahintreibend zurückließ, als wenn alles, was sie erlebte, gar nicht wirklich wäre, sondern ein Traum.

„Ihre Suppe wird kalt, Fräulein Fabiani", sagte Thilda.

Therese blickte auf und wußte gleich wieder, wo sie war. Die andern hatten ihre Versunkenheit kaum bemerkt, sie aßen, plauderten, lachten, und auch Therese atmete wieder frei, ließ sich das Essen schmecken, freute sich an der Luft, der Landschaft, den Menschen, dem Frühling und der Sonntagslaune ringsum. Das befreundete Ehepaar empfahl sich, es wollte noch weiter auf eine der nahen Anhöhen. Die anderen traten den Rückweg an. An einer schönen freien Stelle mit weitem Ausblick über die Donau gegen die Ebene zu rasteten sie. Herr Wohlschein legte sich auf die Wiese hin und schlief ein, Therese und Thilda lagerten sich in einiger Entfernung und kamen ins Plaudern. Therese war die Gesprächige. Es fiel ihr heute so viel aus vergangenen Zeiten ein; viele Menschen, deren sie längst nicht mehr gedacht, die sie völlig vergessen zu haben glaubte, Familien, in denen sie gelebt, Väter, Mütter, die Kinder, die sie erzogen oder wenigstens unterrichtet, gleichgültige und allzu sehr geliebte; – es war, als wenn sie ein Album mit Photographien aufblätterte, manche überschlagend, auf der einen flüchtig, auf der anderen länger oder gar gerührt verweilend, und es war traurig und doch auch beruhigend zu denken, daß von all diesen Kindern, deren manchem sie fast eine Mutter gewesen, kaum eines heute sich ihrer noch erinnerte und keines vielleicht von ihrer jetzigen Existenz etwas wußte. Aufmerksam, die Hände um die Knie geschlungen, bald mit neugierigen Kinderaugen, bald ernsthaft bewegt, lauschte Thilda, und in ihrem Zuhören erstanden Theresen die Bilder der Erinnerung zu einer lebendigeren Gegenwart, als sie ihnen damals eigen gewesen war. Und sie dankte es Thilda, daß so ihr armes Leben für die Dauer einer Frühlingsstunde reicher geworden war.

Herr Wohlschein blinzelte zu ihnen herüber, erhob sich, trat herbei und fragte, ob sie einander viel Interessantes zu erzählen hätten. Therese und Thilda erhoben sich nun auch, schüttelten Gras und Staub von ihren Röcken, und alle drei stiegen weiter nach abwärts. Thilda hing sich zutraulich in Theresens Arm, sie liefen manchmal voraus, Herr Wohlschein, den Rock übergehängt, folgte ihnen. Es war der gleiche Weg, den Therese vor vielen Jahren mit Kasimir Tobisch hinabgegangen war . . . in den ersten Tagen, da sie sein Kind unter dem Herzen trug.

Noch lange vor Dunkelheit nahmen Wohlschein und Thilda von Theresen an ihrem Haustor Abschied. Doppelt einsam war ihr an diesem Feiertagsabend in ihrem Heim zumute, in das die Wärme des beginnenden Frühlings noch keinen Eingang gefunden, und bald war das Leben wieder so arm wie vorher.

85

Eine Woche und mehr vergingen, während deren sich Thilda Theresen gegenüber kaum vertrauter benahm als die anderen Schülerinnen und es nach den Kursen sogar immer recht eilig hatte, bis sie ihr, wieder ganz unerwartet, eines Tages eine Einladung des Vaters in die Oper überbrachte. Für Therese bedeutete es ein Fest, nach vielen Jahren wieder einmal in dem prächtigen weiten Raum, noch dazu an Thildas Seite, wie eine ältere Schwester beinahe, einer Aufführung des Lohengrin beizuwohnen, und es hätte kaum der außerordentlichen Orchester- und Gesangsleistungen bedurft, um sie glücklich zu stimmen. Auch Herr Verkade war in die Loge geladen, und nachher soupierte man gemeinsam in einem vornehmen Hotel-Restaurant, wo sich Therese freilich in ihrem für die Gelegenheit etwas ärmlichen Kleid nicht mehr recht als Thildas ältere Schwester zu fühlen vermochte, um so weniger, als der Holländer sich fast nur mit Thilda unterhielt und der sonst ziemlich gesprächige Wohlschein auffallend wortkarg schien. Therese, ohne recht zu wissen warum, vermutete geschäftliche Verdrießlichkeiten als Ursache, war aber von einer solchen Möglichkeit keineswegs unangenehm berührt. Ja, ganz im Gegenteil spann sie diesen Gedanken weiter bis zu der Vorstellung, daß die alte Fabrik zugrunde gegangen sei, Wohlschein sein Vermögen verloren habe und daß Thilda keine reiche junge Dame mehr wäre, sondern ein armes Mädel, das sich selber ihr Brot verdienen mußte und dadurch ihr, Theresen, unendliche Male näher sein würde als jetzt.

Aber die wirkliche Ursache von Wohlscheins Verstimmung oder von dem, was Therese dafür gehalten, wurde ihr wenige Tage später klar, als Thilda sie in ganz leichtem Ton mit der Mitteilung überraschte, daß sie sich mit Herrn Verkade verlobt habe. Die Heirat sollte im Spätherbst stattfinden, als künftiger

Aufenthalt des Paares war Amsterdam vorgesehen, wohin übrigens Herr Verkade gestern für längere Zeit wieder abgereist sei. Während Thilda das erzählte, war nur ein starres Lächeln in Theresens Antlitz; es konnte zugleich als Gebärde eines Glückwunsches gelten, den mit Worten über die Lippen zu bringen Therese nicht vermochte.

Sie begriff Wohlschein nicht, der die Zustimmung zu dieser Heirat gegeben, schalt ihn bei sich schwach oder gefühllos, ja, sie schob ihm sogar niedrige Motive unter, wie etwa, daß die Firma sich in finanziellen Schwierigkeiten befände und Wohlschein selbst die Verlobung kupplerisch gefördert, um sich und die Fabrik zu retten. Sie konnte nicht glauben, daß Thilda, ein Kind beinahe, diesen um zwanzig oder fünfundzwanzig Jahre älteren, nicht sonderlich interessanten, kaum hübschen Mann wirklich liebte. Sie war geneigt, das holde junge Geschöpf als ein unschuldiges Opfer anzusehen, das sich ihres Schicksals nicht recht bewußt sei, und flüchtig kam ihr sogar der Einfall, Herrn Wohlschein selbst ins Gewissen zu reden; doch sie spürte gleich die Lächerlichkeit, ja Unausführbarkeit eines solchen Beginnens, um so untrüglicher, als sie bei sich sehr wohl wußte, daß Thilda keineswegs das Wesen war, sich zu irgend etwas überreden oder gar zwingen zu lassen, was ihr selbst nicht genehm war.

Der Gedanke der nahen Trennung erfüllte sie so sehr, daß die anderen mannigfachen kleineren und größeren Sorgen des Alltags kaum von ihr empfunden wurden. Da sie eine Anzahl von Schülerinnen verloren hatte, war sie genötigt, noch bescheidener zu leben als bisher. Sie spürte die Unannehmlichkeiten, ja die Entbehrungen kaum. Aber auch der Umstand, daß eines Abends Franz plötzlich wieder erschien mit einem kleinen Köfferchen und eine Schlafstelle sowie Teilnahme an den Mahlzeiten wie sein selbstverständliches gutes Recht wortlos in Anspruch nahm, bedeutete eben eine Widerwärtigkeit mehr, aber keine schlimmere als die anderen. Es fügte sich auch anfangs, daß er sie wenig störte; meist lag er bis gegen Mittag auf dem Diwan, dann verschwand er nach einer flüchtigen Mahlzeit, um erst in später Abendstunde, öfter in der Nacht oder erst gegen Morgen heimzukehren, so daß auch keine Begegnung mit ihren Schülerinnen erfolgte, wie ihr solche immer unerwünscht gewesen waren.

Manchmal wurde Franz, der sich stiller und höflicher betrug als früher, gleich nach Tisch von Freunden abgeholt. Einer von ihnen war ein langer, aufgeschossener, ganz hübscher Junge, der aussah wie ein Student aus ärmeren bürgerlichen Kreisen. In einem anderen aber erkannte sie den übel aussehenden

Burschen wieder, den Franz ihr zuletzt mit einem Bettelbrief ins Haus geschickt hatte. Er schien als verdächtiges Subjekt gleichsam kostümiert zu sein, so daß er jedem Wachmann hätte auffallen müssen: karierte lichte Hose, kurzer brauner Janker, graue Kappe, im linken Ohrläppchen ein kleiner Ring, die Stimme heiser, der Blick schief und verschlagen. Therese schämte, ja ängstigte sich beinahe bei dem Gedanken, daß irgendeine Hauspartei ihn aus ihrer Türe könnte treten sehen, und sie vermochte nicht eine Bemerkung in diesem Sinn Franz gegenüber zu unterdrücken. Daraufhin stellte sich Franz plötzlich feindselig vor sie hin und verbat sich in gröbster Weise, daß sie seine Freunde beleidige. „Der ist aus einem besseren Haus als ich," rief er, „der hat wenigstens einen Vater." Therese zuckte die Achseln und verließ das Zimmer. Auch dies drang kaum an ihre Seele, die von Schmerzlicherem bedrückt war.

86

Thilda kam weiter regelmäßig in den Kurs, sprach aber weder jemals von ihrem Bräutigam noch überhaupt von der Tatsache ihrer bevorstehenden Heirat, so daß Therese sich zuweilen mit der Hoffnung schmeichelte, das Verlöbnis sei gelöst worden. Doch als sie an einem der nächsten Sonntage wieder einmal bei Wohlscheins zu einem Mittagessen geladen war, an dem auch die Schwester des Hausherrn teilnahm, war kaum von etwas anderem die Rede als von Dingen, die mit der Hochzeit in Zusammenhang standen, von holländischen Sprachstunden, die Thilda in der letzten Zeit nahm und von denen Therese erst jetzt erfuhr, von der Ausstattung, von der Villa des Herrn Verkade am Strande von Zandvord, von der Farm in Java, die einem seiner Brüder gehörte. Und Herr Wohlschein war heute keineswegs verstimmt oder nachdenklich, er war geradezu vergnügt, als wäre diese Heirat ganz nach seinem Sinn und das Natürlichste von der Welt, daß man sein eigenes Kind, das einem durch Jahre so unendlich nahe gewesen, eines Tages einfach in die Welt hinausschickte mit einem fremden Mann, um es für ewig zu verlieren.

Früher als anfänglich festgesetzt, in den ersten Julitagen schon, fand im Rathaus die Hochzeit statt. Therese erfuhr es tags darauf aus einer gedruckten Anzeige, die die Post ihr brachte. Als sie die Karte in der Hand hielt, glaubte sie dergleichen vorher geahnt zu haben; es war ihr, als hätte Thilda ihr neulich nach der letzten Unterrichtsstunde bedeutungsvoller als sonst die Hand gedrückt; und auch eines Blickes von der Türe her erinnerte sie sich, in dem zwar ein gewisser Ausdruck des Bedauerns, zugleich aber eine Spur von Spott gelegen war, wie der eines Kindes, dem ein Streich geglückt, dessen Tragweite für den Betroffenen es gar nicht zu beurteilen vermöchte. Trotzdem hoffte Therese, wenigstens an einem der nächsten Tage von der Hochzeitsreise aus eine persönliche Nachricht zu erhalten; aber nichts dergleichen kam und sollte noch lange nicht kommen; kein Brief, keine Karte, kein Gruß.

An einem schönen Sommerabend gegen Ende der Woche nahm Therese den Weg nach Mariahilf mit dem uneingestandenen Vorsatz, Herrn Wohlschein nachträglich zur Vermählung der Tochter ihren Glückwunsch abzustatten. Doch als sie vor dem Hause stand, sah sie alle Fenster verhängt, und es fiel ihr ein, daß vor Wochen schon Herr Wohlschein die Absicht ausgesprochen, sofort nach der Verheiratung seiner Tochter einen Urlaub anzutreten. Langsam machte sie sich auf den Rückweg durch die sommerschwülen, ziemlich leeren Straßen nach ihrem einsamen Heim. Denn auch Franz war nicht mehr da. Am Morgen vorher hatte Therese ihn hinausgewiesen, da er spät nachts in Gesellschaft eines Freundes und irgendeines Frauenzimmers nach Hause gekommen war, die sie zwar beide nicht gesehen, deren Flüstern und Lachen sie aber aus dem Schlaf geweckt. Franz hatte zuerst zu leugnen versucht, daß auch eine Frauensperson dagewesen war, bald aber, mit einem höhnischen Achselzucken, gab er es zu, packte seine Sachen zusammen, und ohne Gruß war er aus der Wohnung verschwunden.

Als der Juli fortschritt und nun auch die letzten Schülerinnen auf Sommerferien gegangen waren, wurde die Einsamkeit um Therese eine vollkommene. Ihrer Gewohnheit nach stand sie früh am Morgen auf und wußte kaum, was mit dem Tag beginnen. Die häusliche Arbeit war rasch geleistet, Vormittagsgänge in den heißen Straßen der Stadt ermüdeten sie, nachmittags versuchte sie zu lesen, meist Romane, die sie entweder langweilten oder in ihrer Ausmalung bewegterer Lebensschicksale und zärtlicher Liebesgeschichten unnütz und oft schmerzlich erregten.

Mit der tiefsten Traurigkeit aber erfüllten sie Abendspaziergänge auf dem Ring oder in Parkanlagen. Immer noch geschah es, daß sich in den Dämmerstunden irgendein Herr, der auf Abenteuer aus war, an ihre Schritte heftete, aber sie hatte eine Scheu, sich ansprechen oder gar begleiten zu lassen. Sie wußte, daß ihre Erscheinung im ganzen immer noch jugendlich genug wirkte, sie selbst aber trug unausgesetzt das Bild in sich, das ihr der Spiegel des Morgens nach dem Aufstehen zu zeigen pflegte: ein blasses, feines, aber vor der Zeit verblühtes

Antlitz mit zwei dicken grauen Strähnen in dem immer noch vollen braunen Haar. Wenn dann die Einsamkeit, die sie tagsüber mit leidlicher Geduld getragen, wie eine immer schwerere Last auf ihre Schultern drückte, kam ihr wohl flüchtig der Gedanke, das Haus des Bruders aufzusuchen, aber sie schreckte doch davor zurück, unsicher, in welcher Weise, ja ob man sie dort überhaupt empfangen würde. Die Mutter aber wiederzusehen, empfand sie eine fast noch größere Scheu, gerade weil sie einen Besuch bei ihr innerhalb des letzten Jahres immer wieder aufgeschoben hatte.

Und doch, an einem strahlenden Sommermorgen, machte sie sich plötzlich, als wäre ihr der Entschluß im Traum gekommen, auf den Weg zu ihr. Nicht Sehnsucht war es, nicht das Gefühl einer lang versäumten Pflicht, von der sie plötzlich dorthin getrieben wurde, sondern einfach die Tatsache, daß sie niemanden andern wußte, von dem sie sich das Geld hätte leihen können, um ein paar Wochen in Ruhe auf dem Land zu leben. Denn der Wunsch, auf ein paar Tage wenigstens die Stadt zu verlassen, aufs Land zu fliehen, war so übermächtig in ihr geworden, als hinge von seiner Erfüllung ihre Gesundheit, ja ihr Leben ab. Und diese Begriffe: Land, Ruhe, Erholung, stellten sich ihr seit einiger Zeit immer unter dem gleichen Bilde dar: unter dem einer bestimmten Wiese in Enzbach, wo sie vor vielen, vielen Jahren mit einem kleinen Buben gespielt hatte, der damals ihr Kind gewesen war.

Die Mutter wohnte in einem häßlichen vierstöckigen Zinshaus der Hernalser Hauptstraße, in einem armseligen Kabinett bei einer Beamtenswitwe. Es war Theresen unbekannt, ob die Mutter das Geld, das sie ein paar Jahre hindurch reichlich verdient, in einer unglücklichen Spekulation verloren, ob sie es töricht verschenkt hatte oder ob es nur ein krankhafter Geiz war, der sie ein so klägliches Leben führen ließ. Doch so gering demnach die Aussichten auf ein Darlehen von dieser Seite waren – vielleicht war es die Dringlichkeit ihres Wunsches, vielleicht die anfängliche Freude der Mutter über den unerwarteten Besuch, vielleicht nur die abergläubische Zuversicht, mit der Therese ihre Bitte vorbrachte –, ohne Zögern fast fand sich die Mutter bereit, Theresen hundertfünfzig Gulden zur Verfügung zu stellen, gegen einen Schuldschein allerdings, mit Rückzahlungsverpflichtung spätestens ersten November und einer Verzinsung von monatlich zwei Prozent bei Nichteinhaltung des Termins. Im übrigen fragte sie die Tochter kaum, wozu sie den Betrag benötige, fragte überhaupt nach nichts, was jene betraf, schwätzte nur in einer seltsam hemmungslosen Weise von alltäglichen Wirtschaftsdingen, geriet von da aus auf den gleichgültigsten

Nachbarnklatsch, zeigte ihr dann unvermittelt das Manuskript ihres neuen Romans, hunderte eng beschriebene Blätter, die sie in der Lade des Küchentisches aufbewahrt hatte, beantwortete eine Frage Theresens nach der Familie des Bruders zerstreut und unklar, grüßte vom offenen Fenster aus zu einer Frau gegenüber, die die Blumen auf dem Fensterbrett begoß, und ließ die Tochter endlich gehen, ohne den Versuch, sie noch eine Weile zurückzuhalten oder sie zum Wiederkommen aufzufordern.

87

Am nächsten Morgen schon fuhr Therese nach Enzbach. Sechs Jahre war es nun her, daß sie zum letzten Male dort gewesen. Bald nach dem Tod des alten Leutner hatte die Witwe in eine benachbarte Ortschaft geheiratet, Therese hatte zuerst daran gedacht, sich in einem der anderen Bauernhäuser einzumieten, aber in der Scheu, mit irgendeinem der früher bekannten Einwohner in nähere Berührung zu treten, zog sie es vor, in dem höchst bescheidenen Gasthof des Ortes Quartier zu nehmen.

Auf einem kleinen Spaziergang in der vertrauten Gegend, über Wiesen und Felder nach dem nahen Wäldchen, begegnete sie wohl manchem ihr von früher her bekannten Dorfbewohner, doch auch von diesen schien keiner sie zu erkennen. Sie war so allein, als sie es gewünscht hatte, aber das Wohlgefühl, das sie erhofft, wollte sich nicht einstellen. Sie war recht müde, als sie wieder in ihren Gasthof zurückkam. Der Wirt erkannte sie, während sie bei Tische saß, und fragte sie sogar nach dem Franzl. Innerlich so unbewegt, daß ihr selbst leise schauerte, erzählte sie, daß ihr Sohn in Wien eine gute Stellung habe.

Nachmittags blieb sie auf ihrem Zimmer, draußen flimmerte die heiße Sommerluft, und durch die schadhaften Rolläden in blendenden schmalen Streifen glühte die Sonne auf die Wand. Im halben Schlummer lag sie auf dem harten unbequemen Bett, Fliegen summten, Stimmen, nah und fern verhallend, allerlei Geräusche, vielleicht von der Straße, vielleicht von den Feldern her, drangen in ihren Traum. In der Dämmerung erst erhob sie sich und ging wieder ins Freie. Sie kam an dem Haus vorüber, in dem der Franz Kind gewesen und das nun in anderen Besitz übergegangen war. Fremd lag es da, als hätte es niemals etwas für sie bedeutet. Auf der Wiese vor dem Haus war ein feiner Bodennebel, als melde der Herbst sich vorzeitig an. Unverändert und ungerührt, von verwelkten Blätterkränzen umgeben wie sonst und immer noch mit dem Sprung im Glas, schaute das Muttergottesbild unter dem Ahorn sie an. Von der Anhöhe stieg sie zur Hauptstraße nieder, wo die bescheidenen Villen standen; auf Veranden da und dort unter Deckenampeln saßen Sommergäste, Ehepaare, Kinder, geradeso wie sie immer dagesessen waren. Andere Eltern, andere Kinder, und doch immer dieselben für die Spaziergängerin, der die unbekannten Gesichter im Halbdunkel verschwanden. Oben auf dem Bahndamm sauste eben der Expreßzug vorüber, verklang mit seinem Gedröhn und Geschmetter unbegreiflich rasch in der Ferne, und eine Traurigkeit, immer drückender, senkte sich über Therese, die ins Dunkel schritt. – Später saß sie in der Wirtsstube beim Abendessen, und da sie nur wenig Lust verspürte, ihr muffiges Zimmerchen aufzusuchen, aus dem die Hitze noch nicht gewichen war, blieb sie lange unten, nahm die Zeitungen von den Haken, las den „Bauernboten von Niederösterreich", die „Leipziger Illustrierte", die „Forst- und Jagdzeitung", bis sie müde wurde, und schlief dann, da sie gegen ihre Gewohnheit zwei Glas Bier getrunken hatte, tief und traumlos die ganze Nacht.

Die nächsten Tage aber vermochte sie sich schon an der Sommerluft, der Stille, dem Heuduft zu freuen, wie so oft in früherer Zeit. Sie lag lang am Waldesrand, dachte manchmal an den Franz von einst, wie an ein Kind, das längst gestorben war, und verspürte Sehnsucht nach Thilda in einer milden, fast wohltuenden Art. Diese Sehnsucht, so fühlte sie, war nun das Beste in ihrem Leben und trug sie in irgendeine Höhe, wo sie für gewöhnlich gar nicht zu Hause war, und ein alter Wunsch stieg langsam in ihr wieder auf, der Wunsch, irgendwo auf dem Land, im Grünen, möglichst fern von den Menschen, ruhig dahinzuleben. Lebensabend, dachte sie, das Wort stand plötzlich vor ihr, und da sie ihm gleichsam ins Auge sah, lächelte sie ein wenig trüb. Abend? War es schon so weit?

Ihre Müdigkeit schwand allmählich, ihre Wangen hatten sich gerötet, und im Spiegel erschien sie sich gegenüber den letzten Wochen ganz erheblich verjüngt. Unbestimmte Hoffnungen wachten in ihr auf: es kam ihr der Einfall, daß sie sich wieder einmal bei Alfred in Erinnerung bringen könnte, dann dachte sie, daß Herr Wohlschein doch bald wieder zurück sein müßte, bei dem sie Erkundigungen nach Thilda einholen wollte, von der sie noch immer keine Zeile erhalten hatte.

Auch der Gedanke an ihren Beruf meldete sich wieder und damit eine leise Sehnsucht nach Tätigkeit. Die letzten Urlaubstage, die sie sich noch zu vergönnen beabsichtigt hatte, verbrachte sie in einer wachsenden Ungeduld, ja Unruhe, und als plötzlich Regenwetter eintrat, kürzte sie ihren Aufenthalt ab und traf noch vor dem Termin, den sie sich selbst gesetzt hatte, in der Stadt wieder ein.

88

Die Schülerinnen sammelten sich allmählich, auch ein Kurs kam wieder zustande, und ausgeruht und frisch, wie sie nun war, kam sie ihren Pflichten mindestens ohne Überwindung nach. Nach ihrer Art trat sie allen Schülerinnen mit der gleichen, etwas gleichgültigen Freundlichkeit gegenüber, und wenn ihr auch die eine oder andere mehr Sympathie einflößen mochte, eine Thilda war nicht unter ihnen. – Da geschah es an einem Nachmittag, daß sie in der inneren Stadt einen bürgerlich elegant gekleideten älteren Herrn mit steifem, schwarzem, ganz wenig auf die Seite gerücktem Hut begegnete, in dem sie erst, als er ihr Aug' in Aug' gegenüberstand, Herrn Wohlschein erkannte. Sie lächelte über das ganze Gesicht, als wäre ihr ein unerwartetes Glück geschehen, auch er war sichtlich erfreut und schüttelte ihr kräftig die Hand.

„Warum sieht man Sie denn gar nicht, liebes Fräulein? Ich hätte Ihnen schon geschrieben, ich wußte aber leider Ihre Adresse nicht."

Nun, dachte Therese, die wäre wohl zu erfahren gewesen. Aber sie unterließ jede Bemerkung und fragte gleich: „Wie geht es Thilda?"

Ja, wie mochte es der wohl gehen? Nun waren es wieder einmal vierzehn Tage oder mehr, daß Herr Wohlschein keine Nachricht von ihr hatte. Übrigens war es kein Wunder, denn die Hochzeitsreise des jungen Paares – wie, auch das wußte Fräulein Fabiani nicht? – sei zu einer Art Reise um die Welt geworden. Und jetzt befänden sie sich wohl irgendwo auf dem Weltmeer, und vor dem Frühling würden sie nicht wieder zurück sein. „Und Sie, Fräulein Fabiani, haben wirklich noch gar keine Nachricht von Thilda?" – Und da sie, fast beschämt, den Kopf schüttelte, zuckte er die Achseln. „Ja, so ist sie nun einmal, und dabei – Sie können mir glauben – für Sie, Fräulein Fabiani, hat sie eine ganz besondere Zuneigung gehabt." Und er redete weiter von der geliebten, fernen Tochter, die man nun einmal nehmen müsse, wie sie sei, sprach von seinem trübseligen, leeren, großen Haus, seinen langweiligen Whistpartien im Klub und von dem traurigen Schicksal, sich eines schönen Tages, nachdem man manches Jahr hindurch ein Mann mit Weib und Kind gewesen, ganz unversehens als eine Art von Junggeselle oder Hagestolz wiederzufinden, als wären zehn Jahre glücklicher und ein paar Jahre unglücklicher Ehe, als wäre dieses ganze Dasein mit Frau und Kind überhaupt nur ein Traum gewesen.

Sie wunderte sich, daß er sich ihr gegenüber so offen, freundschaftlich geradezu aussprach, und hörte ihm wohl an, daß er froh war, sich allerlei vom Herzen reden zu können. Plötzlich aber, nach einem Auf seufzen, sah er auf die Uhr und bemerkte, daß er heute abend mit einem guten Bekannten ins Theater gehe, zu einer Operette, um die Wahrheit zu gestehen, nicht etwa zu einem klassischen Stück, denn er brauche dringend Zerstreuung und Aufheiterung. Ob Fräulein Fabiani nicht auch manchmal das Theater besuche? – Therese schüttelte den Kopf: seit jenem Abend in der Oper hatte sie keine Gelegenheit mehr dazu gehabt – und keine Zeit. – Ob sie denn noch immer so viele und – er zögerte ein wenig –, und auch so schlecht bezahlte Lektionen gäbe? – Sie zuckte die Achseln, leise lächelnd, und sie merkte, daß ihm noch weitere Fragen auf den Lippen schwebten, die er vorläufig doch lieber unterließ. Und er empfahl sich ein wenig überhastet mit einem herzlichen, aber keineswegs verpflichtenden: „Auf Wiedersehen!“ Sie spürte im Weitergehen, daß er stehengeblieben war und ihr nachschaute.

Am nächsten Sonntag aber brachte ihr morgens die Post einen Expreßbrief mit einem Theaterbillett, dem eine Visitekarte beigelegt war: „Siegmund Wohlschein, Leder- und Galanteriewarenhandlung, gegründet 1804.“ Irgend etwas der Art hatte sie wohl erwartet, nur war die Form der Einladung nicht recht nach ihrem Geschmack; immerhin leistete sie ihr Folge. Das Haus war schon verdunkelt, als Herr Wohlschein erschien, neben ihr Platz nahm und eine Tüte Bonbons in ihre Hand drückte. Sie nickte zum Dank, ließ sich aber weiter nicht stören. Die schmeichelnden Tanzmelodien behagten ihr, der spaßige Text unterhielt sie; sie fühlte selbst, daß ihre Wangen sich allmählich röteten, ihre Züge sich strafften, daß sie von Szene zu Szene gewissermaßen jünger und hübscher wurde. Herr Wohlschein war in den Zwischenakten recht galant zu ihr, aber doch nicht ganz unbefangen, und als das Stück zu Ende war, beim Fortgehen und in der Garderobe, hielt er sich wohl in ihrer Nähe, aber nicht wie jemand, der unbedingt zu ihr gehörte, sondern etwa so, als hätte man einander zufällig im Theater begegnet.

Es war ein schöner klarer Herbstabend, sie wollte gern zu Fuß gehen, er begleitete sie den langen Weg nach Hause; jetzt erst sprach er von Thilda, von der natürlich noch immer keine Nachrichten gekommen seien. Seine Einladung zum Abendessen lehnte sie ab, er drang nicht in sie und nahm an ihrem Haustor höflichen Abschied.

Die Woche war noch nicht abgelaufen, als Herr Wohlschein Therese neuerlich zu einem Theaterbesuch einlud, diesmal zur Aufführung eines modernen Gesellschaftsstückes im Volkstheater; und nachher in einer behaglichen Gasthausecke bei einer Flasche Wein plauderten sie miteinander weit unbefangener und angeregter als das letztemal; er, andeutungsweise, von den letzten schweren Jahren seiner Ehe; sie von manchen trüben Erfahrungen ihres Daseins, ohne daß irgendein Erlebnis in bestimmteren Umrissen erschienen wäre, doch sie fühlten beim Abschied beide, daß sie heute viel vertrauter geworden waren.

Tags drauf, mit einem Strauß von Rosen, sandte er ihr die Bitte, ihn am nächsten Sonntag – „zur Erinnerung an Thilda" – auf einem Spaziergang in den Wiener Wald zu begleiten. Und so wanderte sie mit ihm im ersten milden Schneefall dieses Winters denselben Weg, wie sie ihn an jenem Frühlingstag vor einem halben Jahr in Gesellschaft von Thilda gewandert waren. Wohlschein hatte drei Ansichtskarten von Thilda mitgebracht, die, alle zugleich, gestern angelangt waren. Auf einer stand als Nachschrift zu lesen: „Und möchtest du dich nicht auch einmal um Fräulein Fabiani kümmern? Sie wohnt Wagnergasse 74, zweiten Stock. Grüße sie vielmals, ich schreibe ihr demnächst ausführlich." Auf diesem Spaziergang war es auch, daß Therese Herrn Wohlschein zum erstenmal von ihrem Sohn erzählte, der vor einem Jahr nach Amerika ausgewandert sei und von dem sie seither nichts mehr gehört habe.

Nach einigen weiteren gemeinsamen Abenden in Theatern und Restaurants wußte Herr Wohlschein nicht wenig von Therese trotz aller Flüchtigkeiten und willkürlichen Abänderungen, die sie sich in ihren Erzählungen gestattete und die er gläubig hinnahm. Er selbst sprach auch weiterhin viel von seiner Frau und zu Theresens Verwunderung immer in einem Ton von Hochachtung, fast von Anbetung, wie von einem besonderen Wesen, das man nicht mit dem gleichen Maße messen dürfe wie andere Menschenkinder; und Therese glaubte zu fühlen, daß Wohlschein Thilda eigentlich vor allem als die Tochter dieser ihm verlorenen Frau liebte, mit der sie manche verwandte Züge zu haben schien; und sie wußte, daß sie, Therese, ihr die echtere, in sich selbst ruhende, unmittelbarere Liebe entgegenbrachte.

Auch in den nachfolgenden Wochen änderte sich zwischen Wohlschein und Therese nicht viel. Sie gingen miteinander in Theater und Gasthäuser; er schickte ihr weiter Blumen, Backwerk; und endlich kam ein ganzer Korb mit Konserven, Südfrüchten und Wein, was sie ihm, nicht sehr ernsthaft, verwies. Als Anfang Dezember zwei Feiertage aufeinanderfolgten, lud er sie zu einem Ausflug in eine kleine Ortschaft am Fuße des Semmering ein. Sie war überzeugt, trotz seiner bisherigen Zurückhaltung, daß er mit dieser Einladung bestimmte Absichten verband, und nahm sich sogleich vor, sich nichts zu vergeben. Auf der Fahrt wurde er in einer etwas ungeschickten Weise zärtlich, was sie sich milde gefallen ließ; daß ihre Zimmer im Gasthof nicht nebeneinander lagen, beruhigte und enttäuschte sie zugleich. Immerhin sperrte sie ihre Türe nicht ab und erwachte am nächsten Morgen nach einem köstlichen Schlaf so allein, als wie sich zu Bette gelegt hatte. Wie respektvoll! dachte sie. Doch als sie sich beim Ankleiden in dem großen Schrankspiegel betrachtete, glaubte sie plötzlich die Ursache seiner Zurückhaltung anderswo zu entdecken. Sie war einfach nicht mehr schön genug, um einen Mann zu reizen. Wenn auch ihr Körper seine jugendlichen Formen bewahrt hatte, ihre Züge waren ältlich und vergrämt. Wie konnte es auch anders sein. Sie hatte zu viel erlebt, zu viel erlitten, sie war Mutter, die ledige Mutter eines fast erwachsenen Sohnes, und lange schon hatte kein Mann sie begehrt. Und sie selbst, hatte sie denn diesem älteren, gewöhnlichen Herrn gegenüber jemals irgend etwas wie eine Verlockung gespürt? Er war der Vater einer ihrer Schülerinnen, der ihr um seiner Tochter willen mit einer gewissen Sympathie entgegenkam, und einfach aus Gutherzigkeit hatte er sie für zwei Tage in die frische Winterluft mitgenommen. Nur ihre immer wieder verderbte Phantasie, so sagte sie sich, hatte ihr die Möglichkeit eines Liebesabenteuers vorgespiegelt, nach dem sie sich selbst nicht einmal sehnte.

Als sie fertig angekleidet war, in ihrem Touristenkostüm, erschien sie sich wieder frischer, jünger, anmutig beinahe. Nach einem gemeinsamen Frühstück in dem zirbelholzduftenden Gasthofzimmer, aus dessen Ecke der hohe Kachelofen knisternde Wärme verbreitete, fuhren sie im offenen Schlitten zwischen Kiefern und Tannen durch ein enges Tal, saßen mittags inmitten eines beschneiten Wiesenplanes im Freien, von der Sonne so prall beschienen, daß Therese ihre Jacke, Herr Wohlschein seinen kurzen Pelz ablegte, worauf er in Hemdärmeln, den Jägerhut mit Gemsbart auf dem Kopf und mit dem aufgezwirbelten schwarzen, schneefeuchten Schnurrbart eigentlich etwas komisch aussah. Auf der Rückfahrt wurde es rasch empfindlich kalt, man war recht froh, wieder in dem behaglichen Gasthof einzukehren, und nahm das Abendessen in Theresens Zimmer, wo es gemütlicher war als unten in der Wirtsstube. Am nächsten Morgen fuhren sie nach Wien zurück als ein Paar, das sich endlich gefunden.

89

Es war, als hätte Franz aus unbekannten Fernen her die Veränderung gewittert, die in den äußeren Lebensverhältnissen seiner Mutter eingetreten war. Gerade als Therese wieder einmal einen Korb mit allerlei Eßwaren erhalten hatte, erschien er unerwartet und sah im Winterrock, trotz des abgeschabten Samtkragens, fürs erste recht anständig, fast vertrauenerweckend aus. Doch als er den Rock zurückschlug und unter einem etwas fleckigen Smoking eine auch nicht mehr ganz weiße Hemdbrust sichtbar wurde, war der anfangs günstige Eindruck gleich wieder fort. „Was verschafft mir das Vergnügen?" fragte die Mutter kühl. Nun, er war wieder einmal stellenlos und ohne Obdach. Das Kabinett, in dem er ein paar Wochen lang gewohnt, war ihm gekündigt worden. Daheim sei er schon seit ein paar Monaten wieder. „Na ja," meinte er hämisch, „wenn man auch keinen Vater hat, eine Vaterstadt hat man doch." Und es sei doch eigentlich sehr rücksichtsvoll von ihm gewesen, daß er sich in der ganzen Zeit nicht gemeldet. Ob ihm die Mutter nicht zur Belohnung auf zwei, drei Tage Quartier und Kost geben möchte?

Therese schlug es ihm rundweg ab. Aus dem Korb da, den ihr die Schülerinnen zum Nikolofeste gemeinsam geschenkt, könne er sich nehmen, was er wolle. Und zehn Gulden schenke sie ihm auch. Aber ein Einkehrwirtshaus halte sie nicht. Basta. Er steckte ein paar Konservendosen ein, nahm eine Flasche unter den Arm und wandte sich zum Gehen. Die Absätze seiner Schuhe waren vertreten, sein Hals dünn, die Ohren standen ab, merkwürdig gebeugt war sein Rücken. „Na, so eilig ist es nicht", sagte Therese in plötzlich aufsteigender Rührung. „Setz' dich ein bissl her und – erzähl' mir." – Er wandte sich um und lachte auf. „Nach so einem Empfang – könnt' mir einfallen"; er klinkte die Türe auf und schlug sie hinter sich zu, daß es durch das Haus dröhnte.

Von diesem Besuch erzählte sie Herrn Wohlschein nichts. Doch als er sie eine Woche darauf abends aus ihrer Wohnung abholen wollte und sie blaß, erregt, die Augen noch von Tränen gerötet antraf, vermochte sie nicht zu verschweigen, daß Franz eben dagewesen sei, zum zweitenmal innerhalb von acht Tagen, und Geld verlangt habe. Sie hatte den Mut nicht gehabt, es ihm zu verweigern. Und sie gestand Wohlschein auch, daß Franz niemals in Amerika gewesen sei, hier in Wien eine dunkle Existenz führe, von der sie nichts Näheres wisse, auch nichts wissen wolle. Und da ihr nun einmal die Zunge gelöst war, erzählte sie ausführlicher und aufrichtiger als je zuvor von allem, was sie mit ihrem Sohn bisher durchgemacht hatte. Anfangs, sie spürte es wohl, war Wohlschein ziemlich peinlich berührt. Doch je länger er ihr zuhörte, um so mehr wurde sein Mitleid rege. Er erklärte endlich, daß er ihrem kümmerlichen und geplagten Leben nicht länger zusehen könne, er schäme sich geradezu, sorgenfrei, ja in Wohlstand dahinzuleben, während sie manchmal – oh, er merke es wohl – am Notwendigsten Mangel leide.

Sie widersprach. Und unter keiner Bedingung wollte sie etwa davon hören, als er ihr eine kleine Monatsrente zur Verbesserung ihrer Lebensumstände anbot. Sie habe ihr anständiges Auskommen, und es sei ihr Stolz, ihr einziger Stolz vielleicht, daß sie zeitlebens mit ihrem Berufe sich selbst und lange genug auch ihren Sohn habe erhalten können.

Doch als er in einem nächsten Gespräch darauf bestand, sich wenigstens die Auffrischung und Ergänzung ihrer Garderobe in bescheidenem Maße angelegen sein zu lassen, widersprach sie kaum mehr; und als sie eine Woche lang wegen einer fieberhaften Erkältung gezwungen war, das Bett zu hüten, mußte sie sich's, wohl oder übel, gefallen lassen, daß er für die Bezahlung des Arztes und des Apothekers, für die notwendige Kostverbesserung und am Ende auch für den Schaden aufkam, der ihr durch den Entfall der Lektionen erwachsen war. Auch bestand er darauf, daß sie nach ihrer Erkrankung sich Schonung auferlegte, und es blieb ihr nichts übrig, als seine Unterstützungen dankbar anzunehmen.

90

Eines Tages im Januar gab es eine wunderbare Überraschung. Thilda war plötzlich da, ehe der Vater nur gewußt hatte, daß das junge Paar schon in Europa gelandet war. Therese erfuhr die Neuigkeit durch Wohlschein, der sich am Telephon – das sie auch seiner Güte zu verdanken hatte – entschuldigte, daß er heute Abend wegen Thildas plötzlichen Eintreffens nicht, wie besprochen war, sie abholen könne; – er tat es so hastig, verlegen, schuldbewußt beinahe, daß Therese überhaupt nicht dazu kam, weitere Fragen zu stellen. Als sie das Hörrohr hinlegte, empfand sie kaum Freude, ja eher eine gewisse Bangigkeit und Bedrückung. Sie fühlte sich benachteiligt, ja verraten; doppelt verraten – von Thilda, die ihr niemals geschrieben, ihr auch bei Gelegenheit der spärlichen Nachrichten an den Vater keinen Gruß mehr gesandt hatte; – und von Wohlschein, für den sie – oh, sie fühlte es – in dem Augenblick, da Thilda wieder da war, zu einer gleichgültigen, wenn nicht gar störenden Person herabgesunken war. Den ganzen nächsten Tag – wie richtig hatte sie doch geahnt – ließ er nichts von sich hören, um am dritten gegen Mittag plötzlich in Person zu erscheinen, sehr zur Unzeit freilich, denn sie hatte ihn nicht erwartet; und nach der kaum erst überstandenen Krankheit keineswegs noch ganz erholt, in ihrem grauen Flanellhauskleid, mit flüchtig in Ordnung gebrachtem Haar, sah sie ganz anders aus, als sie sich vor ihm zu zeigen liebte. Aber er schien nichts davon zu merken, war zerstreut und aufgeräumt; und das erste, was er berichtete, war, daß Thilda sich aufs angelegentlichste nach ihr erkundigt habe und sich besonders freuen würde, wenn sie morgen, Sonntag, bei ihnen zu Mittag essen wollte. Therese aber freute sich nicht. Mit einemmal kam ihr das Schiefe ihrer Stellung peinlich zu Bewußtsein; daß sie Mutter eines unehelichen Kindes war, daß sie oft genug an Unwürdige sich weggeworfen hatte, das bedeutete plötzlich nichts gegenüber der Tatsache, daß sie die ausgehaltene Geliebte von Thildas Vater war. Sie sprach es nicht aus; Wohlschein aber merkte, was in ihr vorging, und versuchte sie durch Zärtlichkeit zu beschwichtigen. Anfangs blieb sie kühl, starr beinahe. Allmählich aber wurde sie sich doch des Glücks bewußt, daß Thilda wieder da war, daß sie sie morgen wieder sehen sollte; und als sie Wohlschein zum Abschied einen Gruß an das geliebte Wesen mitgab, war sie schon so weit, im Gefühl einer gewissen Überlegenheit scherzhaft zu bemerken: „Du mußt ihr ja nicht sagen, daß du mich besucht hast, du kannst mich ja zufällig getroffen haben.“ Er aber, in Pelz, Stock und Hut in der Hand, erwiderte ernst und würdig: „Ich habe ihr selbstverständlich gesagt, daß wir uns öfters sehen, daß wir – sehr gute Freunde geworden sind.“

Thilda kam Theresen so unbefangen entgegen, als hätte sie ihr tags zuvor Lebewohl gesagt, und dieser Eindruck verstärkte sich noch weiter durch den Umstand, daß sie fast unverändert, mädchenhaft, zart, wie früher, nur etwas blässer aussah. Sie für ihren Teil fand, daß Therese sich sehr zu ihrem Vorteil verändert, ja sich geradezu verjüngt habe, fragte beiläufig nach einigen

Kolleginnen aus dem vorjährigen Kurs, ohne sich bei Theresens Antworten aufzuhalten, und bestellte Grüße ihres Gatten. „Er ist nicht mitgekommen?" fragte Therese unschuldig, als wäre sie verpflichtet, sich nicht genau unterrichtet zu zeigen. – „Ach nein," erwiderte Thilda, „das wäre doch nicht das Rechte gewesen." Und leise errötend: „Man will doch wieder vollkommen junges Mädchen sein, wenn man auf ein paar Tage" – und wie unter Anführungszeichen – „im Vaterhause weilt." – „Wie, nur auf ein paar Tage?" – „Freilich, es ist doch nur ein Ausflug, Herr Verkade", so nannte sie ihren Gatten, und Therese war nicht unangenehm berührt davon, „wollte mich eigentlich gar nicht fortlassen. Nun, ich stellte ihn vor ein Fait accompli, löste mein Billett im Reisebureau, packte, und eines Tages sagte ich: Heute abend, acht Uhr dreißig geht mein Zug." – „Und haben Sie sich sehr nach Hause gesehnt?"

Thilda schüttelte den Kopf: „Wenn ich mich sehr gesehnt hätte – dann wäre ich vielleicht nicht gekommen." Und auf Theresens etwas verwunderten Blick, mit einem Lächeln, das diesen verwunderten Blick gleichsam wieder erkannte: „Dann hätte ich nämlich versucht dagegen anzukämpfen. Wo käme man hin, wenn man einmal anfinge, jeder Sehnsucht nachzugeben. Nein, gesehnt habe ich mich nicht besonders. Aber nun freue ich mich sehr, daß ich da bin. Übrigens, daß ich nicht vergesse . . ."

Sie reichte Theresen ein verschnürtes Päckchen, das auf dem Diwan bereit lag. Während Therese es öffnete und eine große Schachtel holländischer Schokolade und ein halbes Dutzend gestickter Taschentücher von feinster Seide zutage förderte, trat Herr Wohlschein ins Zimmer, zugleich mit seiner Schwester; und während die Tante Thilda umarmte, konnte die Begrüßung zwischen Therese und Herrn Wohlschein in aller Unbefangenheit durch einen verständnisvoll herzlichen Blick geschehen.

Es war kein weiterer Gast zugezogen, das Mittagessen verlief ganz wie in früheren Zeiten in gedämpfter Gemütlichkeit; und hätte Thilda nicht allerlei von ihrer Reise und von ihrer neuen Heimat zu erzählen gehabt, so hätte man glauben können – und Herr Wohlschein unterließ nicht, es zu bemerken – daß sie überhaupt nicht weggewesen sei. Doch mehr als von den Landschaften und Städten, die sie gesehen, mehr als von dem Haus mit den Riesenglasfenstern und den vielen Blumen, in dem sie nun wohnte, sprach sie von den Stunden, da sie, mit Himmel und Meer allein, auf dem Schiffsdeck gelegen war. Und wenn sie auch in ihrer Art vor allem die köstliche Langeweile dieser Stunden rühmte, Therese fühlte, daß diese Stunden der Einsamkeit, des Traums, der Ferne für

Thilda das eigentliche und tiefste Erlebnis ihrer Reise gewesen waren, bedeutungsvoller als der Besuch auf einem südamerikanischen Landsitz, von dem sie berichtet, als der abendliche Blick von den Höhen um Rio de Janeiro auf die in hunderttausend Lichtern flammende Bucht, bedeutungsvoller sogar als der Tanz mit dem jungen französischen Astronomen, der auf dem gleichen Schiff zur Beobachtung einer Sonnenfinsternis nach Südamerika gereist war. Bald nach Tisch empfahl sich Therese in der leisen Hoffnung, daß Thilda sie zum Dableiben nötigen würde. Doch Thilda tat nichts dergleichen; sie vermied auch, etwas Bestimmtes für die nächsten Tage zu verabreden, und begnügte sich mit der herzlichen, aber keineswegs verpflichtenden Bemerkung: „Hoffentlich sehe ich Sie noch vor meiner Abreise, Fräulein." – „Hoffentlich", wiederholte Therese etwas kleinlaut und fügte hinzu: „Bitte empfehlen Sie mich – Herrn Verkade." Und das Paket mit Schokolade und Taschentüchern in der Hand, nahm sie Abschied und ging langsam die Treppe hinab – eine einstige Lehrerin, der die verheiratete Schülerin, weil sich das nun einmal so gehörte, etwas mitgebracht hatte.

Es war ein recht trauriger Abend daheim, zwei traurige Tage folgten, in denen weder von Herrn Wohlschein noch von Thilda eine Nachricht kam, und ungute Gedanken stiegen in ihr auf.

91

Am dritten Tag aber, schon in früher Morgenstunde, erschien Herr Wohlschein in Person. Er kam geradeswegs von der Bahn, hatte Thilda begleitet, die früher als geplant, auf ein dringendes Telegramm des Gatten hin, plötzlich abgereist war. Ach, sie stellte sich wohl selbständiger und überlegener an, als sie war, die gute Thilda. Wie eilig und erregt sie nur die Depesche geöffnet, wie sie dann die Stirne gerunzelt und ein wenig gelacht hatte, und wie sie dunkelrot geworden war, ob vor Ärger oder vor Freude, das war freilich schwer zu entscheiden. Sicher war jedenfalls, daß sie nun wieder im Expreßzug saß, der sie nach Holland entführte, in die Arme ihres ungeduldigen Gatten. Im übrigen habe sie sehr bedauert, daß sie Fräulein Fabiani kein zweites Mal gesehen, und lasse sie viele Male grüßen. Aber nun gab es auch noch etwas anderes, etwas Angenehmes – etwas sehr Erfreuliches gab es zu erzählen. Und Wohlschein fragte Therese, ob sie wohl erraten könne, was. Er faßte sie beim Kinn wie ein kleines Mädchen und küßte sie auf die Nasenspitze, wie er es in guter Laune zu

Theresens Mißvergnügen gern zu tun pflegte. Therese war leider nicht imstande, das Erfreuliche zu erraten; oder vielleicht doch? – eine Einladung am Ende? – eine Einladung nach Holland für die Pfingstfeiertage? – oder für den Sommer nach Zandvord in die Villa? Nein, das war es nicht. Für dieses Jahr wenigstens stand eine solche Einladung noch nicht in Aussicht. Was also? Sie sei nun einmal nicht sehr geschickt im Rätselraten, er müsse schon so freundlich sein, ihr mitzuteilen, worüber sie sich eigentlich freuen sollte.

Nun, Thilda hatte gestern bei Tische eine Bemerkung gemacht, die ihr eigentlich ganz ähnlich sah, aber doch überraschend gekommen war: „Nun, Vater," hatte sie gesagt, „warum heiratest du sie eigentlich nicht?" – „Wen, sie?" – Herr Wohlschein lachte: ob ihn Therese für einen Don Juan hielte, dem die Wahl gleich zwischen einer ganzen Anzahl von Damen freistünde? Nein, Thildas Bemerkung hatte sich ganz zweifellos ausschließlich auf Fräulein Therese Fabiani bezogen. „Warum heiratest du sie eigentlich nicht?" Sie konnte einfach nicht begreifen, warum er, Herr Wohlschein, Therese nicht zur Frau nähme. Denn wie es zwischen ihnen stünde, das hätte das kleine, schlaue Frauenzimmer sofort erkannt, aus der Art schon, behauptete sie, wie er in seinen Briefen Theresens Namen schrieb. Ja, Graphologin war sie auch. Und „du könntest wahrhaftig nichts Vernünftigeres tun," hatte sie hinzugesetzt, „meinen Segen habt ihr." Nun, was meinte Fräulein Therese dazu?

Therese lächelte, aber ihr Lächeln war keineswegs heiter. Und Herr Wohlschein wunderte sich, daß vorerst keine andere Antwort kam als dieses etwas starre Lächeln. Und fast noch mehr als er wunderte sich Therese selbst. Denn was sich in ihr regte, war nicht Freude, war gewiß kein Gefühl von Glück; es war eher Unruhe, wenn nicht gar Bangigkeit, war Angst vor der großen Veränderung, die ein solches Ereignis für ihr Leben bedeuten müßte und in die sie sich, ein ältliches, an Selbständigkeit gewöhntes Fräulein, nicht so leicht würde finden können. Oder war es gar Angst davor, für alle Zukunft an diesen Mann gebunden zu sein, dem sie wohl zugetan war, dessen Liebesbeweise aber ihr im Grunde gleichgültig, zuweilen unangenehm und meistens lächerlich erschienen? Oder war am Ende auch Angst dabei vor Unannehmlichkeiten, die gerade im Anschluß an ihre Verheiratung sie von Seiten ihres Sohnes bedrohen konnten und denen Wohlschein kaum in der richtigen Weise begegnen, ja, für die er sich irgendwie an ihr schadlos halten würde?

„Warum sprichst du nicht?" fragte Wohlschein endlich betroffen.

Da faßte Therese nach seiner Hand. Etwas hastig, mit einer Miene, die sich allzu rasch erhellte, und in einem anfangs wie zweifelnden, dann aber eher scherzhaften Ton fragte sie: „Glaubst du denn, daß ich die rechte Frau für dich wäre?“ – Wohlschein, rasch beruhigt, wie zur Erwiderung, näherte sich ihr in der etwas täppischen Weise, die sie meistens abzuwehren pflegte, sich aber diesmal doch gefallen ließ, um nicht die Stimmung und damit vielleicht mehr als die Stimmung dieses Augenblicks zu gefährden. Er wünschte, daß sie schon von den nächsten Tagen an ihre Lektionen einzuschränken beginne. Sie wollte anfangs davon nichts wissen, ja, sie erklärte sogar, daß sie auch nach ihrer Verheiratung eine Tätigkeit keineswegs völlig aufzugeben gedenke, die ihr Befriedigung, manchmal sogar Freude gewähre. – Immerhin, als ihr zufällig im Laufe der nächsten Tage eine neue Lektion angeboten wurde, lehnte sie ab, und in einer anderen Familie setzte sie die bisherige Anzahl der wöchentlichen Unterrichtsstunden von sechs auf drei herab, was Wohlschein fast wie eine ihm erwiesene Gefälligkeit zur Kenntnis nahm.

In diesen Tagen kam ein Brief von Franz mit einer sehr bündigen Geldforderung. Er nannte zugleich eine Deckadresse, an die der Betrag von hundert Gulden unverzüglich zu senden sei. Therese wollte und konnte die Tatsache ihrem Bräutigam nicht verschweigen, um so weniger, als ihr die Summe bei der Bezahlung des bald fälligen Zinses gefehlt hätte. Wohlschein gab ihr ohne weiteres den Betrag und nahm den Anlaß wahr, um eine offenbar schon längst von ihm gehegte Absicht kundzutun: er war bereit, Franz die Überfahrt nach Amerika zu bezahlen, vielmehr – da man doch einem solchen Menschen gegenüber keine Vorsicht außer acht lassen durfte – ihn in Begleitung einer Vertrauensperson nach Hamburg zu schicken und ihn dort, mit dem Billett versehen, an Deck bringen zu lassen. Doch Therese, statt Wohlscheins Vorschlag als willkommenste Lösung aufzunehmen und dankbar zuzustimmen, brachte Bedenken und Einwendungen vor; und je mehr Wohlschein sie mit naheliegenden Gründen zu überzeugen suchte, um so hartnäckiger blieb sie dabei, daß sie den Gedanken, von ihrem Sohn durch das Weltmeer getrennt zu sein, nicht zu ertragen imstande sei; insbesondere jetzt, da ihre eigenen Verhältnisse sich so sichtlich zum Bessern wendeten, erscheine ihr ein solches Vorgehen gegenüber ihrem unglücklichen Sohn herzlos, ja geradezu eine Sünde, die sich irgend einmal rächen müsse. Wohlschein widersprach; wie es bei solchen Anlässen leicht der Fall zu sein pflegt, übersteigerte ein jeder noch die eigene Meinung, der Streit wurde immer heftiger, Wohlschein ging finster im

Zimmer auf und ab, Therese brach endlich in Tränen aus, beide sahen ein, daß sie zu weit gegangen waren, Therese überdies, daß ihr Betragen gegen ihren Bräutigam der Klugheit doch allzu sehr ermangele, und ihre Beziehungen waren immerhin noch jung genug, um diesen ersten ernstlichen Streit in Zärtlichkeit enden zu lassen.

Als Wohlschein aber ein paar Tage darauf eine kleine Geschäftsreise antrat, von der er vorher nicht gesprochen hatte, hielt Therese es keineswegs für ausgeschlossen, daß diese vorübergehende Trennung vielleicht einen endgültigen Bruch vorbereiten sollte; und ein größeres Geldgeschenk, das er für sie zurückgelassen, hätte sie beinahe in ihrer Befürchtung bestärken können. Sie merkte aber, daß diese zeitweilige Trennung ihr eher wohltat, und bildete sich ein, daß sie sich auch mit dem Gedanken eines wirklichen Abschieds nicht allzu schwer abfinden würde.

Er kam früher zurück, als sie ihn erwartet, trat ihr mit sonderbarer Gemessenheit gegenüber, so daß ihr wieder etwas ängstlich zumute wurde, doch er ließ sie nicht lange in Ungewißheit, daß er sich indes auf eigene Faust mit der Angelegenheit ihres Sohnes weiter befaßt und in Erfahrung gebracht habe, Franz, womit auch die Deckadresse sich ungezwungen erklärte, büße eben im Landesgericht eine mehrmonatige Gefängnisstrafe ab; – nicht seine erste, wie sie wohl wissen dürfte. Nein, – sie wußte nichts. Nun, und was meinte Therese jetzt? Wollte sie, wollten sie beide – und er faßte ihre Hände – ihr ganzes Leben unter einem solchen Druck verbringen? War denn überhaupt abzusehen, wohin dieser Bursche noch geraten, was er noch anstellen, in welche peinliche Situationen er sie beide noch bringen konnte, wenn er weiterhin in der Stadt oder auch nur im Lande verbliebe! Er selbst, Wohlschein, wollte die Sache nun mit Hilfe eines tüchtigen Kriminalbeamten, der ihm auch bisher bei seinen Nachforschungen beigestanden, ein für allemal in Ordnung bringen. Vielleicht ließe es sich machen, daß Franz geradeswegs vom Tor des Landesgerichtes aus die Reise nach Hamburg und Amerika antreten könnte.

Sie hörte still zu, ohne Widerrede, aber von Sekunde zu Sekunde spürte sie eine nagendere und schlimmere Qual im Herzen, die niemand hätte verstehen können, Herr Wohlschein am wenigsten, da doch auch sie selbst sie kaum verstand. „Wann kommt er heraus?“ fragte sie, sonst nichts. – „Noch sechs Wochen, glaube ich, hat er abzusitzen“, erwiderte Wohlschein. – Sie schwieg, aber sie war entschlossen, Franz im Landesgericht zu besuchen, ihn einmal noch zu umarmen, ehe sie für ewig von ihm Abschied nehmen sollte.

Und doch schob sie den Besuch im Gefängnis immer wieder auf. Denn so schmerzlich ihr der Gedanke war, Franz nie wiedersehen zu sollen – sie verspürte doch keine Sehnsucht nach ihm und viel eher eine Scheu vor einem solchen Wiedersehen. Zwischen ihr und Wohlschein wurde vorläufig weiter über die Sache nicht gesprochen, aber auch die Frage des Hochzeitstermins wurde nicht berührt. Immerhin nahm der Verkehr zwischen ihnen einen gewissermaßen offizielleren Charakter an. Während er bisher mit ihr meist einfachere Wirtshäuser aufgesucht, soupierten sie jetzt manchmal in feineren Stadtrestaurants, zuweilen verbrachte er die ganze Nacht bei ihr, nahm oben das Frühstück, und endlich lud er sie für Sonntag mittag in sein Haus ein. Aber gerade dieses Zusammensein verlief freudlos und befangen. Und daß Wohlschein, da sie doch nun einmal so gut wie verlobt waren, vor dem die Speisen auftragenden Mädchen immer Sie zu ihr sagte und auch seiner nachher offenbar ohne sein Vorwissen erscheinenden, etwas überraschten Schwester gegenüber sich keineswegs als Theresens Bräutigam benahm, erschien ihr allzu vorsichtig und beinahe geschmacklos.

92

Was die abendlichen Kunstgenüsse anbelangt, so tat er nun seinem etwas bequemen Geschmack keinen Zwang mehr an. Eines Abends besuchten sie gemeinsam ein Varieté in der Vorstadt, ein Tingeltangel von der geringsten Sorte, wo so Armseliges dargeboten wurde, daß es beinahe schon wie Parodie wirkte. Eine Sängerin trat auf, nahe den Fünfzig, lächerlich geschminkt, in kurzem Tüllröckchen, die mit zerbrochener Stimme ein neckisches Liedchen von einem feschen Leutnant zum besten gab und am Schluß jeder Strophe militärisch salutierte. Ein Clown vollführte Kunststücke, zu denen die kleinen Zauberkästen ausgereicht hätten, die man in Spielwarenhandlungen für Kinder zu kaufen bekam. Ein ältlicher Herr mit Zylinder führte zwei dressierte Pudel vor; ein Tiroler Quartett, bestehend aus einem robusten Mann mit Andreas-Hofer-Bart, einem unnatürlich mageren Greis mit stechenden Augen und zwei dicken, bleichen Bauerndirnen mit Kreuzbandschuhen, sang G'stanzeln und jodelte; eine Akrobatentruppe mit dem Namen „The three Windsors" präsentierte sich: ein dicker Mann in schmutzigem rosa Trikot, der zwei Kinder von ungefähr zehn Jahren mit den Händen in die Höhe stemmte und voltigieren ließ, worauf nach magerem Applaus die drei vortraten und Kußhändchen ins

Publikum warfen. Therese wurde immer trauriger, Herr Wohlschein aber schien sich ganz in seinem Element zu fühlen. Es fiel Theresen auf, daß dieses Tingeltangel sich ein kleines Orchester vergönnen konnte, das aus einem Pianino, einer Violine, einem Cello und einer Klarinette bestand. Auf dem Deckel des Klaviers stand ein Glas Bier, das aber nicht für den Spieler allein bestimmt schien. Von Zeit zu Zeit griff auch einer der anderen Musiker darnach und nahm einen Schluck. Eben rauschte ein lächerlicher Papiervorhang herunter oder knitterte vielmehr herab, auf den eine Muse in blauer Gewandung mit purpurrotem Gürtel, eine Lyra im Arm, sowie ein lauschender Hirtenknabe mit Sandalen und einer roten Schwimmhose gemalt war, – als Theresens Auge ganz zufällig dem Bierglas folgte, das sich eben wieder vom Klavier entfernte. Ihr Blick fiel auf die Hand, die das Glas ergriffen hatte, eine magere, etwas behaarte Hand, die aus einem manschettenlosen, grünweiß gestreiften Hemdärmel hervorkam, es war die Hand des Cellisten, der für eine Weile den andern Musikern die Mühe des Musizierens überließ. Er setzte das Glas an die Lippen, trank, und auf seinem grauen Schnurrbart blieb ein wenig Schaum stehen. Er erhob sich leicht von seinem Stuhl, um das Glas wieder auf den Pianinodeckel zu stellen, und während er seinen Bogen ergriff, beugte er sich zu dem Klarinettisten hin und flüsterte ihm angelegentlich etwas zu. Der Klarinettist, ohne sich darum zu kümmern, blies weiter, der andere aber wiegte nun, völlig sinnlos, den Kopf hin und her und leckte sich den Bierschaum vom Schnurrbart ab. Seine Stirn war unnatürlich hoch; das dunkle, graumelierte, kurzgeschorene Haar stand borstenartig in die Höhe, und er kniff das eine Auge zusammen, als er wieder mit den übrigen zu spielen begann. Es war ein ärmliches Instrument, überdies spielte er offenbar ganz falsch, und ein böser Blick des Pianisten traf ihn. Der Vorhang hob sich, ein Neger in schmierigem Frack, mit grauem Zylinder, trat auf, wurde vom Publikum mit Gejohl begrüßt; der Cellospieler hob den Bogen und winkte dem Neger einen Gruß hinauf, der von niemandem, nicht einmal von dem Neger, sondern ausschließlich von Therese bemerkt wurde. Und nun hatte sie keinen Zweifel mehr: es war Kasimir Tobisch, der in diesem Tingeltangel Cello spielte. Sie saß mit Wohlschein ganz nahe der Rampe, er füllte ihr eben von neuem das Weinglas, sie setzte es an die Lippen und starrte immer noch Kasimir an, bis sie endlich seinen Blick zu sich herangezwungen hatte. Er betrachtete sie, dann ihren Begleiter, dann andere Leute, die im Zuschauerraum saßen, ließ die Augen zu ihr zurück schweifen, sah wieder weg, und es war ganz offenbar, daß er sie nicht erkannte. Die Vorstellung ging weiter, ein schmieriger Pierrot, eine brustkranke Pierrette und ein betrunkener Harlekin stellten mit einer Art von verzweifeltem Humor eine Pantomime dar, und Therese lachte viel, ja, sie vergaß für eine Weile, daß dort im Orchester Kasimir Tobisch Cello spielte, vergaß, daß das der Vater ihres Sohnes, daß dieser Sohn ein Dieb und Zuhälter war und im Gefängnis saß, vergaß auch Herrn Wohlschein, der neben ihr behaglich seine Zigarre aus einem weißen Spitz rauchte, und lachte mit ihm laut auf, als der Harlekin bei dem Versuch, die Pierrette zu umarmen, der Länge nach hinfiel.

Ein paar Stunden später aber, in ihrem Bett an der Seite des schnarchenden Wohlschein, lag sie ohne Schlaf, weinte still, und das Herz tat ihr weh.

93

Einmal in früher Vormittagsstunde – Therese hielt eben ihren Kurs ab – erschien zu ihrer Überraschung Karl bei ihr. Seine Miene, schon die Art, wie er eintrat, ließen sie Böses ahnen. Da sie ihn fragte, ob er sich nicht eine Viertelstunde gedulden wolle, bis die Stunde zu Ende sei, ersuchte er sie brüsk, ihre „jungen Damen" – auch dies war wie mit Hohn vorgebracht – wegzuschicken. Was er ihr mitzuteilen habe, dulde keinen Aufschub. Therese konnte nicht anders, als ihm willfahren. Er wandte den Blick ab, als die jungen Mädchen an ihm vorüber das Zimmer verließen, wie um sie nicht grüßen zu müssen, und kaum mit der Schwester allein, ohne jede Einleitung, begann er: „Dein Sohn, der Lumpenkerl, hat die unerhörte Frechheit, mir aus dem Landesgericht diesen Brief zu schicken", und er reichte ihn Theresen.

Sie las für sich: „Werter Herr Onkel. Da ich in wenigen Tagen nach unverschuldeter, wegen widriger Umstände verbüßter Haft das Gericht verlasse und ferne von der Heimat eine neue Existenz gründen will, ersuche Euer Hochwohlgeboren in Anbetracht näherer Verwandtschaft um Beitrag zu Reisekosten im Betrag von zweihundert Gulden österreichischer Währung, die von morgen an bereit zu halten bitte. Mit vorzüglicher Hochachtung bin ich, sehr werter Herr Onkel, Ihr –"

Therese ließ den Brief sinken, zuckte die Achseln.

„Nun," schrie Karl, „möchtest du so freundlich sein, dich zu äußern."

Therese unbeweglich: „Ich habe mit diesem Brief nicht das geringste zu tun, und ich weiß nicht, was du von mir willst."

„Ausgezeichnet. Dein Sohn schreibt mir aus dem Landesgericht einen Erpresserbrief – jawohl, einen Erpresserbrief." Er riß ihr den Brief aus der Hand und wies auf die Stellen: „in Anbetracht naher Verwandtschaft" – „von morgen an bereit zu halten bitte". – „Dieser Lump weiß, daß ich mich in öffentlicher Stellung befinde. Er wird zu anderen Leuten gehen, sie anbetteln, sich dort als mein Neffe ausgeben, als der Neffe des Abgeordneten Faber . . ."

„Von einer solchen Absicht kann ich in dem Brief nichts entdecken, und dein Neffe ist er ja wirklich."

Die abweisende, spöttische Haltung Theresens machte Karl völlig rasend. „Du wagst es, dieses Subjekt noch in Schutz zu nehmen? Meinst du, ich weiß nicht, daß er ein paarmal zu uns um Geld geschickt hat? Marie, gutmütig, aber blöd wie immer, hat es mir verheimlichen wollen. Glaubt ihr, mir kann man etwas verheimlichen? Meinst du vielleicht, ich hab' nicht immer gewußt, was du für eine Existenz führst, unter dem Deckmantel deines sogenannten Berufes? Ja, schau' mich nur an mit deinen großen Kuhaugen. Glaubst du, ich fall' dir darauf hinein? Ich bin dir nie hineingefallen. Du wirst noch auf dem Mist krepieren, genau so wie dein Herr Sohn. Du willst 's ja nicht anders. Wenn man dir schon einmal einen Ausweg gezeigt und wenn sich schon ein Esel gefunden hat, der dich beinahe geheiratet hätte – nein, lieber in Freiheit weiterleben, Liebhaber wechseln wie 's Hemd, das ist bequemer und lustiger. Und mit den Mäderln da, was machst du denn mit denen? Lektionen –? Haha! Werden wahrscheinlich herangebildet zum Gebrauch für semitische Wüstlinge –?"

„Hinaus", sagte Therese. Sie hob nicht den Arm, streckte die Hand nicht aus, unhörbar beinahe sagte sie: „Hinaus!"

Karl aber ließ sich nicht beirren. Er sprach weiter, ungehemmt, wie es ihm über die Lippen kam. Ja, so, wie Therese es in der Jugend getrieben, sagte er, so treibe sie es jetzt weiter, – in einem Alter, wo andere Frauenzimmer doch allmählich zur Besinnung zu kommen pflegen, schon aus Angst, sich lächerlich zu machen. Ob sie sich denn einbilde, daß sie ihm je etwas habe vormachen können? Als junges Mädel schon habe sie mit seinem Freund und Kollegen angebandelt, dann war die Geschichte mit dem lumpigen Leutnant gekommen, – und von wem der saubere Sohn sei, an dem sich nun ihr Schicksal erfülle, das werde sie wohl selbst schwerlich mit Sicherheit sagen können. Was sie dann später als „Fräulein", als „Hüterin der Kleinen" angestellt, das sei ja nur gelegentlich gerüchtweise an sein Ohr gedrungen. Und nun – auch darüber sei er informiert – ziehe sie mit irgendeinem älteren, reichen Juden umher, den sie jedenfalls dadurch zu halten versuche, daß ihre sogenannten Schülerinnen –

In diesem Augenblick trat Herr Wohlschein ein. Es war ihm zwar nicht anzumerken, daß er die letzten Worte gehört oder gar verstanden hätte; immerhin blickte er betroffen von Karl zu Theresen hin. Karl hielt den Augenblick gekommen, sich zu entfernen. „Ich will nicht länger stören", sagte er; und mit einer kurzen, fast höhnischen Verneigung gegenüber Wohlschein schickte er sich an, das Zimmer zu verlassen. Therese aber: „Einen Augenblick, Karl", hielt ihn zurück. Sie stellte vor, völlig ruhig. „Doktor Karl Faber, mein Bruder; Herr Wohlschein, mein Bräutigam." Karl verzog leicht den Mund. „Besondere Ehre." Und er wiederholte: „Um so weniger will ich stören." – „Pardon," sagte Herr Wohlschein, „ich habe fast den Eindruck, als wenn ich derjenige wäre, der gestört hat." – „Nicht im geringsten", sagte Therese. – "Gewiß nicht," bekräftigte Karl, „kleine Meinungsverschiedenheit, wie das in Familien nicht zu vermeiden ist. Also nichts für ungut", setzte er hinzu, „und viel Glück. Meine Verehrung, Herr Wohlschein."

Kaum war er zur Türe draußen, so wandte sich Therese an Wohlschein. „Verzeih, ich konnte nicht anders." – „Wie meinst du das, daß du nicht anders konntest?" – „Ich meine, es verpflichtet dich zu nichts, daß ich dich als meinen Verlobten vorgestellt habe. Du bist nach wie vor völlig frei in deinen Entschließungen." – „Ach so – so meinst du das. Aber ich will gar nicht frei sein, wie du das nennst," er riß sie mit brutaler Zärtlichkeit an sich, „und jetzt möchte ich wissen, was dein Herr Bruder eigentlich von dir gewollt hat."

Sie war froh, daß er von der Unterhaltung nichts gehört hatte, und erzählte ihm so viel davon, als sie eben für richtig hielt. Beim Abschied stand fest, daß die Hochzeit am Pfingstsonntag stattfinden und daß die Abreise Franzens nach Amerika jedenfalls vorher erfolgen solle.

94

Bis zu Pfingsten war es noch lang, drei Monate beinahe. Daß Herr Wohlschein die Hochzeit so weit hinausschob, hatte seine Ursache darin, daß er vorher zwei Geschäftsreisen zu erledigen hatte, nach Polen und nach Tirol; und auch darin, daß gewisse bauliche Veränderungen in der Wohnung vorgenommen werden mußten. Überdies gab es allerlei mit dem Anwalt zu besprechen, da gewisse, testamentarische Bestimmungen – „wir sind alle sterblich“, bemerkte Wohlschein – besser schon vor der Hochzeit getroffen werden sollten. Therese hatte gegen den Aufschub nichts einzuwenden; es war ihr nicht unlieb, daß sie nicht alle ihre Lehrverpflichtungen kurzerhand lösen mußte, die ihr um so mehr Zerstreuung bereiteten, je weniger sie nun als eigentliche Verpflichtungen erschienen.

Die Tage von Wohlscheins Abwesenheit, eine Woche im Februar, eine andere im März, in denen sie keine seiner plötzlichen Morgenbesuche befürchten mußte, empfand sie als Erholung; trotzdem verspürte sie zuweilen einige Sehnsucht nach ihm. Sie hatte sich doch im Laufe der letzten Monate an eine Art von Eheleben gewöhnt, das, wie sie sich nicht verhehlen konnte, in jeder Art günstig auf sie wirkte. Und an manchen Anzeichen, äußeren und inneren, spürte sie, daß ihr Dasein, auch ihr Frauendasein, noch lange nicht zu Ende war. Zu ihrer angenehmen Stimmung trug es auch bei, daß sie sich besser kleiden konnte als jemals vorher, und sie freute sich darauf, zusammen mit Wohlschein, wie er ihr versprochen, allerlei noch notwendige Neuanschaffungen zu besorgen.

Die Osterfeiertage, bald nach Wohlscheins Rückkehr von der zweiten Reise, verbrachte sie mit ihm in einem behaglichen kleinen Gasthof der Wiener Umgebung. Es waren noch recht kühle Tage, aber die Bäume schlugen schon aus, und die ersten Sträucher blühten. Und Abende gab es in ihrem gemütlichen Zimmer, wo die beiden sich ganz als Liebespaar fühlten, so daß es ihr, als sie nach der Rückkehr viele Stunden allein in ihrer Wohnung verbrachte, manchmal vorkam, als werde sie sich in einem gemeinsamen Heim als verehelichte Wohlschein sehr gut zu behagen wissen. Köstlicher als alles aber wirkte eine Karte von Thilda in ihr nach, die ihr Wohlschein gezeigt hatte: „Mit tausend Ostergrüßen für Dich und Therese“ – ja, so stand es geschrieben, einfach: Therese.

Zu einem Besuch im Gefängnis hatte sich Therese noch immer nicht entschließen können. Ihre Scheu vor diesem Wiedersehen, das doch zugleich ein Abschied auf immer sein sollte, blieb unüberwindlich. Wohlschein hatte die ganze letzte Zeit über kein Wort von Franz gesprochen, Therese nahm an, daß er sie erst verständigen wollte, bis alles erledigt sein würde. Und wirklich teilte er ihr bald nach ihrem Osterausflug mit, daß er seinen Anwalt zu Franz ins Gefängnis geschickt, daß dieser sich aber dem Amerikaplan gegenüber vorläufig unzugänglich erwiesen und erklärt habe, er sei ja nicht zur Deportation verurteilt; trotzdem war Wohlschein überzeugt, daß sich Franz durch die verbriefte Zusage eines größeren Geldbetrages, der ihm erst in Amerika ausbezahlt werden sollte, – noch umstimmen lassen würde.

95

Einige Tage später erwartete Therese Herrn Wohlschein, der sie um zehn Uhr vormittags mit dem Wagen abholen sollte, um mit ihr, wie schon einige Male vorher, Einkäufe zu besorgen. Es war ein warmer Frühlingstag, das Fenster stand offen, und es duftete aus den nahen Wäldern. Wohlschein pflegte pünktlich zu sein; als er eine halbe Stunde nach der verabredeten Zeit noch immer nicht da war, wunderte sich Therese. Sie stand wartend am Fenster, im Mantel, eine weitere halbe Stunde verging, sie wurde unruhig und entschloß sich zu telephonieren. Es meldete sich niemand. Nach einer Weile rief sie wieder an. Eine unbekannte Stimme: „Wer ist dort?" – „Ich wollte nur fragen, ob Herr Wohlschein schon von Hause weggegangen ist." – „Wer spricht?" fragte die unbekannte Stimme. – „Therese Fabiani." – „Oh, Fräulein – leider – leider –", jetzt erkannte sie die Stimme, es war die des Buchhalters – „Herr Wohlschein – ja . . . Herr Wohlschein ist plötzlich gestorben." – „Wie, was . . .?" – „Er ist heute früh tot im Bette gefunden worden." – „Um Himmels willen!" – Klingelzeichen – sie hing das Hörrohr hin und lief die Treppe hinab.

Sie dachte nicht daran, in die Trambahn zu steigen, sich einen Wagen zu nehmen; mechanisch, wie in einem dumpfen Traum, nicht eigentlich erschüttert, zuerst nicht einmal eilig, dann freilich immer geschwinder, nahm sie den Weg in die Zieglergasse.

Da war das Haus. Keine Veränderung zu bemerken. Ein Wagen stand vor dem Tor, wie es häufig der Fall war. Sie eilte die Treppe hinauf, die Tür war geschlossen. Therese mußte klingeln. Das Mädchen öffnete. „Küss' die Hand, Fräulein." Es klang wie gewöhnlich. Einen Augenblick dachte Therese, es sei nicht wahr, sie hätte falsch verstanden oder man habe sich einen niederträchtigen Spaß mit ihr gemacht. Und sie fragte in der merkwürdigen Empfindung, als könnte ihre Frage noch etwas ändern: „Ist Herr Wohlschein –"

Aber sie sprach nicht weiter. „Ja, wissen denn Fräulein nicht?" – Nun nickte sie rasch, machte eine sinnlos abwehrende Bewegung mit der Hand, und ohne weiter zu fragen, öffnete sie die Türe in den Salon. Um den Tisch saßen der Buchhalter und zwei Herren, die sie nicht kannte, einer empfahl sich eben. Zwei

Damen saßen in der Nähe des Kamins, die eine war die Schwester des Verstorbenen. Auf sie trat Therese zu: „Ist es denn wahr?“ Die Schwester nickte, reichte ihr die Hand. Therese schwieg hilflos. Die Türe ins Nebenzimmer stand offen, dorthin wandte sich Therese und fühlte, wie man ihr nachschaute. Das Speisezimmer war leer. Im nächsten, dem kleinen Rauchzimmer, standen zwei Herren am Fenster und redeten angelegentlich, aber leise miteinander. Auch die Türe ins nächste Zimmer war offen. Hier stand Wohlscheins Bett. Die Umrisse eines menschlichen Körpers waren sichtbar, ein weißes Linnen war über sie gebreitet. Da lag er also, tot und so allein, wie nur Tote sind. Therese spürte nichts als Scheu und Fremdheit, immer noch keinen Schmerz. Gern wäre sie niedergekniet, irgend etwas hielt sie davon ab. Warum ließ man sie nur allein? Die Schwester hätte ihr wohl folgen können. Ob das Testament schon eröffnet war? Dachte sie jetzt daran! Es war freilich nicht bedeutungslos, das wußte sie auch in diesem Augenblick, aber alles Übrige war wichtiger. Er war tot, der Bräutigam, der Liebhaber, der gute Mensch, dem sie so viel verdankte, Thildas Vater. Ah, nun würde wohl auch Thilda kommen müssen. Hatte man ihr schon telegraphiert? Gewiß. Unter diesem Tuch da sein Gesicht. Warum brannten noch keine Kerzen? Gestern um diese Zeit noch war sie mit ihm beim „Herrnhuter“ gewesen, und sie hatten Bettwäsche bestellt. Was raunten sie neben an? Der Unbekannte mit dem schwarzen Schnurrbart war wohl der Anwalt. Wußten die Leute überhaupt, wer sie war? Nun, die Schwester wußte es jedenfalls. Sie hätte doch wohl etwas herzlicher sein können mit der Geliebten ihres Bruders. Wenn ich schon seine Frau gewesen wäre, so benähmen sie sich alle anders, das ist gewiß. Ich will wieder zu seiner Schwester hineingehen, dachte sie. Wir zwei sind ja die eigentlichen Leidtragenden, wir und Thilda. Ehe sie das Zimmer verließ, schlug sie ein Kreuz. Hätte sie nicht einen Blick auf das Antlitz des Toten tun sollen? Aber sie wünschte sich gar nicht, sein Gesicht noch einmal zu sehen – dieses etwas feiste, glänzende Gesicht; sie hatte eher Angst davor. Ja, er war etwas fett gewesen, darum wohl – – Aber er war doch noch nicht einmal fünfzig. Und sie war nun seine Witwe, ohne verheiratet gewesen zu sein.

Auf dem Tisch im Salon stand Backwerk, Wein, Gläser. „Wollen Sie nicht etwas nehmen, Fräulein Fabiani?“ fragte die Schwester. – „Danke“, sagte Therese, nahm nichts, aber setzte sich zu den Damen. Die Schwester stellte vor. Den Namen der Dame verstand Therese nicht. Und nun kam der ihre: „Fräulein Fabiani, die langjährige Lehrerin von Thilda.“ Die Dame reichte Theresen die Hand. „Das arme Kind“, bemerkte die Dame. Die Schwester nickte. „Jetzt wird sie wohl das

Telegramm schon haben.“ – „Lebt sie in Amsterdam oder im Haag?“ fragte die Fremde. – „In Amsterdam“, erwiderte die Schwester. – „Waren Sie einmal in Holland?“ – „Nein, noch nie. In diesem Sommer wollte ich hin – mit meinem armen Bruder.“ – Kurzes Schweigen. – „Er war doch nie so eigentlich leidend gewesen“, meinte die fremde Dame. – „Manchmal ein wenig Herzschmerzen“, erwiderte die Schwester, und zu Theresen: „Wollen Sie nicht doch etwas nehmen, Fräulein Fabiani? Einen Schluck Wein?“ – Therese trank. Ein Herr kam; ältlich, in grauem Sommeranzug. Mit ergriffener Miene, runden Traueraugen, die im Zimmer umherirrten, schritt er auf die Schwester zu, drückte ihr die Hand, zweimal, dreimal. „Es ist ja furchtbar, so unerwartet.“ – Die Schwester seufzte. Nun drückte er Theresen die Hand und merkte, daß er sie nicht kannte. Die Schwester stellte vor. Den Namen des Herrn verstand Therese nicht. Dann: „Fräulein Fabiani, eine langjährige Lehrerin meiner Nichte Thilda.“

„Das arme Kind“, bemerkte der Herr. Therese empfahl sich, man hielt sie nicht zurück.

96

In seinen letztwilligen Verfügungen hatte Wohlschein ein ganz einfaches Begräbnis bestimmt. Universalerbin war Thilda. Legate waren ausgesetzt für wohltätige Zwecke; für seine geschiedene Frau war ausreichend gesorgt, die langjährigen Angestellten aus der Fabrik waren nicht vergessen, die Dienstboten gingen nicht leer aus, die Klavierlehrerin, zwei frühere Erzieherinnen Thildas und Fräulein Therese Fabiani, diese nach einem Kodizill aus dem vergangenen Sommer, erbten je tausend Gulden. Durch eine besondere Verfügung war dafür gesorgt, daß die Legatare sofort nach Eröffnung des Testaments verständigt werden und ihre Anteile ausbezahlt erhalten sollten.

Therese war zum Anwalt beschieden, um den für sie bestimmten Betrag persönlich in Empfang zu nehmen. Der Anwalt, in dem sie einen der Herren erkannte, die sie am Todestag in der Wohnung des Verstorbenen angetroffen hatte, schien eingeweiht, und er bemerkte bedauernd zu Fräulein Fabiani, daß Herr Wohlschein leider allzu früh abberufen worden sei. Er habe, wie der Anwalt nicht verschwieg, kurz vor seinem Tode die Absicht geäußert, wesentliche Änderungen an dem Testament vorzunehmen, dies aber nach leidiger Gewohnheit immer aufgeschoben, bis es zu spät geworden war.

Therese war kaum enttäuscht. Sie merkte nun erst, daß sie niemals ernstlich erwartet hatte, Frau Therese Wohlschein zu heißen, daß sie nie geglaubt hatte, es würde ihr jemals ein ruhiges, sorgenfreies Leben beschieden sein und sie könnte je die Stiefmutter von Frau Thilda Verkade werden.

Wie andere Verwandte und Bekannte stand auch sie am nächsten Morgen an Wohlscheins Grabe, und wie jene andern ließ sie eine Erdscholle auf den Sarg gleiten. Auch Thilda war anwesend; ein Blick wurde zwischen den beiden Frauen über das Grab hin gewechselt, und in den Augen Thildas schimmerte so viel Wärme und Verstehen, daß in Therese eine unbestimmte Hoffnung und fast eine Ahnung von Glück aufstieg. Ganz in Schwarz, am Arme ihres hochgewachsenen Gemahls, ihm so nah, wie sich Therese Thilda niemals an irgendeines Menschen Seite geschmiegt hatte vorstellen können – so sah Therese sie nach Abschluß der Zeremonie durch das Friedhoftor schreiten und verschwinden. Am nächsten Nachmittag hätte Therese auf Thildas Wunsch sie in der Zieglergasse besuchen sollen, sie fand die Kraft nicht, hinzugehen. Am nächsten Morgen, als sie vorsprechen wollte, war die Tochter des Verstorbenen mit ihrem Gatten schon abgereist.

97

Und nun war sie allein, so völlig allein, wie sie es noch nie gewesen war. Sie hatte Wohlschein niemals geliebt. Und doch, an manchem Abend, wie schmerzlich-qualvoll war es, daß diese Türe sich niemals wieder öffnen, daß die Klingel draußen niemals sein Kommen wieder anzeigen sollte.

Und einmal klingelte es doch am späten Abend. Ihr Wissen um das unwiderrufliche Entschwundensein Wohlscheins war noch nicht so eins mit ihr geworden, daß sie den Bruchteil einer Sekunde nicht gedacht hätte: – Er! Was will er denn noch so spät? – Freilich, noch ehe sie sich erhob, wußte sie, daß es jeder sein konnte, nur nicht er.

Es war Franz, der vor der Türe stand. War er schon frei? Im schlecht beleuchteten Stiegenhaus, die Kappe in die Stirn gedrückt, einen Zigarettenstummel zwischen den Lippen, hager und blaß, den Blick zugleich flatternd und gesenkt, sah er eher bedauernswert als gefährlich aus. Therese aber fühlte nichts; weder Angst noch Mitleid. Am ehesten noch eine gewisse Befriedigung, wenn nicht gar eine kleine Freude, daß doch irgend jemand kam und sie für eine Weile von dem furchtbaren Druck des Alleinseins befreien würde, der auf ihr lastete. Und milde sagte sie: „Guten Abend, Franz."

Er schaute auf, wie verwundert über den milden, fast liebevollen Ton ihrer Begrüßung. „Guten Abend, Mutter." – Sie reichte ihm die Hand, behielt sogar die seine in der ihren, während sie ihn hereingeleitete. Sie machte Licht. „Setz' dich." Er blieb stehen. „Also du bist schon frei?" Sie sagte es ganz ohne Betonung, wie wenn sie gefragt hätte: Du bist schon von der Reise zurück?

„Ja", sagte er. „Seit gestern schon. Wegen braver Aufführung habens' mir eine Wochen g'schenkt. Was, da schaust, Mutter. Also keine Angst brauchst nicht haben. Quartier hab' ich auch schon. Aber sonst nichts." Er lachte kurz.

Ohne erst zu antworten, deckte Therese den Tisch für ihn, setzte ihm vor, was sie eben zu Hause hatte, und schenkte ihm Wein ein.

Er ließ es sich schmecken. Und da er sogar ein Stück geräucherten Lachs aufgetischt bekam, sagte er: „Dir geht's ja gut, Mutter." In seinem Ton lag nun mit einem Male eine Forderung, beinahe eine Drohung.

Sie sagte: „Nicht gar so gut, wie du glaubst."

Er lachte auf. „Na, ich trag' dir nix fort, Mutter."

„Möchtest auch nicht mehr viel finden."

„Na, Gott sei Dank, – es wird ja bald wieder nachgeliefert."

„Ich wüßt' nicht, woher."

Franz blickte sie böse an. „Bin ja nicht wegen Einbruch gesessen. Wenn einer sein Tascherl liegen laßt, da kann ich ja nix dafür. Mein Verteidiger hat auch gesagt, man könnte mich höchstens wegen Fundverheimlichung verurteilen."

Sie wehrte ab. „Ich hab' dich um nichts gefragt, Franz."

Er aß weiter. Dann plötzlich: „Aber mit Amerika is nix. Ich kann mich hier auch fortbringen. Übermorgen tret' ich einen Posten an. Jawohl. Man hat, Gott sei Dank, noch Freunde, die einen nicht im Stich lassen, auch wenn man einmal Malheur g'habt hat."

Therese zuckte die Achseln. „Warum soll ein gesunder junger Mensch keinen Posten finden? Ich wünschte nur, daß es diesmal von Dauer wäre."

„Von mir aus wär' schon mancher von Dauer gewesen. Aber die Leut' glauben, man muß sich alles gefallen lassen. Und dazu bin ich nicht der Mensch. Von niemand. Verstehst du, Mutter? Und wenn ich nach Amerika gehen möcht', ging' ich von selber. Verschicken lass' ich mich nicht. Das kannst deinem – das kannst dem Herrn sagen."

Therese blieb ganz ruhig. „Es war gut gemeint von ihm," sagte sie – „kannst mir glauben."

„Was war gut gemeint?" fragte er grob.

„Das mit Amerika. Übrigens kannst du unbesorgt sein, es wird nicht mehr vorkommen. Der Herr – mein Bräutigam – ist vor drei Wochen gestorben."

Er sah sie an, ungläubig zuerst, als mutete er ihr zu, daß sie sich durch eine Unwahrheit vor neuen Forderungen sicherstellen wollte. Doch auf ihrer blassen Stirn, in ihren vergrämten Mienen vermochte sogar er zu lesen, daß es kein Vorwand, keine Lüge war. Er aß weiter, sprach nichts, dann zündete er sich eine Zigarette an. Und nun erst – und so kalt und gleichgültig es auch klang und wohl auch gedacht war –, Therese hörte doch das erstemal irgend etwas wie Mitgefühl aus seinem Ton: „Hast auch kein Glück, Mutter."

Dann erklärte er, daß er zu müde sei, um noch sein entlegenes Quartier aufzusuchen, streckte sich, wie er war, auf den Diwan hin, schlief bald ein und war am nächsten Tage fort, ehe Therese erwacht war.

Doch zu Mittag schon, mit einem kleinen, schmutzigen Pappendeckelkoffer, war er wieder zur Stelle, logierte sich bei der Mutter ein, auf drei Tage, wie er erklärte, bis er seinen neuen Posten antreten könne, über dessen Natur er weiter nichts verlauten ließ. Therese erreichte immerhin von ihm, daß er sich vom Hause fernhielt, während sie unterrichtete. Doch sie konnte sich nicht dagegen helfen, daß ein Freund und eine Freundin – es mochten auch drei oder vier Menschen sein, von denen sie übrigens keinen zu Gesicht bekam – die halbe Nacht trinkend, flüsternd, lachend bei ihm verbrachten. Was sie noch an Lebensmitteln daheim besaß, lieferte sie ihm für seine Gastereien aus. Am vierten Morgen wartete er ihr Erwachen ab, erklärte, daß er ihr nun weiter nicht mehr zur Last fallen werde, und verlangte Geld. Sie gab ihm, was sie eben zu Hause hatte, den größeren Teil ihrer Barschaft hatte sie vorsichtigerweise in die Sparkasse getan. Es war ihr Glück, denn Franz scheute sich nicht, ehe er ging, Schrank und Kommode zu durchstöbern. Und nun blieb er viele Wochen lang für sie verschwunden.

98

Die Tage gingen hin, und der Pfingstsonntag kam, an dem die Hochzeit hätte stattfinden sollen. Sie benützte ihn, um Wohlscheins Grab zu besuchen, auf dem noch neben verwelkten Totenkränzen ohne Namen und Schleife auch ihr eigener kleiner Veilchenstrauß lag. Lange stand sie da unter einem klaren, blauen Sommerhimmel, ohne zu beten, fast ohne zu denken, ja, ohne eigentlich traurig zu sein. Jenes Wort ihres Sohnes, das einzige, in dem sie gleichsam sein Herz klingen gehört hatte, tönte in ihr nach: „Hast auch kein Glück, Mutter." Aber in der Erinnerung bezog es sich nicht eben, und keineswegs allein, auf den Tod ihres Bräutigams, sondern vielmehr auf ihr ganzes Dasein. Wahrhaftig, sie war nicht auf die Welt gekommen, um glücklich zu sein. Und als verehelichte Frau Wohlschein wäre sie es gewiß so wenig geworden als auf jede andere Weise. Daß jemand starb, das war am Ende nur eine jener hundert Arten, unter denen einer verschwindet oder sich davonstiehlt. Es waren so viele tot für sie, Gestorbene und Lebendige. Der Vater war es, der nun schon so lange moderte, Richard, der ihr von allen Männern, die sie geliebt, doch der Nächste gewesen; doch auch die Mutter war es, der sie wenige Tage vor Wohlscheins Hinscheiden von der bevorstehenden Vermählung Mitteilung gemacht, die es aber kaum zur Kenntnis genommen und immer nur mit großer Wichtigkeit von ihrem „literarischen Nachlaß" gesprochen, den sie der Stadt Wien zu vererben gedachte; auch der Bruder, der seit seinem letzten unerwünschten Erscheinen nichts mehr von sich hatte hören und sehen lassen; auch Alfred, der einst ihr Geliebter und Freund gewesen, auch ihr verlorener Sohn, der Zuhälter und Dieb; und Thilda, die in Holland hinter hohen, blanken Fensterscheiben träumte und des Fräuleins längst nicht mehr dachte; und die vielen Kinder, – Buben und Mädchen, denen sie Lehrerin und manchmal fast Mutter gewesen; die vielen Männer, denen sie gehört hatte, – sie waren alle tot. Und fast war es, als wollte sich dieser Herr Wohlschein etwas darauf zugute tun, daß er so unwiderruflich unter diesem Hügel ruhte, und als bildete er sich ein, richtiger tot zu sein als die andern alle. Ach nein, sie hatte keine besonderen Tränen für ihn. Die sie jetzt weinte, die flossen für so viele andere; – und vor allem weinte sie sie wohl für sich selbst. Und vielleicht waren es nicht einmal Tränen des Schmerzes, nur Tränen der Müdigkeit. Denn müde war sie, wie sie es noch niemals gewesen; manchmal überhaupt nichts mehr als nur müde. Jeden Abend sank sie so schwer ins Bett, daß sie dachte, sie werde irgend einmal aus lauter Müdigkeit ins Nichts hinüberschlafen.

Aber so leicht sollte es ihr nicht werden. Sie lebte und sorgte sich weiter. Zweimal geschah es, daß sie Franz wieder aushelfen mußte. Das erstemal kam er selbst am hellichten Tag mit seinem kleinen Koffer angerückt, während sie eben Schülerinnen bei sich hatte. Er wollte sich neuerdings bei ihr einmieten. Sie wies ihn ab, ließ ihn nicht einmal zur Türe herein, doch um Schlimmeres zu vermeiden, blieb ihr nichts übrig, als ihm alles zu geben, was sie noch an Bargeld im Hause hatte. Das nächstemal erschien nicht er selbst, sondern zwei seiner Freunde. Sie sahen aus wie eben seinesgleichen, redeten wirres und hochtrabendes Zeug, behaupteten, des Kameraden Leben und Ehre stünden auf dem Spiel, und entfernten sich nicht früher, als bis Therese auch diesmal fast alles hergegeben hatte, was sie besaß.

Nun aber war der Sommer da, die Stunden hatten vollkommen ausgesetzt, die letzten ersparten Gulden waren aufgezehrt, und sie verkaufte ihre unbeträchtlichen Schmuckstücke, ein schmales, goldenes Armband und einen Ring mit einem Halbedelstein, die ihr Wohlschein geschenkt hatte. Der Erlös wäre immerhin ausreichend gewesen, um ihr bis zum Herbst weiterzuhelfen, und sie war sogar leichtsinnig oder kühn genug, im August für ein paar Tage aufs Land zu ziehen, an den gleichen Ort, wo sie die Weihnachtstage mit Wohlschein verbracht hatte, nur diesmal in einem einfacheren Gasthof.

In diesen Tagen war es, daß sie für eine Weile aus ihrer Müdigkeit, aus ihrem Dahindämmern erwachte und sich vornahm, in ihr Dasein, soweit es noch möglich war, Sicherheit und Sinn zu bringen. Vor allem faßte sie den festen Entschluß, jeden weiteren Erpressungsversuch Franzens rücksichtslos abzuweisen, ja, wenn nötig, bei der Polizei gegen ihn Schutz zu suchen. Was lag daran? Man wußte ja doch überall, daß sie einen ungeratenen Sohn hatte, der sogar schon gesessen war, und niemand auf der Welt würde es ihr verübeln, wenn sie ihn endlich seinem Schicksal überließ. Und ferner nahm sie sich vor, sich wieder einmal bei früheren Schülerinnen, die zum Teil schon verheiratet waren, in Erinnerung zu bringen und Empfehlungen zu erbitten. Sie hatte sich bisher durchgebracht, es konnte ihr auch weiterhin nicht fehlen. Schon diese wenigen Tage auf dem Land, die frische Luft, die Ruhe, das Verschontsein von peinlichen und schmerzlichen Aufregungen – wie günstig wirkte es auf ihre Stimmung ein. Sie war doch nicht so verbraucht, wie sie in den letzten Monaten gefürchtet hatte; und daß sie auch als weibliches Wesen immerhin noch zählte, das erkannte sie an manchem Männerblick, der dem ihren begegnete. Und wenn sie den jungen Touristen ein wenig ermutigt hätte, der, allabendlich von seiner

Bergwanderung heimkehrend, im Gastzimmer seine Pfeife rauchte und immer wieder seine Augen mit Wohlgefallen auf ihr verweilen ließ, so hätte sie auch wieder ein „Abenteuer" erleben können. Aber diese Möglichkeit zu wissen, daran ließ sie sich völlig genügen. Es wäre ihr nicht recht würdig, fast wie ein Übermut, ja, wie eine Herausforderung des Schicksals erschienen, den jungen Menschen durch Künste der Koketterie an sich heranzulocken, in ihm Hoffnungen zu erwecken, die zu erfüllen sie ja doch nicht ernstlich gesonnen war.

Eines Morgens, von ihrem Fenster aus, sah sie einen Wagen davonrollen, in dem er saß, den Rucksack zu seinen Füßen, und als hätte er geahnt, daß sie ihm nachschaute, wandte er sich plötzlich nach ihr um, lüftete mit übertriebener Gebärde den Hut mit dem Gamsbart, und sie winkte ihm einen Gruß zurück. Er aber zuckte leicht die Achseln, wie bedauernd, als wollte er sagen: „Nun ist es leider zu spät" – und fuhr davon. Ihr war einen Augenblick schmerzlich zumut. Fuhr da nicht ein Glück, vielleicht ein letztes Glück davon? Unsinn, sagte sie sich selbst und schämte sich ein wenig solcher rührseliger Gedanken.

Am Abend des gleichen Tages – wie übrigens schon vorher bestimmt war – reiste sie nach Wien zurück.

99

Sie hatte, hauptsächlich aus Angst vor Franz, keine Mitteilung zurückgelassen, wohin sie gefahren war. So fand sie erst jetzt bei der Heimkehr, um beinahe acht Tage verspätet, einen Partezettel mit der Nachricht vom Tode ihrer Mutter vor; neben Bruder und Schwägerin stand auch ihr Name unterzeichnet. Sie war mehr erschrocken als ergriffen. Am nächsten Morgen, zu einer Stunde, da Karl voraussichtlich nicht zu Hause sein würde, begab sie sich dahin und wurde von der Schwägerin kühl empfangen. Frau Faber machte ihr einen Vorwurf daraus, daß sie unauffindbar gewesen, der um so begründeter schien, als die Verstorbene in ihrer letzten Stunde nach der Tochter dringend verlangt habe. Nun sei man leider genötigt gewesen, alle Verfügungen ohne die Abwesende zu treffen; das Testament, in das Therese nach Belieben Einsicht nehmen könne, liege beim Notar, enthalte übrigens fast nur Bestimmungen über den literarischen Nachlaß, der in überraschender Menge vorhanden sei, mit dem aber die Gemeinde Wien als tatsächliche Erbin nichts anzufangen wisse und der vorläufig noch nicht abgeholt worden sei. Bargeld sei beinahe keines vorhanden gewesen, hingegen hatten sich einige Gläubiger, kleine Geschäftsleute aus der Nachbarschaft, gemeldet, und zur Begleichung der dringendsten Schulden sollten demnächst die geringen Habseligkeiten der Verstorbenen verkauft werden. Im unwahrscheinlichen Falle eines Überschusses würde man Therese durch den Notar verständigen lassen. Therese entging es nicht, daß die Schwägerin den Blick immer wieder nach der Türe schweifen ließ. Sie begriff, daß die Frau dem Erscheinen des Gatten mit Bangen entgegensah, und bemerkte: „Es ist wohl besser, daß ich jetzt gehe." Die Schwägerin atmete auf. „Ich komme zu dir, sobald ich kann," sagte sie, „aber es ist wirklich gescheiter, du triffst jetzt nicht mit Karl zusammen, du kennst ihn ja. Er war nicht einmal beim Begräbnis, in der Besorgnis, daß du vielleicht dabei sein könntest." – "Wieso stehe ich dann auf der Parte?" – „Die Parte, denke dir, die war schon vorbereitet, die hatte die Mutter schon vor ihrem Tod abgefaßt. Ich erzähl' dir das alles nächstens ausführlich." Und sie drängte sie beinahe zur Türe hinaus.

Auf dem Heimweg betrat Therese nach langer Zeit wieder einmal eine Kirche. Es war ihr, als müßte sie es zum Andenken der Mutter tun, so wenig diese selbst religiöse Gebräuche jemals gehalten hatte. Und wieder geschah es ihr, wie in verflossenen Jahren so oft, daß in dem Halbdunkel des hohen, weihrauchduftenden Raumes eine wunderbare Ruhe über sie kam, eine andere und tiefere, als die Ruhe war, von der sie sich je in der Stille eines Waldes, auf einer Bergwiese, in irgendeiner anderen Einsamkeit beglückt gefühlt hatte. Und während sie mit unwillkürlich gefalteten Händen in einem Kirchenstuhle saß, erschienen ihr im Dämmer nicht nur die Gestalt der Mutter, wie sie sie zum letztenmal gesehen, auch andere Verstorbene, die ihr im Leben etwas bedeutet hatten, zeigten sich ihr, doch wieder nicht als Tote, sondern vielmehr wie Auferstandene, die zur ewigen Seligkeit eingekehrt waren; auch Wohlschein war unter ihnen, der ihr nun zum erstenmal nicht als ein plötzlich Dahingeraffter, als ein Verwesender vor Augen stand, sondern wie einer, der vom Himmel aus lächelnd und verzeihend zu ihr herunterblickte. Und fern, unrein, verdammt beinahe, erschienen ihr nun die Lebendigen. Nicht nur Menschen, die ihr Leid gebracht, wie ihr Bruder, ihr Sohn, wie jener jämmerliche Kasimir Tobisch einer war, und die man sich alle auch schon bei Lebzeiten als verdammt vorstellen konnte, – auch Menschen, die ihr niemals Böses getan; selbst ein Wesen wie Thilda war ihr ferner, entrückter, als ihr die Toten waren, erschien ihr fremd, beklagenswert, ja, wahrhaft verdammt.

100

Mit dem Herbst war die Schul- und Lehrzeit wieder da. Nur wenige Schülerinnen vom vergangenen Jahr meldeten sich wieder, doch es gelang Theresen, was sie geradezu als Glücksfall empfand, eine Nachmittagsstellung zu finden, und zwar zu den beiden Töchtern eines vorstädtischen Warenhausbesitzers, die sie zu unterrichten und auf Spaziergängen zu begleiten hatte. Der Vater, selbst nur mäßig gebildet und in eher bescheidenen Verhältnissen, legte um so mehr Wert darauf, seinen Kindern ein Fräulein zu halten, als die Mutter gleichfalls im Geschäfte tätig war. Die beiden Mädchen waren von freundlicher, aber etwas geistesträger Art, und manchmal, wenn Therese an sonnigen Herbstnachmittagen mit ihnen in einer nahen, recht armseligen Gartenanlage spazieren ging und mehr aus Gewohnheit und Pflichtgefühl als aus innerem Bedürfnis mit ihnen vergeblich ein Gespräch zu führen versuchte, sank jene Müdigkeit über sie nieder, die sie wohl von früher her schon kannte, die aber nun so schwer, so bedrückend auf ihr lastete, daß sie manchmal eher einer dumpfen Verzweiflung glich; und die günstige Nachwirkung des kurzen Landaufenthaltes schwand mit bedrohlicher Raschheit wieder dahin.

Und als Franz eines Abends plötzlich erschien, nicht so unwirsch und frech wie sonst, sondern etwas kleinmütig und still, hatte sie nicht die Kraft, ihm, wie es doch ihr Vorsatz gewesen, das Obdach zu verweigern, um das er sie bat. Die ersten Tage störte er sie tatsächlich wenig. Er verbrachte die Zeit auswärts, bekam auch keine Besuche und verhielt sich weiterhin so schweigsam und bedrückt, daß Therese schon nahe daran war, ihn zu fragen, was ihm eigentlich fehle. Am dritten Abend erschien er, als sie schon zu Bett gegangen war. Er war sehr eilig, behauptete, endlich ein Kabinett gefunden zu haben, das er aber sofort in dieser Nacht noch beziehen müsse, doch sei dazu ein Betrag von zehn Gulden unbedingt erforderlich, den sie ihm augenblicklich geben solle. Therese weigerte sich, erklärte, was fast die Wahrheit war, überhaupt nichts mehr zu besitzen, Franz glaubte ihr nicht – und machte Miene, unverzüglich selbst in der Wohnung Nachschau zu halten. Da er sich immer drohender benahm, hielt Therese es für das klügste, den Schrank zu öffnen und vor seinen Augen ein paar Gulden hervorzukramen, die sie zwischen Wäschestücken aufbewahrt hatte. Er zweifelte, daß dies alles sei, was sie versteckt hatte. Sie schwor ihm, daß sie ihm nun ihr Letztes gegeben, und atmete erleichtert auf, als er von weiteren Nachforschungen abstand und sich plötzlich mit auffallender Hast entfernte.

Am nächsten Morgen wurde ihr klar, warum es Franz so eilig gehabt hatte: ein Kriminalbeamter weckte sie um sechs Uhr früh aus dem Schlaf, fragte nach Franz und erkundigte sich, ob ihr dessen neues Quartier bekannt sei, machte sie aber höflich aufmerksam, daß sie das Recht habe, die Auskunft zu verweigern. „Wir werden ihn auch so bald wieder haben", bemerkte er freundlich und entfernte sich mit amtlich bedauerndem Blick.

Nun glaubte Therese auch den letzten Rest von Gefühl für den Sohn in ihrem Herzen erloschen, und alles, was sie noch mit ihm verband, war Angst vor seiner Wiederkehr. Der böse Blick, den er auf sie gerichtet, während sie ihre paar Gulden aus dem Schrank hervorgesucht, ließ sie für ein nächstes Mal Schlimmeres befürchten. Und sie faßte den Entschluß, ihn niemals wieder, unter keiner Bedingung, in ihre Wohnung hereinzulassen, auf die Gefahr hin, die Polizei rufen zu müssen.

Ernstliche Sorgen schlichen immer näher an sie heran. Niemals bisher hatte sie einen Menschen geradezu um Hilfe angegangen, und sie verhehlte sich nicht, daß ein solcher Versuch in ihrer gegenwärtigen Lage nichts anderes zu bedeuten hätte als eine Art von Bettelei. Und wer war denn da, von dem sie eine Hilfe erhoffen durfte? Alfred freilich hätte sie ihr nicht verweigert ; auch Thilda würde ihr in der Not sicher beistehen, aber schon der Gedanke, sich brieflich an einen von diesen beiden zu wenden, trieb ihr die Schamröte ins Gesicht. Die Lektionen brachten immerhin noch so viel ins Haus, daß sie nicht hungern mußte, Neuanschaffungen erwiesen sich vorläufig nicht als notwendig, ein kärgliches Dasein war sie gewohnt, so lebte sie denn eingezogen und dürftig, aber doch, da Franz wieder einmal verschollen blieb, in leidlicher Ruhe weiter.

Und eines Morgens im Winter erfuhr sie sogar eine wirkliche kleine Freude. Ein Brief von Thilda kam und duftete köstlich nach dem wohlbekannten Parfüm, das sie immer schon als junges Mädchen benützt hatte. „Mein liebes Fräulein Therese Fabiani," so schrieb sie, "ich denke so oft an Sie, fast so oft, als ich an den armen Papa denke. Wollen Sie nicht so gut sein, liebstes Fräulein, und das nächstemal, wenn Sie auf den Friedhof gehen, auch für mich ein paar Blumen auf sein Grab legen. Und besonders lieb wäre es von Ihnen, wenn Sie mir doch wieder einmal schrieben, wie es Ihnen geht. Existiert der „Kurs" noch? Wie geht's der kleinen Grete? Kann sie noch immer nicht orthographisch richtig schreiben? Bei uns ist es recht neblig in diesen Wintertagen, das macht die Nähe des Meeres. Schnee gibt es fast gar keinen. Mein Mann empfiehlt sich Ihnen bestens. Er ist ziemlich oft auf Reisen, da sind die Abende manchmal recht einsam und lang, aber Sie wissen ja, daß ich gar nicht so ungern für mich allein bin, und so fällt es mir gar nicht ein, mich zu beklagen. Ich grüße Sie herzlich, liebes Fräulein Therese. Hoffentlich sieht man sich einmal wieder. Ihre dankbare Thilda.

P. S. Ein Betrag für die Blumen liegt bei."

Lange starrte Therese auf den Brief. „Hoffentlich sieht man sich einmal wieder." Nun, besonders verheißungsvoll klang das im Grunde nicht. Ob der Brief nicht eigentlich nur wegen der Blumen für Vaters Grab geschrieben war? Was übrigens den „Betrag" anbelangte, so lag er nicht bei. Entweder hatte Thilda vergessen, ihn beizuschließen, oder man hatte ihn herausgestohlen. Nun, es mußten ja nur ein paar Astern sein, das konnte man zur Not noch aus Eigenem bestreiten. „Wenn Sie das nächstemal auf den Friedhof gehen." Seit dem Pfingstsonntag war Therese nicht mehr draußen gewesen. An einem der Weihnachtsfeiertage wollte sie es nachholen. Denn darum eine Stunde versäumen und überdies noch Blumen kaufen, das ging doch über ihre Verhältnisse. Und den Brief wollte sie erst nachher beantworten. Frau Thilda Verkade hatte sie auch lange genug warten lassen.

101

Wenige Abende darauf zu später Stunde tönte die Klingel. Therese blieb das Herz stehen. Ganz leise schlich sie zur Türe hin und sah durchs Guckloch. Es war nicht ihr Sohn. Eine noch junge Frauensperson stand vor der Türe, die Therese nicht gleich erkannte. „Wer ist da?" fragte sie zögernd. Eine helle, aber etwas heisere Stimme antwortete: „Eine gute, alte Bekannte. Machen S' nur auf, Fräul'n Therese. Die Agnes bin ich, die Agnes Leutner."

Agnes? Was wollte die? Was mochte die ihr bringen? Wohl irgendeine Nachricht von Franz. Und sie öffnete.

Ganz beschneit trat Agnes ein und schüttelte im Vorraum die Flocken von sich ab. „Guten Abend, Fräulein Theres'." – „Wollen Sie nicht weiterspazieren?" – „Aber sagen S' mir doch Du, Fräul'n Therese, wie früher."

Sie folgte Theresen ins Zimmer, ihr irrender Blick fiel vor allem auf den Tisch mit den blau eingeschlagenen Heften und Büchern. Therese betrachtete sie. Oh, man konnte keinen Augenblick in Zweifel sein, was für eine Art von Frauenzimmer man da vor sich hatte. Das Gesicht geschminkt, geradezu angestrichen, unter dem violetten Filzhut mit der billigen Straußenfeder, die blond gefärbten, gebrannten Locken in die Stirn fallend, große falsche Brillanten im Ohr, eine imitierte, ausgefranste Astrachanjacke mit gleichem Muff – so stand sie da, frech und befangen zugleich.

„Nehmen Sie Platz, Fräulein Agnes." Agnes hatte den musternden, aburteilenden Blick Theresens wohl bemerkt, und in etwas höhnischem Ton, sich entschuldigend, sagte sie: „Also, ich hätte mir natürlich nicht erlaubt – wenn ich nicht mit einer Post zu Ihnen käme."

„Vom – Franz?"

„Bin so frei." Und sie setzte sich. „Nämlich, er liegt im Inquisitenspital."

„Um Gottes Willen", rief Therese, und sie wußte plötzlich, daß es ihr Sohn war, der im Spital lag, vielleicht krank auf den Tod.

Agnes beruhigte sie. „Na, es is nicht gefährlich, Fräul'n Therese, er wird schon wieder g'sund werden, noch vor der Verhandlung. Er is nämlich noch in Untersuchung. Übrigens werden s' ihm diesmal nix nachweisen können, grad bei der G'schicht war er nicht dabei. Die Polizei erwischt ja meistens die Unrichtigen."

„Was fehlt ihm?"

„Aber nix Besonders, eine Kleinigkeit." Sie trällerte: „Das ist die Liebe ja ganz allein . . .", und mit einem frechen Lachen. „Na, es dauert halt eine Weil'. Und später muß man noch achtgeben. Schon wegen der andern. Als wenn die andern achtgeben täten! Na, ich bin auch wieder g'sund worden. Und mich hat's ordentlich g'habt! Sechs Wochen bin ich im Spital gelegen."

Therese wurde abwechselnd blaß und rot. Diesem Frauenzimmer gegenüber erschien sie sich wie ein junges Mädchen. Sie hatte nur den einen Wunsch, die Person möglichst bald wieder draußen zu haben. Und weit von ihr abrückend, fragte sie: „Was haben Sie mir von Franz zu bestellen?"

Agnes, sichtlich gereizt, in einem äffenden Hochdeutsch: „Was ich von ihm zu bestellen habe?! Wird wohl nicht so schwer zu erraten sein. Oder meinen S' vielleicht, Fräul'n Theres', sie geben denen Inkulpaten genug zu essen im Spital? Da muß einer bereits tuberkulös sein oder so was, daß sie ihm was Ordentliches geben. A Geld brauch' er halt zur Aufbesserung der Kost. Das muß doch eine Mutter einsehn."

„Warum hat er mir nicht geschrieben? Wenn er krank ist . . . Ich hätt's mir schon irgendwie verschafft."

„Er wird schon wissen, warum er nicht geschrieben hat."

„Ich hab' ihm immer noch ausgeholfen, wenn ich nur selber . . ." Sie hielt inne. War es nicht beschämend, daß sie sich vor dieser Person gewissermaßen zu rechtfertigen suchte?

„Na, nix für ungut, ich kann mir ja denken, daß Sie's auch nicht grad sehr dick haben, Fräul'n Therese. Es geht einem halt bald besser, bald schlechter. Aber Sie schau'n ja noch ganz gut aus. Es kommt schon wieder einmal wer, der was auslaßt."

Wieder stieg Theresen das Blut in die Stirn. Diese Frauensperson – sprach sie zu ihr nicht gerade so, als wäre sie ihresgleichen? Oh, wie mußte Franz über sie zu Agnes und zu andern Leuten auch geredet haben, der Sohn über die Mutter! Wie mußte er sie sehen! Sie suchte nach einer Erwiderung und fand keine. Endlich, hilflos, stockend beinahe, sagte sie: „Ich – – ich gebe Stunden."

„Aber freilich", erwiderte Agnes. Und mit einem verächtlichen Blick auf die Bücher und Hefte: „Man sieht's ja. Das ist halt ein Glück, wenn man eine Bildung genossen hat. Ich möcht' mir auch lieber meine Herren immer aussuchen können."

Therese erhob sich. „Gehen Sie. Ich werde dem Franz selber bringen, was er braucht."

Auch Agnes stand auf, langsam, wie schmollend. Aber sie schien nun selbst zu spüren, daß sie einen unrichtigen Ton angeschlagen, vielleicht auch lag ihr daran, nicht mit leeren Händen zu Franz zurückzukehren. Und so sagte sie: „No ja, wenn S' einmal selber zu ihm ins Spital wollen – aber darauf hat er wahrscheinlich nicht gerechnet. Und Sie haben doch auch selber gar nicht dran gedacht."

„Ich hab' nicht gewußt, daß er im Spital liegt."

„Ich ja auch nicht. Es war der reine Zufall. Ich hab' einen alten Freund von mir dort besucht, hab' ihm was zu essen mitgebracht. Ja, unsereiner muß sich auch allerlei absparen und verdient sich's schwerer, das können S' mir glauben, Fräulein Theres', als mit Stundengeben. Na, und Sie können sich denken, Fräul'n Theres', es war eine Überraschung, wie ich da den Franz liegen seh', vis-à-vis von meinem Freund. Und er hat sich auch g'freut. Alte Liebe rostet nicht. Na, und wie dann ein Wort das andre gegeben hat, hab' ich ihn gefragt, ob er nicht was braucht von draußen, und da hat er gesagt: Wenn du vielleicht zu meiner Mutter hinschauen möcht'st und sie mir vielleicht ein paar Gulden schicken tat zur Aufbesserung meiner Kost. Warum nicht, hab' ich ihm g'sagt, deine Mutter wird sich doch auch noch an mich erinnern. Und es is ihr vielleicht lieber, sie gibt mir was mit, als daß sie da herkommt ins Inquisitenspital. Das ist ja schenant für Leute, die's nicht gewohnt sind."

Therese hatte zufällig noch ein paar Gulden in ihrer Geldbörse.

„Da, nehmen Sie. Leider hab' ich nicht mehr." Sie merkte, daß Agnes einen Blick zum Schrank hinwarf, auch darüber also war sie durch Franz unterrichtet. – Und mit zuckenden Mundwinkeln fügte sie hinzu: „Da drin hab' ich auch nichts mehr, vielleicht, daß ich zu Weihnachten – aber da komm' ich schon selber."

„Zu Weihnachten, da is er vielleicht schon heraußen. Ich sag' Ihnen ja, Fräulein Therese, sie werden ihm diesmal nichts beweisen können. Also, ich dank' vielmals in seinem Namen. Und – wir sind ja wieder gut, nicht wahr? Hätten S' nicht vielleicht ein paar Zigaretten für ihn?"

Ich hab' keine, wollte sie sagen, aber da fiel ihr ein, daß noch eine angebrochene Schachtel da war von Wohlscheins Zeiten her. Sie verschwand im Nebenraum für ein paar Sekunden und brachte Agnes eine Handvoll Zigaretten mit.

„Das wird den Franz besonders freuen", sagte Agnes und schob sie in den Muff. „Und eine darf ich selber rauchen, was?" – Therese erwiderte nichts, aber sie reichte ihr die Hand zum Abschied. Sie spürte plötzlich keinen Groll mehr gegen sie und auch keine Überheblichkeit. Es war ja wirklich kein so ungeheurer Unterschied zwischen Agnes und ihr. Hatte sie sich Herrn Wohlschein am Ende nicht auch verkauft?

„Grüßen Sie ihn von mir, Agnes", sagte sie milde.

Im Stiegenhaus war es schon dunkel, Therese begleitete Agnes hinab; diese, ehe der Hausbesorger aufzuschließen kam, stellte den Kragen ihrer Astrachanjacke hoch, und Therese fühlte, daß es aus Rücksicht für sie geschah.

Lange noch an diesem Abend saß sie wach. Dies hatte sie nun auch erlebt. War es am Ende etwas so Merkwürdiges? Sie hatte nun einmal einen Sohn, der ein Nichtsnutz war, sich mit Strolchen und Dirnen herumtrieb, öfters von der

Polizei gesucht, manchmal auch gefunden wurde und der nun mit einem unsauberen Leiden im Inquisitenspital lag. Sie hätte sich wohl endlich darein finden können – und doch, er war ihr Sohn. Immer wieder, sie mochte sich dagegen wehren, wie sie wollte, – in ihrem eigenen Herzen schwang Mitleid, schwang Mitschuld mit, wenn er Übles litt und Übles tat. Mitschuld, ja, das war es. Seltsam freilich, daß sie in solchen Augenblicken immer nur ihrer Schuld dachte, als wäre nur sie, die ihn geboren, mitverantwortlich für alles, was er tat, und als hätte der Mann, der ihn gezeugt und sich dann ins Dunkel seines Daseins davongeschlichen, überhaupt nichts mit ihm zu tun. Nun ja, für Kasimir Tobisch war die Umarmung, in der das Kind zum irdischen Sein erweckt worden war, unter vielen eine – nicht beglückender und nicht folgenschwerer als jene andern. Er wußte ja nicht, daß der Mensch, den er in die Welt gesetzt, ein Lump war, wußte ja überhaupt nicht, daß er ein Kind hatte. Und hätte er es zufällig erfahren, was wäre ihm daran gelegen – was hätte er davon verstanden? Was hatte der verlorene Junge, der nun im Inquisitenspital lag, mit ihm, dem alternden Mann, zu tun, der nach dunklen, törichten, schwindelhaften zwanzig Jahren draußen in einem Tingeltangel die Baßgeige spielte und dem Klavierspieler das Bier wegtrank? Wie sollte er Zusammenhang und Schicksal spüren, da es doch sogar ihr Mühe verursachte, sich als Wirklichkeit vorzustellen, daß aus einem flüchtigen Moment der Lust ein Mensch hervorgegangen war, der ihr Sohn war. Jene Gemeinsamkeit eines längst vergangenen Augenblicks und diese Gemeinsamkeit von heute – wie war es möglich, sie überhaupt mit dem gleichen Wort zu benennen? Und doch, was ihr durch Jahre hindurch völlig gleichgültig gewesen, nun nahm es plötzlich eine ungeahnte Bedeutung und Wichtigkeit an; als müsse von dem Augenblick an, da auch Kasimir von der Existenz seines Sohnes wüßte, ihr eigenes Leben eine neue Form, einen neuen Inhalt, einen neuen Sinn erhalten. Es war ihr zumute wie einer, die am Bette eines Schlafenden stünde, ungewiß, ob sie ihm nur leise zum Abschied über die Stirne streichen sollte, ohne seinen Schlaf zu stören, oder ihn aufrütteln zu Wachsein und Verantwortung. Und es war ihr bewußt, daß Kasimir Tobisch in Wahrheit ein Träumender war, der gerade vom Wesentlichsten seiner eigenen Existenz nichts wußte. Weiber hatte es gewiß noch manche in seinem Dasein gegeben. Er hatte vielleicht auch noch andere Kinder, wußte wohl auch von dem einen oder dem andern, denn nicht immer mochte es ihm geglückt sein, sich so rechtzeitig davonzustehlen; – aber daß eine plötzlich vor ihm stand, die er vergessen, bis auf Gesicht und Blick, vor ihm stand, zwanzig Jahre nachdem er sie verlassen, und ihm sagte: Kasimir, es ist ein

Kind da von dir und mir – das wäre gewiß etwas, was ihm noch niemals begegnet war. Und bildhaft beinahe sah sie es vor sich, wie sie ihn aus dem Schlaf weckte, seine Hand faßte, durch zahllose Straßen geleitete, die zugleich die verwirrten Wege seines Lebens vorstellten, wie sie mit ihm an ein Tor klopfte, das Tor des Inquisitenspitals, und ihn weiterführte ans Bett eines kranken Jungen, der sein Sohn war; wie er die Augen auftat, staunend und weit, gleichsam zu verstehen begann, am Bett seines unglücklichen Sohnes hinsank, sich nach ihr zurückwandte, ihre Hand ergriff und flüsterte: Verzeih mir, Therese.

102

Am ersten Weihnachtsfeiertage fuhr sie auf den Friedhof. Es war ein trügerisches Frühlingswetter. Ein lauer Wind wehte über die Gräber, und die Erde war durchweicht von geschmolzenem Schnee. Sie hatte Astern mitgebracht, weiße für Thilda, violette für sich selbst. Sie fand das Grab Wohlscheins nicht so leicht wieder, als sie geglaubt hatte. Noch war der Grabstein nicht gesetzt, und nur eine Nummer verriet ihr, wo der Vater Thildas begraben lag. Thildas Vater, – daran dachte sie früher, als daß es ihr Geliebter war, der hier den ewigen Schlummer schlief. Nun wären wir fast dreiviertel Jahre verheiratet, fiel ihr ein. Ich säße heute in einem wohlgeheizten, hübsch eingerichteten Raum und sähe wie Thilda durch ein blankes Fenster auf die Straße hinaus und hätte keine Sorgen. Doch sie empfand kaum ein Bedauern, daß es nicht so gekommen war, und ohne jede Zärtlichkeit gedachte sie des Toten. Bin ich so undankbar? fragte sie sich, so gefühlskalt, so ausgelöscht? Ungerufen stiegen in ihrem Gedächtnis Gestalten anderer Männer auf, denen sie gehört hatte, und sie wußte heute, daß es immer nur solche Erinnerungen an andere gewesen waren, die auch ihren Liebesstunden mit Wohlschein flüchtige Lust geliehen hatten.

Und mit einemmal – doch ihr schien, als wäre sie sich auch zu seinen Lebzeiten solcher Einsicht oft bewußt geworden – fragte sie sich, ob ihr Geliebter diese immer sich wiederholende, hinterhältige Untreue nicht im Innersten geahnt und in einem Augenblick, da ihm seine traurige Rolle beschämend zu Bewußtsein gekommen, an dieser Erkenntnis zerbrochen und, wie man es eben ausdrückte, an Herzschlag gestorben war? Oh, es gab solche Zusammenhänge, das fühlte sie. Geheimnisvolle, tief verborgene Schuld gab es, die zuweilen nur flackernd in der Seele aufleuchtet und gleich wieder verlischt – und ihr war, als wenn die

Mitschuld an Wohlscheins Ende nicht die einzige wäre, die wie eine unsichere, bleiche Flamme auf dem tiefsten Grund ihrer Seele schwelte. Das Wissen von einer schwereren, dunkleren Schuld schlummerte in ihr; und nach langer, langer Zeit dachte sie wieder einmal einer fernen Nacht, da sie ihren Sohn geboren und umgebracht hatte. Dieser Tote aber gespensterte immer noch in der Welt herum. Nun lag er in einem Bett des Inquisitenspitals und wartete, daß seine Mutter, seine Mörderin käme, ihre Schuld zu bekennen.

Die violetten und die weißen Astern sanken ihr aus der Hand, und mit weit aufgerissenen Augen, wie eine Wahnsinnige, starrte sie ins Leere.

Und doch war es dieselbe, die am Abend dieses gleichen Tages im Familienkreise des Warenhausbesitzers an einem wohlgedeckten Tische saß und mit Mann und Frau sowie einem gleichfalls zu Gast geladenen kleinbürgerlichen Ehepaar über mancherlei Dinge des Alltags, über das Schneewetter, über Marktpreise, über den Unterricht an Bürger- und Volksschulen sprach und ihrer Toten kaum gedachte.

103

In den nächsten Tagen erwog sie, ob sie an Kasimir Tobisch schreiben sollte. Er hieß vielleicht nicht einmal so. Keineswegs war es sicher, ob er sich so oder anders nannte. Ferner war es möglich, daß er von dem Brief überhaupt keine Notiz nehmen würde, um so weniger vielleicht, je mehr er vermutete, wer ihn abgeschickt. So schien es ihr am Ende das klügste, ihn nach der Vorstellung abzupassen. Sie konnte ja auch tun, als begegne sie ihm zufällig.

Und eines Abends um elf Uhr strahlte ihr das erleuchtete Schild des „Universum" entgegen. Unter der Einfahrt stand ein riesiger Portier in einer abgetragenen grünen Livree mit goldenen Knöpfen, einen langen Stock mit silberner Tresse in der Faust. Die Vorstellung war noch nicht aus. Therese suchte nach der Türe, durch die Kasimir Tobisch das Lokal verlassen müßte. Sie war leicht gefunden: um die Ecke, die Straße weiter, um die nächste Ecke, in eine andere kaum beleuchtete Straße, da stand über einer halb verglasten Tür zu lesen: „Eingang für Mitwirkende". Eben kam eine Frauensperson heraus, ein mageres, ordinär aussehendes Geschöpf in einem armseligen, viel zu dünnen Regenmantel, und verschwand um die Ecke. Nun, ihr eigener Mantel war dem Schneewetter auch wenig angepaßt. Sie trug den eleganten Frühjahrsmantel, den ihr Thilda geschenkt, darunter freilich eine dicke Wolljacke. Oh, sie war immerhin besser ausgerüstet als manche andere Frauen in ihren Verhältnissen. Nur die Füße wurden ihr kühl und feucht; sie hätte doch lieber die festen Schuhe nehmen sollen, die sie zuletzt auf dem Lande in Wohlscheins Gesellschaft getragen. Trotz steten Hin- und Hergehens fror sie geradezu. Es wäre vielleicht klüger gewesen, sich einen billigen Platz zu kaufen und im Zuschauerraum das Ende der Vorstellung abzuwarten. Und weiter lief sie, hin und her, in den verschneiten Straßen rings um das Gebäude, so daß sie bald den Eingang, bald die Bühnentür im Auge hatte. Es kam ein Moment, in dem ihr dieses Warten unvernünftig, ja, unsinnig vorkam. Was wollte sie eigentlich, wen erwartete sie denn? Einen alten Musikanten, der da drin Cello spielte, oder einen jungen Mann mit Schlapphut, dessen Schnurrbart nach Reseda duftete? Der ging sie doch eigentlich gar nichts an, und doch war ihr immer, als müßte aus der Glastür dort so ein junger Mensch mit einem Havelock treten, den weichen Hut in der Hand. Und sie selber kam sich für eine Weile wie das hübsche Fräulein vor, das am Sonntag Ausgang hatte und sich auf das Zusammensein mit ihrem Liebhaber freute. Aber freilich damals war Frühling gewesen. Was machte sie nun eigentlich da? Es war nicht Frühling, und sie war auch nicht das junge, hübsche Fräulein mehr. War sie nicht eigentlich das Fräulein Steinbauer, die ihr damals so leid getan hatte, weil sie keinen Liebhaber hatte? Sie war es nicht, und er war es nicht – Was wollten sie denn voneinander? Nein, wirklich, in ihrem ganzen Leben hatte sie nichts so völlig Unsinniges unternommen wie diesen Weg hier heraus. War es nicht besser, die Sache aufzugeben und vielleicht ein andermal wiederzukommen, in richtigerer Stimmung? Schon entfernte sie sich allmählich von dem Gebäude, doch als nun der beleuchtete Umkreis ihr entschwand, tat es ihr leid, sie machte kehrt und merkte, daß eben die Vorstellung zu Ende gegangen war. Der Portier stand in Positur mit emporgestrecktem Stock, an dem die Silbertresse baumelte; die Leute strömten aus dem Tor ins Freie, Wagen fuhren vor. Therese überquerte rasch die Straße, lief zum Bühneneingang, stellte sich auf der entgegengesetzten Seite hin, um die Glastüre im Auge zu behalten; und der erste, der heraustrat, war er; – hager, im Havelock, den Schlapphut in der Hand, eine Zigarette zwischen den Lippen, und er sah kaum anders aus als vor zwanzig Jahren. Es war wie ein Wunder, wahrhaftig. Er blickte sich nach allen Seiten um, dann schaute er in die Höhe, schüttelte den Kopf, als wundere er sich über den Schneefall und mißbillige ihn. Er setzte den Hut auf, dann, plötzlich, als wüßte er, daß drüben ihn jemand erwartete, eilte er mit langen Schritten über die Straße, geradeswegs auf Theresen zu, streifte sie mit einem ganz flüchtigen Blick und war auch schon vorüber. „Kasimir“, rief sie. Er wandte sich gar nicht um und ging rasch weiter. „Kasimir Tobisch!“ rief sie nun. Er blieb stehen, wandte den Blick, wandte sich selbst, ging auf Therese zu, sah ihr ins Gesicht. Sie lächelte, obzwar er nun ganz anders aussah, älter noch, als er war, mit vielen Falten auf der Stirn und noch tieferen um die Mundwinkel. Jetzt erkannte er sie. „Was sehen meine Augen!“ rief er aus. „Das ist ja – das ist ja – Ihre Hoheit, die Prinzessin!“ Ihr Lächeln blieb. Dies war's, was ihm vor allem einfiel, nach zwanzig Jahren, daß er sich zuerst angestellt, als ob er sie für eine Erzherzogin oder Prinzessin hielte! Nun, jedenfalls hatte sie sich weniger verändert, als sie gefürchtet. Sie nickte wie bestätigend, ihr Lächeln wurde leerer, und sie sagte: „Ja, ich bin Therese.“

„Das ist aber wirklich eine Überraschung“, sagte er und reichte ihr die Hand. Sie hätte ihn allein an dem harten, hageren Griff seiner Finger erkannt. „Ja, wie kommst denn du daher?“

„Ich war zufällig in der Vorstellung und hab' dich gesehen.“ Sie hielt inne.

„Und mich wiedererkannt?“ – „Selbstverständlich. Du hast dich ja kaum verändert.“ – „Du eigentlich auch nicht besonders.“ Er faßte sie beim Kinn und starrte ihr ins Gesicht mit glasigen Augen. Sein Atem roch nach saurem Bier. „Also, das ist wirklich die Therese. Nein, daß wir zwei uns wieder einmal begegnen. Wie ist es dir denn immer ergangen, Therese?“

Sie fühlte immer noch das Lächeln auf ihren Lippen; sie konnte es gar nicht wegbringen, obwohl es kaum etwas zu bedeuten hatte. „Das ist nicht so einfach zu erzählen, wie es mir ergangen ist.“

„Freilich, freilich“, bestätigte er. „Es ist ja schon eine halbe Ewigkeit, daß wir uns nicht gesehen haben.“

Sie nickte. „Zwanzig Jahre bald.“

„Ja, da kann viel passieren, in zwanzig Jahren. Du bist jedenfalls verheiratet, – hast Kinder?“

„Eins.“

„So, so, ich hab' vier.“

„Vier?“

„Ja, zwei Buben und zwei Mädeln. Aber wollen wir nicht weitergehen? Es wird einem im Stehen so kalt.“

Sie nickte. Plötzlich fühlte sie wieder, daß sie in den Füßen fror.

„Wo wartet denn deine Begleitung?“ fragte er dann, plötzlich wieder innehaltend. – Sie sah ihn verständnislos an. – „Du bist doch nicht allein in dem Lokal dadrin gewesen? Mit dem Herrn Gemahl wahrscheinlich?“

„Nein. Mein Herr Gemahl ist leider tot. Schon lang. Ich war mit Bekannten, sie haben aber schon früher fortgehen müssen.“

„Das sind nicht sehr höfliche Bekannte. Also kann ich dich vielleicht zu der nächsten Tramwayhaltestelle begleiten?“

Sie gingen die Straße hinab, Therese Fabiani und Kasimir Tobisch, wie sie vor zwanzig Jahren manche Straße hinauf und hinab gegangen waren, und hatten einander nicht sehr viel zu erzählen. „Das ist aber wirklich eine Überraschung“, begann Kasimir von neuem. „Also verheiratet, vielmehr verwitwet bist du?“ Und sie sah, wie er von der Seite ihren Frühjahrsmantel einigermaßen prüfend betrachtete. Und sein Blick trübte sich ein wenig, als er an ihr herunterstreifte und an ihren Schuhen haften blieb. Und rasch sagte sie: „Ich habe gar nicht gewußt, daß du auch Cello spielen kannst.“

„Aber geh.“

„Damals warst du doch Maler?“

„Maler und Musikus. Ich bin auch noch immer Maler, das heißt, jetzt mehr Anstreicher, um die Wahrheit zu sagen. Man braucht ja einen Nebenverdienst.“

„Das kann ich mir denken – mit vier Kindern muß es nicht leicht sein.“

„Zwei davon sind schon erwachsen. Der Älteste ist Gehilfe bei einem Zahntechniker.“ – „Wie alt ist er denn?“ – „Zweiundzwanzig wird er den Monat.“ – „Wie?“

Nun standen sie an der Tramwayhaltestelle.

„Zweiundzwanzig –? Da warst du ja schon verheiratet, wie wir uns kennengelernt haben.“ Sie lachte hell auf.

„O je“, meinte er und lachte mit. „Mir scheint gar, jetzt hab' ich mich verplauscht.“

„Macht nichts“, sagte sie. Und tatsächlich hatte seine Mitteilung sie kaum bewegt. Sie dachte einfach: Also damals schon hat er eine Frau gehabt und ein Kind. Darum wohl die Flucht und der falsche Name. Denn das war ihr nun ganz klar, Kasimir Tobisch hatte er nie wirklich geheißen. Wie hieß er denn nur, dieser Mann? Wer war er denn eigentlich, dieser Mann, neben dem sie da einherging und von dem sie einen Sohn hatte, der im Inquisitenspital lag und mit dem sie ihn hatte bekanntmachen wollen. Sie hätte ihn ja jetzt um seinen wahren Namen fragen können, und er hätte ihr vielleicht sogar die Wahrheit geantwortet, aber es war ihr über alle Maßen gleichgültig, wie er hieß, ob er Maler war oder Cellospieler oder Anstreicher, ob er vier Kinder hatte oder zehn. Ein dummer, armer Teufel war er jedenfalls und wußte es nicht einmal. Da war sie gewissermaßen noch besser dran.

„Da kommt grad eine Tram", sagte er und atmete sichtlich auf.

„Ja, da kommt eine", wiederholte sie heiter. Aber nun tat es ihr mit einem Male leid, daß dieses Wiedersehen vorüber war und daß Kasimir Tobisch, wie er auch hieße, für sie wieder verschwinden sollte unter andern Namenlosen – für immer. Die Tramway hielt, aber sie stieg nicht ein, obwohl sein Blick sie freundlich dazu einlud. Und sie sprach: „Ich hätte dich eigentlich gern ein bißchen länger gesprochen. Willst du mich nicht einmal besuchen?"

Er sah sie an. Oh, er nahm sich keineswegs Mühe, sich zu verstellen; ganz deutlich las sie in seinem Blick: Besuchen? wozu denn? Als Weib kommst du doch nicht mehr in Betracht für mich, und auf deinen Frühjahrsmantel fall' ich dir nicht hinein. Aber er schien doch die leise Angst in ihren Augen zu merken, und höflich erwiderte er: „Aber gern. Ich werde so frei sein." – Sie gab ihm ihre Adresse. „An meinen Namen erinnerst du dich doch wohl noch?" setzte sie hinzu, lächelte ein wenig traurig und flüsterte: „Ich heiße Therese." – „Freilich," sagte er, „ich weiß doch. Aber – mit dem Zunamen?" – „Den hast du vergessen?" – „Was fällt dir denn ein, aber – entschuldige, jetzt heißt du doch jedenfalls anders." – „Nein, ich heiße noch immer Therese Fabiani." – „Du warst also nicht verheiratet?" – Sie schüttelte nur den Kopf. – „Aber hast du denn nicht gesagt, daß du ein Kind hast?" – „Ja, ein Kind habe ich." – „So, so, da schau her."

Wieder rollte eine Tramway heran. Therese sah Kasimir Tobisch voll ins Gesicht. Jetzt wäre es wohl an ihm gewesen, weiter zu fragen, jetzt hätte er fragen dürfen, fragen müssen; und in seinem Auge schimmerte sogar etwas wie eine Frage, vielleicht sogar wie eine Ahnung. Ja, gewiß war es eine Ahnung, die in seinem Auge schimmerte, und gerade darum fragte er lieber nicht.

Die Tramway hielt, und Therese stieg ein. Von der Plattform aus sagte sie ihm noch rasch: „Du kannst mir auch telephonieren." – „So, ein Telephon hast du gar? Dir geht's aber gut. Ich muß immer zum Milchmeier gehen, wenn ich telephonieren will. Also, auf Wiedersehen."

Die Tramway rollte davon. Kasimir Tobisch blieb eine Weile stehen, winkte Theresen nach. Ihr Lächeln schwand plötzlich. Grußlos, ernst und fern ließ sie von der rückwärtigen Plattform aus ihren Blick auf ihm ruhen, sah noch, wie er sich wandte und den Weg zurück nahm. Sanft und dicht fiel der Schnee, die Straßen waren fast menschenleer. Und der Mann, der so lange Kasimir Tobisch geheißen, der Vater ihres Kindes, entschwand ihr, ein Namenloser unter anderen Namenlosen, und entschwand für immer. –

104

Der kleine Betrag, den Therese nach dem Besuch der Agnes Leutner an Franz geschickt hatte, kam an sie zurück. Der Adressat war aus dem Inquisitenspital entlassen worden und für die Post unauffindbar. So hatte man ihn also wirklich freigelassen? Es war Theresen nicht sehr behaglich, das zu denken. Und nicht zum erstenmal erwog sie, ob es nicht geraten wäre, die Wohnung zu wechseln. Aber was sollte das helfen? Er würde sie ja doch zu finden wissen. Nur leider, es fragte sich, ob sie überhaupt in der Lage war, die bisherige Wohnung weiter zu behalten. Der Zins war ihr allmählich zu hoch geworden, im Februar war er wieder fällig, und sie wußte kaum, wie sie ihn dann beisammen haben sollte. Der Kurs hatte sich aufgelöst, es mochte wohl daran liegen, daß die Eltern der Schülerinnen mit den Fortschritten nicht mehr ganz zufrieden waren. Nun, was sie leistete, sie gab sich darüber keiner Täuschung hin, war niemals sehr erheblich gewesen. Nur ihre Gewissenhaftigkeit, ihre freundliche Art, mit den Schülern umzugehen, hatten ihr geholfen, die Konkurrenz mit Lehrkräften besserer Art aufzunehmen. Wie sehr sie in den letzten Monaten nachgelassen, fühlte sie selbst.

Doch knapp vor dem Fälligkeitstermin erhielt sie durch den Notar die Verständigung, daß aus der mütterlichen Erbschaft ein kleiner Betrag, aus dem Erlös des Mobiliars gewonnen, für sie bereit liege. Bis zum Herbst durfte sie sich nun leidlich gesichert fühlen. Das hob ihre Stimmung so sehr, daß sie mit neuer Kraft ihre Bemühungen aufzunehmen vermochte, und so fanden sich im März zwei neue, wenn auch recht schlecht bezahlte Lektionen in der Vorstadt für sie.

Und wieder einmal kam eine Nachricht von Franz. Ein ältliches Frauenzimmer brachte den Brief: er habe eine Stelle in Aussicht, die Mutter solle ihm ein letztes Mal beistehen. Er nannte eine bestimmte Summe: hundertfünfzig Gulden. Die Forderung erschreckte sie. Er mußte offenbar wissen, daß sie etwas geerbt hatte. Wortlos sandte sie ihm den fünften Teil und beeilte sich tags darauf, was ihr noch blieb, etwa fünfhundert Gulden, in die Sparkasse zu tragen. Sie atmete auf, nachdem das geschehen war.

Der Frühling war da. Und mit den ersten schmeichlerisch lauen Tagen eine wohlbekannte Mattigkeit, zugleich eine Schwermut von tieferer Art, als sie sie jemals gekannt hatte. Alles, was ihr sonst eine gewisse Erleichterung zu bringen pflegte, machte sie diesmal nur noch trauriger, kleine Spaziergänge, auch ein Theaterbesuch, den sie sich einmal vergönnte. Am traurigsten aber machte sie ein Brief von Thilda, der als verspätete Antwort einlangte auf ihre eigene Mitteilung, daß sie für Thilda des Vaters Grab mit Blumen geschmückt, und der die Andeutung enthielt, daß sie sich in anderen Umständen befände. Therese fühlte nur das eine: wie leer und hoffnungslos ihr eigenes Leben war. Und gerade in diesen Tagen war es, nach langen Monaten, daß sich unbestimmt, ohne eigentlichen Wunsch, doch seltsam quälend, wieder ihre Sinne regten. Sie hatte Träume von lüsterner Art, häßliche und schöne, aber es waren immer Unbekannte, ja Männer ohne ein bestimmtes Gesicht, in deren Umarmungen sie sich träumte. Ein einziges Mal nur war es ihr, als wandelte sie mit Richard durch die Donauauen, wo sie zuerst die Seine gewesen war. Gerade dieser Traum war völlig unsinnlich, doch sie fühlte sich wie eingehüllt von einer Zärtlichkeit, die sie gerade von ihm ersehnt hatte und die ihr niemals von ihm geworden war; eine schmerzlich-unstillbare Sehnsucht und die Erkenntnis unendlicher Einsamkeit blieben ihr zurück.

105

Eines späten Abends im Mai klingelte es wieder einmal an ihrer Tür. Sie schrak zusammen. Gerade heute, zur Bezahlung einer morgen fälligen Rechnung, hatte sie einen größeren Geldbetrag aus der Sparkasse abgehoben und zu Hause in Aufbewahrung. Und gerade darum zweifelte sie nicht, daß es Franz war, der draußen vor der Türe stand. Sie schwor sich zu, daß er keinen Kreuzer von ihr bekommen sollte. Im übrigen hatte sie das Geld so sorgfältig verborgen, daß sie überzeugt war, er könnte es nicht finden. Das Fenster stand offen, schlimmstenfalls würde sie rufen. Auf den Zehenspitzen schlich sie hinaus, zögerte, wagte nicht einmal, durchs Guckloch zu blicken – da schlug es heftig an die Tür, sie fürchtete, die Nachbarn könnten es hören, und öffnete.

Franz, dem ersten Anschein nach besser gekleidet als sonst, sah kränker und bleicher aus denn je. „Guten Abend, Mutter", sagte er, wollte weiter, Therese aber verstellte ihm den Eingang. „Na, was ist denn?" fragte er mit bösen Augen.

„Was willst du?" fragte sie hart. Er schloß die Türe hinter sich. – „Kein Geld", erwiderte er, höhnisch auflachend. „Aber wenn du mich heut nacht da möchtest schlafen lassen, Mutter." – Sie schüttelte den Kopf. – „Für eine Nacht, Mutter. Morgen bist du mich für immer los." – „Das kenn' ich schon", sagte sie. – „Ah, ist vielleicht schon wer da? Liegt vielleicht schon einer auf dem Diwan?"

Er schob sie fort, öffnete die Tür des Wohnzimmers, blickte sich nach allen Seiten um. „In meiner Wohnung wirst du nimmer schlafen", sagte Therese.

„Die eine Nacht, Mutter." – „Du hast doch irgendeine Schlafstelle, was willst du bei mir?" – „Für heute nacht bin ich ausquartiert, das kommt halt vor, und für ein Hotel hab' ich kein Geld." – „Soviel, als du für ein Hotel brauchst, kann ich dir geben." – Seine Augen blitzten auf. „Na, her damit, her damit!"

Sie griff in ihre Geldbörse, reichte ihm ein paar Gulden. „Das soll alles sein?" – „Damit kannst du drei Tage im Hotel wohnen." – „Also, meinetwegen, ich geh'." Doch er blieb stehen. Sie sah ihn fragend an. Er fuhr fort mit höhnischem Lachen: „Ja, ich geh', wenn du mir mein Erbteil auszahlst." – „Was für ein Erbteil? Bist du verrückt?" – „O nein. Was mir zukommt von der Großmutter, will ich haben." – „Was kommt dir zu?" –

Er trat ganz nah an sie heran. „Also, pass' einmal auf, Mutter. Du hast's ja g'hört, du siehst mich heut zum letztenmal. Ich hab' einen Posten, nicht da in der Stadt, draußen wo. Und ich komm' überhaupt nie wieder. Wie soll ich denn zu meinem Erbteil kommen, wenn du's mir jetzt nicht gibst?" – „Was redest du denn? Was für einen Anspruch hast du auf ein Erbteil, noch dazu, wo ich selbst nichts geerbt hab'." – „Ja, glaubst du, Mutter, ich bin aufs Hirn gefallen? Glaubst du, ich weiß nicht, daß du ein Geld hast von Herrn Wohlschein und von deiner Frau Mutter? Und ich soll mir die paar Gulden zusammenbetteln, die ich dringend brauch'. So benimmt sich eine Mutter zu ihrem Sohn?" – „Ich hab' nichts." – „So, das werden wir gleich sehen, ob du nichts hast."

Er ging auf den Schrank zu.

„Was unterstehst du dich?“ rief sie und faßte ihn bei dem einen Arm, mit dem er sich an der Schranktür zu schaffen machte.

„Den Schlüssel her!“ Sie ließ von ihm ab, machte einen Schritt zum Fenster hin, beugte sich hinab, als wollte sie hinunterrufen. Er zu ihr hin, stieß sie vom Fenster fort, schloß es ab. Sie eilte auf die Wohnungstüre zu. Er war sofort neben ihr, drehte den Schlüssel um und steckte ihn ein. Dann faßte er ihre beiden Hände. „Gib's gutwillig her, Mutter.“ – „Ich hab' nichts“, flüsterte sie durch die krampfhaft geschlossenen Zähne. – „Ich weiß, daß du was hast. Ich weiß, daß du's da hast. Gib was her, Mutter.“ – Sie war erbittert, sie hatte keine Angst, sie haßte ihn. „Und wenn ich tausend Gulden hätte, nicht einen Kreuzer so einem Menschen.“ – Er ließ einen Augenblick von ihr ab, schien etwas ernüchtert. „Mutter, ich will dir was sagen. Gib mir die Hälfte von dem, was du hast, ich brauch's zum Abfahren. Ich hab' kein' Posten, abfahren muß ich. Wenn s' mich diesmal erwischen, krieg' ich ein Jahr oder zwei.“ – „Um so besser“, zischte sie. – „So? Glaubst? Na gut.“ Und er stürzte wieder auf den Schrank zu, schlug mit der Faust darauf. Es half nichts; er überlegte einen Augenblick, zuckte die Achseln, nahm dann aus der Tasche ein Stemmeisen und sprengte die Türe auf. Wieder stürzte Therese auf ihn zu, versuchte, seine Arme zu fassen, er stieß sie fort, wühlte unter den Wäschestücken, entfaltete sie, schleuderte eins nach dem andern auf den Fußboden. Wieder versuchte Therese seine Arme zu fassen. Er stieß sie von sich, so daß sie bis zum Fenster flog, und fuhr fort, in der Wäsche zu wühlen, die einzelnen Stücke hinauszuschleudern ; indessen hatte Therese einen inneren Fensterflügel geöffnet, schon wollte sie den äußeren auftun, da war er wieder bei ihr und riß sie zurück. „Räuber!“ schrie sie, „Diebe!“ Er, mit geröteten Augen, heiser, vor sie hin gepflanzt: „Willst es hergeben oder nicht?“ – „Räuber!“ schrie sie noch einmal. Nun packte er sie, hielt ihr mit der einen Hand den Mund zu und schleppte, schob, stieß sie in das kleine Schlafkabinett bis vor ihr Bett. „Hast es vielleicht da wo? In der Matratzen? In den Polstern?“ Er mußte sie nun wieder loslassen, um im Bett zu wühlen. Und sofort schrie sie wieder: „Diebe! Räuber!“ Da hatte er sie schon mit einer Hand an beiden Armen gepackt, mit der andern verschloß er ihr den Mund. Sie stieß mit den Füßen nach ihm. Er ließ nun ihre Hände los, faßte sie am Hals. „Räuber! Mörder!“ schrie sie. Er begann, sie zu würgen; sie sank neben dem Bette nieder, er ließ ihren Hals locker, nahm ein Taschentuch, knüllte es zusammen, steckte es ihr in den Mund, nahm ein Handtuch, das am Waschtisch hing, band ihr die Hände zusammen. Sie röchelte, hatte große, starre Augen, die im Dunkel zu ihm aufleuchteten. Nur vom Nebenzimmer her fiel ein Lichtstrahl herein. Er, wie ein Rasender, suchte überall im Bett, riß die Polsterüberzüge auf, sah in der Waschschüssel, im Krug, in der Kommode, unter dem Bettvorleger nach; plötzlich aber hielt er inne, denn von draußen tönte die Klingel, und durch die zwei geschlossenen Türen hörte er Stimmen. Kein Zweifel, man hatte die Mutter rufen gehört, und vielleicht auch den Lärm, den er mit den Fäusten und mit dem Stemmeisen verursacht hatte. Rasch löste Franz das Handtuch von seiner Mutter Händen, rasch zog er den Knebel aus ihrem Mund, sie lag auf dem Boden, röchelte, atmete. „Es is ja nix g'schehn, Mutter", rief er plötzlich. Ihre Augen waren offen. Sie blickte, sie schaute. Nein, tot war sie nicht. Es konnte nicht viel geschehen sein.

Wieder die Klingel, dreimal, fünfmal, immer rascher hintereinander. Was sollte man tun? Zum Fenster hinaus? Drei Stock tief? Wieder ein Blick auf die Mutter. Nein, es war nichts geschehen. Sie blickte mit offenen Augen, bewegte die Arme, ja, ihre Lippen zuckten. Die Klingel schrillte ununterbrochen weiter. Es blieb nichts übrig, als zu öffnen. Man konnte dann immer noch an den Leuten vorbei, hinunter über die Treppe und auf die Straße. Wenn sie nur nicht da auf dem Boden läge wie tot. Er beugte sich herab zu ihr, versuchte sie aufzurichten. Aber es war, als wenn sie sich wehrte. Sie schüttelte sogar den Kopf. Also, tot war sie nicht. Nein. Ohnmächtig. Oder stellte sie sich nur so, um ihn zu verderben?

Die Klingel schrillte weiter. Klopfen zuerst, dann Faustschläge an die Tür. „Aufmachen! aufmachen!" brüllte es draußen. Franz stürzte in den Vorraum, die Wohnungstür zitterte unter den klopfenden Fäusten draußen. Es blieb nun einmal nichts übrig, er mußte öffnen. War es möglich! Nur zwei Frauen standen da und sahen ihn entgeistert an. Er stieß sie beiseite, lief die Treppen hinab. Da hörte er hinter sich: „Aufhalten! Aufhalten!" Auch eine Männerstimme tönte mit. Sie kam von oben. Und noch ehe er durch das Haustor auf die Straße trat, hatte ihn schon irgendwer von rückwärts bei den Schultern ergriffen. Er konnte sich nicht losmachen. Er schimpfte und schrie. Dann wurde er stumm. Aus war's. Aber die Mutter war ja nicht tot. Ohnmächtig höchstens. Was wollten denn die Leute von ihm? Es war der Mutter doch bestimmt nichts geschehen. Rings um ihn standen Leute. Auch ein Polizist war zur Stelle.

Die beiden Frauen waren indes in die Wohnung hineingestürzt und sahen das Fräulein Therese Fabiani ausgestreckt zu Füßen des Bettes liegen. Gleich hinter ihnen kamen andere, noch eine Frau, noch ein Mann, man legte Therese auf das zerwühlte Bett. Sie blickte um sich, zu reden vermochte sie nicht. Sie erkannte wohl auch kaum die Leute, die allmählich in das Zimmer traten, die Nachbarn, den Polizeikommissär, den Polizeiarzt, verstand wohl auch die Fragen nicht, die man an sie richtete. Man stand daher vorläufig von einer Konfrontation ab, der Tatbestand war ja leicht festgestellt, der Arzt konnte auch konstatieren, daß anscheinend keine lebensgefährliche Verletzung vorlag. Die Wohnung wurde amtlich verschlossen und Therese noch in der gleichen Nacht ins Spital geschafft.

Dort wurde festgestellt, daß ein Kehlkopfknorpel gebrochen war, was die Vorhersage ungünstiger gestaltete, auch für den Sohn. Aussagen der Hausbewohner ergaben, daß die Lehrerin Therese Fabiani die Schwester des Abgeordneten Faber sei, und so wurde dieser noch im Laufe der Nacht von dem Verbrechen verständigt, das an seiner Schwester begangen worden war. In frühester Morgenstunde erschien er in Begleitung seiner Frau am Bette der Leidenden, die in einer Extrakammer lag. Es hatte sich erhöhte Temperatur eingestellt, was die Ärzte nicht so sehr auf die Verletzung als auf den Nervenschock zurückführen zu müssen glaubten. Ihr Bewußtsein war offenbar gestört, sie erkannte die Besucher nicht, die sich bald entfernten.

106

Gegen Mittag erschien Alfred an ihrem Bett, der die Sache aus der Zeitung erfahren hatte. Um diese Zeit war die Temperatur gesunken, doch waren Delirien eingetreten. Unruhig warf sich Therese hin und her mit bald offenen, bald geschlossenen Augen und flüsterte unverständliche Worte. Auch den neuen Besucher schien sie vorerst nicht zu erkennen. Nachdem der behandelnde Sekundarius sich zu dem Herrn Dozenten Dr. Nüllheim über den Fall fachlich ausgesprochen, ließ er ihn allein bei der Kranken. Alfred setzte sich an ihr Bett, fühlte ihren Puls, er war schwach und erregt. Und nun, als ginge von dieser einstens geliebten Hand eine Wirkung auf die Leidende aus, die andern gleichgültigen Berührungen versagt war, schien die Unruhe der Kranken nachzulassen; und als der Arzt den Blick eine Weile ohne besondere Absicht auf ihre Stirn, ihre Augen gerichtet hielt, geschah noch Merkwürdigeres: diese Augen, die bisher, auch wenn sie geöffnet waren, offenbar niemanden zu erkennen vermocht hatten, schimmerten wie in allmählich erwachendem Bewußtsein. Die verfallenen, gleichsam verdämmernden Züge erhellten, strafften, ja verjüngten sich; und wie Alfred sich näher zu ihr herabbeugte, flüsterte sie: „Dank." Er wehrte ab, faßte nun ihre beiden Hände und sprach tröstliche, herzliche Worte, wie sie sich auf seine Lippen drängten. Sie schüttelte den Kopf, immer heftiger, nicht nur, als wenn sie von Trost nichts hören wollte, es war klar, daß sie ihm irgend etwas zu vertrauen hatte. Er beugte sich noch näher zu ihr, um sie zu verstehen. Und sie begann: "Du mußt es vor Gericht sagen, versprichst du mir das?" – Er dachte, das Delirium beginne wieder. Er legte die Hand auf ihre Stirn, versuchte sie zu beschwichtigen. Aber sie sprach, vielmehr sie flüsterte weiter, da sie kein lautes Wort hervorbringen konnte: „Du bist ja Doktor, dir müssen sie glauben. Er ist unschuldig. Er hat mir nur vergolten, was ich ihm getan habe. Man darf ihn nicht zu hart strafen." Wieder versuchte Alfred, sie zu beruhigen. Sie aber sprach hastig weiter, als ahnte sie, daß ihr nicht mehr viel Zeit gegönnt sei. Was sich in jener fernen Nacht ereignet und was doch nicht Ereignis geworden war – was sie zu tun begonnen und doch nicht bis zu Ende getan – woran ihr Wunsch mehr gewirkt hatte als ihr Wille – wessen sie sich immer wieder erinnert und was sie sich doch niemals ins Gedächtnis zu rufen gewagt hatte; – die Stunde – vielleicht war es nur ein Augenblick gewesen –, in dem sie Mörderin gewesen war, lebte mit so völliger Klarheit wieder in ihr auf, daß sie sie fast wie etwas Gegenwärtiges erlebte. – Es waren nur wenige, nicht immer dem Laut nach verständliche Worte, die Alfred, ihren flüsternden Lippen nah, zu vernehmen vermochte. Doch er faßte Theresens Selbstbeschuldigung auf als das, was sie sein sollte, als einen Versuch, ihren Sohn zu entsühnen. Ob dieser Zusammenhang nun vor einem himmlischen oder irdischen Richter tatsächlich gelten mochte – für diese Sterbende – denn sie war es, auch wenn ihr noch Jahrzehnte des Daseins bestimmt sein sollten, – für Therese bestand er nun einmal; und Alfred fühlte, daß das Bewußtsein ihrer Schuld in dieser Stunde sie nicht bedrückte, sondern befreite, indem ihr nun das Ende, das sie erlitten hatte oder erleiden sollte, nicht mehr sinnlos erschien. So versuchte er es gar nicht mit Worten der Beruhigung und des Trostes, die in dieser Stunde ihren Sinn nicht erfüllt hätten; denn er ahnte, daß sie den Sohn, der ihr so lange ein Verlorener gewesen war, gleichsam wiedergefunden, in dem Augenblick, da er zum Vollstrecker einer ewigen Gerechtigkeit geworden war.

Nachdem sie gesprochen, sank sie schwer zurück. Alfred fühlte, wie sie ihm nun wieder entrückt war und immer weiter entrückte, und endlich erkannte sie ihn nicht mehr.

Im Laufe der nächsten Stunden trat eine Verschlimmerung ein, mit der die behandelnden Ärzte immerhin gerechnet hatten, – und plötzlich, unerwartet, erlosch sie, noch ehe man eine rettende Operation an ihr auszuführen vermochte.

Alfred sprach mit dem Ex-officio-Verteidiger, der für den Muttermörder Franz bestellt war, und in der Verhandlung versuchte der beflissene junge Anwalt, jenes Geständnis der Mutter, das Alfred ihm zur Verfügung gestellt hatte, als mildernden Umstand geltend zu machen. Er hatte beim Gerichtshof nicht viel Glück. Der Staatsanwalt bemerkte mit nachsichtigem Spott, daß der Angeklagte jene erste Stunde seines Daseins wohl kaum im Gedächtnis bewahrt haben dürfte, und sprach sich im allgemeinen gegen gewisse, sozusagen mystische Tendenzen aus, die man nun auch schon zur Verdunkelung völlig klarer Tatbestände und damit, wenn auch manchmal in zweifellos guter Absicht, zur Beugung des Rechtes auszunützen versuche. Der Antrag auf Ladung eines Sachverständigen wurde abgelehnt, schon darum, weil man ja wirklich nicht entscheiden konnte, ob in diesem Fall ein Arzt, ein Priester oder ein Philosoph zu so verantwortlichem Amt berufen gewesen wäre. Als mildernden Umstand ließ man einzig und allein des Angeklagten uneheliche Geburt und die damit verbundenen Mängel seiner Erziehung gelten. So lautete das Urteil auf zwölf Jahre schweren Kerker, verstärkt durch Dunkelhaft und Fasten an jedem Jahrestage der Tat.

Therese Fabiani war zu dem Zeitpunkt, als die Verhandlung stattfand, längst begraben. Doch neben einem bescheidenen, dürren, immergrünen Kranz mit der Aufschrift: „Meiner unglücklichen Schwester“ lag ein blühender Frühlingsstrauß, noch unverwelkt, auf dem Grab; die schönen Blumen waren mit erheblicher Verspätung aus Holland angelangt.

Ende